Marco Politi est l'un des meilleurs connaisseurs du Vatican, dont il a été le spécialiste respecté à *La Repubblica* pendant une vingtaine d'années. Éditorialiste à *Il Fatto quotidiano*, il collabore également avec diverses chaînes de télévision : ABC, CNN, BBC, RAI, ZDF, France 2. Il est l'auteur de plusieurs ouvrages sur Jean-Paul II (dont, avec Carl Bernstein, le best-seller mondial *Sa Sainteté Jean-Paul II et l'histoire cachée de notre époque*, Plon, 1996), sur le retour du divin, sur l'Église et l'homosexualité. Dans son dernier livre, *Joseph Ratzinger, Crisi di un papato*, paru en 2013, il avait prévu la démission de Benoît XVI.

DU MÊME AUTEUR

Sa Sainteté
Jean-Paul II et l'histoire cachée de notre époque
(avec Carl Bernstein)
Plon, 1996

Marco Politi

FRANÇOIS PARMI LES LOUPS

Traduit de l'italien par Samuel Sfez

Philippe Rey

Édition mise à jour par l'auteur

TITRE ORIGINAL
Francesco tra i lupi
ÉDITEUR ORIGINAL

ISBN 978-2-7578-5537-9
(ISBN 978-2-84876-440-5, 1re publication)

Préface

La légende raconte que, saint François ayant rencontré un loup, il se mit à le prêcher avec douceur. Conquise par ses paroles, la bête féroce baissa la tête et le suivit, docile et obéissante.

Les adversaires du pape François, eux, ne désarment pas. Nombreux sont les obstacles que le pontife argentin continue de rencontrer à la curie romaine et parmi les hiérarchies catholiques du monde. Par inertie, par refus d'abandonner les habitudes du passé, par attachement à des schémas doctrinaires rigides.

Entre 2005 et 2007, une grande partie du monde catholique mais également de nombreux laïcs n'ont pas voulu prendre acte de l'impasse dans laquelle les crises à répétition du gouvernement de Benoît XVI avaient placé l'Église. L'intellectuel et théologien raffiné, que Paris se rappelle pour son splendide discours au Collège des Bernardins, était non seulement incapable par tempérament de diriger une communauté d'un milliard deux cents millions de fidèles : pendant ces années s'est également manifestée la crise radicale d'un pontificat encore conçu comme un pouvoir absolu, et celle d'une Église au doigt levé.

Avant même son élection, Joseph Ratzinger avait senti que le catholicisme ne pouvait plus être gouverné telle une monarchie mais, comme dans beaucoup d'autres domaines, il n'a pas eu le courage d'innover.

Au début de la troisième année de son pontificat, François avance à grands pas sur la voie d'une réforme visant à remodeler la structure du catholicisme romain, le style de vie de ses institutions et l'approche de l'Église face au monde contemporain. On peut appeler cela une révolution, dans les traces du grand changement du concile Vatican II.

Jorge Mario Bergoglio laboure et sème avec la patience du jésuite et la maturité d'un prêtre et d'un évêque qui – première absolue pour un pontife romain – a connu l'expérience d'une mégalopole comme Buenos Aires, creuset de nationalités, de conditions sociales, de religions et de courants de pensée fort différents. Dans ce sens, il ne vient certainement pas du « bout du monde ». Au contraire, il vit et opère au cœur de la mondialisation et de ses tourments.

Le pape argentin est conscient qu'il a mis en marche un processus qui excède son pontificat. La chose ne l'inquiète pas. Un cardinal membre de son « Conseil de la Couronne » affirme que le pape écoute beaucoup mais donne l'impression d'« avoir un projet bien clair en tête ».

Son but est d'impliquer les évêques, le clergé et les fidèles dans sa vision du changement. Cependant, réformer l'Église catholique est difficile, en particulier les mécanismes de commandement séculaires de la curie romaine. Ses opposants sont tenaces, et leur agressivité se traduit en coulisse par une vaste campagne de délégitimation. Ils espèrent que le pontificat se terminera bientôt.

À la clôture du synode, tandis qu'il célébrait la messe pour la béatification de Paul VI – le pape qui a mené à bien le concile –, François fait allusion à eux en évoquant les pharisiens qui « se posent des problèmes de conscience, surtout quand entrent en jeu leurs intérêts, leurs richesses, leur prestige, leur pouvoir et leur réputation ». Et cela se produit depuis toujours, souligne-t-il.

M. P.
Rome, novembre 2014

1

L'odeur des moutons

Jorge Mario Bergoglio descend les marches de la station Bolivar, à deux pas de la cathédrale, et s'enfonce dans le ventre de la ville. Ligne E, direction place Virreyes. Le train s'approche lentement, dans un bruit de ferraille, avec ses wagons couverts de graffitis. L'archevêque trouve une place près de la sortie et s'assied, l'air grave, un peu mélancolique – son expression habituelle. Personne ne le reconnaît avec sa chemise de clergyman : il n'apparaît pas souvent à la télévision et évite les réceptions officielles. Le grand Buenos Aires compte treize millions d'habitants, le centre-ville près de trois.

Il fait chaud, parmi cette masse de voyageurs entassés. Autour de Jorge, certains ruminent leurs pensées, d'autres fixent les parois du tunnel balayées par les néons, dodelinent de la tête, assoupis, ou regardent dans le vide, résignés. Certains – même les plus jeunes – ont un regard dur, féroce. Jorge est entouré de mères avec leurs enfants emmitouflés, de vieux aux jambes ballottées par les sursauts du train, de nombreux jeunes qui pianotent sur leur téléphone.

À chaque arrêt, une secousse et un crissement de freins assourdissant. Quarante minutes dans ce mélange de races, d'origines et d'histoires qu'est

Buenos Aires. Descendants d'Espagnols, d'Italiens, de Russes, de Chinois, d'Africains, d'Allemands, de Français, de natifs d'Amérique centrale, immigrés d'Amérique du Sud de toutes nationalités. Dans les wagons se côtoient les classes moyennes attentives au budget familial, les jeunes bien contents d'avoir un job, quel qu'il soit, les masses sur le fil de la survie. L'archevêque Jorge Mario Bergoglio n'utilise ni voiture ni chauffeur, et il a renoncé à l'élégante résidence de l'archevêché pour un deux-pièces au troisième étage de la curie diocésaine. Il sait conduire et quand il était supérieur provincial des Jésuites – dans les années 1970, au temps de la dictature de Videla –, il a à plusieurs reprises accompagné des dissidents politiques qui cherchaient un abri ou un moyen de fuir le pays. Aujourd'hui, il ne prend plus la voiture. Depuis qu'il est devenu archevêque auxiliaire en 1992 puis primat d'Argentine, il s'immerge dans le flot quotidien des transports publics, métro ou *colectivo*, le bus urbain. Il arrive que, voyant l'habit noir, une femme assise à côté de lui demande : « *Padrecito*, vous me confessez ? – *Si, claro* », répond-il. Un jour, dans le bus, une fidèle s'étant mise à lui dévider la longue liste de ses péchés, il a dû l'interrompre poliment : « Je dois descendre dans deux arrêts [1]. »

Place Virreyes, trente-cinq marches à monter avec ses pieds un peu plats et sa jambe engourdie. En haut de l'escalier on voit une madone de Fatima parée de fleurs fraîches. Jorge se trouve à présent sous un grand auvent où l'air est étouffant en été, froid et humide l'hiver. Tout le monde attend patiemment le prémétro, un train urbain décrépit qui se dirige vers la banlieue.

1. M. De Vedia, *Francisco. El Papa del pueblo*, Planeta, 2013.

Aucun prélat de la curie du Vatican, cardinal président de conférence épiscopale ou évêque de l'un des nombreux pays où est implantée l'Église catholique, n'est habitué à cette routine épuisante. S'il en existe un, il est bien caché.

Encore deux arrêts et il est arrivé à Villa Ramón Carrillo. Les faubourgs de fortune s'appellent *villas miserias* ou, plus pudiquement, *villas de emergencia*. Les rails de la station sont jonchés de papiers et de bocaux jetés pêle-mêle. Le quartier commence à quelques pas de là. Des maisons illégales, à moitié terminées ou élevées par tranches successives. Quelques mètres plus loin, la route goudronnée s'arrête et on pénètre dans le *no man's land*, terre battue et rigoles à l'odeur d'égouts. La loi aussi s'arrête là. Une poignée de maisons plus ordonnées, décorées de pots de fleurs aux fenêtres, rappelle les bourgades pasoliniennes. Plus fréquemment, le paysage est celui d'une urbanisation grossière, sauvage, inspirant le sentiment que toutes les limites y ont été abolies. « Ici, l'État est absent », racontent les prêtres du faubourg, bien que la Villa Ramón Carrillo possède une école élémentaire et un dispensaire.

Souvent les paroisses sont situées à la périphérie de l'agglomération, comme pour maintenir un corridor vers la ville « normale ». Aux marges d'un autre faubourg, la Villa 21, on trouve également un poste de garde tenu par des jeunes vêtus de l'uniforme kaki de la Force navale, de solides gaillards avec des gilets pare-balles. Paradoxalement, leur présence génère un sentiment d'insécurité encore plus fort. Beaucoup de taxis refusent d'aller dans les Villas. « Vols, agressions », raconte le bouche à oreille. Pedro Baya, curé de l'Immaculée à la Villa Ramón Carrillo, le reconnaît avec calme : « J'ai parfois entendu les balles siffler autour de moi. »

Jorge, puisque c'est ainsi que les prêtres appellent l'archevêque, se rend plusieurs fois par an dans toutes les paroisses du faubourg. Pour la fête du saint patron, la procession de la Madone, une retraite spirituelle, une occasion spéciale, la réunion annuelle des prêtres ou des professeurs des écoles catholiques du quartier. Il participe à la procession, s'arrête pour discuter avec les gens, essentiellement des immigrés originaires du Paraguay, de Bolivie, du Pérou et des régions intérieures de l'Argentine. Il est tellement loin de l'image traditionnelle d'autorité de l'archevêque que, la première fois qu'ils l'ont vu, les fidèles de la communauté péruvienne ont été choqués qu'il arrive « sans limousine ni fanfare[1] », raconte le père Pedro.

Bergoglio connaît chacun des huit cents prêtres de son diocèse. Depuis sa prise de fonctions en tant qu'archevêque, il tente de renforcer leur présence dans les faubourgs. Chaque paroisse de Villa compte deux ou trois prêtres. Il y en avait onze lors de son arrivée à la tête du diocèse, ils sont aujourd'hui vingt-trois et disposent d'une ligne téléphonique directe. Il les suit de près, les écoute, les aide et les assiste dans les moments de crise personnelle. Il accompagne sans juger. Comme en témoigne le père Pepe Di Paola, son vicaire dans les faubourgs depuis des années, il sait que les prêtres lui font confiance. Ils s'ouvrent à lui comme à aucun autre évêque, lui racontent avec sincérité ce qu'ils vivent et viennent souvent à la cathédrale

1. P. Baya, entretien avec l'auteur.

« non par obligation, mais pour écouter sa parole spirituelle[1] ».

Avant, c'étaient les prêtres qui se rendaient à la curie de l'archevêché, à présent c'est l'inverse. Ce qui fait toute la différence. Les prêtres trouvent Bergoglio « proche ». Quels que soient le ou les problèmes qu'ils rencontrent, par exemple quand un prêtre se trouve à la croisée des chemins de son existence et se demande s'il ne vaudrait pas mieux vivre ouvertement son amour avec une femme. À Buenos Aires circule l'histoire d'un curé qui va voir Jorge pour lui annoncer son choix de s'unir à sa compagne. D'accord, lui répond l'archevêque, nous ferons les papiers pour l'abandon du statut clérical. « Mais attends un an ou deux avant de faire des enfants. » Deux années passent, la relation s'étiole, l'ancien prêtre revient et confesse avoir compris que le sacerdoce était sa véritable vocation. D'accord, répond l'archevêque, nous lancerons la procédure de réadmission. « Mais avant, vis en tant que laïc dans la chasteté pendant cinq ans. » Aujourd'hui, assurent-ils, c'est l'un des prêtres les plus appréciés de la capitale.

Jorge connaît les voies poussiéreuses des faubourgs, les arbres grisâtres, le regard des habitants, tantôt affectueux et enthousiaste, tantôt méfiant et fermé. Il connaît les rues pleines de nids-de-poule où stationnent des voitures hors d'âge, mille fois rafistolées. Il reconnaît les enfants qui jouent au bord des rigoles, une mère qui épouille sa fille et les chiens errants qui vaguent paresseusement d'un croisement à l'autre. Parfois, une cabane à la fenêtre protégée de barreaux porte l'inscription prétentieuse « Boissons, glace, pain,

1. J. Di Paola, entretien avec l'auteur.

lessive ». Plus loin, au-dessus d'une porte close, une main a tracé « Internet ».

Jorge connaît les grilles qui bordent obsessionnellement portes et fenêtres, vérandas et même la minuscule entrée du primeur. Dans la Villa Ramón Carrillo, même le kiosque dédié à saint Gaétan, patron du travail et du pain, est recouvert d'un grillage de métal si serré qu'on ne distingue pas l'icône. Pareil dans les autres faubourgs. Jorge est habitué à la succession désordonnée de maisons mal bâties, où sur un premier étage enduit s'en est construit un deuxième de briques, puis un troisième. Balcons improvisés, pièces inachevées, sans toit, qui pendant deux ou trois ans restent à ciel ouvert et servent de terrasse pour étendre le linge. Bidons, bouts de ferraille, squelettes de tables, lits jetés à même la rue. Derrière un échangeur s'étend un faubourg encore plus précaire, Villa Esperanza. Des ruelles si étroites qu'on y passe à peine. Sur une cellule de ciment pointe un panneau « À vendre ».

À Buenos Aires, l'archevêque a toujours été un « pouvoir ». La Plaza de Mayo réunit symboliquement les pouvoirs de la capitale : la Casa Rosada (le palais présidentiel), la cathédrale, la mairie, le ministère de l'Économie. « Bergoglio n'a jamais regardé la réalité depuis la perspective de la Plaza de Mayo, mais depuis les lieux de douleur, de misère, de pauvreté, remarque le père Di Paola. Depuis le bas, d'un faubourg ou d'un hôpital. »

Jorge inculque à ses prêtres que le curé ne doit pas être un fonctionnaire, qu'il doit savoir traiter les consciences à partir de leur situation concrète, exercer « une grande miséricorde dans la confession », faciliter l'accès aux sacrements, « donner immédiatement les choses de Dieu à qui les demande »[1]. Et donner gratuitement, car il n'est pas propriétaire des choses de Dieu, seulement son truchement. Les prêtres le savent. Jorge se montre dur envers ceux qui prétendent alourdir les rapports avec les fidèles par des règles, des obstacles et de la bureaucratie ecclésiastique.

L'archevêque, qui se fond dans la métropole comme un prêtre quelconque, est intimement convaincu que le lien avec les pauvres représente une richesse spirituelle car c'est chez eux que l'on trouve une authenticité et une simplicité particulières dans les rapports avec Dieu. Le choix des pauvres – établi par les grandes assemblées de l'épiscopat latino-américain des cinquante dernières années à Medellín, Puebla, Santo Domingo ou Aparecida – est fondamental à ses yeux. Pas pour des raisons idéologiques, mais purement religieuses. Selon sa formule, le berger doit avoir « la même odeur que ses moutons[2] ». Cette idée ne l'abandonnera jamais tout au long de son existence.

Jorge sait que les faubourgs sont aussi un monde violent, où la brutalité plane malgré le calme apparent des femmes assises devant leur porte, des hommes vautrés sur des chaises à boire et à discuter, des enfants qui à Noël – le plein été à Buenos Aires – s'éclaboussent joyeusement dans de petites bassines en plastique. Jorge est au courant, mais il ne fuit pas, il n'a pas peur.

Villa Ramón Carrillo, à quelques pas de la paroisse, le porche noirci d'une maison rappelle l'expédition punitive menée par la famille d'un garçon tué d'une balle perdue pendant une bataille entre bandes rivales.

1. P. Baya, entretien avec l'auteur.
2. C. Martini Grimaldi, *Ero Bergoglio, sono Francesco*, Marsilio, 2013.

Ailleurs, il y a pire. Une famille bourgeoise de Buenos Aires qui avait adopté une enfant des faubourgs a découvert à travers ses dessins et grâce à l'aide d'un psychologue qu'elle avait assisté à un avortement, après quoi le fœtus avait été jeté en pâture aux chiens [1].

Un jour de baptême reste gravé dans la mémoire du père Pedro Baya. Au moment même où il administrait le sacrement à côté de l'autel, un jeune voleur s'est soudain arrêté à la porte de la cabane qui tenait lieu d'église, haletant. Sa victime l'avait rattrapé et le rouait de coups sur la tête avec la crosse de son pistolet. « Le garçon était à genoux, il hurlait. Le poursuivant a saisi son arme à deux mains en criant : "Je vais te tuer, je vais te tuer !" J'ai laissé le nouveau-né et j'ai couru l'arrêter, terrorisé. » La tête ensanglantée, le garçon a été sauvé *in extremis* et conduit à l'hôpital. Sur le seuil de l'église, il est resté une mare de sang. « Du sang contaminé par le sida, nous avons enfilé des gants et avons commencé à nettoyer », se souvient le prêtre.

Cette porte en fer forgé, peinte en vert, Jorge l'a franchie plusieurs fois. Le curé n'a pas eu le courage de lui raconter cette histoire. Pourtant, l'archevêque en a entendu tant, dans des lieux qu'il connaît parfaitement. Ce n'est pas un monde qu'il découvre à travers les journaux télévisés : il en connaît l'odeur, les visages, il fait partie de sa vie.

Outre la violence, la drogue est enracinée dans les faubourgs. Les chefs de la mafia vivent ailleurs, dans les beaux quartiers. Mais les *peones* du narcotrafic sont ici. C'est le royaume du *paco*, la drogue à prix cassé – à peine plus de cinq pesos – obtenue d'un

1. J.M. Poirier, directeur de la revue *Criterio*, entretien avec l'auteur.

dérivé de la cocaïne et qui « éclate le cerveau », dit-on à Buenos Aires. Elle rend dépendant en très peu de temps. On l'offre aux plus jeunes, des gamins de treize, quatorze ans, parfois moins. Les mêmes qui lors d'un enterrement enlacent affectueusement le curé, qui sent la bosse dure d'une arme sous leur veste. Des adolescents qui cambriolent des maisons pour s'acheter une dose, puis, sous l'emprise de la drogue, agressent les passants.

La drogue est un problème crucial car elle favorise la diffusion d'armes de poing aux mineurs. En 2009, les *curas villeros*, les prêtres des faubourgs, sont intervenus de manière provocante dans le débat national sur une éventuelle dépénalisation des drogues en publiant un texte de dénonciation. Ils écrivaient que, « dans les faubourgs, il existe une libéralisation et une dépénalisation de fait ». Le problème, ce ne sont pas les bidonvilles, dit le texte, mais le trafic qui les utilise et s'y enrichit. Ce document a eu un fort impact sur l'opinion publique. La réaction des seigneurs de la drogue ne s'est pas fait attendre : « Disparais, ou tu es un homme mort », grogne au père Pepe Di Paola un trafiquant masqué qui l'arrête dans une ruelle de la Villa 21, un soir d'avril[1].

L'archevêque n'hésite pas à se joindre à la dénonciation, qu'il reprend à son compte. Deux jours plus tard, pendant une messe célébrée sur le parvis de la cathédrale, il attaque publiquement « les puissants marchands des ténèbres » et raconte les menaces envers son prêtre. Pepe, qui se trouve à l'origine du document, se sent couvert au même titre que les curés de faubourg : « Je préfère qu'ils me tuent moi plutôt que toi »,

1. E. Piqué, *Francesco. Vita e rivoluzione*, Lindau, 2013.

lui a dit l'archevêque. Les narcotrafiquants ont renoncé à l'assassinat, bien que par la suite Pepe ait été obligé de quitter Villa 21.

Qu'il descende dans les galeries du métro ou monte dans le bus, sa sacoche noire à la main, Jorge garde tout cela en mémoire. Il n'est ni inconscient ni fataliste, seulement convaincu que pour exercer sa fonction de « pasteur qui suit son troupeau » il ne peut choisir les palais, les voitures, les chauffeurs et les escortes. Il sait parfaitement que les narcotrafiquants ne reculent devant rien, pas même les principes de l'Église. En 1993, le cardinal mexicain Juan Posadas Ocampo a été assassiné à l'aéroport de Guadalajara lors d'un massacre perpétré par les tueurs sans pitié du « Cartel de Tijuana ». L'enquête officielle qualifie l'événement de fatalité tragique, comme si le prélat s'était trouvé pris dans une fusillade entre bandes rivales. Il est ensuite apparu que des éléments gouvernementaux avaient conseillé à Ocampo de taire des informations relatives à la collusion entre trafiquants et politiciens locaux.

L'archevêque Bergoglio aussi a reçu des avertissements. Au cours de l'année 2012, des syndicalistes l'ont prévenu qu'il ferait mieux de se méfier, parce que des groupes lui voulaient du mal, et de ne pas se déplacer dans la ville sans escorte. « Je n'abandonnerai jamais la rue[1] », a-t-il répondu. Même réaction quand ses prêtres de faubourg l'ont mis en garde contre le risque d'enlèvement.

Jorge a expérimenté les deux visages de la banlieue. Une violence déchaînée et une grande humanité. Il a

1. E. Himitian, *François, un pape surprenant*, Presses de la Renaissance, 2013.

vu que dans ces agglomérations illégales s'amassent des gens simples, affamés d'espérance, animés de solidarité et d'une intense dévotion populaire, heureux en temps de fête. Le père Pepe a toujours soutenu qu'il était bien plus facile de mettre en place une soupe populaire dans un faubourg que dans un quartier aisé. « Les femmes cuisinent, les hommes apportent le nécessaire, les jeunes aident spontanément. » Parmi les maisons fissurées, éternellement inachevées, où l'État est une abstraction et où les autorités se sont toujours tournées vers les prêtres pour savoir où habitaient les gens, les paroisses sont des centres d'assistance et d'accès à la citoyenneté.

Villa 21, c'est à la paroisse que les gens viennent retirer un peu de nourriture : du pain, quelques vivres et des fruits dans des sacs préparés à l'avance. Toto De Vedia, le curé qui a succédé à Pepe, reçoit tout le monde dans une minuscule pièce tapissée de photos, de souvenirs, d'annonces écrites à la main. Deux téléphones portables, une éternelle tasse de maté, la boisson nationale amère et parfumée, un agenda couvert de notes. C'est une procession sans fin. Une mère qui vient pour le goûter de son fils à l'école, une autre, inquiète parce que son garçon a cédé à la drogue et à la rue, une mère qui cherche un travail pour sa fille. Un garçon à placer, une fête à organiser au centre des personnes âgées, les visites aux familles et aux malades, l'approvisionnement en aliments en cas de besoin, une invitation à célébrer une messe à l'hôpital psychiatrique voisin, la construction de l'école du faubourg, une femme qui a besoin d'un fauteuil roulant, les confessions et encore d'autres messes.

Dans la métropole de Buenos Aires, les Villas, pour lesquelles l'archevêché a créé un vicariat spécial, ne sont pas des quartiers mais de petites villes. Villa 21 compte quarante mille habitants, « soixante, soixante-dix hectares soustraits au contrôle des institutions », précise Toto De Vedia. Sous la supervision de l'archevêque, les faubourgs ont vu naître des instituts pour la reprise des études secondaires, des centres pour personnes âgées, des centres antidrogue, des centres de formation professionnelle. On organise des activités sportives pour aider les toxicomanes à sortir de la rue, du soutien scolaire pour ne pas laisser les enfants livrés à eux-mêmes. La création du vicariat souligne l'importance stratégique qu'attribue l'archevêque à ces quartiers.

Chaque fois qu'il se rend en banlieue, Jorge constate la naissance de nouvelles initiatives. Quand il descend du train urbain pour se diriger à pas lents vers la paroisse de Villa Ramón Carrillo, la dernière qu'il a créée, il voit qu'une annexe émerge doucement à côté de l'église, destinée à accueillir les réunions, le soutien scolaire, les cours de formation professionnelle et même une petite pharmacie. Les travaux sont menés par un groupe d'une trentaine d'étudiants qui, sous la direction d'un chef de chantier, viennent chaque samedi du centre-ville. « Un groupe de jeunes juifs et leur rabbin nous aident également », explique la bénévole Mechi Guinle. Un habitant du faubourg, de confession évangélique, donne un coup de main avec son camion. En effet, les fidèles de la communauté évangélique, qui possèdent un temple et plusieurs salles de prière dans le bidonville, cohabitent sans difficulté avec le curé catholique. Devant l'église, une banderole bleue proclame : « Marie, aide-nous à croire que l'impossible est possible. »

Jorge se sent à l'aise dans ces paroisses de banlieue désespérées. Ces maisons de Dieu, il les a vues croître ou les a créées. Pour les immigrés des régions les plus délaissées, l'église représente un coin d'espoir. À Villa 21, qui compte un nombre important d'immigrés paraguayens, la paroisse est dédiée à leur Vierge de Caacupé. L'église ressemble à un garage de ciment regorgeant de statuettes de la Madone. Chacune possède son histoire et son pouvoir d'intercession, à commencer par celle de Guadalupe. Au fond du bâtiment, une grande fresque représente une foule joyeuse en pèlerinage au sanctuaire de Caacupé. On trouve également un vitrail rond représentant Jésus. Un grand crucifix. Une statue du Christ montrant son cœur miséricordieux. Un portrait de don Bosco. Une image du père Carlos Mugica, le prêtre intellectuel de Villa 31 de Retiro, engagé dans le mouvement « Prêtres pour le tiers-monde », assassiné en 1974 par les brigades anticommunistes « Triple A ». Une statue de saint Roch avec son chien. Ou encore, dans un coin derrière l'autel, une sorte de grotte décorée de fleurs en papier bariolées, qui accueille un Enfant Jésus debout devant la Croix, entouré des photos des fidèles de la paroisse.

Cette explosion de ferveur populaire réchauffe Jorge, il sourit face à la plaque de bois qui commémore « le baptême [de l'église accompli] le 8.10.2009 par l'évêque père monseigneur Jorge Mario Bergoglio ». Jorge aime les femmes qui prient silencieusement sur les bancs de l'église tandis que les enfants courent sous l'auvent voisin. Il n'a de cesse de répéter à ses prêtres : « L'Église n'est pas faite pour contrôler les gens, mais pour les accompagner là où ils sont. » Avant son arrivée, les curés en charge d'une paroisse au centre-ville s'occupaient également d'un quartier de banlieue.

Maintenant, c'est l'inverse : aux prêtres des bidonvilles il confie également une paroisse de classe moyenne.

Arrivé à l'âge de la retraite, Jorge ignore que sa vie a atteint un tournant. Chacun « naît » à une saison précise. Karol Wojtyla s'est endurci dans la lutte clandestine contre l'occupation nazie, puis en travaillant dans les carrières de pierre et dans l'usine Solvay. Benoît XVI s'est formé dans les amphithéâtres de l'université. Pie XII et Paul VI ont grandi dans les salles de la secrétairerie d'État de la cité du Vatican. Jean XXIII a mûri entre les orthodoxes de Bulgarie et les musulmans de Turquie.

Jorge Mario Bergoglio renaît de ses trajets en métro, observant la ville à partir de ses entrailles, mesurant à pied l'espace entre les baraques.

2

La peur de François

Il pleut sur le palais apostolique. La place Saint-Pierre est constellée de parapluies. L'après-midi du 13 mars est imprégné d'humidité. Tous regardent en direction de la chapelle Sixtine, où les cardinaux électeurs cherchent un successeur à Benoît XVI.

Un goéland a pris place sur la cheminée d'où s'élèvera la fumée. Il est là depuis des heures. Les goélands évoquent les mers ouvertes, l'océan. Plus prosaïquement, ils sont arrivés depuis quelques années dans la Ville éternelle en remontant le Tibre à la recherche de nourriture. Le matin, Rome résonne de leurs cris, comme un port.

Le conclave s'annonce long. La veille, le cardinal de Paris André Vingt-Trois a évoqué « une demi-douzaine de cardinaux [1] » encore en lice. L'archevêque de Milan Angelo Scola paraît en tête, mais on n'exclut pas un pape brésilien, canadien ou hongrois.

Sur la place, la foule attend, patiente mais tendue. La veille, le 12 mars, la procession solennelle des cardinaux vêtus de pourpre a fait son entrée dans la chapelle Sixtine. Ils ont juré de garder le secret et « de n'aider ou de ne favoriser aucune ingérence,

1. A. Tornielli, www.lastampa.it, 11/03/2013.

opposition ni aucune autre forme d'intervention » de la part d'autorités séculières, de groupes ou d'individus. « Je le promets, j'en fais le vœu et je le jure. Que Dieu m'y aide, ainsi que ces saints Évangiles que je touche de ma main[1] », a scandé chacun des cardinaux. À 17 h 39 le maître des cérémonies pontificales Guido Marini a intimé l'*extra omnes*, « tout le monde dehors », tandis que l'on fermait la grande porte de la chapelle.

Celle-ci ne comporte pas de fenêtres à hauteur d'homme, seulement sous le plafond. Elles ont été voilées. Dans ce grand espace dominé par *Le Jugement dernier* de Michel-Ange, les cardinaux se sont assis en deux files sur de longs bancs couverts de velours rouge. On sent encore une odeur de bois frais. Les sièges élégants sont capitonnés couleur champagne.

Aucun sanctuaire du pouvoir ne soutient la comparaison. Ni le Kremlin ni la Cité interdite. Aucun empereur régnant sur un million de sujets n'est élu avec de tels rites sobres mais mystérieux dans une salle aussi parfaite, couverte de fresques impressionnantes. « Le choc avec le Christ du *Jugement* donne des frissons, se rappelle le cardinal Angelo Bagnasco. Quand on ferme la porte, nous sommes seuls : nous et Lui[2]. »

Au moment du vote, chaque cardinal écrit secrètement un nom sur son bulletin, qu'il plie pour que personne ne le lise, puis se dirige lentement vers le fond de la chapelle. Il passe devant un lutrin où trône l'Évangile pour atteindre la table de la présidence, sur laquelle se trouvent les trois urnes du conclave : une pour les bulletins déposés, une pour les bulletins

1. *Ordo rituum conclavis.*
2. A. Bagnasco, entretien avec l'auteur.

dépouillés et la troisième, munie d'une petite serrure, à apporter aux cardinaux malades qui ne peuvent quitter leur lit.

Derrière la table de la présidence se dresse l'antique autel de marbre, tourné à l'ancienne mode vers le mur orné de la fresque du *Jugement*. C'est là que Benoît XVI a choisi de célébrer une messe en latin, polémique tacite avec les opposants à l'ancien rite préconciliaire. Au cours de la cérémonie, l'anneau symbolisant le pouvoir papal lui a glissé du doigt pour rouler à terre. Un présage.

Dans le vestibule, fermé par une grille en marbre et en fer forgé, se trouvent deux poêles. Un rond pour brûler les bulletins de vote, un carré pour les cierges fumigènes, qui produisent une fumée très noire ou très blanche.

Les marches qui séparent le vestibule de la partie où s'asseyent les cardinaux sont recouvertes d'un plan incliné. Officiellement, il s'agit d'aider les cardinaux les plus âgés, mais il cache en réalité les machines destinées à brouiller téléphones portables et autres appareils électroniques permettant de communiquer avec l'extérieur. C'est depuis l'époque de Paul VI que l'on a recours aux dernières technologies pour assurer le secret absolu du conclave. Un système d'ondes électromagnétiques neutralise la chapelle et tout l'espace environnant.

Le goéland est toujours là. Comme si ce n'était pas la bonne journée pour voir la fumée blanche. La veille au soir, le mardi, la fumée qui s'est élevée à 19 h 41, après le scrutin, était noire. Tout le monde s'y attendait. Le premier vote sert de baromètre pour mesurer les forces en présence.

Ce conclave est celui des indécis. Ce sont eux qui feront pencher la balance en faveur du vainqueur, car aucun candidat ne devance clairement les autres. Contrairement à Joseph Ratzinger en 2005, après la mort de Jean-Paul II : grand théologien, proche collaborateur du pape Wojtyla, homme d'esprit capable de dialoguer avec la culture contemporaine.

Pendant que les cardinaux votaient, deux jeunes militantes du mouvement Femen se sont déchaînées place Saint-Pierre. Sur leur torse nu était inscrit en gros caractères « Pédophilie, plus jamais ». Voilà comment s'est déroulée la première journée.

Mercredi matin, deuxième journée de conclave, la cheminée crache à 11 h 40 une épaisse fumée noire, signe que ni le deuxième ni le troisième vote n'ont donné de résultat. Sur cent quinze électeurs, il faut soixante-dix-sept votes – les deux tiers – pour être élu. Beaucoup pensent que trois jours seront nécessaires pour trouver un accord sur l'après-Ratzinger, un temps comparable aux huit scrutins qui ont servi à mener au trône pontifical Karol Wojtyla. Mais le porte-parole du Saint-Siège, Federico Lombardi, offre une déclaration sibylline : « Peut-être aurons-nous l'élection du successeur dans les prochaines heures [1]. »

L'après-midi s'écoule lentement. La pause-déjeuner à la résidence Sainte-Marthe est le moment où s'établissent des contacts discrets entre les cardinaux électeurs. Invitations voilées à se désister, suggestions allusives de faire converger les votes vers un candidat, rapides calculs sur l'opportunité de maintenir un nombre de votes sur un nom « d'attente », demandes d'informations *in extremis* sur un confrère. Un conclave

1. www.liberoquotidiano.it, 10/03/2013.

est toujours un mélange impalpable de spiritualité, de stratégie, d'élan religieux et de talent manœuvrier. Il y a les *kingmakers*, les faiseurs de papes, et les grands conseillers capables de canaliser les votes.

Le cardinal Bagnasco se rappelle le climat très détendu de cet intervalle. « Je ne sentais pas autour de moi l'urgence d'arriver tout de suite au résultat. » Pourtant, au cours du déjeuner a eu lieu un mouvement souterrain pour déplacer les votes. Après le repas, certains cardinaux ont l'impression que les choses vont s'accélérer. Peut-être est-ce le flair de ceux qui connaissent les vents de la curie. Le cardinal Antonio Maria Vegliò, encore sceptique quelques heures plus tôt quant à la possibilité d'un résultat rapide, est soudain sûr que le dénouement est proche : « Pendant le conclave, je me sentais comme un stylo dans la main de Dieu[1]. »

Entre le deuxième et le troisième vote, Bergoglio passe en tête, avec plus de cinquante suffrages[2]. La veille au soir, son compatriote le cardinal Leonardo Sandri, son ancien compagnon de séminaire à Buenos Aires aujourd'hui préfet de la congrégation pour les Églises orientales, l'a carrément encouragé : « Prépare-toi, mon cher[3]. » Assis parmi ses commensaux, Bergoglio éprouve des émotions contradictoires. Une grande paix inexplicable et « une obscurité totale sur tout le reste[4] ».

Sur le parvis de la basilique du Vatican, l'après-midi s'étire. Vers dix-huit heures, la tension augmente. La foule amassée sur la place comprend que le quatrième

1. A.M. Vegliò, entretien avec l'auteur.
2. E. Piqué, *Francesco. Vita e rivoluzione*, *op. cit.*
3. *Ibid.*
4. François, *L'Église que j'espère*, Flammarion, 2013.

scrutin non plus n'a pas permis le consensus. Au début de la journée, une partie des cardinaux n'avait pas encore les idées claires. Le cardinal de Washington, Donald Wuerl, avait prédit : « Ce conclave ne sera pas bref… Le choix des candidats n'est pas encore clair[1]. »

À partir de 18 h 30, la foule est de plus en plus inquiète. Chaque minute semble rapprocher d'un résultat positif. Sous le ciel blême, un phare éclaire la cheminée de la chapelle Sixtine. Enfin à 19 h 06 s'échappe une fumée grise, puis toujours plus blanche, plus éclatante. Les hurlements de la foule montent jusqu'aux toits, suivis d'un silence surnaturel. Tous attendent le nom de l'élu. La tension augmente de nouveau, les quarts d'heure défilent sans que rien se passe.

Le temps se fait long, très long. Des dizaines de milliers de fidèles et de curieux entassés sous des parapluies fixent le balcon de la basilique en attendant que les rideaux s'ouvrent pour l'annonce du nouveau pontife. Les pronostics vont bon train. Contrairement aux prévisions, le conclave a été très court, presque une élection éclair. Les observateurs se demandent si la rapidité du choix n'indique pas qu'il s'agit de Scola.

L'archevêque de Milan, déjà patriarche de Venise, est entré au conclave poussé par une puissante machine de propagande. Dès le départ, on le créditait de trente-cinq à quarante voix. C'est un pasteur, un organisateur, un intellectuel en dialogue avec les orthodoxes et le monde islamique à travers la revue *Oasis* dont il est le fondateur. Il a été recteur de l'université pontificale du Latran. On le présente comme un représentant convaincu de la vision de l'Église et

1. Adnkronos, 08/03/2013.

du monde que défendait Benoît XVI. Avec Ratzinger il a participé à la revue *Communio*, née en opposition au réformisme avancé des théologiens de Vatican II, réunis autour du trimestriel *Concilium*. Devenu pape, Ratzinger a transféré Scola du siège patriarcal de Venise à celui d'archevêque de Milan. Diriger le plus grand diocèse d'Europe le place bien en vue. Un choix – non réclamé par Scola – que beaucoup de catholiques ont critiqué à voix basse, car il revenait à amoindrir le siège patriarcal.

Le dimanche avant le conclave, le *Corriere della Sera* titrait en une « L'espoir d'un pape italien ». Comme si l'élection de l'archevêque de Milan pouvait représenter une fierté nationale providentielle et, pour l'Église, une issue favorable à la crise du pontificat de Ratzinger. En attendant, les adhérents de Communion et Libération – le mouvement d'où est issu le cardinal – ont afflué massivement à Rome.

Tandis que la foule attendait en bas, dans la chapelle Sixtine, la balance des votes a penché vertigineusement en faveur de Jorge Mario Bergoglio, archevêque de Buenos Aires.

Le mouvement n'a pas été arrêté par l'incident du quatrième scrutin, dans l'après-midi, où un vieux cardinal s'est trompé en glissant deux bulletins dans l'urne. Vote annulé, car on comptait une voix de plus que les cent quinze votants. Les cardinaux sont aussitôt retournés voter. Parti d'une vingtaine de suffrages le premier jour, Bergoglio a vu ses voix augmenter constamment, vote après vote, jusqu'à atteindre l'avalanche de quatre-vingt-dix, bien plus que les soixante-dix-sept nécessaires[1]. Plus que les quatre-vingt-quatre

1. E. Himitian, *François, un pape surprenant*, *op. cit.*

votes réunis en 2005 par Joseph Ratzinger[1]. « C'était comme un robinet qu'on ouvre toujours plus grand », confie un cardinal.

Bergoglio a joué un rôle de premier plan lors du conclave qui a vu élire Benoît XVI. Point de ralliement du parti réformateur mené par le cardinal Carlo Maria Martini, atteint de la maladie de Parkinson et par conséquent inenvisageable comme successeur à Jean-Paul II, mort plié sous les effets de la même maladie. Au troisième scrutin, Bergoglio avait totalisé quarante votes contre les soixante-douze de Ratzinger[2].

Puis il s'était retiré, cédant le pas au cardinal allemand, préfet de la Congrégation pour la Doctrine de la foi. Il ne voulait pas être utilisé comme tête de pont par le camp anti-Ratzinger. Et il avait eu peur. D'autre part, les rapports de force du conclave de 2005 ne lui laissaient aucune chance.

Cette fois-ci, il ne pensait pas entrer de nouveau en lice. Le 26 février, dans le vol Alitalia qui l'emmenait de Buenos Aires à Rome, le cardinal argentin s'était installé à sa place, rangée 26 – près de l'issue de secours pour pouvoir étendre ses jambes – et répétait à ses amis qui le sondaient quant à ses projets : « Ne vous inquiétez pas. Il n'y a pas la moindre chance que je sois élu pape[3]. » Pourtant, en Argentine, certains pensaient le contraire. Avant qu'il ne parte, le père Alejandro Russo, recteur de la cathédrale de Buenos Aires, lui avait dit : « Quand au conclave vous entendrez éminentissime Bergoglio 75, éminentissime Bergoglio 76, éminentissime Bergoglio 77 et que les

1. L. Brunelli, « I classici di Limes », n. 1, 2009.
2. *Ibid.*
3. E. Himitian, *François, un pape surprenant, op. cit.*

applaudissements éclateront, pensez à moi[1]. » En le saluant, l'un de ses collaborateurs lui confie : « Peut-être votre moment est-il venu[2]. » Bergoglio n'y croit pas, il se dérobe. Mais pendant les jours incertains qui ont suivi la démission de Benoît XVI, alors qu'il parlait avec un avocat de sa connaissance, il a laissé échapper : « Si je suis choisi, je saurai quoi faire. »

À présent, le 13 mars 2013, tandis que dans la chapelle Sixtine le cardinal Giovanni Battista Re, appelé à présider le conclave, lui demande s'il accepte l'élection, le cardinal argentin répond, sans hésitation, un oui clair. « *Vocabor Franciscus in memoriam sancti Francisci de Assisi...* [je m'appellerai François en mémoire de saint François d'Assise] », scande-t-il en latin. Pourtant, raconte un participant au conclave, « ce n'est qu'au dernier moment qu'il s'est rendu compte que l'élection devenait réalité ».

« Pendant le vote, Bergoglio était assis au premier rang, il avait le visage sérieux, serein », se rappelle un autre cardinal. De nombreux électeurs sont surpris que tout se soit terminé si soudainement. « Au moment du vote décisif, nous avons éprouvé une grande joie. Cette rapidité nous a donné un sentiment de soulagement... Ce n'était pas prévu. »

Il y eut un frisson dès que Bergoglio annonça le nom qu'il avait choisi, ajoute un autre témoin. « Une sorte de choc électrique a parcouru les rangs des cardinaux. Nous comprenions que nous assistions à un tournant spirituel. François signifie la croix, la joie, la pauvreté. » Le pape a raconté lui-même le moment crucial du conclave : « Pendant l'élection, j'avais à côté de moi

1. C. Martini Grimaldi, *Ero Bergoglio, sono Francesco*, *op. cit.*
2. E. Himitian, *François, un pape surprenant*, *op. cit.*

l'archevêque émérite de São Paulo, le cardinal Cláudio Hummes [...], un grand ami ! Quand la situation devenait un peu dangereuse, il me réconfortait. Et quand les voix ont atteint les deux tiers, les applaudissements d'usage ont éclaté, car le pape était élu. Il m'a pris dans ses bras, m'a embrassé et m'a dit : "N'oublie pas les pauvres !" Ce mot est entré ici : les pauvres, les pauvres [...]. J'ai pensé à François d'Assise... j'ai pensé aux guerres, tandis que le scrutin se poursuivait jusqu'au dernier vote. François est l'homme de la paix. C'est ainsi qu'est venu le nom dans mon cœur : François d'Assise[1]. »

Dans son cœur, le nouvel élu porte un autre mot : miséricorde. Le premier jour du conclave, le cardinal allemand Walter Kasper, auteur d'un ouvrage intitulé *Miséricorde*, lui en a offert la traduction espagnole. « Voici le nom de notre Dieu. Sans miséricorde, nous sommes perdus ! » s'est écrié Bergoglio.

Durant le conclave, François fait les premières entorses aux règles traditionnelles. Parti se changer, il refuse la surchemise en lin clair (le rochet), la mosette rouge et l'étole. Il refuse la croix d'or pour garder la sienne, de fer. Il exige de ne porter que la tunique blanche de pape, dont Jean-Paul II a fait un symbole durant ses voyages de par le monde.

Vêtu des parures pontificales, il reçoit debout et non assis sur son trône les hommages d'obéissance des cardinaux. Il refuse les génuflexions. « Il a choisi l'accolade », remarque un cardinal présent. Pour commencer, il se dirige vers le fauteuil roulant du cardinal indien Ivan Dias, dans un coin de la chapelle Sixtine, pour l'embrasser.

1. François, *Audience aux représentants des médias*, 16/03/2013.

« Que Dieu vous pardonne », lâche Bergoglio à ceux qui l'ont élu. L'expression a tout d'un classique : Albino Luciani l'avait déjà prononcée au moment de devenir Jean-Paul Ier.

Avant de se présenter au balcon de la basilique, François est pris d'un grand trouble. Presque un vertige. Les dernières heures ont été un ascenseur émotionnel. En quittant la chapelle, il traverse les rangs des cardinaux « sans regarder à droite ni à gauche [...]. Il avait les yeux baissés, un regard grave, il ne souriait pas, ne disait rien, comme s'il portait un poids énorme », témoigne Mgr Dario Viganò, responsable du centre télévisé du Vatican. Il sort, fait quelques pas et entre dans la chapelle Paolina, où a été disposé pour lui une sorte de petit trône avec un prie-Dieu. Mais Bergoglio s'arrête au dernier rang, prend par le bras le cardinal Jean-Louis Tauran et le vicaire de Rome Agostino Vallini, qu'il attire à côté de lui. Agenouillé, il se met à prier « comme s'il réglait ses comptes avec lui-même devant Dieu [1] ».

C'est une longue prière. « J'avais la tête vide, une grande anxiété m'avait envahi, confie Bergoglio à Eugenio Scalfari. J'ai fermé les yeux et toute pensée a disparu. J'ai fermé les yeux et je n'ai plus ressenti aucune inquiétude, aucune émotion. Une grande lumière m'a envahi, ça n'a duré qu'un instant, mais ça m'a paru très long [2]. » Après la prière, confirme Viganò, « il s'est relevé, et à partir de cet instant il a été un autre ».

Un cardinal aguerri raconte que pendant le conclave de 2005 Bergoglio était mal à l'aise en raison de

1. Dario Viganò, *Conférence AIART*, *Pavie*, 25/10/2013.
2. E. Scalfari, *La Repubblica*, 01/10/2013.

l'opposition à Ratzinger, qu'il estimait. Il ne se sentait pas prêt. « À présent, il était prêt », précise l'un de ses collaborateurs à Buenos Aires qui l'avait observé au retour du conclave. « En 2005, il s'est senti appelé par Dieu, mais il avait peur. À présent, c'est comme dans la Bible, quand le Seigneur appelle les prophètes pour la deuxième fois. »

Dehors, sur la place Saint-Pierre, la foule n'en peut plus. Pendant que l'attente s'éternise, Bergoglio téléphone à son prédécesseur, mais il ne parvient pas à lui parler car personne n'entend le téléphone : Benoît XVI regarde la télévision. Finalement, les fenêtres s'ouvrent et le cardinal diacre Jean-Louis Tauran apparaît. « *Habemus Papam*, annonce-t-il avec son accent français. *Georgium Marium Sanctae Romane Ecclesiae cardinalem Bergoglio.* » La foule applaudit de joie, mais l'ovation est tempérée par l'incertitude quant au personnage. Qui c'est, Bergoglio ?

Mais il suffit que Tauran prononce le nom « François » et une rumeur s'élève de la place. François, tout le monde le connaît, François le Pauvre, un nom chaleureux pour les croyants comme pour les athées. Tandis que les vitres se referment, en bas résonne, martelé : « Francesco… Francesco… Francesco ».

Le premier pape du Nouveau Monde est un jésuite argentin d'origine piémontaise. Il a choisi un nom qu'aucun pontife romain n'a jamais utilisé, un nom qui représente le contraire du pouvoir. Il rejette immédiatement l'appellation « François Ier » que la curie est prête à lui accoler. Il ne veut pas de numéro à côté de son nom, comme les rois ou les empereurs.

Il est huit heures du soir passées quand le pape François apparaît au balcon de la basilique. Blanc, essentiel. Le visage sérieux, curieux, encadré par ses lunettes, le regard baissé sur l'immense chaudron humain qui bout face à lui. La main droite à peine levée. En quelques mots, il renverse un style millénaire. « Bonsoir », salue-t-il. Il tend brusquement la main, comme pour toucher la foule. Il prie. Remercie. Demande qu'on prie pour lui. Aussi humain que Michel Piccoli dans le film *Habemus Papam*, aussi calme qu'un prêtre de quartier, contemporain parmi ses contemporains. Les cardinaux électeurs, qui sont allés le chercher « presque au bout du monde », il les appelle « frères ». Plus « seigneurs », « cardinaux » ou « éminentissimes », comme disaient Ratzinger ou Wojtyla. Lui-même ne se qualifie jamais de pontife.

Son premier geste est un Pater-Ave-Gloria pour « notre évêque émérite Benoît XVI ». Des dizaines d'hommes et de femmes prient avec lui dans le crépuscule, accroupis dans l'embrassade des colonnes du Bernin. « Je vous remercie de votre accueil[1] », dit-il avec simplicité.

Mais le geste qui frappe les esprits et crève les écrans du monde entier, c'est la pause qu'il marque avant de donner la bénédiction *urbi et orbi* : « Maintenant, je voudrais donner la bénédiction, annonce-t-il d'une voix calme, basse, sans tenter de séduire son auditoire. Mais avant… avant, je vous demande une faveur. Avant que l'évêque ne bénisse le peuple, je vous demande de prier le Seigneur pour qu'Il me bénisse… la prière du peuple qui demande la bénédiction pour son évêque. Faisons en silence cette prière de vous à moi[2]. » Un silence ému tombe sur la place Saint-

1. François, *Bénédiction apostolique*, 13/03/2013.
2. *Ibid.*

Pierre. « J'ai eu la chair de poule », se souvient un prêtre.

C'est ainsi que François naît pape. La peur qu'il a éprouvée avant de venir au balcon et de commencer son règne a disparu. « Me plaît beaucoup nouveau pape », balbutie une jeune fidèle originaire de cette Allemagne qui a rejeté celui de son pays. Tout en regardant l'écran, un prêtre français raconte avoir éprouvé la sensation que « là-haut, au Vatican, est apparu un homme pareil à un prêtre, proche d'eux et de leurs préoccupations, de leurs espérances, de leur quotidien ». Ailleurs, de simples fidèles fondent en larmes devant la télévision.

Le dimanche suivant, voyant comme il prend dans ses bras le corps rigide et contorsionné d'un malade avant de lui souhaiter « bon appétit », une pèlerine d'Ombrie résume : « En disant bonsoir, il s'est mis à notre niveau. En serrant la chair des handicapés, il participe à la douleur de chacun de nous. En souhaitant bon appétit, il montre qu'il comprend que pour beaucoup d'entre nous, arriver jusqu'au repas est devenu un problème. » « Les gens respirent à nouveau », commentera un curé milanais.

Le nonce du Venezuela Pietro Parolin, destiné à devenir le nouveau secrétaire d'État, enregistre le changement d'atmosphère immédiat : « D'une Église assiégée, avec mille problèmes [...], qui paraissait un peu malade, nous sommes passés à une Église ouverte[1]. » Depuis ce 13 mars, François ne quitte plus l'imaginaire des gens. Huit ans après la mort de Jean-Paul II, voici revenu sur la scène mondiale un pape qui conquiert les cœurs et les esprits de ses contemporains.

1. M.I. Molina, *Ultimas Noticias*, 04/08/2014.

Dans la résidence papale de Castel Gandolfo, un homme aux cheveux blancs, le visage pâle, précocement vieilli, a suivi à la télévision l'apparition du nouveau pontife. Joseph Ratzinger, pape émérite. Sans lui, cette élection n'aurait pas pu avoir lieu. Quand il a abdiqué, l'ancien secrétaire de Wojtyla, Stanislao Dziwisz, avait dit qu'« on ne descend pas de la croix » du pontificat. Comme s'il avait déserté.

Mais ce n'est pas vrai. Benoît XVI n'a pas fui. Ratzinger a accompli un acte de force en ouvrant la porte à l'avenir.

3

Le coup d'État de Benoît XVI

Sans Ratzinger, pas de François. Sans la démission de Benoît XVI, le catholicisme n'aurait pas connu le tournant historique d'un pape du Nouveau Monde.

Le 11 février 2013, lors d'un consistoire de routine dédié à la canonisation des huit cents martyrs d'Otrante – tués par les Turcs pour avoir refusé de se convertir à l'islam –, Benoît XVI abdique. Le soir, un éclair spectaculaire frappe la coupole de Saint-Pierre. Symbole indélébile pour un événement extraordinaire. « Un tel geste dépassait mon entendement[1] », reconnaît le cardinal allemand Joachim Meisner, déstabilisé.

Paul Poupard, prélat français, président depuis de longues années du conseil pour la Culture, commente rétrospectivement : « Le choc du pontificat court de Jean-Paul Ier, qui a duré trente jours, a poussé le conclave de 1978 à fermer la parenthèse d'un demi-millénaire de papes italiens. Le choc de la démission de Benoît XVI a donné le courage aux cardinaux électeurs de regarder de l'autre côté de l'océan[2]. »

Selon Giovanni Maria Vian, historien de l'Église et directeur de *L'Osservatore Romano*, Ratzinger

1. J. Frank, www.fr-online.de, 11/02/2013.
2. P. Poupard, entretien avec l'auteur.

songeait dès son élection à l'éventualité de démissionner. On trouve les premières traces de cette idée dans l'encyclique *Deus caritas est*, signée le 25 décembre 2005, tout juste huit mois après sa prise de fonctions. Le pontife note que celui qui est un « instrument » dans les mains de Dieu ne peut songer à agir seul. « C'est Dieu qui gouverne le monde, pas nous. Nous Lui prêtons notre service [...] autant que nous pouvons et tant qu'Il nous en donne la force[1]. » Cardinal, il avait déjà affronté la question. En 2002, face à l'aggravation du Parkinson de Jean-Paul II, il avait remarqué : « Si le pape [Wojtyla] voyait qu'il ne pouvait absolument plus assumer sa charge, il démissionnerait sans doute[2]. »

Plus tôt encore, en 1978, alors qu'il commémorait le défunt pape Paul VI, l'archevêque Ratzinger avait rappelé que lors de son soixante-quinzième puis de son quatre-vingtième anniversaire le pape Montini avait « lutté intensément contre l'idée de se retirer ». Le futur pontife allemand s'était alors laissé aller à des réflexions qui émergeraient de nouveau quand il serait monté sur le trône de Pierre : « On peut imaginer comme doit être pesante l'idée [...] de ne plus avoir un seul moment privé. D'être enchaîné jusqu'à la fin, avec un corps qui cède, à un rôle qui exige chaque jour le plein emploi de toutes les forces d'un homme[3]. »

L'idée opprimante de la fatigue liée à la charge papale avec le poids de la vieillesse accompagne constamment Benoît XVI. À aucun moment Joseph Ratzinger n'a voulu être pape, il n'a jamais intrigué

1. Benoît XVI, *Deus caritas est*, 25/12/2005.
2. J. Ratzinger, *Münchner Kirchenzeitung*, 16/05/2002.
3. J. Ratzinger, « Ordinariats Korrespondenz », Munich, 14/08/1978.

pour le devenir : au contraire, il a subi la fonction par sens du devoir. « Pendant le conclave, lors du dépouillement décisif, Ratzinger avait un sourire triste », se rappelle Poupard, électeur en 2005. Le pontife allemand a vécu l'événement « comme on approche de l'échafaud » et, au moment crucial, il a crié au Seigneur : « Tu m'as voulu. Tu dois aussi m'aider[1]. »

Joseph Ratzinger est une figure tragique. Derrière une attitude apparemment froide, réticente à entrer en contact avec la foule, se cache une personnalité tendre, timide, d'une grande délicatesse, douée d'humour et de ce tempérament fondamentalement joyeux qui caractérise le sud de l'Allemagne. Un personnage d'une « simplicité désarmante et d'une rare sensibilité », capable d'« établir des rapports sans jamais mettre son interlocuteur mal à l'aise », se rappelle son secrétaire Alfred Xuereb, resté au service du pape François.

Certes, en tant que préfet de la Congrégation pour la Doctrine de la foi, Ratzinger s'est montré dur avec les théologiens réformistes. Mais en tant que pape il a témoigné d'une foi vécue dans la joie, expression d'amour pour Dieu et pour son prochain, non pas application d'un ensemble d'interdits. Une foi qui n'abandonne personne dans les déserts de la vie et qui ramène les égarés « vers l'amitié avec le Fils de Dieu[2] ». Remettre le Christ au centre de l'existence chrétienne, voilà l'objectif de son pontificat. Parce que Dieu « n'est pas enfermé dans son ciel » à regarder l'humanité, c'est un « Toi » avec qui on peut entrer en relation,

1. Benoît XVI, P. Seewald, *Lumière du monde*, Bayard, 2010.
2. Benoît XVI, *Homélie, messe inaugurale du pontificat*, 24/04/2005.

un visage réel, « visible en Jésus-Christ »[1]. Quelques jours avant de renoncer, Benoît XVI revient sur le thème qui a constitué le cœur de sa mission : « Le désir [...] de voir le visage de Dieu est inscrit en chaque homme, même chez les athées [...]. Nous avons peut-être ce désir inconscient de simplement voir qui Il est [...], qui Il est pour nous [...]. Ce désir se réalise en suivant le Christ[2]. »

Son pontificat est dramatique. Grand théologien, penseur et prédicateur, Ratzinger est malgré lui coincé aux commandes d'une organisation qui regroupe plus d'un milliard deux cents millions d'hommes et de femmes sur les cinq continents. Benoît XVI est déchiré entre ses responsabilités et son incapacité à manier l'art du gouvernement, entravé par le manque de collaborateurs capables de l'aider à compenser la prépondérance de ses dons de théoricien par une connaissance solide de l'appareil du Vatican et de la multiplicité de la réalité contemporaine. La phase finale de son règne voit une Église « renfermée sur elle-même et en proie au désespoir[3] », admet l'historien Andrea Riccardi. Le tournant de l'élection de François ne peut se comprendre que dans le contexte de la parabole de Benoît XVI et des limites inhérentes au parcours triomphal de Jean-Paul II.

Karol Wojtyla interprète la sauvegarde de l'identité catholique de manière dynamique. Il ne défend pas la foi, il en affirme l'actualité. C'est un pape géopolitique, qui pressent la mondialisation. Ses voyages, qui ressemblent initialement à une frénésie de tourisme

1. Benoît XVI, *Audience générale*, 16/01/2013.
2. *Ibid.*
3. G. Galeazzi, www.lastampa.it, 08/10/2013.

religieux, recréent le sentiment d'unité de l'Église et renforcent les liens entre la papauté et les provinces de l'empire catholique. Wojtyla se présente comme un porte-parole des droits de l'Homme au-delà de toutes les frontières culturelles, religieuses, sociopolitiques. Il établit le dialogue avec les grands monothéismes, entre à la synagogue de Rome et dans la mosquée de Damas pour cimenter la foi dans le Dieu unique, pour lutter contre le fondamentalisme et le terrorisme d'origine religieuse.

Après l'effondrement de l'Union soviétique et la libération de sa Pologne natale, Jean-Paul II dénonce la solitude hégémonique des États-Unis et attaque durement le libéralisme sauvage qui corrompt l'économie mondiale. Gravement malade, il dirige une mobilisation religieuse et diplomatique contre l'invasion de l'Irak par le président Bush, qu'il juge prophétiquement une catastrophe politique et humanitaire – comme le démontrera la suite des événements.

Les zones d'ombre ne manquent pas. L'enterrement des accusations contre le fondateur des Légionnaires du Christ, Marcial Maciel, coupable de graves crimes sexuels. La répression de la théologie de la libération et d'une recherche théologique innovante. La nomination d'évêques choisis principalement en raison de leur fidélité. Le refus de la communion pour les divorcés remariés. Le refus d'une nouvelle approche de la problématique sexuelle. L'absence de réflexion critique sur la crise de la vocation. Le maintien des femmes à des rôles secondaires dans l'Église, malgré une reconnaissance publique du « génie féminin ».

Son pontificat a laissé trois grands signes adressés au futur. La convocation à Assise, en 1986, de tous les chefs religieux du monde pour une prière commune en faveur de la paix : reconnaissance respectueuse de la dignité de chaque être humain à s'adresser à la divinité selon ses propres traditions. Le grand *mea culpa* de l'an 2000 pour les erreurs et les atrocités commises par l'Église au cours des siècles. Enfin, l'encyclique *Ut unum sint* de 1995, où pour la première fois de l'Histoire un pontife invite les dirigeants des Églises chrétiennes à redéfinir ensemble le rôle du pape de Rome en vue d'un rassemblement œcuménique.

Après lui viendra la stagnation. Joseph Ratzinger adopte une position défensive de l'identité chrétienne, évoquant l'image d'une Église assiégée par une horde de spectres : relativisme, matérialisme, libertinage, syncrétisme, nihilisme, consumérisme, athéisme, individualisme, agnosticisme, laïcité, sécularité. La foi, proclame-t-il sans cesse, est menacée par un contexte qui « tend à effacer Dieu de l'horizon de la vie [...] et n'aide pas à discerner le bien du mal [1] ». Dans sa vision, la société occidentale – au centre de son attention – conspire pour réduire la religion à la sphère privée [2].

Les « principes non négociables » deviennent ainsi un mot d'ordre sans appel que les parlementaires catholiques sont tenus de respecter partout, du moins en théorie : inviolabilité de la vie depuis la conception jusqu'à sa fin naturelle, indissolubilité du mariage entre un homme et une femme, liberté de l'éducation et donc devoir des États de financer les écoles catholiques. Certains épiscopats, parmi lesquels celui d'Italie, en feront une arme politique.

Sur le plan liturgique, Benoît XVI défend un retour au sens du sacré et du mystère dans les rites, ce qui se

1. Benoît XVI, *Discours à la Pénitencerie apostolique*, 11/03/2010.
2. Benoît XVI, *Angélus*, 01/01/2011.

traduit par une égalisation totale entre la messe post-conciliaire et l'ancienne messe tridentine, où le peuple est réduit à un troupeau. Lors des cérémonies pontificales, on voit réapparaître des parures et des objets du passé. La crosse de procession de Paul VI, avec le Christ souffrant sur la Croix, est écartée. En revanche, les mitres imposantes de Pie IX font leur retour, et lors des consistoires on ressort le haut trône papal, délaissé par Jean-Paul II comme anachronique. Le réformisme postconciliaire, accusé d'interpréter les documents de Vatican II dans le sens d'une « rupture » avec la tradition, tombe dans son collimateur.

Toutefois, c'est sur le plan du gouvernement que le pontificat de Ratzinger arrive dans une impasse. L'augmentation du nombre d'incidents est impressionnante. Un an après son élection, Benoît XVI provoque un conflit avec le monde islamique à cause d'une citation malheureuse sur Mahomet. Il entre en crise avec le judaïsme en plusieurs occasions : lors de la révocation de l'excommunication de l'évêque lefebvriste Richard Williamson, négationniste antisémite, puis lors de la nouvelle prière du Vendredi saint dans la messe tridentine, qui évoque la nécessité de la conversion des juifs ; enfin, à cause de l'exaltation de Pie XII. Avec les organisations sanitaires internationales, le conflit porte sur le préservatif, que le pontife accuse d'« aggraver » le problème du sida. Avec les catholiques, la fracture naît des concessions faites au mouvement schismatique de Marcel Lefebvre, qui refuse les textes fondamentaux du concile sur la liberté religieuse, la liberté de conscience, l'œcuménisme, et les rapports avec le judaïsme et l'islam.

S'ajoute en 2010 l'explosion des révélations sur les abus sexuels commis par le clergé aux États-Unis, en

Irlande, en Belgique, en Allemagne, en Autriche, avec des documents accusant le Vatican d'avoir étouffé pendant des années les témoignages de ces crimes et d'avoir toléré la mutation de prêtres pédophiles vers une autre paroisse. Le scandale éclabousse directement la personne de Ratzinger pour son rôle en tant qu'archevêque de Munich de 1977 à 1982 : il avait accueilli dans son diocèse un prêtre pédophile, Peter Hullermann, pendant sa thérapie, mais au bout de quelques semaines seulement celui-ci s'était vu confier une nouvelle charge pastorale, et en 1986 il avait encore été condamné pour abus sexuels.

L'année 2010 constitue la ligne de partage du pontificat. À quatre-vingt-trois ans passés, extrêmement fragilisé, Ratzinger se rend compte que la tâche de tenir la barre est à la limite de l'impossible. Son cœur est toujours plus sollicité – le pape porte depuis longtemps un pacemaker pour combattre une fibrillation auriculaire chronique[1] –, son œil gauche lui pose des problèmes, marcher devient chaque jour plus fatigant. En juillet 2009, dans sa maison de vacances du Val d'Aoste, Benoît XVI se fracture le poignet droit en tombant pendant la nuit.

Mais son état physique n'est pas l'épine la plus douloureuse du pontificat. Ce sont les problèmes politiques. Le secrétaire d'État, le cardinal Tarcisio Bertone, s'est révélé incapable d'établir un rapport de travail bénéfique avec la curie. On l'accuse de centraliser, de ne pas connaître l'appareil et de manquer d'expérience diplomatique, de se comporter en vice-pape et de trop improviser.

1. www.lastampa.it, 12/03/2013.

Les cardinaux Schönborn, Scola, Bagnasco et Ruini demandent son remplacement[1]. Le pape reçoit également cette suggestion de la part d'un ami personnel, le cardinal Joachim Meisner, après la catastrophe médiatique de l'affaire Williamson : « Saint-Père, vous devez destituer le cardinal Bertone ! Il est responsable au même titre qu'un ministre dans un gouvernement séculier. » Mais, loyal envers ses collaborateurs, Ratzinger refuse, scandant en italien : « *Basta, basta, basta !* [...] Bertone reste[2] ! » Cependant, tenter de faire taire les critiques ne suffit pas. Benoît XVI a conscience que le pontificat ne peut se poursuivre ainsi. Au cours de l'année 2010, il confie à son biographe Peter Seewald – qu'il autorisera à publier un livre – qu'« on ne peut pas fuir » face au danger. En revanche, on peut se démettre « dans un moment de sérénité ou quand on n'y arrive tout simplement plus ». Si un pape parvient à la conclusion qu'il n'est plus en état de mener à bien la tâche qui lui a été confiée pour « des raisons physiques, psychiques ou mentales », il a alors le droit et dans certains cas le « devoir de renoncer »[3].

L'année précédente, en se rendant à L'Aquila pour réconforter les victimes du tremblement de terre, Benoît XVI a accompli un geste symbolique discret en laissant le pallium papal sur la tombe de Célestin V, célèbre pape démissionnaire[4].

Dans le calme relatif de l'année 2011, Joseph Ratzinger mûrit ses choix. Apparemment, quelques éléments transpirent. Antonio Socci, journaliste lié au

1. *Ibid.*
2. M. Politi, *Joseph Ratzinger. Crisi di un papato*, Laterza, 2011.
3. Benoît XVI, P. Seewald, *Lumière du monde*, *op. cit*
4. www.ilmessaggero.it, 13/02/2013.

mouvement Communion et Libération, écrit en septembre de la même année que le pape « n'écarte pas la possibilité de se démettre pour ses quatre-vingt-cinq ans[1] », c'est-à-dire en 2012. L'article est repris par le site des jeunes salésiens, qui expriment leur inquiétude : cette démission « serait pour nous un malheur[2] ». Mais personne n'est prêt à croire l'incroyable. Le cardinal Jean-Louis Tauran, promu en février 2011 « protodiacre de la Sainte Église romaine », s'entend dire par Benoît XVI : « Vous annoncerez le nouveau pape ! – Pour l'amour de Dieu, non[3] », répond, confus, le prélat français.

Au cours de son voyage au Mexique et à Cuba en mars 2012, Benoît XVI tombe une nuit dans la ville mexicaine de León où il est logé et se blesse à la tête. Il s'agit d'une plaie superficielle, mais il saigne abondamment. L'incident est tenu secret, la calotte papale masque les traces, mais le médecin personnel du pape, Patrizio Polisca, s'oppose à de nouveaux voyages transocéaniques[4]. En effet le voyage suivant de Benoît XVI, au Liban, sera le dernier.

De retour au Vatican, Ratzinger prend la décision irrévocable d'abandonner le trône papal. Ce choix fera date et aura également des répercussions sur le pontificat de Bergoglio comme de ses successeurs. Dans l'histoire de l'Église catholique, aucun pape n'a renoncé volontairement et librement. Les retraits ont toujours été provoqués par des pressions extérieures, par la volonté des empereurs romains ou par des

1. A. Socci, *Libero*, 25/09/2011.
2. www.donboscoland.it, septembre 2011.
3. J.L. Tauran, entretien avec l'auteur.
4. A. Tornielli, *La Stampa*, 14/02/2013.

luttes politiques et religieuses, comme lors du concile de Constance à la fin du Moyen Âge, où pas moins de trois papes et antipapes ont été contraints d'abdiquer. Même Célestin V, le plus célèbre de tous les démissionnaires en raison des invectives de Dante, n'a pas pris sa décision en toute sérénité. Après moins de quatre mois de pontificat (du 29 août au 13 décembre 1294), il fut renversé par des intrigues politiques et ecclésiastiques, et au lendemain de son renoncement il fut emprisonné jusqu'à sa mort par son ambitieux successeur Boniface VIII.

La démission de Ratzinger est d'un tout autre ordre. Elle n'a pas été forcée. Elle n'est ni émotive ni liée à une excessive fragilité physique. Au contraire, elle résulte d'un raisonnement précis. Benoît XVI veut faire table rase des positions cristallisées de la curie. Conformément au droit canonique, son retrait oblige les principaux dirigeants de l'Église à présenter également leur démission. Dans les faits, la décision d'abdiquer équivaut à une sorte de coup d'État qui remet tout à zéro au Vatican.

Ratzinger sait que depuis plus d'un demi-siècle l'hypothèse d'une abdication papale plane sur le Vatican. Craignant que les nazis ne le capturent, Pie XII y a pensé, puis Paul VI. La question a de nouveau été soulevée par Jean-Paul II, qui institua une commission d'étude secrète pour en explorer toutes les implications. Finalement, Wojtyla décida à son tour de ne pas abdiquer. Soit pour s'identifier à la Passion du Christ par ses souffrances, soit parce que cela aurait constitué un « dangereux précédent[1] », se rappelle son ancien secrétaire, le cardinal Stanislao Dziwisz.

1. A. Riccardi, *Jean Paul II,* Parole et Silence, 2011.

Ratzinger se libère de ces inquiétudes. Au contraire, l'explosion en 2012 du grand scandale de Vatileaks le conforte dans son intention. La fuite des documents met en lumière la désagrégation et la paralysie de la machine vaticane. Les médias internationaux publient la correspondance entre le secrétaire général du gouvernorat de la cité du Vatican, Mgr Carlo Maria Viganò, et le secrétaire d'État, le cardinal Bertone. On y lit une dénonciation de la corruption dans les marchés publics de l'État pontifical à hauteur de centaines de millions d'euros. En réponse, Bertone limoge Viganò et l'envoie à Washington en tant que nonce. Le secrétaire d'État se heurte ensuite au cardinal de Milan Dionigi Tettamanzi pour le contrôle de l'Université catholique et de la polyclinique Gemelli. Le cardinal Attilio Nicora, président de l'Autorité d'information financière (AIF) responsable de la supervision des mouvements d'argent au sein du Vatican, s'oppose à Bertone en raison des entraves à la politique de transparence. Le président de la banque vaticane IOR (Institut pour les œuvres de religion), Ettore Gotti Tedeschi, ami du pape, est d'abord incité à faire le ménage, puis espionné, bloqué dans son projet de soumettre les bilans de la banque à l'examen de l'agence internationale Deloitte, et enfin chassé ignominieusement de son poste[1].

On découvre dans le gouvernement central de l'Église « un nœud de vipères et de corbeaux[2] », lâchera plus tard le cardinal Bertone. Impossible de réduire ce scandale à une question de vol de documents

1. Sur Vatileaks, voir M. Lillo, article dans *Il Fatto Quotidiano*, 2012 ; G. Nuzzi, *Sa Sainteté. Scandale au Vatican*, Privé, 2012.
2. M. Politi, *Il Fatto Quotidiano*, 03/09/2013.

par le majordome du pape, Paolo Gabriele, condamné puis gracié. Au Vatican, personne ne croit qu'il soit le seul à avoir provoqué cette catastrophe.

Pour la première fois de son pontificat, Benoît XVI agit selon une stratégie planifiée. Il crée une commission d'enquête spéciale, composée de trois cardinaux octogénaires – Julián Herranz, Salvatore De Giorgi et Jozef Tomko –, qui passera au crible les bureaux du Vatican et remettra au pontife un rapport solide de trois cents pages. Tout y est : les manœuvres carriéristes et les jeux de pouvoir au Vatican, les comportements affairistes, les irrégularités sexuelles d'un certain nombre de prélats. Benoît XVI, qui avait commencé son pontificat en dénonçant la « saleté » de l'Église, est pris de dégoût.

Entre-temps, il commence à faire part de son projet à un cercle restreint de personnes, qui inclut son frère Georg et son secrétaire particulier, Mgr Gänswein, qui réagit avec consternation : « Non, Saint-Père, ce n'est pas possible. » Mais il n'y a pas de discussion envisageable. « Ce fut comme un coup de poignard pour moi », se rappelle Gänswein. Personne ne se doute de rien. Seul un évêque vétéran du concile Vatican II, Mgr Luigi Bettazzi, à l'apparition d'un document évoquant une conspiration contre le pontife, prophétise : « Je pense que [Benoît XVI] se sent très fatigué [...] et, face aux tensions au sein de la curie, il pourrait songer à démissionner et à déléguer ces problèmes au nouveau pape[1]. »

Fin 2012, Benoît XVI parfait sa stratégie. En octobre, il lance les travaux de rénovation du couvent Mater Ecclesiae, créé par Jean-Paul II pour accueillir

1. L. Bettazzi, « Un giorno da pecora », Radio 2, 13/02/2012.

des sœurs cloîtrées au sein du Vatican. Ce sera sa résidence d'émérite. En attendant, une main anonyme ralentit la composition de l'annuaire pontifical de 2013.

Le 11 octobre, Benoît XVI inaugure une Année de la foi, dont il sait déjà qu'il ne verra pas la conclusion. En novembre, il crée six nouveaux cardinaux, rigoureusement non italiens et non européens. Les nouveaux prélats sont le Latino-Américain Rubén Salazar Gómez, archevêque de Bogotá, l'Africain John Onaiyekan, archevêque de la capitale nigériane, l'Arabe Béchara Raï, patriarche maronite du Liban, l'Indien Baselios Thottunkal, archevêque majeur syro-malankare, et le Philippin Luis Tagle, archevêque de Manille.

La tempête de Vatileaks a renforcé la conviction de Benoît XVI dans sa stratégie. Sa démission ôtera tout pouvoir au clan de Bertone et aux diverses factions de la curie. Le pouvoir décisionnaire passera entre les mains du seul corps électoral démocratique que possède l'Église catholique : le conclave. L'épiscopat mondial y est largement représenté. Ce seront les évêques « extérieurs » qui choisiront l'homme juste et le programme le plus adapté. Le renoncement du pontife régnant permettra une mise en discussion ouverte, libre et inconditionnelle de la monarchie papale, dont l'Église éprouve un immense besoin.

Le 11 février 2013 est un lundi. Au palais apostolique, les cardinaux sont réunis en présence du pape pour le consistoire sur les martyrs d'Otrante. Tout a été organisé avec une précision militaire. Le doyen du collège des cardinaux, Angelo Sodano, a été prévenu le vendredi précédent, afin d'être en mesure de préparer un bref discours en réponse à l'annonce de

Benoît XVI. Le secrétaire d'État Bertone et son substitut, Mgr Giovanni Angelo Becciu, sont au courant. Les responsables de la communication du Saint-Siège sont avertis : le porte-parole papal, Federico Lombardi, et le directeur de *L'Osservatore Romano*, Giovanni Maria Vian.

Pour un consistoire de ce genre, seuls participent habituellement les cardinaux présents à Rome et ceux de passage. Les convocations sont routinières, la réunion se déroule sans accroc. Seulement, à la fin, chaussant ses lunettes, Benoît XVI prend une feuille et commence à lire en latin. « Voilà, il démissionne… », murmure Sodano au cardinal assis à côté de lui.

Assis sur un trône papal rhétorique, coiffé de la mosette rouge bordée d'hermine et de l'étole brodée d'or, Ratzinger, pâle, lit son abdication. D'une voix basse, hachée, d'un ton monocorde, presque scolaire, parfois imperceptible. À côté de lui, le maître des cérémonies Guido Marini a les yeux dans le vide ; un peu plus loin, un prélat de service adresse des regards perplexes au pontife.

L'impensable est diffusé. En conscience devant Dieu, lit rapidement Benoît XVI, « je suis parvenu à la certitude que mes forces, en raison de l'avancement de mon âge, ne sont plus aptes à exercer adéquatement le ministère pétrinien ». La mission du pontife, explique le pape, est de nature essentiellement spirituelle, mais « cependant, dans le monde d'aujourd'hui, sujet à de rapides changements et agité par des questions de grande importance pour la vie de la foi, pour gouverner la barque de saint Pierre et annoncer l'Évangile, la vigueur du corps et de l'esprit est aussi nécessaire ». Vigueur qui est venue à lui manquer au point de devoir « reconnaître mon incapacité à bien administrer le ministère qui m'a été confié »[1]. Dans la salle du consistoire, les cardinaux restent pétrifiés sur leurs sièges, alignés le long des murs tendus de tapisseries. Du murmure aphone de Ratzinger ils saisissent les paroles « gravité de cet acte… en pleine liberté… renoncer ». À partir du 28 février, à vingt heures, le pontife cessera son règne et le trône de Pierre sera vacant.

En abdiquant, Ratzinger accomplit le geste le plus important de son pontificat. L'acte pour lequel il restera dans l'Histoire. Un geste noble, humble, courageux. Et révolutionnaire. Benoît XVI porte à terme la réforme initiée par Paul VI, qui afin de rajeunir la hiérarchie ecclésiastique a déclaré démissionnaires les évêques dès soixante-quinze ans et a exclu du conclave les cardinaux octogénaires. Benoît XVI démythifie la charge papale, il archive l'icône surnaturelle du pontife monarque éternel – jusqu'à ce que la mort survienne –, infaillible, car entouré d'une cour prête à jurer qu'il ne se trompe jamais. Le pape allemand énonce au contraire la nécessité que la conduite de l'Église revienne à un berger qui ne perde pas le lien avec les rapides transformations du monde contemporain. Au moment suprême, Joseph Ratzinger refuse l'image du pape infirme – dont les forces s'éteignent lentement, telle la lueur d'une bougie – et accomplit un choix rationnel, d'homme de gouvernement. « Je pense que ce que j'ai fait peut suffire[2] », confiait-il à son biographe Seewald quelques mois plus tôt. D'ailleurs, il a toujours affirmé ne pas être un mystique. Il refuse l'appel de Bertone à rester en fonction au moins jusqu'au terme de l'Année de la foi.

1. Benoît XVI, *Declaratio*, 11/02/2013.
2. G. Galeazzi, *La Stampa*, 17/02/2013.

Incrédulité et égarement transpirent de la réponse du cardinal doyen Angelo Sodano. Sérieux, éprouvé et le visage extrêmement pâle, Benoît XVI lui donne l'accolade avant de s'en aller en silence. Restés seuls, de nombreux cardinaux s'attroupent autour du doyen. Sur le moment, beaucoup d'entre eux n'ont même pas bien saisi ce qu'avait murmuré le pape en latin. Beaucoup n'ont compris de quoi il s'agissait qu'en écoutant la réplique de Sodano. « C'est comme si on m'avait versé un seau d'eau sur la tête », se rappelle l'un des présents. « J'étais stupéfait, sans mots, sans pensées », confie le cardinal Re. Ce matin-là et pendant bien des jours encore, l'égarement sera total.

4

Les secrets du conclave anti-italien

Le conclave de l'année 2013 est anti-italien. Le cardinal de Lima, Juan Luis Cipriani de l'Opus Dei, s'en rend compte immédiatement en arrivant à Rome. Les sympathies de l'Opus Dei vont en premier lieu au cardinal Scola, mais l'organisation ne s'immole pas pour une cause perdue. Cipriani s'aperçoit en particulier que les cardinaux américains sont animés d'un « sentiment anti-italien », renforcé par l'« idée fixe » que le nouveau pape devra être latino-américain. Cette hostilité à un pape italien, expliquera-t-il par la suite, « s'est même étendue aux cardinaux de la péninsule [1] ».

C'est une Rome étrange, celle où les cardinaux d'Europe et d'outre-mer viennent décider de la succession de Benoît XVI. Une Rome sans pape, où est présent l'ancien pape. Pas de cercueil, pas de deuil, pas d'apothéose pour clore définitivement le passé. Depuis sa résidence de Castel Gandolfo, le pontife émérite suit les préparatifs du conclave.

La hiérarchie ecclésiastique est restée sous le choc de sa démission. En privé, certains cardinaux jugent Ratzinger irresponsable d'avoir ouvert la voie à un pontificat à durée déterminée. Pour masquer sa gêne,

1. A. Beltramo Álvarez, www.lastampa.it, 21/04/2013.

un cardinal de la curie tente de plaisanter : « Je lui aurais dit : "Sainteté, prenez un mois de vacances puis réduisez vos engagements." De cette manière, Benoît XVI a mis ses successeurs en difficulté. » Le cardinal Camillo Ruini botte en touche : « Les décisions du pape ne se discutent pas, on les accueille même quand elles sont douloureuses » [1].

Mais le peuple des fidèles absorbe rapidement le choc et comprend humainement Ratzinger, même si beaucoup continuent de préférer que les pontifes « restent jusqu'au bout, s'ils s'en sentent capables ». Un SMS traduit le trouble de ces journées : « Maintenant, ça va être au tour de Dieu de démissionner ? » Comme souvent, les Romains se laissent guider par leur instinct : « Moi, je dis qu'il a fait ça pour se débarrasser de tout le monde. Je me trompe ? » s'écrie Mme Tiziana, qui tient le kiosque en face de la place Saint-Pierre.

Le calendrier fixé par Benoît XVI a créé une phase exceptionnellement longue avant le conclave. En général, il s'écoule une vingtaine de jours entre la mort d'un pape et la tenue du conclave. Cette fois-ci, l'attente paraît infinie. Un mois entier est passé entre l'abdication et l'entrée des cardinaux dans la chapelle Sixtine. Entre-temps, deux dates : 28 février, départ de Benoît XVI ; 4 mars, ouverture de la congrégation générale de tous les cardinaux, au cours de laquelle ils discuteront de l'état de l'Église.

Avant cette assemblée, pendant que les cardinaux étrangers affluent lentement à Rome, les manœuvres débutent. « Ils veulent un pape qui ne nous plaît pas. Nous ferons tout pour l'empêcher », martèle un cardinal de la curie en référence à Scola, l'archevêque de

1. P. Rodari, *Il Foglio*, 12/02/2013.

Milan. Un cardinal européen rappelle : « Les autocandidatures italiennes dérangeaient. » Les cardinaux venus de loin sont réticents à accepter une candidature qui paraît préparée. Un simple document, communiqué personnellement à Benoît XVI par le cardinal Castrillón Hoyos en décembre 2011 et découvert pendant l'affaire Vatileaks, a contribué à répandre le venin. Il s'agit d'un texte étrange dénonçant un complot contre le pontife allemand, en réalité rédigé pour suggérer avec deux ans d'avance le retrait de Ratzinger « d'ici douze mois ». Le second objectif était d'attaquer Scola : « Le Saint-Père s'occuperait en secret de sa succession et [...] le préparerait, lentement mais inexorablement [...], à récupérer la charge de pape[1]. » L'histoire des conclaves se caractérise également par cette sorte d'intrigues.

Vingt-huit cardinaux italiens ont le droit de vote au conclave. Sur le papier, ils représenteraient un formidable groupe de pression s'ils n'étaient divisés. Sans compter qu'une vague de mécontentement s'est formée à leur encontre ces dernières années. Les cardinaux étrangers sont fatigués du déclin de la curie et des guerres intestines, affichées au grand jour quand les documents secrets ont été publiés par la presse internationale.

Contrairement à 2005, aucune personnalité n'émerge dans l'opinion publique comme c'était le cas pour Ratzinger et Martini. Dans ce climat confus, les cardinaux tentent d'établir le portrait-robot du pape idéal. Pendant plus d'un siècle, l'Église catholique a connu une ascension en termes de prestige et d'influence : de Léon XIII à Pie XII, de Jean XXIII à

1. M. Lillo, *Il Fatto Quotidiano*, 10/02/2012.

Paul VI puis à Jean-Paul II. Enfin est arrivé le contrecoup du pontificat de Ratzinger, émaillé de crises à répétition. En Italie, la cote de popularité de Benoît XVI est tombée à 39 % en 2012, d'après un sondage Eurispes.

Pendant que débute la recherche d'un successeur à Ratzinger, le collège des cardinaux doit traverser une nouvelle épreuve : le choc d'un scandale sexuel qui frappe leur confrère le cardinal Keith O'Brien, archevêque d'Édimbourg et primat d'Écosse. Trois prêtres et un ancien curé l'accusent de s'être rendu coupable de harcèlement dans les années 1980. L'un a été approché après les prières du soir par O'Brien alors que ce dernier était son directeur spirituel, l'autre dans sa paroisse, un autre dans la résidence de l'archevêché où le prélat lui a fait des avances un soir après avoir beaucoup bu. Tous ont cédé, affirment-ils, craignant pour leur carrière. L'un des accusateurs avait même maintenu pendant de longues années des contacts réguliers avec le cardinal et était souvent reçu dans sa résidence officielle d'Édimbourg [1].

Nous sommes le 23 février, cinq jours avant les adieux de Benoît XVI. O'Brien réfute les accusations. Vingt-quatre heures plus tard, le porte-parole du pape, Federico Lombardi, déclare : « Le pape est informé, la question est entre ses mains. » Benoît XVI agit avec une extrême rapidité. Les quatre dénonciations avaient été transmises au nonce du Vatican en Grande-Bretagne, Mgr Antonio Mennini, une semaine avant la démission du pontife. Rien n'indique qu'il s'agisse d'un coup monté lié au conclave imminent.

1. *TMS News*, 22/03/2013.

Le pape impose au cardinal écossais une décision exemplaire. « Le cardinal O'Brien ne participera pas au conclave », annonce le site de Radio Vatican le 25 février. Le cardinal quitte son diocèse d'Édimbourg et le 3 mars demande pardon pour « une conduite sexuelle indigne de ce qu'exigeait mon statut de prêtre, d'archevêque et de cardinal ».

L'affaire O'Brien et la punition provoquent une commotion parmi les cardinaux arrivés à Rome. Depuis la démission du pape, les informations les plus inouïes se succèdent, laissant apparaître la situation d'urgence où se trouve l'Église catholique. Au même moment éclate une polémique sur un autre cardinal électeur, Roger Mahony, archevêque de Los Angeles de 1985 à 2011. Sous sa charge, plus de cent vingt cas d'abus sexuels ont été recensés dans son diocèse. Quand le tribunal a obligé l'archidiocèse à rendre publique la correspondance du cardinal avec son vicaire épiscopal, Thomas Curry, les manœuvres de Mahony pour détourner l'action de la justice sont apparues au grand jour.

Le nouvel archevêque de Los Angeles, Mgr José Gómez, réagit en destituant son prédécesseur de toutes ses fonctions publiques, qualifiant de « douloureuse et brutale » la lecture des documents, bien que par la suite le Vatican exige de lui une apparente réconciliation avec Mahony.

Parmi les charges qui pèsent sur le cardinal Mahony figure la non-dénonciation à la police du curé Kevin Barmasse, qui procurait systématiquement des boissons alcoolisées aux mineurs dont il abusait. Vient ensuite l'affaire du prêtre Michael Baker, par la suite rétrogradé au statut de laïc, qui confesse en 1996 à l'archevêque Mahony avoir abusé de deux jeunes frères pendant près de sept années (l'un avait dix ans, l'autre quatorze). Baker est envoyé en thérapie au Nouveau-Mexique et à son retour à Los Angeles reçoit une charge pastorale, officiellement en contact avec des adultes seulement, ce qui ne l'empêche pas de commettre de nouveaux abus sur deux mineurs [1].

Aux États-Unis, l'association Catholics United diffuse une pétition pour que Mahony ne participe pas au conclave. En Italie, la revue catholique *Famiglia cristiana* lance un sondage parmi ses lecteurs pour savoir si le prélat doit ou non participer au conclave ; le non l'emporte haut la main. Au Vatican même, certains lui suggèrent de se retirer. « On pourrait conseiller à Mahony de ne pas participer au conclave [2] », commente le cardinal Velasio De Paolis, commissaire des Légionnaires du Christ. Le cardinal vient tout de même à Rome.

Surfant sur la vague de ces polémiques, le Snap, l'organisation américaine des victimes d'abus sexuels, met à l'index douze autres cardinaux électeurs. Le porte-parole du Vatican, Lombardi, réplique durement : « Ce n'est pas au Snap de décider qui doit participer au conclave. » Mais la nouveauté de ce nouvel interrègne, c'est qu'il n'y a plus d'intouchables. Les médias de masse, l'opinion publique, le journalisme d'investigation sont autant de facteurs que l'Église catholique ne peut plus ignorer. La secrétairerie d'État réagit nerveusement par une note dénonçant une tentative d'influencer l'élection du nouveau pape. Sodano, le doyen du collège des cardinaux, garde le silence.

1. www.corriere.it, 13/03/2013.
2. www.quotidiano.net, 20/02/2013.

Ces deux affaires renforcent la pression pour que l'Église entre dans une phase entièrement nouvelle. Le sentiment le plus répandu était que le successeur de Benoît XVI devrait être un homme capable de tenir la barre. « Il nous faut un homme de gouvernement[1] », martèle l'Anglais Cormac Murphy-O'Connor. L'Australien George Pell, proche de Ratzinger, déclare : « Le prochain pape devra naturellement être un bon théologien, mais je préférerais quelqu'un qui soit véritablement capable de guider l'Église et de la rassembler[2]. » Un homme doué d'une « connaissance du monde actuel, du point de vue philosophique et politique[3] », ajoute le cardinal cubain Jaime Ortega. Il faut rebâtir la crédibilité de l'Église, souligne le Sud-Africain Wilfrid Fox Napier[4].

Priorité absolue à la réorganisation du gouvernement de l'Église, donc. Les cardinaux étrangers se plaignent d'une structure qui leur paraît étouffante, désordonnée, affaiblie par l'incompétence de son personnel, sans parler des scandales financiers. Ce ne sont pas les seuls. La curie aussi a son lot de mécontents, pour diverses raisons. La majorité des prélats désapprouve le pouvoir excessif qui s'est accumulé entre les mains du secrétaire d'État. Ils voient dans le changement de pape l'occasion de remettre les choses à plat. De nombreux cardinaux déplorent de ne pas avoir eu accès régulièrement au pape Ratzinger. Ils critiquent l'effet délétère qu'a eu sur le gouvernement de l'Église l'isolement d'un pontife qui ne rencontrait ni tous

1. www.reuters.com, 12/03/2013.
2. www.dici.org, 15/03/2013.
3. *TMS News*, 05/03/2013.
4. A. Tornielli, www.lastampa.it, 12/03/2013.

les responsables des dicastères de la curie, ni les évêques en visite *ad limina*, ni les nonces de passage au Vatican.

Lors de ses ultimes interventions, Benoît XVI lui-même exhorte au changement. Lors de la cérémonie des Cendres, il dénonce les divisions de l'Église et pointe du doigt « l'individualisme et les rivalités[1] ». Dans son discours d'adieu, le 28 février, il appelle au courage : « L'Église est une réalité vivante [...] en devenir[2] », qui avance en se transformant.

L'âge joue également un rôle dans la recherche d'un successeur. De nombreux cardinaux souhaitent un candidat entre soixante et soixante-dix ans. Selon eux, l'Église ne peut se permettre un nouveau pontificat trop court. La durée du règne de Paul VI était idéale : quinze ans. Vingt ans, comme celui de Pie XII, c'est long. Vingt-sept, comme celui de Jean-Paul II, hors norme. « Nous voulons un Saint-Père, pas un Père éternel », plaisantent-ils.

On cherche un pape capable de commander. Pendant plusieurs jours, on voit se multiplier les candidatures : « Il y a peu d'électeurs mais beaucoup de papables[3] », ironise le cardinal français Philippe Barbarin, que les Romains voient chaque matin se rendre au Vatican à vélo. On passe du Canadien Marc Ouellet, préfet de la Congrégation pour les Évêques, au primat de Hongrie, Péter Erdő, de l'Africain Peter Turkson à l'Italien Gianfranco Ravasi, ministre de la Culture du Vatican.

Erdő et Ouellet sont tous deux issus de l'école de pensée ratzingérienne, la revue *Communio*, ce qui

1. Benoît XVI, *Homélie, mercredi des Cendres*, 16/02/2013.
2. Benoît XVI, *Adieu aux cardinaux*, 28/02/2013.
3. Euronews, 12/02/2013.

constitue un handicap quand la majorité des cardinaux réclame un signe de rupture nette. Le 4 mars débutent les réunions générales des cardinaux. « Les critiques contre la curie étaient le fil directeur des discussions, se souvient un cardinal. Personne ne citait de noms, mais la question revenait en permanence. Seuls trois ou quatre intervenants l'ont défendue. »

Un vétéran tel que le cardinal Roger Etchegaray, ambassadeur volant de Jean-Paul II dans les régions en crise, décrit l'état d'esprit de nombreux participants : « On sentait que le changement de pape représentait l'occasion de renouveler les choses. » Un cardinal européen précise : « Le désir de continuité a longtemps prévalu. Après les événements des dernières années, le sentiment général était : "Plus jamais ça !" Il fallait de l'air frais, on voulait sortir de ce microcosme. »

Quelques outsiders suscitent la sympathie par leur chaleur et leur humanité, comme le cardinal de Boston, Sean O'Malley – barbe blanche et visage ouvert, qui se promène toujours en sandales, vêtu d'une robe de capucin –, ou le Philippin Luis Antonio Tagle, surnommé le « Roncalli de Manille ». Mais Tagle n'a pas encore cinquante-sept ans. Mieux vaut pour lui attendre son heure, prophétisent certains.

Au cours des semaines qui précèdent le conclave, le nom de Bergoglio ne figure pas à l'ordre du jour. C'est une personnalité connue et estimée – outre les suffrages reçus lors du conclave de 2005, en 2001 il avait été élu à l'unanimité au conseil du synode des évêques et il avait remporté un certain succès en tant qu'auteur du texte final de la conférence des évêques latino-américains à Aparecida en 2007 –, mais on le considérait déjà comme trop âgé.

Né en 1936, il approche des soixante-dix-sept ans. Plus ou moins le même âge que Ratzinger lors de son élection. « Avant le début du conclave, je ne l'ai jamais entendu mentionner, pas même par les confrères latino-américains[1] », avoue le cardinal Renato Martino, déjà président du conseil Justice et Paix.

Jorge Mario Bergoglio sent que sa charge pastorale touche à sa fin. Il prévoit que le prochain pape le fera remplacer, car les deux ans de prolongation accordés aux prélats après leurs soixante-quinze ans arrivent à leur terme. À Buenos Aires, ses collaborateurs le trouvent parfois déprimé. « Ces derniers temps, je le voyais fatigué, abattu, car il approchait de la retraite[2] », raconte son ancien porte-parole, le père Guillermo Marcó. Au mois de novembre de l'année précédant l'abdication de Benoît XVI, don Pedro Baya voit arriver dans le faubourg Ramón Carrillo l'archevêque Bergoglio et le trouve tellement « fatigué, épuisé », qu'il décide de le prendre en photo. « Je craignais de ne plus le voir. » Soudain, Bergoglio se souvient d'un prêtre qui avait officié dans le quartier, le père Vernazza. On lui apporte une photo et lui, généralement si renfermé, se met à pleurer en caressant le portrait[3]. Préparé psychologiquement à la retraite, Bergoglio a déjà réservé une chambre dans la résidence pour prêtres âgés du quartier de Flores, où il est né. Il est arrivé à Rome avec son billet de retour, après avoir préenregistré son traditionnel message pascal d'archevêque pour la radio du diocèse de Buenos Aires, Canal 21.

1. R. Martino, entretien avec l'auteur.
2. G. Marcó, entretien avec l'auteur.
3. P. Baya, entretien avec l'auteur.

Bergoglio a un candidat en tête : le cardinal O'Malley de Boston, qui s'est distingué par sa lutte contre le clergé pédophile dans son diocèse. Avant même de partir pour Rome, l'archevêque de Buenos Aires avait une idée précise du profil du prochain pape : un homme de prière, un pontife convaincu que le chef de l'Église était le Christ et non lui-même, un évêque dont l'attitude consiste à « témoigner de l'affection aux personnes et à créer la communion ». Enfin, « il doit être capable de mettre de l'ordre dans la curie romaine »[1]. C'est ce qu'il a confié, avant son départ, à un groupe de religieux du mouvement de Schoenstatt.

De l'autre bout de l'Amérique est arrivé à Rome un autre cardinal, qui a dans l'idée que Bergoglio ferait un excellent candidat : O'Malley. L'archevêque de Boston, qui parle parfaitement l'espagnol et a créé un organisme d'aide pour les immigrés hispaniques, sait que beaucoup de ses confrères sud-américains partagent son opinion : le Brésilien Cláudio Hummes, proche de la théologie de la libération et très critique envers la curie romaine après avoir passé trois ans en tant que préfet de la Congrégation pour le Clergé, de 2006 à 2010, au cours desquels il n'a rien pu changer ; le Hondurien Óscar Rodríguez Maradiaga et le Chilien Francisco Javier Errázuriz.

Le lien entre ces deux pôles s'est tissé très lentement, dans l'atmosphère fragmentée qui caractérise le préconclave de 2013. L'avis de O'Malley est partagé par l'énergique archevêque de New York Timothy Dolan, tête de file des cardinaux américains, qui représentent à eux seuls 10 % du conclave. Les onze cardinaux nord-américains se déplacent en équipe, ils

1. E. Himitian, *François, un pape surprenant, op. cit.*

arrivent dans le même véhicule aux réunions générales au Vatican et vont jusqu'à organiser plusieurs conférences de presse pour informer l'opinion publique sur l'avancée du débat aux congrégations générales. Au bout de deux jours, le Vatican leur demande d'arrêter, au nom du secret imposé à ces réunions.

Les Américains sont divisés quant à leurs préférences, mais ils ont un programme commun, qui convainc de nombreux cardinaux électeurs. Ils réclament plus de transparence et d'ordre dans les questions financières du Vatican ; un assainissement radical de l'IOR, la banque vaticane ; une réforme de la curie dans le sens d'une simplification et d'une débureaucratisation ; enfin – autre grande demande de nombreux évêques –, un rééquilibrage du rapport entre le Saint-Siège et les conférences épiscopales. Ils attendent du futur pontife qu'il consulte plus souvent et plus régulièrement les évêques.

C'est le principe de « collégialité », affirmé cinquante ans plus tôt par le concile Vatican II mais jamais appliqué. Le cardinal allemand Walter Kasper, qui à sept jours près échappe à la limite qui empêche les cardinaux de plus de quatre-vingts ans d'entrer au conclave, anticipe : « Il faut une nouvelle modalité dans l'exercice du gouvernement de l'Église [...], plus d'horizontalité[1]. »

Dolan a établi un excellent rapport avec le nonce papal aux États-Unis, Mgr Viganò, l'ancien secrétaire général du gouvernement du Vatican, muté à Washington après la révélation des vols dans les appartements du pape. Dans la culture anglo-saxonne, voler l'argent de la communauté est inadmissible. Viganò

1. P. Rodari, *La Repubblica*, 06/03/2013.

« est quelqu'un qui n'a pas peur de dire la vérité et de dénoncer les parties de l'Église qui doivent être réformées[1] », le flatte Dolan dans les pages du *New York Times*.

Vatileaks pèse lourdement sur le préconclave, bien que les cardinaux ne parviennent pas à obtenir d'informations sur l'enquête menée sur ordre de Benoît XVI par leurs trois confrères, Herranz, Tomko et De Giorgi.

Un autre groupe de cardinaux cherche un candidat de rupture : celui des réformateurs germanophones. Il comprend les cardinaux Christoph Schönborn, de Vienne ; Karl Lehmann, leader de l'épiscopat allemand pendant de longues années ; Walter Kasper, prélat de curie allemand, ancien président du Conseil pour l'Union des chrétiens ; ainsi que le cardinal belge Godfried Danneels.

Tout au long des trente-cinq années de règne de Wojtyla et de Ratzinger, les plus forts appels à la réforme ecclésiastique sont venus de la région germanophone. En 2011 encore, quand Benoît XVI s'est rendu en visite en Allemagne, un rapport de théologiens et de théologiennes lui a rappelé l'urgence d'ouvrir dans l'Église une ère de réforme et de participation. La même année, en Autriche, certains prêtres ont lancé un appel à la « désobéissance » pour invoquer le droit au mariage des prêtres, au sacerdoce pour les femmes, à la participation des laïcs dans la gestion des communautés qui n'avaient pas de curé. Le cardinal Schönborn réclamait depuis longtemps que le Vatican affronte ces thèmes brûlants, mais il a été réduit au silence.

1. P. Mastrolli, www.lastampa.it, 29/05/2012.

Le moment était venu d'effectuer la mutation. Même si début mars l'incertitude plane encore quant au meilleur candidat, le cardinal Lehmann remarque un changement d'atmosphère radical dans les réunions de cardinaux par rapport à 2005. Cette année-là, la candidature de Ratzinger avait été imposée par les cardinaux de la curie et la suprématie de l'Europe était restée indiscutée. Pas en 2013. « L'Europe ne joue plus le même rôle qu'avant. [...] Au conclave de 2005, les cardinaux européens se présentaient avec plus de sûreté, ils avaient plus de poids, désormais ce n'est plus le cas, confie-t-il à ses collaborateurs. Beaucoup de personnalités de premier plan figurent parmi les non-Européens. [...] Ils parlent anglais, français, espagnol et connaissent parfaitement les problématiques ecclésiastiques de l'Europe, les abus, les dérives de l'Église. »

À une semaine du conclave, bien que rien ne se soit cristallisé de manière univoque sur un nom en particulier, le groupe allemand s'est formé une image claire du pape souhaité. « Il faut un homme de foi, qui démontre ce que croire signifie. Il doit être éloigné des extrêmes, appartenir à un "centre" raisonnable, moderne, ouvert, positif [...] et ne pas s'enfermer dans un monologue. »

Malgré cela, se détacher de l'Europe, cet axe autour duquel le christianisme et le catholicisme ont grandi et se sont fortifiés – en s'inspirant du réseau bureaucratique de la Rome impériale –, représente un changement d'ère. Pour l'accomplir, les princes de l'Église, qui tiennent entre leurs mains le sort du conclave, ont encore besoin de discuter et de réfléchir. Bien que la date de l'élection approche, la candidature de Bergoglio ne décolle pas. Le cardinal australien Pell reste convaincu que la papauté ne quittera pas l'Italie : « S'il se trouve un cardinal italien bien préparé, je pense que ce sera toujours le favori. » Il avance une prophétie : « L'élection d'un pape latino-américain n'aura pas lieu avant les cent prochaines années[1]. »

Un certain nombre de mouvements au sein de la curie romaine contribuent au changement. Contrairement à l'image qu'en donnent les médias, la curie n'est absolument pas retranchée sur des positions conservatrices, et moins que jamais monolithique. Les divers groupes qui la composent évoluent indépendamment. Seule une partie est favorable au candidat italien Scola. Des cardinaux importants soutiennent ouvertement la nécessité de s'ouvrir avec courage au-delà des frontières de l'Europe. Le cardinal Giovanni Lajolo, ex-ministre des Affaires étrangères du Saint-Siège, le déclare sans hésiter : « Rien n'empêche que ni le pape ni le secrétaire d'État ne soient italiens[2]. »

Lajolo appartient au courant diplomatique qui s'est nourri des leçons de Paul VI et du cardinal Agostino Casaroli. Ces « diplomates » entendent poursuivre l'internationalisation du gouvernement central de l'Église amorcée par le pape Montini. Après un pape slave et un pape allemand, qui ont symboliquement comblé la séparation créée en Europe par la guerre froide, ils estiment qu'il est temps de donner la parole au catholicisme d'outre-Atlantique.

Même la faction qui se réclame du cardinal Bertone saisit l'urgence d'ouvrir une saison nouvelle. Pour ne pas rester à la marge, il faut tout changer. Bertone propose un candidat sud-américain de poids : Odilo

1. www.periodistadigital.com, 09/03/2013.
2. P. De Robertis, *Quotidiano Nazionale*, 04/03/2013.

Scherer, archevêque de São Paulo du Brésil, le pays qui compte le plus de catholiques au monde. Fils d'immigrés allemands, bénéficiant d'un âge idéal selon les critères du conclave – soixante-trois ans –, Scherer est d'une parfaite orthodoxie, attentif aux problèmes sociaux, engagé dans la défense de l'Amazonie face aux spéculations des grandes entreprises agricoles. Parallèlement, il est bien introduit à la curie, appartient à la Congrégation pour le Clergé, mais surtout à la commission de vigilance de l'IOR.

En définitive, c'est ce dernier élément qui lui causera du tort. En effet, lorsque les dernières rencontres préalables au conclave s'enflammeront autour des responsabilités dans les mésaventures de la banque vaticane, Scherer défendra le travail de la curie, donnant l'impression de ne pas être l'homme adapté pour une réforme de l'appareil du Vatican.

Scola ou Scherer. Tous deux sont vus comme les favoris du vote dans la chapelle Sixtine, fixé pour le 12 mars. Quelques jours avant d'abandonner sa charge, Benoît XVI avait reçu les évêques lombards, qu'il avait exhortés à être « le cœur croyant de l'Europe [...], la lumière pour tous [1] ». Ce souhait a été interprété comme un soutien à la candidature de Scola. « Dans le camp Ratzinger, on comptait plutôt sur un successeur italien », reconnaîtra par la suite le frère du pontife émérite, Georg, au journal *Muencher Merkur*.

Cependant, les cardinaux américains ont pris une décision stratégique. Eux aussi détiennent plusieurs candidats de poids : outre O'Malley, ils ont le cardinal Dolan ou Donald Wuerl, de Washington. Mais ceux-ci refusent les votes en leur faveur. Ils préfèrent être fai-

1. www.quotidiano.net, 16/02/2013.

seurs de rois plutôt que candidats. En leur nom à tous, le cardinal Wuerl explique ses motivations politiques : « Un pape originaire de la superpuissance américaine rencontrerait de nombreux obstacles pour présenter un message spirituel au monde[1]. » Prenant acte de cette position, O'Malley et Dolan poursuivent leurs contacts avec Maradiaga.

Somme toute, l'idée de repêcher Bergoglio après son échec au conclave de 2005 prend corps relativement tard. « Nous n'avons pensé concrètement à lui qu'à l'issue des réunions préconclave, quand nous avons compris qu'aucun des candidats en vogue ne parviendrait à atteindre la majorité requise », se rappelle l'un de ses partisans. Ces estimations restent confinées à un cercle très restreint. Rien ne filtre quant à l'éventuelle candidature de l'archevêque de Buenos Aires.

Le tournant a eu lieu le jeudi 7 mars, à la moitié des congrégations générales. Bergoglio intervient pendant la session matinale. Il improvise, laissant de côté les notes qu'il avait préparées. Il plaide pour une « Église qui sort d'elle-même [...] pour aller vers les périphéries, non seulement géographiques mais existentielles ». Selon lui, de nombreux maux des institutions ecclésiastiques « trouvent leurs racines dans l'autoréférentialité, une sorte de narcissisme théologique ». Une Église renfermée sur elle-même « devient malade ». L'archevêque de Buenos Aires présente deux modèles à l'assemblée des cardinaux. « L'Église évangélisatrice qui sort d'elle-même [...] et l'Église mondaine qui vit en soi, de soi et pour soi. » Bergoglio évoque l'opportunité de « changements possibles et de réformes à

1. N. Nuti, www.newscattoliche.it, 05/03/2013.

effectuer pour le salut des âmes ». Enfin, il esquisse le profil d'un pape dynamique, au visage souriant, le visage d'une Église « mère féconde de la joie douce et consolatrice de l'évangélisation ».

Son discours fait forte impression. Le cardinal cubain Jaime Ortega demande immédiatement ses notes à Bergoglio afin de diffuser son message. De nombreux cardinaux apprécient le ton de l'Argentin : son humilité, sa simplicité, le fait qu'il soit étranger aux affaires de la curie et aux tractations préconclave. C'est là que débute l'ascension du candidat Bergoglio. Deux jours plus tard, dans les appartements du cardinal lombard Attilio Nicora, se réunissent les cardinaux italiens Francesco Coccopalmerio et Giuseppe Bertello, l'Anglais Murphy-O'Connor, le Français Tauran et l'Allemand Kasper. Ensemble, ils décident de lancer la candidature de Bergoglio et de s'allier aux cardinaux des États-Unis, d'Amérique latine et d'Allemagne favorables au changement. O'Connor est en contact avec ses confrères anglophones.

Bergoglio s'aperçoit que son nom commence à focaliser l'intérêt des électeurs. Le dimanche 10 mars au soir, il croise place Navone Tom Rosica, prêtre et directeur de Salt and Light, une télévision catholique canadienne. « Priez pour moi ! s'écrie-t-il. – Vous êtes nerveux ? demande Rosica. – Un peu… Je ne sais pas ce que me préparent mes confrères [1] ».

Pourtant, lors du premier vote du conclave, le mardi 12 mars, Bergoglio reçoit un peu moins d'une vingtaine de votes (seize, selon certaines sources), au point d'effrayer le groupe qui le soutenait. « Nous avons été déçus, et nous avons redouté d'échouer », se rappelle

1. M. Franco, *Corriere della Sera*, 15/05/2013.

l'un de ses partisans. Mais le mercredi matin, les candidatures de Scola et de Scherer s'enlisent. Le premier, entré au conclave – selon certaines indiscrétions – avec un total de vingt à trente voix, dont celles d'Américains du Nord et du Sud, n'imagine pas à quel point ses adversaires lui causent du tort en informant les cardinaux venus de l'étranger des affaires de Communion et Libération, et de son alliance cynique avec Berlusconi.

Les adversaires du Brésilien Scherer, eux, répandent la rumeur qu'il conservera pendant un an Bertone comme secrétaire d'État – la bête noire de nombreux cardinaux, à la curie comme à l'étranger –, après quoi il nommera comme successeur le cardinal Mauro Piacenza, conservateur à la poigne de fer, ambitieux préfet de la Congrégation pour le Clergé. (Les manœuvres de désinformation sont caractéristiques des conclaves. La veille de son élection, on dira de Bergoglio qu'il lui manque un poumon, obligeant le cardinal Maradiaga à passer de table en table à la résidence Sainte-Marthe pour affirmer que non : on lui a seulement retiré la partie supérieure du poumon droit.)

Dès le troisième vote, Bergoglio monte toujours plus. Scola ne dépasse pas les vingt-sept voix, et les indécis commencent à orienter leurs suffrages vers l'archevêque de Buenos Aires[1]. La spiritualité du candidat argentin en a marqué beaucoup. « Je n'avais vu Bergoglio qu'une seule fois et je me suis renseigné. [...] C'est un homme de prière, il passe ses nuits à prier, m'a-t-on dit », témoigne un cardinal italien. Une manière de gagner une voix.

La rupture avec le passé advient lors du cinquième scrutin. « Jusqu'à la fin, tout est resté incertain, raconte

1. F.A. Grana, *La Chiesa di Francesco*, L'Orientale, 2014.

un cardinal d'Europe du Nord. Il suffisait d'un tiers pour bloquer son élection. » Les indécis convergent, les votes gelés se reportent sur l'Argentin. Des cardinaux d'Europe (le cardinal de Paris Vingt-Trois, le patriarche de Lisbonne da Cruz Policarpo), d'Afrique (le Congolais Monsengwo Pasinya), des Philippines (Tagle) font campagne pour Bergoglio.

Lors de la dernière concertation – comme c'est souvent le cas pendant les conclaves –, les protagonistes ont la sensation d'être transportés par une force supérieure. Apprendre que l'Église catholique a un pape venu du Nouveau Monde provoque une grande euphorie.

Les cent quinze vieillards vêtus de pourpre font preuve d'une clairvoyance extraordinaire. Le sénat de l'Église démontre qu'il envisage les choses en grand. La papauté abandonne son ancrage en Europe, laisse derrière elle le berceau de la Méditerranée, s'ouvre à l'universalité, aux périphéries du tiers-monde, à la globalisation du XXIe siècle. « J'ai senti la main de Dieu qui guide l'Église », confesse le cardinal Bertello, aujourd'hui membre du conseil des cardinaux institué par le pape François. « Après vingt siècles, sortir d'Europe [...] était une bouffée d'air frais. » En voyant le visage sérieux et ému de Bergoglio au moment où il dépasse le quorum des deux tiers des voix, le cardinal Salvatore De Giorgi remarque : « C'est un Latino-Américain, il vient d'un continent qui connaît la faim [...]. C'est autre chose, comparé à l'Europe consumériste. »

Jorge Mario Bergoglio dépasse les quatre-vingt-dix voix. « C'est toi le coupable[1] », dira le pape François

1. C. Murphy-O'Connor, *Association de presse étrangère*, Rome, 25/01/2014.

au cardinal anglais Murphy-O'Connor deux jours après son élection.

Lors de la messe *Pro eligendo pontefice*, que l'on célèbre avant la fermeture des portes de la chapelle Sixtine, le cardinal Sodano évoquait dans son homélie le profil du pontife dont l'Église avait besoin : un homme animé d'une « mission de miséricorde », créateur d'unité en collaboration avec tous les membres du corps ecclésiastique, une personne au « cœur généreux ». La description correspond. Mais François prouve immédiatement qu'il est bien plus que cela.

5

La fin de l'Église impériale

Quelques minutes suffisent à décider de l'image d'un nouveau pape. Lors de sa première apparition au balcon, Albino Luciani frappa les fidèles par son sourire égaré et le salut presque enfantin qu'il adresse à la foule. Jean-Paul Ier aurait voulu parler, mais le cérémoniaire l'avertit que ce n'était pas la coutume. Joseph Ratzinger suscita la tendresse avec son pull noir qui apparaissait sous les manches blanches de la tunique papale. Jean-Paul II démontra immédiatement son charme avec le célèbre « corrigez-moi si je me trompe ».

Bergoglio intrigue par la démarche légèrement chaloupée avec laquelle il s'approche de la balustrade, son instant de silence et son salut discret, comme s'il apercevait de loin un groupe de parents ou d'amis.

Sa gestuelle est discursive, rien ne vient d'en haut. Ses paroles ne s'arrêtent pas à la présentation de celui que les cardinaux sont allés chercher « presque au bout du monde ». François définit immédiatement une nouvelle perspective : « Commençons ce chemin : l'évêque et le peuple », s'exclame-t-il à deux reprises, soulignant la communauté avec les fidèles et la « confiance entre nous ». L'Église romaine « précède toutes les autres Églises dans la charité »[1], scande-t-il.

En quelques traits, il indique déjà le style d'une Église communautaire. L'évêque et le peuple vont main dans la main. Rome n'est pas le centre bureaucratique du pouvoir, mais doit unir les communautés catholiques du monde entier par un lien qui, avant d'être juridique, doit se fonder sur l'amour. C'est ce qu'affirmait saint Ignace d'Antioche aux débuts du christianisme. « Évêque de Rome » est l'appellation que préfère Bergoglio. Le premier soir, il ne se définit pas comme un pontife. Au balcon ne pendent pas ses armoiries surmontées du trirègne, symbole royal, mais seulement un drap rouge foncé sur lequel campe un rectangle blanc.

Le lendemain, François reprend l'idée du chemin lors de la messe célébrée dans la chapelle Sixtine avec le collège des cardinaux. Il ne parle pas assis sur le trône papal mais délivre son sermon debout, comme un curé. Il le centre sur trois concepts : cheminer, édifier, se confier au Christ. La vie est un chemin, dit-il, et si quelqu'un s'arrête, « quelque chose ne va pas ». Marcher avec la Croix, car si on annonce le Christ sans la Croix, l'Église reste une ONG. De cette manière, « nous ne sommes pas des disciples du Seigneur : nous sommes des mondains, nous sommes évêques, prêtres, cardinaux, papes, mais pas des disciples du Seigneur »[2]. Tandis qu'il s'adresse aux cardinaux qui l'ont élu, le pape reprend sans cesse son souffle. Sa sciatique le tourmente.

1. François, *Bénédiction apostolique*, 13/03/2012.
2. François, *Homélie*, 14/03/2013.

Le style de Bergoglio se manifeste dès ses premières phrases. Un parler immédiat, presque populaire, une spiritualité intense, l'idée d'une Église dynamique. Plusieurs cardinaux tordent le nez en comparant sa rhétorique au phrasé élaboré de Benoît XVI. Mais Bergoglio tire ce parler simple et franc de la volonté de faire bouger les choses. C'est un brise-glace, commentera l'écrivain catholique américain Michael Novak. Pour réformer, il faut rompre les schémas fossilisés. François veut une Église en mouvement, qui ne s'enferme pas par crainte des accidents. « Je vous le dis : je préfère mille fois une Église accidentée qu'une Église malade ! Une Église qui ait le courage de prendre des risques pour sortir[1] », répétera-t-il à plusieurs reprises au cours des mois suivants.

Sa tenue se résume à la seule tunique blanche. C'est sur ce choix que se concentrent les premières critiques à son égard. Après l'élection, tandis qu'il revêtait les habits papaux, il aurait dit au maître des cérémonies Mgr Guido Marini, qui lui proposait le mantelet rouge : « Non merci, vous pouvez le porter vous-même [...]. Le carnaval est terminé ! » Cette phrase apocryphe est relayée par ses détracteurs. Difficile de penser que le pontife jésuite emploie un langage aussi peu courtois.

Le lendemain de l'élection, les Romains remarquent que le pape ne porte pas les classiques mules rouges, les Prada pourpres qui ont valu à Ratzinger d'être tourmenté par les médias. Les siennes sont noires, vieilles et déformées. Des chaussures orthopédiques de prêtre comme celles qu'il portait à Buenos Aires, à la curie de l'archevêché comme dans les bidonvilles. Au poignet, il a une montre banale. La croix qui pend à sa

1. François, *Discours aux catéchistes*, 27/09/2013.

poitrine est en fer. Il ne veut pas d'or aux doigts. L'anneau du pêcheur, que le cardinal Sodano lui offrira au nom du collège des cardinaux, sera seulement en argent.

Vingt-quatre heures après son élection, il insiste pour passer à la Maison internationale via della Scrofa – sa base à Rome avant le conclave – pour faire sa valise et payer sa note en personne. La photo fait le tour du monde. Le pontife romain à la réception, vêtu de blanc, tandis que l'employé prépare sa facture. Le même jour, pour se rendre à la basilique de Sainte-Marie-Majeure, il monte dans une simple voiture de la gendarmerie du Vatican, refusant le véhicule officiel immatriculé SCV1. Le 14 novembre 2013, lorsqu'il se rendra au palais du Quirinal pour une visite officielle au président italien Giorgio Napolitano, il se déplacera en Ford Focus. Sans sirènes hurlantes, sans motards, sans escorte d'honneur à cheval. En entrant dans la voiture, il remonte sa tunique blanche, laissant apparaître un pantalon noir.

À Lampedusa, où il atterrit en juillet 2013 pour rencontrer les réfugiés africains et prier pour leurs compagnons décédés en mer, Bergoglio se déplace en Fiat Campagnola, mise à sa disposition par un Milanais résidant sur l'île. À Assise, où il arrivera au mois d'octobre suivant, il utilise une Panda bleue. Quand un prêtre de Vérone lui offre une 4L, le pape accepte, mais la relègue au musée des automobiles papales. Si pour des raisons de sécurité il doit renoncer à se rendre à Lampedusa par un vol de ligne, comme il le souhaitait, il parvient cependant à imposer qu'on évite les cohortes d'officiels : pas de ministres sur l'île. Après la messe, il déjeune debout d'un sandwich et goûte par politesse un morceau de tarte.

Les jours passent, mais le pape argentin ne prend pas possession des appartements pontificaux. Il reste dans la résidence Sainte-Marthe, l'hôtel du Vatican où il séjournait pendant le conclave. On y voit d'abord une solution provisoire, le temps d'équiper à son goût l'appartement traditionnel des papes. Un moment, la rumeur court qu'il s'installera au palais du Latran, ancien siège des évêques de Rome. Mais c'est le concept de palais que François refuse. Au bout de deux mois, les monsignores doivent se rendre à l'évidence : François vivra à Sainte-Marthe. Un choix choquant pour les conservateurs, qui fait également bougonner certains de ses électeurs. Quoique subtils, les premiers signes d'opposition se font sentir. Certains l'accusent de rompre avec la tradition par démagogie, en jetant une lumière négative sur ses prédécesseurs.

Le pape préfère vivre dans la petite suite hôtelière du 201, manger au réfectoire commun, s'asseoir à table avec les autres et laisser qui le souhaite prendre place à ses côtés. « Comme ça, c'est plus facile de l'empoisonner », plaisante-t-on à Buenos Aires. « Je suis visible pour les gens et je mène une vie normale. [...] Messe publique le matin, je mange à la cantine avec les autres [...], je ne suis pas isolé[1] », écrit-il à un prêtre argentin.

Chaque matin à dix heures, François quitte le palais apostolique pour ses rendez-vous de travail, mais l'après-midi il reste dans son bureau à Sainte-Marthe. On peut le croiser dans l'ascenseur ou quand il va prendre un café à la machine, en train de chercher des pièces dans sa poche. Deux prêtres qui le rencontrent dans l'ascenseur les premiers jours le saluent en

1. G.G. Vecchi, *Corriere della Sera*, 29/05/2013.

bégayant, ne sachant trop s'ils doivent se précipiter dehors ou lui baiser les mains.

Rester séparé du monde ne lui fait pas de bien : « Je ne peux pas vivre seul. [...] Je ne peux pas [...] pour des raisons psychiatriques », plaisante-t-il. Quelqu'un qui « s'aime soi-même » n'a pas l'ambition de monter sur le trône de Pierre, raconte-t-il à une classe d'école jésuite. C'est pour cette raison qu'il n'a pas « voulu être pape »[1].

À son retour du Brésil, il répétera aux journalistes : « J'ai besoin des gens, de rencontrer des gens, de leur parler[2]. » Il donne une explication plus politique au jésuite Antonio Spadaro : l'appartement papal « est comme un entonnoir à l'envers [...] : son entrée est vraiment étroite. On entre au compte-gouttes[3] ». Dans le langage du Vatican, l'« Appartement » est le terme utilisé pour désigner les ordres provenant des hautes sphères. Le fait que François réside à Sainte-Marthe fait soudainement disparaître le cercle magique des gourous qui à chaque pontificat prétendent communiquer des bribes de la pensée du pape en se réclamant de leur accès – réel ou supposé – aux appartements apostoliques. Avec un pape qui s'exprime de manière scandaleusement directe, il n'y a plus de place pour évoquer l'« Esprit » (autre terme de curie pour faire référence aux désirs du Saint-Père).

Le style obstinément sobre du pape bouleverse les traditions. Parfois, il arrive à une cérémonie solennelle comme tous les autres évêques, portant sa mitre dans son étui. Lors de la première messe à la chapelle

1. François, *Discours aux élèves des écoles jésuites*, 07/06/2013.
2. François, *Conférence de presse*, 28/07/2013.
3. François, A. Spadaro, *La Civiltà Cattolica*, 19/09/2013.

Sixtine, il arbore encore sa vieille mitre de Buenos Aires. Pendant son homélie, s'il doit chausser ses lunettes il tire laborieusement l'étui de sa poche, sans qu'un secrétaire ne le lui tende obséquieusement, comme c'était le cas avec son prédécesseur. Lorsqu'il s'embarque pour Rio de Janeiro, sur la passerelle de l'avion, il tient à la main une mallette noire. « J'ai toujours fait comme ça. [...] À l'intérieur il y a mon rasoir, mon bréviaire, mon agenda, un livre à lire[1]. »

Au Vatican, ceux qui veulent critiquer ces manières nouvelles font remarquer qu'il s'agit du « style sud-américain ». Mais ce n'est pas le cas. L'Amérique latine a connu des évêques et des cardinaux de toutes sortes. D'une grande pauvreté, comme Hélder Câmara, qui a laissé son palais aux démunis ; ou aux habitudes de la classe moyenne, sans parler des prélats hautains comparables à des aristocrates de l'ancienne Castille. L'humilité de François n'est pas un folklore. Ses gestes à contre-courant reflètent sa personnalité. Pour le cardinal Ruini, ils renvoient à « l'austérité des professeurs jésuites, qui ne possédaient rien au-delà de leurs livres ».

Ce style non conventionnel est avant tout au service d'un dessein réfléchi : démonter le caractère impérial de la papauté, cet absolutisme césarien, quasi divin, nourri par l'aura de l'infaillibilité, sédimenté au fil des siècles à la cour papale et que résume le titre même des successeurs de Pierre : souverain pontife.

Quelques jours après son élection, le pape François porte le coup le plus fort à l'image de pouvoir du Vatican. En évoquant le choix de son nom et le saint d'Assise, Bergoglio s'interrompt et soupire : « Ah, comme je

1. François, *Conférence de presse*, 28/07/2013.

voudrais une Église pauvre, pour les pauvres[1] ! » Ses paroles sont accueillies par des applaudissements enthousiastes de l'auditoire. *L'Osservatore Romano* place la citation en première page, en caractères gras. D'après les sondages, ce n'est pas la première image qu'évoque l'Église. Ceux qui étaient présents dans la salle d'audience ce jour-là se rappellent la vive émotion qu'ont suscitée ces paroles, scandées tel un programme.

Le terme « sacré » et autres titres ronflants accolés au rôle initial de l'évêque de Rome n'ont rien à voir avec le christianisme ni avec la bonne nouvelle. « Tout ce qui concernait l'empereur Dioclétien était qualifié de "sacré" : ses édits, sa chambre à coucher, sa garde, la chancellerie de son palais », écrit l'historien Giovanni Filoramo en évoquant les rituels du Bas-Empire romain. « Celui qui bénéficiait d'une audience avec l'empereur était admis à "l'adoration de la pourpre", un pan du manteau impérial »[2].

C'est de là que provient le rouge des chausses et du manteau papaux. Rien à voir avec le sang ou une disponibilité symbolique au martyre : c'est le rouge du pouvoir absolu. La prostration des cardinaux devant le pape est la soumission des sujets face à l'empereur romain, le roi des rois persan. La « sainte Rote », la « sainte Inquisition », le « sacré palais », les « audiences du baisemain », les « saintes congrégations », le « baiser à la pantoufle » papale rappellent les pratiques des monarchies absolues orientales, dans lesquelles un geste du souverain faisait office de loi suprême.

1. François, *Audience aux médias*, 16/03/2013.
2. G. Filoramo, *La Croce e il Potere. I cristiani da martiri a persecutori*, Laterza, 2011.

« Les chefs de l'Église étaient souvent narcissiques, flattés et stimulés par leurs courtisans. La cour est la lèpre de la papauté[1] », confie François à Eugenio Scalfari, fondateur de *La Repubblica*.

Il y a cinquante ans, on pouvait voir des pontifes assis sur la chaise gestatoire, entourés d'éventails de palmes, héritage des pharaons égyptiens. Jean-Paul II a aboli la chaise gestatoire, ce à quoi n'était pas parvenu le timide Luciani. Le sage Benoît XVI a franchi un autre pas en remplaçant le trirègne de la graphie papale par une simple mitre d'évêque. Par son attitude, François rend plus rapide et plus visible l'abandon des symboles non chrétiens.

À peine élu, Jean XXIII resta interdit quand le sous-directeur de *L'Osservatore Romano*, Cesidio Lolli, tomba à genoux devant lui. « Mais que faites-vous ? » s'écria-t-il, l'invitant à s'asseoir. – Je ne peux pas, votre Sainteté. C'est l'étiquette, répondit Lolli. – On se met à genoux pour prier, pas pour travailler[2] », répliqua Roncalli, menaçant de s'en aller.

Bergoglio scandalise les prélats du Vatican quand il embrasse la *presidenta* Cristina Kirchner sur les joues et esquisse un baisemain à la reine Rania de Jordanie. C'est également le premier pape à se laisser embrasser régulièrement par les fidèles.

Tout est bon pour démonter la mythologie du pape-empereur. Jean-Paul II était chaleureux, humain, parfois gai, parfois colérique, mais il restait « empereur ». François laisse derrière lui cette aura monarchique une fois pour toutes. Le pape est évêque et doit parler comme un prêtre. Le changement se manifeste

1. E. Scalfari, *La Repubblica*, 01/10/2013.
2. R. Allegri, « Messaggero di S. Antonio », n. 7, 2000.

également dans l'agenda pontifical. « François, évêque de Rome », annonce la page initiale réservée au pape. Les autres titres baroques – vicaire de Jésus-Christ, successeur du prince des Apôtres, souverain pontife de l'Église universelle – sont relégués à la page suivante.

Trois mois après son élection, il déserte un concert qui lui est dédié pour l'Année de la foi. Dans la salle Paul-VI, son siège resté vide est rapidement pris en photo. Surpris, Mgr Rino Fisichella, président du Conseil pour la Nouvelle Évangélisation et organisateur de l'événement, explique l'absence du pape par l'obligation de régler des « affaires urgentes ». Au même moment, François étudie les papiers de l'IOR et laisse filtrer depuis Sainte-Marthe une réplique foudroyante : « Je ne suis pas un prince de la Renaissance. » En novembre, le pape fait tout simplement annuler un concert pour la clôture de l'Année de la foi. L'idée qu'il tentera de faire passer au cours des mois suivants et qui scandalisera profondément les amateurs du pape-symbole est que le pontife est une personne normale, qui « rit, pleure, dort tranquillement et a des amis comme tout le monde ».

L'élimination des oripeaux monarchiques se vérifie également dans les petits détails. Pas de gratification extraordinaire versée aux employés du Vatican pour l'élection du nouveau pape. Les honneurs papaux sont réservés aux diplomates étrangers. Abolition du titre de gentilhomme de Sa Sainteté. Plus d'élévation au rang de monsignore pour les prêtres de moins de soixante-cinq ans.

Le retrait de Benoît XVI aide François à démonter l'icône de l'Église impériale. Son abdication a humanisé la figure du pape et l'a désacralisée. Cardinal, Ratzinger avait senti que la monarchie papale n'était plus viable sous sa forme traditionnelle : « Une Église aux dimensions planétaires et avec un monde dans cet état ne peut être gouvernée de manière monarchique[1] », m'a-t-il déclaré quelques mois avant son élection. Devenu pape, il n'a pas eu le courage de mettre en œuvre la réforme.

François s'attaque aux racines du problème. Il redimensionne une Église démesurément pyramidale, dont la curie romaine est le quartier général : un lieu de direction, dont les locaux mêmes, par leur faste et leur beauté, expriment la conviction d'être le « centre » et le « tout » du monde catholique. Une arrogance datée, d'après l'historien de l'Église Alberto Melloni[2]. Pour François, le moment est venu d'appliquer la « collégialité », ce principe établi par le concile Vatican II selon lequel le pape et les évêques – de même que Pierre avec les apôtres – partagent la responsabilité de gouverner l'Église universelle. Le pape et les évêques sont tous les « vicaires du Christ ». Voilà la nouveauté du concile : les évêques ne sont plus des préfets subordonnés à un pontife-monarque, mais des apôtres qui partagent avec lui la charge de l'Église entière.

Pour atteindre cet objectif, il faut recruter des évêques insensibles au carriérisme. Bergoglio adresse un avertissement aux nonces chargés de rechercher des candidats à l'épiscopat pour le compte du Saint-Siège : « Que ce soient des bergers proches du peuple, qu'ils aiment la pauvreté, qu'ils n'aient pas une mentalité de "princes". Prenez garde qu'ils ne soient ambitieux[3]. » L'évêque ne doit être « ni prince ni fonctionnaire »,

1. M. Politi, *La Chiesa del no*, Mondadori, 2009.
2. A. Melloni, *Quel che resta di Dio*, Einaudi, 2013.
3. « Vatican information service », 21/06/2013.

répète-t-il souvent. Ni bureaucrate « qui se préoccupe essentiellement de la discipline, des règles et des mécanismes d'organisation »[1].

Les grands papes ont leur programme en tête dès le lendemain de leur élection. Le soir même du conclave, après dîner, Jean XXIII appela Mgr Domenico Tardini pour lui annoncer qu'il le nommait secrétaire d'État et il parla à ses intimes de l'idée d'un concile à peine dix semaines plus tard. Il avait déjà évoqué l'opportunité d'une convocation en privé alors qu'il était nonce en Turquie, entre 1934 et 1944[2].

Quatre jours après l'élection, Bergoglio a décidé qui sera le nouveau secrétaire d'État, appelé à remplacer le cardinal Bertone[3]. Son choix se porte sur Mgr Pietro Parolin, cinquante-huit ans, nonce au Venezuela et, de 2002 à 2009, sous-secrétaire aux Affaires étrangères du Saint-Siège. Il appartient à la grande école diplomatique des cardinaux Casaroli et Silvestrini. Avant d'être envoyé au Venezuela en 2009, il avait négocié un accord entre le Saint-Siège et le Vietnam, établissant des relations diplomatiques entre les deux parties. Depuis 2010, le Vatican peut nommer des évêques au Vietnam en présentant une triade au gouvernement (comme c'était le cas dans les pays d'Europe de l'Est pendant la guerre froide). Parolin est destiné à devenir secrétaire d'État d'une curie plus légère et plus ouverte à la collaboration avec les évêques du monde. Il possède un don essentiel aux yeux du pontife : l'engagement sacerdotal. C'est un bon prêtre, disent ceux qui le connaissent.

1. Adnkronos, 16/11/2013.
2. M. Roncalli, *Le Pape Jean*, Parole et Silence, 2014.
3. F.A. Grana, www.ilfattoquotidiano.it, 15/10/2013.

Le pape François a tout planifié. Par souci de diplomatie, il laisse passer sept mois, au cours desquels Bertone tente en vain d'obtenir une prorogation d'un an. Mais dès le mois de mars le pape a décidé que le changement de garde aurait lieu après l'été, et c'est ce qui se produit. Parolin, qui sera fait cardinal, prend officiellement ses fonctions le 15 octobre, bien qu'il n'arrive effectivement à son poste que le 18 novembre, après une opération au foie.

Trente jours après le conclave, le pape entame sa révolution. À travers un communiqué de presse, il annonce la création d'un groupe de travail dont feront partie huit cardinaux des cinq continents. Pour l'Amérique latine, le cardinal hondurien Óscar Rodríguez Maradiaga, nommé coordinateur, et le Chilien Francisco Javier Errázuriz. Pour l'Amérique du Nord, Sean Patrick O'Malley. Pour l'Europe, l'Allemand Reinhard Marx. Pour l'Asie, l'Indien Oswald Gracias. Pour l'Afrique, le Congolais Monsengwo Pasinya. Pour l'Océanie, l'Australien George Pell. La carte des conseillers reflète l'Église mondialisée à laquelle pense François. Le groupe ne compte qu'un seul représentant de la curie, le cardinal Giuseppe Bertello, président du gouvernorat de l'État de la cité du Vatican. Un autre Italien fait office de secrétaire, Marcello Semeraro, ancien évêque d'Albano. Cet organisme regroupe plusieurs personnalités qui ont joué un rôle actif dans son élection lors du conclave, dont Monsengwo.

L'idée d'un conseil aux côtés du pape est tellement nouvelle que le porte-parole du Vatican, Lombardi, s'empresse de préciser qu'il s'agit uniquement d'un groupe de travail, afin de ne pas minimiser le rôle de la curie. Mais le texte où sont annoncées les nominations va beaucoup plus loin : les huit cardinaux, est-il écrit, auront pour mission d'étudier une réforme de la curie ainsi que de « conseiller [le pape] dans le gouvernement de l'Église universelle ». C'est une première amorce de la collégialité.

Cinq mois plus tard, François fait un nouveau pas en avant. Le 28 septembre, il institutionnalise cette innovation, l'appelant « conseil des cardinaux » et précisant sa fonction : son rôle, dit-il expressément, est de « m'aider dans le gouvernement de l'Église universelle ». Il se réserve la possibilité de structurer ce conseil selon ses exigences : le nombre de membres pourra augmenter. François veut s'entourer d'un organe consultatif permanent, représentant direct des évêques du monde entier. Il s'agit, souligne-t-il, d'appliquer des « suggestions » avancées au cours des réunions générales des cardinaux avant le conclave[1].

De fait, il s'agit des prémices pour dépasser le modèle monarchique absolu de l'Église et lui donner une structure communautaire dans laquelle les épiscopats participent à la détermination des stratégies de l'Église catholique dans l'ère contemporaine, notamment sur la manière de faire vivre la foi dans la société actuelle. Après l'été, le pape accélère les changements. Le conseil des cardinaux est convoqué en octobre et en décembre 2013, puis en février 2014. Parmi les premiers problèmes discutés figure la rédaction de nouveaux statuts pour la curie, qui comprennent une révision radicale de son organisation et la décision d'affronter lors d'un synode des évêques la thématique de la famille, de la contraception, de la sexualité et des rapports entre personnes de même sexe.

1. François, *Chirografo*, 28/09/2013.

François est non seulement une personnalité charismatique, mais également un politicien. Sa méthode de travail s'appuie sur l'écoute et l'examen attentif des diverses propositions. Au cours de la première année de son pontificat, il ne prend pas de vacances. Il renonce à se déplacer dans les villages des Alpes, surtout chers au pape Wojtyla, ainsi qu'à une véritable période de repos dans la ville papale de Castel Gandolfo au mois d'août. Comme s'il sentait que le temps dont il dispose lui est compté.

Il passe ses premiers mois de gouvernement à consulter systématiquement tous les organismes de la curie et les représentants des principales organisations catholiques. Maria Voce, la présidente des Focolarini, mouvement de chrétiens engagés fondé en 1943, qui a pu le rencontrer pendant cette période, a retiré de l'entretien l'impression d'une personnalité « très douce, mais douée d'une extraordinaire force de caractère. Il est prudent, ne prend pas de risque, mais s'il se sent inspiré par la volonté de Dieu, il va jusqu'au bout[1] ».

Un politicien, homme de gouvernement, doit se montrer flexible. François a pour priorité la réforme de la curie, mais face au tort que causent à l'Église les scandales financiers à répétition il affronte sans tarder la question de l'argent. En plein été 2013, il crée plusieurs organismes destinés à instaurer la transparence et à réviser les dépenses. Le 24 juin, il nomme une commission d'enquête sur l'Institut pour les œuvres de religion : la banque vaticane devra « s'harmoniser » avec la mission de l'Église. En fait partie la professeure américaine Mary Ann Glendon, première femme

1. M. Voce, entretien avec l'auteur.

à diriger une délégation diplomatique du Saint-Siège – à la conférence de l'ONU sur les femmes à Pékin en 1995 –, ancienne présidente de l'Académie pontificale des sciences puis ambassadrice des États-Unis auprès du Vatican pendant le second mandat de George W. Bush.

Un mois plus tard, le 18 juillet, est créée une commission pour la « simplification et la rationalisation » des structures économiques et administratives du Saint-Siège, dont l'objectif consiste à réduire les coûts et les dépenses. Le 8 août est formé un « comité de sûreté financière » destiné à contrôler l'éventuel blanchiment d'argent dans tous les secteurs du Vatican. L'organisme est confié à l'Américain Mgr Brian Wells, assesseur des Affaires générales de la secrétairerie d'État, et réunit des représentants des principales structures du Saint-Siège : la préfecture des Affaires économiques, le gouvernorat, la procure, l'Autorité d'information financière, les services de sécurité.

Lors de la composition des nouveaux organismes, le pape applique une stratégie inclusive. Il ne crée pas un groupe composé d'Argentins, de jésuites ou de ses seuls amis. Conscient de travailler à une réforme profonde des structures et du profil de l'Église – une révolution, tant selon ses partisans que ses détracteurs –, il sait qu'il doit asseoir ses innovations sur la base d'un consensus le plus large possible. La direction du conseil des huit cardinaux est confiée au réformateur Maradiaga, mais il y a également une place pour le conservateur de Sydney, Pell, pour le ratzingérien Marx de Munich et pour Bertello, homme de curie considéré jusqu'au conclave comme inféodé à Bertone. Le secrétaire de la commission de réforme financière est un membre de l'Opus Dei, Mgr Lucio

Angel Vallejo Balda, issu de la préfecture aux Affaires économiques. Fernando Vérgez Alzaga – un Légionnaire du Christ non compromis dans les crimes du fondateur Marcial Maciel – devient secrétaire général du gouvernorat de l'État de la cité du Vatican. Compte tenu des fortes pressions de l'épiscopat étatsunien pour une opération de nettoyage au Vatican, l'Américain Wells est même présent dans deux organismes : le comité antiblanchiment et la commission de réforme de l'IOR.

L'éventail des participants reflète la variété des tendances existantes dans l'Église. C'est précisément le but de Bergoglio. Afin de démonter l'Église impériale, le pape entend faire appel à des alliés et à des collaborateurs provenant de tous les secteurs ecclésiastiques. D'autant que dans la vision de François la réforme de la curie, cheval de bataille de la faction qui l'a élu, ne doit pas se limiter à une simple révision des fonctions sous le signe de l'efficacité.

Jusqu'au pontificat de Ratzinger, la curie a toujours été présentée comme une structure au service du gouvernement papal. François change les termes du problème et proclame son intention de la transformer en un instrument au service conjoint du pape et des évêques. Il a parfaitement conscience de lancer un processus perturbant, car la curie qui œuvre au nom du souverain pontife a été idolâtrée pendant des siècles comme le pouvoir qui gouverne les communautés catholiques du monde entier.

François défend et loue l'engagement personnel des nombreuses personnes qui travaillent à la curie, mais il en comprend clairement les limites. Le défaut de cette institution, a-t-il déclaré lors de son entretien avec Eugenio Scalfari, c'est qu'elle est « vaticano-centrique

[…], elle voit et défend des intérêts du Vatican qui restent, pour une grande partie, des intérêts temporels ». Le conseil des huit cardinaux, explique-t-il, « marque le début d'une Église avec une organisation non seulement verticale, mais également horizontale »[1]. Des paroles fortes, car explicites. Le dialogue entre François et Scalfari est publié le 1er octobre dans *La Repubblica* et paraît le même jour dans *L'Osservatore Romano*, ainsi que sur le site officiel du Vatican. Il suscite cependant de nombreux ressentiments au sein du palais apostolique et, le 15 novembre 2013, est retiré du site. Le porte-parole Lombardi fait savoir que le texte n'a pas été revu mot à mot et qu'il faut donc le considérer comme « fiable quant au sens général, mais pas dans les formulations particulières ». Cet entretien ne figurera pas parmi les textes officiels du pontificat.

Cette étrange résipiscence, advenue avec un mois et demi de retard, est une sonnette d'alarme, symptôme des conflits souterrains nés autour de la révolution de Bergoglio. Le fondateur nonagénaire de *La Repubblica*, qui a écrit de mémoire après la rencontre (comme d'ailleurs le journaliste du *Corriere della Sera* Alberto Cavallari après sa première interview de Paul VI), rapporte une phrase qui reflète bien la pensée du pape François : « L'Église est, ou doit redevenir, une communauté du peuple de Dieu et les presbytères, les paroisses, les évêchés […] sont au service du peuple de Dieu[2]. »

La portée de la révolution que François a en tête apparaît clairement dans une interview menée par le directeur de la revue jésuite *La Civiltà Cattolica*, dont

1. E. Scalfari, *La Repubblica*, 01/10/2013.
2. *Ibid.*

l'exactitude n'est pas contestée. Par certains côtés, son jugement et ses intentions paraissent encore plus radicaux. François va jusqu'à éviter d'employer le terme « curie » pour ne pas en exalter le rôle. Le pape martèle : « Les dicastères romains sont au service du pape et des évêques : ils doivent aider aussi bien les Églises particulières que les conférences épiscopales. » Ce sont « des organismes d'aide », insiste-t-il, qui s'ils sont mal compris « courent le risque de devenir plutôt des organismes de censure ». Pour être encore plus clair, François spécifie : « Les dicastères romains sont des médiateurs, et non des intermédiaires ou des gestionnaires »[1]. Depuis le concile de Trente, aucun pape n'a aussi radicalement remis en cause le pouvoir de la curie romaine.

Ce n'est pas une opération qui peut être menée en quelques mois. Le cardinal Maradiaga, coordinateur du conseil des cardinaux, a déjà anticipé que la réécriture des statuts de la curie « prendra du temps[2] » et exigera de nombreuses consultations, en particulier avec ceux qui travaillent dans les bureaux de la curie. Comme le démontrent les mésaventures de Gorbatchev, aucune perestroïka ne peut lutter contre la structure portante de l'organisation dans laquelle elle a grandi.

Dans la cathédrale de Salerne, sous une châsse de verre, on peut voir la dépouille de Grégoire VII, mort il y a près de mille ans. Il est enveloppé d'un manteau pourpre et or. Ses pantoufles aussi sont de pourpre. Sous son pontificat fut compilé le *Dictatus Papae*, proclamation de l'absolutisme papal. « Seul le pontife romain est dit à juste titre universel. [...] Seul, il peut

1. François, A. Spadaro, *La Civiltà Cattolica*, 19/09/2013.
2. G. Cardinale, www.avvenire.it, 07/10/2013.

user des insignes impériaux. […] Son nom est unique dans le monde. […] Sa sentence ne doit être réformée par personne et seul il peut réformer la sentence de tous. » Il existe un lien direct entre cette présomption totalitaire et l'encyclique *Pastor Aeternus* par laquelle, en 1870, Pie IX voulut ériger en dogme que lorsqu'il parle *ex cathedra* en matière de foi ou de coutumes, le pape jouit de l'infaillibilité et que, « par conséquent, ces définitions du pontife romain sont irréformables par elles-mêmes et non en vertu du consentement de l'Église ». Quiconque oserait le contredire encourt l'excommunication.

Depuis, l'infaillibilité s'est révélée si encombrante que, excepté le dogme de l'Assomption de Marie « corps et âme » au ciel, proclamé en 1950 par Pie XII, la papauté a évité d'y avoir recours. Le principe de collégialité, décrété par le concile de Vatican II, a précisément été instauré pour rééquilibrer ce superpouvoir papal.

L'idée d'une hiérarchie omnipotente, qui ne se trompe jamais, est profondément enracinée dans l'autocompréhension de l'Église catholique. Dans l'exercice de son pouvoir, Pie XII aimait dire : « Je ne veux pas de collaborateurs, je veux des exécutants. » Le cardinal Giuseppe Siri, qui a vécu de l'autre côté du conseil, soutenait : « Mon successeur ne devra rien faire, je me suis occupé de tout. […] Le diocèse de Gênes pourra continuer tout seul[1]. »

Dans l'histoire de l'Église, cinquante ou cent ans sont un battement de cils. Le langage change, mais la conception pyramidale de la hiérarchie continue d'imprégner l'organisation ecclésiastique. La révolu-

1. P. Farinella, *Cristo non abita più qui*, Il Saggiatore, 2013.

tion de François prévoit de redonner sa vitalité au synode des évêques, l'organe représentatif institué par Paul VI à titre consultatif afin de prolonger l'expérience conciliaire. Au fil de son demi-siècle d'existence, le synode a fini par devenir une grande conférence, généralement convoquée tous les trois ans au Vatican pour adresser des thèmes généraux. Chaque évêque ne dispose que de quelques minutes pour son intervention. Les groupes linguistiques préparent ensuite une série de propositions finales, qui jusqu'à présent sont restées lettre morte.

François a décidé de changer radicalement le mode de travail du synode pour le rendre réellement consultatif. Pour la réunion d'octobre 2014, il a voulu un programme précis afin de donner aux représentants des conférences épiscopales venus des différents continents la possibilité de s'exprimer clairement sur des sujets précis. François croit beaucoup à la valeur de la participation. Quand le risque d'une attaque occidentale sur la Syrie se profilait, il a consulté de nombreuses personnes à la curie avant de s'opposer publiquement à la guerre. « Dieu ne parle pas à une personne seule, il parle quand on est ensemble », a-t-il confié à Maria Voce des Focolarini[1]. À la curie, tout le monde n'est pas d'accord, et certains appellent à une ligne décisionnaire. François répète : « Maintenant j'entends quelques personnes me dire : "Ne consultez pas trop, décidez." Au contraire, je crois que la consultation est essentielle[2]. »

Pourtant le pape argentin ne conçoit pas son rôle comme *primus inter pares*, une sorte de président de

1. M. Voce, entretien avec l'auteur.
2. François, A. Spadaro, *La Civiltà Cattolica*, 19/09/2013.

multinationale. C'est ce qu'il a expliqué aux journalistes à son retour du Brésil. Son modèle implicite semble plus ressembler au modèle d'organisation de la Compagnie de Jésus, où le prévôt général gouverne avec l'aide de dix assistants nommés par la congrégation générale. Mais en fin de compte, sa parole fait loi.

Le cardinal Parolin tente de traduire l'idée de participation qui anime François : « On dit toujours que l'Église n'est pas une démocratie, mais il est bon qu'en ces temps il règne un esprit plus démocratique dans le sens d'une écoute attentive. [...] La conduite collégiale de l'Église [signifie] que l'on peut exprimer toutes les positions. Ensuite, ce sera au pape de prendre une décision[1]. »

François a la tête dure, affirme un cardinal qui le connaît bien. Il avance avec détermination. Au cours de sa première année, il a su faire preuve de mesure dans la reconduite des charges à la curie, dans les reconduites temporaires et les mises à l'écart. Des têtes sont tombées. En septembre 2013, il a éloigné le puissant chef de la Congrégation pour le Clergé, le cardinal Mauro Piacenza, fer de lance de la faction conservatrice de la curie, qui serait devenu secrétaire d'État en cas d'élection du Brésilien Scherer. Au Vatican, ceux qui visent si haut finissent toujours par en payer le prix.

Piacenza, âgé de soixante-neuf ans – un âge relativement peu avancé pour le palais apostolique –, s'est vu muté à la tête de la Pénitencerie apostolique, un bureau qui s'occupe des indulgences, des absolutions et des dispenses. En octobre, Bertone a perdu la secrétairerie d'État, et en janvier a été remplacé à la commission de vigilance de l'IOR, la dernière charge active qui lui

1. R. Giusti, *El Universal*, 08/08/2013.

restait. Avec lui ont été éloignés le cardinal Domenico Calcagno, président de l'APSA (Administration du patrimoine du Siège apostolique), et le cardinal Scherer, le candidat brésilien écarté car trop lié à Bertone.

En revanche, deux autres papables ont été mis à l'honneur. Le Canadien Ouellet a été reconduit à la tête de la Congrégation pour les Évêques, tandis que le Hongrois Erdő a été nommé rapporteur au synode des évêques de l'automne 2014.

François a graduellement désarticulé le système de pouvoir de Bertone dans les secteurs économiques clés. Un autre ecclésiastique lié à lui, Mgr Giuseppe Sciacca, a perdu son poste de secrétaire général du gouvernorat du Vatican. L'année suivante, au terme de son mandat à la tête de la Congrégation pour le Culte, le pape évince le cardinal Antonio Canizares, très proche de la ligne théologique de Ratzinger. Ancien primat d'Espagne, Canizares n'est pas invité à diriger le diocèse de Madrid mais celui de Valence, moins important.

Enfin, le président des cérémonies papales – le prélat qui accompagnait François au balcon de la basilique le soir du 13 mars 2013 – disparaît en silence : Mgr Franco Camaldo, dont le web a fait ses choux gras. On lui attribue des liens étroits avec le *lobby* affairiste de Diego Anemone et d'Angelo Balducci, ancien « gentilhomme de Sa Sainteté ». Le pape l'a écarté en le nommant chanoine de la basilique vaticane.

François est doux, mais il ne plaisante pas.

6

Visage de prêtre

François se laisse prendre dans les bras. Il cherche le contact avec les gens, touche et se laisse toucher. Dans les salons du Vatican, l'image du cardinal américain Dolan lui posant avec confiance la main sur l'épaule dans la salle clémentine, deux jours après l'élection, a fait lever quelques sourcils. François, lui, a gardé le sourire.

La proximité physique fait partie de son mode de communication. En cela il est très sud-américain, mais il pourrait également être africain ou méditerranéen. Il ne veut pas être une statue. Dès qu'ils peuvent le prendre dans leurs bras, les fidèles le serrent, comme ce militaire italien de retour d'Afghanistan qui voulait le sentir longtemps près de lui. « On venait voir Jean-Paul II, écouter Benoît XVI et toucher François[1] », s'écrie le cardinal Tauran.

Le 28 juillet 2013, à Rio de Janeiro, trois millions de personnes s'amassent sur quatre kilomètres le long de la plage de Copacabana, afin d'assister à la dernière messe du pape lors des Journées mondiales de la Jeunesse. À la veille de son premier Noël au Vatican, plus d'un million et demi de fidèles et de pèlerins ont déjà

1. S. Le Bars, *Le Monde*, 06/10/2013.

participé à ses audiences place Saint-Pierre[1]. François ne met aucune distance entre les fidèles et lui, ne maintient pas d'espace protocolaire. Il les prend, les attire à lui, les caresse, se laisse entourer. Il parle avec les fidèles, les écoute en les regardant dans les yeux. S'il pleut, il reste lui aussi tête nue, comme la masse des pèlerins.

À Buenos Aires, il n'était pas ainsi. Endosser la tunique blanche a brisé sa vieille armure de timidité et de pudeur. « Il était plus silencieux, plus introverti », s'étonne le prêtre des faubourgs Pepe Di Paola. Quelque chose a changé en lui. Dans son pays, le directeur de la revue culturelle argentine *Criterio*, José María Poirier, le voyait « presque triste, inquiet, taciturne, jamais souriant ». À la curie générale des jésuites à Rome, certains confrères se rappellent qu'il donnait parfois l'impression d'être « acariâtre et renfermé ».

Au Vatican, on appelle « état de grâce » l'aura spéciale d'un nouveau pape, comme si le Saint-Esprit faisait descendre ses bienfaits sur l'élu. C'est d'ailleurs ce qu'assure le catéchisme au paragraphe 2004. De fait, dès sa première rencontre avec la foule place Saint-Pierre et surtout après son voyage au Brésil, Jorge Mario Bergoglio a été reçu avec un enthousiasme croissant par les fidèles, ce qui l'a poussé à exprimer plus ouvertement (à sa propre surprise) la tendresse qu'il recommandait à ses prêtres dans leurs rapports avec les gens.

François est « proche ». Karol Wojtyla, qui à sa mort fut pleuré comme un père ou un grand-père et qui face à une foule donnait l'impression de s'adresser à

1. Asca, 18/02/2013.

chacun en particulier, conservait pourtant une autorité régalienne et n'abolissait pas la différence de position dans le contact personnel. François efface toutes les barrières. Il est aussi proche qu'un parent, désarmant par la sincérité avec laquelle il rappelle les préceptes des Évangiles, prêche la miséricorde et invite à ne pas redouter la tendresse. Dans la salle d'audience, les enfants peuvent aller à lui pendant qu'il parle. Tel un oncle, il leur passe une main dans les cheveux et ne se démonte pas quand l'un d'eux escalade le trône papal. La seule autorité qui existe et qui règne dans l'Église, laisse-t-il entendre, c'est celle du Christ, dont il est un disciple.

Il ne veut pas être coupé des autres par des écrans protocolaires. Il tolère les gendarmes du Vatican dont il apprécie la fidélité, mais il voudrait s'en passer. « Je n'ai pas besoin de gardes du corps, je ne suis pas sans défense », a-t-il lâché les premiers jours. Le lendemain de l'élection, en se rendant à Sainte-Marie-Majeure pour se recueillir devant l'image de la « Madone sauveuse du peuple romain », il a ordonné que la basilique reste ouverte aux fidèles et aux touristes pendant sa prière. Il a laissé sur l'autel un bouquet de fleurs, tel un curé de campagne. Revenant dans la basilique après son voyage à Rio de Janeiro, il a déposé un ballon coloré et un T-shirt : des ex-voto jamais vus de la part d'un pontife !

« Nous avons besoin que notre cœur s'émeuve, a-t-il dit le jour de Noël. Laissons-le se réchauffer à la tendresse de Dieu ; nous avons besoin de ses caresses [1]. » Sa magie tient à la manière dont il fait émerger des désirs profonds, dissimulés dans l'intimité de millions

1. François, *Bénédiction* urbi et orbi, 25/12/2013.

de personnes. Avant même que Bergoglio n'apparaisse au balcon ce 13 mars historique, un catholicisme diffus rêvait déjà d'un « François ». Le nom avait commencé à circuler quelque temps avant le conclave. Une masse de croyants, méfiants à l'égard d'une Église perçue comme une marâtre lointaine, attendait impatiemment une figure comme la sienne. Quand il s'est rendu à Assise en octobre 2013, une banderole le saluait affectueusement au bord de la route : « 1266-2013 : Tu nous as manqué, François. »

Dans les moments de bonheur créatif, les artistes sont des prophètes. Ils saisissent l'esprit du temps et l'âme de la multitude. Par pure coïncidence, juste après l'abdication de Benoît XVI, le réalisateur catholique Ermanno Olmi publiait sa *Lettre à une Église qui a oublié Jésus*. Il décrivait une Église officielle, « mère distraite, plus attirée par les fastes des cérémonies », attachée aux biens temporels, secouée par des scandales et des intrigues, oublieuse du printemps du concile de Vatican II. « Qu'avons-nous donc appris et oublié du pauvre d'Assise ? demandait Olmi. Est-ce vraiment toi, Église catholique, la maison ouverte non seulement aux chrétiens obéissants, mais également à ceux qui cherchent Dieu dans la liberté, au-delà de leurs doutes [1] ? » Parcourant des thèmes qui seraient précisément les sujets de préoccupation et de lutte du futur pape François, Olmi suppliait : « Montre-nous, Église, que tu as à cœur les faibles, qui sont plus nombreux et ne viennent pas seulement au monde pour mourir. »

1. E. Olmi, *Lettera ad una Chiesa che ha dimenticato Gesù*, Piemme, 2013.

Deux ans plus tôt, au festival de Cannes, le réalisateur Nanni Moretti, de culture laïque, présentait le portrait fulgurant d'un pape à peine élu qui ne voulait pas régner sur une Église dans laquelle il ne se reconnaissait guère. « En ce moment », déclarait le pape réticent du film – un Michel Piccoli qui ressemble incroyablement à François, jusque dans sa manière d'agiter timidement la main droite –, « l'Église a besoin d'un guide qui ait la force de porter de grands changements, qui cherche la rencontre avec tous, qui ait pour tout le monde de l'amour et de la compréhension[1]... » Beaucoup de fidèles anonymes, interrogés place Saint-Pierre au temps du pape Ratzinger sur la foi qu'ils portaient dans leur cœur, répondaient, comme cette sage-femme : « Pour moi, Jésus est avant tout miséricorde. »

Le pape François est sur la même longueur d'onde que la majorité des catholiques. Si, comme il l'affirme, le berger doit avoir l'« odeur des moutons », son troupeau reconnaît en lui son parfum. Ce contact réciproque a quelque chose d'instinctif. Voici comment François décrit sa mission dès les premiers mois de son pontificat : « Je vois avec clarté que la chose dont a le plus besoin l'Église aujourd'hui c'est la capacité de soigner les blessures et de réchauffer le cœur des fidèles, la proximité, la convivialité. Je vois l'Église comme un hôpital de campagne après une bataille. Il est inutile de demander à un blessé grave s'il a du cholestérol ou si son taux de sucre est trop élevé ! Nous devons soigner les blessures. Ensuite nous pourrons aborder le reste. Soigner les blessures, soigner les blessures... Il faut commencer par le bas[2]. »

1. N. Moretti, *Habemus Papam*, 2013.
2. François, A. Spadaro, *La Civiltà Cattolica*, 19/09/2013.

Il est symptomatique que quatre jours avant l'élection de Bergoglio, alors que l'Église donnait encore l'impression d'être métaphysique, au-dessus de tout, un représentant de la hiérarchie catholique italienne – fossilisée dans l'insistance sur la doctrine et la défense de l'institution ecclésiastique – ait pourtant insisté : « Pour Olmi, il semble que l'Église n'est forte que si elle procure compagnie, proximité et assistance. L'Église Croix-Rouge du monde, proche des souffrances nouvelles et anciennes des hommes », écrivait avec indignation Mgr Alberto Carrara, délégué épiscopal à la culture dans le diocèse de Bergamo. Non, répliquait-il, « la perspective de la foi est tout autre »[1].

François proclame une Église qui ne se laisse pas « enfermer dans de petits préceptes », qui ne se raccroche pas « de manière exagérée à la "sûreté" doctrinale », ne transforme pas la religion en idéologie mais se concentre sur cette annonce essentielle : « Jésus-Christ t'a sauvé[2] ! » Le pape évoque explicitement une Église « mère et pasteur » : « J'ai une certitude dogmatique : [...] Dieu est dans la vie de chacun. Même si la vie d'une personne a été un désastre, détruite par les vices, la drogue ou autre chose, Dieu est dans sa vie. On peut et on doit Le chercher dans toute vie humaine[3]. »

La cause de l'extraordinaire consensus dont il jouit se trouve dans ce message. « Merci, merci », s'entendait-il crier place Saint-Pierre par la foule le jour de sa messe inaugurale. « Merci » au lieu de « Vive le pape ». Merci pour sa manière de parler, de se présenter, d'être.

1. A. Carrara, www.ecodibergamo.it, 09/03/2013.
2. François, A. Spadaro, *La Civiltà Cattolica*, 19/09/2013.
3. *Ibid.*

Parmi les simples fidèles, on entend les jugements les plus intuitifs. « Tu as vu ? On a un pape », disait une mère âgée à sa fille. « Nous avons un pape qui se fait comprendre », entendait-on dans les trams de Rome le lendemain de l'élection. « Maintenant, le pape va vous faire rentrer dans le rang », s'est écriée la mère d'un monsignore de la conférence épiscopale italienne. Le vicaire d'Anagni, don Alberto Ponzi, raconte que les fidèles ont commencé à aiguillonner les prêtres en se réclamant de François : « Le pape a dit, le pape a fait… », exhortent-ils. Même phénomène dans d'autres régions, d'autres pays. Des hommes et des femmes agnostiques reconnaissent prêter plus d'attention au journal télévisé quand on annonce une information concernant le pape. Des gens qui ne s'intéressaient jamais à l'Église et à ses dirigeants.

Une phrase que l'on entend dans les situations les plus diverses résume bien l'état d'esprit des masses : « Je ne suis pas athée, mais pas pratiquant non plus. Je m'étais détaché de l'Église, mais François m'en a rapproché. » Marco Tarquinio, directeur du journal des évêques *Avvenire*, en témoigne : « Un lecteur nous a écrit qu'il ne priait plus depuis longtemps. Aujourd'hui, il prie tous les jours pour François. Le pape réchauffe le cœur des croyants, il touche les réticents, atteint les plus éloignés. » Ce qui achève de rapprocher le pape de l'opinion publique, c'est sa sincérité quant à ses propres manquements : « Même le pape se confesse tous les quinze jours, car le pape aussi est un pécheur ! Le confesseur écoute ce que je lui dis, il me conseille et me pardonne car nous avons tous besoin de ce pardon[1]. » D'autres papes se

1. G.G. Vecchi, *Corriere della Sera*, 20/11/2013.

sont qualifiés de pécheurs, mais l'expression avait un goût de rhétorique sacrée. Dans la bouche de François, c'est un aveu authentique, qui abolit tout piédestal.

Sa franchise s'exprime dans sa manière de dénoncer la corruption de l'Église, sans se cacher derrière des périphrases. Il apprécie peu le clergé qui n'est pas à la hauteur de sa mission et se perd dans une chasse aux biens matériels. « Cela me fait mal quand je vois un prêtre ou une religieuse avec le dernier modèle d'une voiture : mais ce n'est pas possible ! s'exclame-t-il devant un groupe de novices et de séminaristes qu'il reçoit en audience. [...] Je pense que la voiture est nécessaire, parce qu'il faut beaucoup travailler et pour se déplacer là-bas... mais prenez-en une plus humble ! Et si tu aimes cette belle voiture, pense à tous les enfants qui meurent de faim[1]. » Il se fait parfois cinglant : « Et cela vous dégoûte tous, quand vous trouvez parmi nous des prêtres qui ne sont pas authentiques ou des sœurs qui ne sont pas authentiques[2] ! »

La sobriété ne signifie pas que François doive vivre entouré de visages lugubres de carême, des visages de « piment », comme il les appelle. Il n'y a pas de sainteté dans la tristesse, répète-t-il. Si un séminariste ou une novice arbore un regard triste, quelque chose ne va pas. À Assise, il explique aux clarisses cloîtrées que la contemplation doit mener à la joie, à l'humanité, au sourire. Mais pas un sourire d'hôtesse ! Un sourire qui vient de l'intérieur. Puis il pique les religieuses : malheur à qui se comporte de manière exagé-

1. François, *Rencontre avec les séminaristes*, 06/07/2013.
2. *Ibid.*

rément spirituelle. Pour elles, il reprend ce que disait sainte Thérèse : « Donnez-leur un bifteck[1] »…

On cerne aussi un homme à travers ses films préférés. Celui de François est *Le Festin de Babette*, l'histoire d'une Française débarquée dans un village danois perdu, bigot et mesquin. Un jour, on lui annonce de Paris qu'elle a gagné à la loterie dix mille francs, qu'elle dépense intégralement pour offrir à la communauté un repas français. Une joie pour le palais – consommé de tortue, cailles, vol-au-vent, caviar, vins, champagne, desserts, fruits exotiques – qui détend l'esprit des convives, une poignée d'hommes et de femmes oppressés par le sentiment du péché, effrayés par le Jugement dernier, attristés par les rancœurs, terrorisés par l'idée même du plaisir.

Peu à peu, les visages se transforment grâce au goût et à l'odeur de la nourriture, l'esprit des commensaux s'aère. Libérés, ils entrevoient une vision de la vie qu'ils n'avaient jamais imaginée. « Miséricorde et vérité se sont rencontrées, droiture et bonheur se sont embrassés, conclut l'un des convives. Car Dieu ne met pas de conditions. Il faut attendre avec confiance et accueillir avec reconnaissance. » Bergoglio croit à la joie du don et à une foi comme à une vie joyeuse sous le signe de l'Évangile, non torturée par la vision d'un Dieu policier.

Lors d'une audience, une mère de famille espagnole lui murmure : « Merci d'être un nouveau Jésus sur terre. » François rougit quelques secondes, puis il éclate de rire : « Mais je suis un diable ! » L'humanité de Bergoglio est constituée de toutes ses expériences passées. Avec Jean-Paul II, il est le seul pape à avoir

1. François, www.radiovaticana.va, 04/10/2013.

travaillé. À treize ans, il gagnait sa vie dans une usine de bas, puis il est passé dans un laboratoire chimique. « J'ai été videur » de discothèque, avoue-t-il à la surprise des paroissiens de San Cirillo Alessandrino, dans la banlieue de Rome[1].

À dix-sept ans, Bergoglio a eu une vraie fiancée, il a dansé la milonga et le tango. Pas celui, exsangue, qu'on danse en Europe et que Wojtyla avait appris en même temps que la valse, comme c'était la coutume chez les jeunes de bonne famille dans l'entre-deux-guerres, mais le tango argentin, plein de sensualité. « Une pensée triste qu'on danse, d'après Ernesto Sabato. Les mains d'un homme autour des hanches d'une femme, les mains d'une femme sur les épaules d'un homme, des jambes impérieuses, des bras qui guident les pas, qui soutiennent, des hanches qui bougent, se durcissent… l'invitation et le congé, la solitude et son remède[2]. »

Pour lui, il est essentiel que le choix d'une vie religieuse s'enracine dans une totale authenticité personnelle. « Qu'est-ce que je peux faire pour mon neveu qui veut devenir franciscain ? » lui demande une femme à la paroisse de San Cirillo. Prier pour qu'il ait la persévérance de poursuivre, répond le pape, « mais aussi le courage de faire marche arrière s'il s'aperçoit que ce n'est pas le bon chemin ».

François aime s'exprimer par paraboles. À son premier angélus, il raconte sa rencontre avec une octogénaire qui lui avait affirmé avec sécurité : « Le Seigneur pardonne tout. – Mais comment le savez-vous, madame ? lui demanda Bergoglio. – Si le

1. *L'Osservatore Romano*, 03/12/2013.
2. E. Carpegna, *Sombras de Tango*, Alberto Perdisa, 2006.

Seigneur ne pardonnait pas tout, le monde n'existerait pas[1]. » François utilise les histoires pour lancer un message qui renverse le paradigme d'une Église assise sur son trône de juge, face à des fidèles semblables à des accusés. « Dieu ne se fatigue jamais de nous pardonner [...]. Nous nous fatiguons ! Nous ne voulons pas ! [...]. Lui ne se fatigue pas de pardonner[2]. »

Dieu est un père miséricordieux, doué d'une patience infinie. Dieu est plus grand que le péché. Personne ne doit se laisser décourager. L'appel à la tendresse divine s'accompagne de la tendresse envers son prochain. Le chrétien qui demande à Dieu doit être prêt à donner aux autres. « Les gens aujourd'hui ont besoin, certainement, de paroles, mais ils ont besoin surtout que nous témoignions la miséricorde, la tendresse du Seigneur qui réchauffe le cœur, qui réveille l'espérance, qui attire vers le bien[3] », affirme-t-il un dimanche. Il ne faut pas avoir le cœur dur.

Toujours par images, il exhorte les supérieurs des ordres religieux à ne pas viser une formation uniquement fondée sur les règles et sur les doctrines. « La formation est une œuvre artisanale, pas policière. Nous devons former les cœurs. Autrement, nous créons de petits monstres. Et ces petits monstres forment le peuple de Dieu. Ça me donne vraiment la chair de poule[4]. »

Dans une époque où la crise économique et existentielle tenaille des continents entiers, dont une partie de

1. François, *Angélus*, 17/03/2013.
2. *Ibid.*
3. François, *Homélie*, 07/07/2013.
4. Adnkronos, 03/01/2014.

l'Occident qui n'est plus à l'abri de la misère, son appel au cœur provoque une explosion d'approbations. En Italie, 87 % de la population le soutient, révèle début 2014 un sondage Eurispes. Au lendemain de son élection, un sondage Demopolis avait enregistré 95 % d'avis favorables chez les catholiques. Les caractéristiques qui entraînent l'adhésion sont sa simplicité (72 %), la spontanéité de son langage (67 %), l'attention qu'il porte aux plus faibles (65 %) ; 58 % des fidèles sont convaincus que, grâce à lui, l'Église se renouvellera.

La revue américaine *Time Magazine* l'a élu personnalité de l'année en 2013, une reconnaissance dont seuls ont bénéficié les papes Jean XXIII et Jean-Paul II. « Il a non seulement changé les paroles mais aussi la musique [...]. Il est rare qu'un nouvel acteur de la scène internationale attire tant l'attention des jeunes comme des vieux, des fidèles comme des athées en si peu de temps[1] », écrit Nancy Gibbs, paraphrasant un jugement en vogue aux États-Unis du temps de Jean-Paul II. On disait alors que le « chanteur » Wojtyla plaisait aux jeunes, mais pas sa chanson, pas la doctrine qu'il assenait. Pour François, il en va autrement. La musique est résolument différente. Aux États-Unis, pays aux multiples religions, il totalise une approbation de 79 % chez les catholiques et un large 58 % dans l'ensemble de la population[2].

71 % des Russes, en grande majorité orthodoxes ou athées, souhaitent sa visite[3]. En Chine, une cinquantaine de représentants des médias de masse, des

1. N. Gibbs, *Time Magazine*, 23/12/2013.
2. *Ibid.*
3. M. Frukacz, www.zenit.org, 15/04/2013.

associations de journalistes et des principales représentations diplomatiques l'ont désigné comme la troisième personnalité de l'année au China International Press Forum. Jamais, dans la Chine communiste, une personnalité religieuse n'avait figuré dans la liste.

À Rome, les audiences du mercredi constituent un grand événement, pouvant durer plus de trois heures. Dès la veille au soir, les accès à la place sont délimités par des barrières et, le jour même, la via della Conciliazione est entièrement fermée. Le pape se déplace en voiture sans vitre pare-balles, et il « entre » parfois en territoire italien en quittant la place. Grands et petits scandent « Francesco, Francesco », dans l'espoir de le toucher. Ils lui offrent des écharpes, une boisson en canette qu'il goûte, ils touchent sa calotte blanche. Quand il s'entend appeler, le pape se retourne, se penche de sa voiture, salue de la main comme s'il avait aperçu un vieil ami. Il descend souvent de son véhicule. Avisant une femme en fauteuil roulant dont le sac à main est tombé, il se baisse pour le ramasser et le lui remettre délicatement sur les genoux.

Les téléspectateurs gardent en mémoire l'image de la voiture papale à Rio de Janeiro, bloquée, entourée par une foule irrépressible à la sortie de l'aéroport. Des milliers de personnes débordent la sécurité, tandis que les plus déterminées plongent les mains par la fenêtre du monospace dans laquelle François est assis, souriant. Trois jours plus tard, le 25 juillet 2013, alors qu'il visite la favela Varginha à Rio, François abandonne sa voiture et parcourt sous la pluie les rues boueuses du bidonville. Il prie dans la chapelle dédiée à la Madone puis frappe au numéro 81, entrant comme un prêtre de quartier dans la masure de Manoel José et

Maria Luisa de Penha. Ils discutent et prient ensemble. Il bénit et embrasse tous les enfants de la maison, y compris le nouveau-né. « J'aurais voulu frapper à chaque porte, dire bonjour, demander un verre d'eau fraîche, prendre un café, un *cafezinho* [...], pas une *cachaça* [l'eau-de-vie de canne à sucre] », s'écriera-t-il depuis la petite scène dressée sur le terrain de football du quartier. Et les gens savent que c'est vrai [1].

François souffre de ne pas pouvoir se déplacer librement. Wojtyla avait besoin de nature, Bergoglio a soif de contact humain. « Combien de fois j'ai voulu aller dans les rues de Rome, parce que ça me plaisait, à Buenos Aires, d'aller dans les rues [...] [2] », avoue-t-il aux journalistes. Il refuse obstinément de rester isolé, comme dans une cage dorée. Cette hantise se manifeste par exemple lors de la messe du matin, qu'il ne célèbre pas seul mais dans la chapelle de la résidence Sainte-Marthe, devant des groupes de fidèles. Ses homélies matinales, par lesquelles il délivre souvent des messages importants, sont l'occasion de dialoguer presque quotidiennement avec le monde.

Il apaise son envie de communication en écrivant et en téléphonant. Il décroche le combiné, demande un numéro à la centrale du Vatican et se présente en personne à son interlocuteur. Il appelle son marchand de journaux à Buenos Aires pour annuler son abonnement, son cordonnier avec lequel il plaisante sur les mules rouges qu'il ne porte pas, il appelle la caissière d'une librairie ou un groupe de prisonniers avec les-

1. G.G. Vecchi, *Francesco. La rivoluzione della tenerezza*, RCS-Corriere della Sera, 2013.
2. François, *Conférence de presse*, 28/07/2013.

quels il est en contact. Les premières fois, un opérateur lui a répondu : « Si tu es le pape, je suis Napoléon [1] ! »

François a besoin de se sentir entouré de voix non protocolaires, de voix de la vie quotidienne. Il répond à de nombreux messages qui lui parviennent. Il téléphone aux parents d'Andrea Ferri, un pompiste de Pesaro tué lors d'un hold-up, il appelle une fille enceinte abandonnée, un enfant qui lui a envoyé un dessin, une femme violée, un prêtre, un couple avec deux enfants malades, un ancien drogué argentin (« Salut Corvo, comment ça va ? »), la mère d'Elisa Claps, l'étudiante de Potenza disparue pendant seize ans puis retrouvée morte en 2010 sous le toit d'une église. C'est sa manière de se sentir prêtre, de continuer à être curé *callejero*, de rue. « Merci, Votre Sainteté », lui a dit la mère d'Elisa, blessée par les trop nombreux silences du prêtre Mimì Sabia, responsable de l'église de la Trinité où a été retrouvé le cadavre de sa fille. « Vous nous rendez l'Église à laquelle nous croyions. »

Au Vatican et dans la hiérarchie ecclésiastique du monde entier, la satisfaction est profonde face à la popularité du pape, qui se répercute sur toute l'Église. Mais en coulisse émerge un ressentiment à l'égard de la manière dont François écorne chaque jour l'icône de la papauté, celle du souverain intouchable du catholicisme. François a une façon de faire trop « populaire », dit-on. La même accusation que l'on adressait il y a cinquante ans à Jean XXIII, dont on moquait la bonhomie campagnarde comparée à la solennité hiératique de Pie XII.

1. www.blitzquotidiano, 21/03/2013.

Très vite sont apparues, dans certains journaux, les critiques nourries par la rancœur des secteurs les plus conservateurs de la curie. Dans *Il Foglio*, Giuliano Ferrara a accusé François de manifester « trop de tendresse », de passer outre le massacre que constitue l'avortement, de ne pas comprendre que la mondialisation et la libéralisation des marchés garantissent « l'émancipation et la liberté » des masses du tiers-monde. Marcello Veneziani a évoqué le risque qu'il se transforme en « caricature », le sociologue Gianfranco Morra a stigmatisé son absence au concert du Vatican, dénonçant son communiqué pétri de « clichés populistes ».

L'écrivain catholique Vittorio Messori, qui a interviewé Ratzinger et Wojtyla, ironise sur les appels du pape à la pauvreté. « L'Église pauvre, c'est une sottise : Jésus ne mourait pas de faim [...]. Il avait une disponibilité économique, et même un trésorier qui l'a ensuite trahi, Judas Iscariote. » La tunique de Jésus avait de la valeur, « les gardes l'ont jouée aux dés car elle coûtait cher. [...] Jésus s'habillait en Armani »[1]. Dès les premiers mois, Messori distille à la télévision un subtil venin. « Moins le pape s'exprime, mieux c'est. Certaines interviews dans l'avion, certaines improvisations peuvent donner lieu à des interprétations erronées. » Il est bon de revenir à la « sobriété »[2].

La décision de François de ne pas célébrer son premier Jeudi saint dans la basilique de Saint-Jean-de-Latran et de pratiquer le rituel du lavement des pieds dans la prison pour mineurs de Casal di Marmo a beaucoup dérangé les conservateurs. Un accroc à la tradi-

1. C. Tecce, *Il Fatto Quotidiano*, 13/06/2013.
2. « Porta a Porta », Rai 1, 25/09/2013.

tion consacrée. Mais le fait qu'il ait réalisé le geste de laver les pieds à deux femmes, dont une musulmane, a suscité une irritation plus grande encore. Comment une fidèle de l'islam peut-elle incarner l'un des douze apôtres lors de la Cène ? ont commenté au palais apostolique les prélats traditionalistes. « À Buenos Aires, le cardinal Bergoglio admettait également des jeunes femmes pour le rite. Nous avons donc proposé une présence féminine. Après quelques réticences, le Vatican a accepté[1] », explique l'aumônier de la prison, le père Gaetano Greco. Cet épisode est symptomatique du lien instinctif entre le pape et le clergé en contact le plus direct avec la vie quotidienne.

Aux douze mineurs – catholiques, orthodoxes et musulmans –, François a dit avec simplicité : « Maintenant, nous allons accomplir cette cérémonie du lavage des pieds. Que chacun de nous pense : suis-je vraiment prêt à aider et servir l'autre ? Il suffit de penser cela, et ce signe est une caresse de Jésus[2]. » François parle de Jésus, mais il n'hésite pas à encourager les fidèles d'autres religions à bien vivre leur propre foi. À Lampedusa – où il s'est rendu après que sept naufragés sont morts et que des dizaines d'autres sont restés accrochés pendant des heures aux cages d'un élevage de thons –, le pape a souhaité à une cinquantaine de réfugiés musulmans que le jeûne de ramadan leur porte d'« abondants fruits spirituels ».

François n'aime pas beaucoup voyager, même s'il s'adaptera rapidement au rythme de sa mission internationale. Lampedusa a volontairement été son premier déplacement hors de Rome. Il a célébré la messe

1. www.repubblica.it, 28/03/2013.
2. *Ibid.*

sur un petit terrain de sport, depuis un bateau faisant office d'autel. Le calice et le mandement de bois qu'il tenait pendant la cérémonie avaient été taillés dans les restes d'un bateau de la mort. Le pape n'était pas assisté par un cérémoniaire. Pendant l'homélie, il tenait lui-même son micro, comme tant de fois pendant sa carrière d'évêque en Argentine. « Bienvenue parmi les hommes », annonçait un panneau affiché sur une maison. Plus amer, un autre clamait : « Le pape prêche l'espoir, les politiciens mangent. » Ou ils font des promesses éhontées. Lors de sa visite en 2011, l'ancien Premier ministre Berlusconi avait annoncé une exonération d'impôts, un développement du tourisme, la création d'une zone franche, de casinos, de terrains de golf et la candidature de l'île au prix Nobel de la paix…

À Lampedusa, François emploie un langage rugueux. « J'ai senti que je devais venir prier, mais aussi réveiller nos consciences pour que ce qui s'est produit ne se répète pas », dit-il pendant la messe. À voix basse, il ajoute : « S'il vous plaît… » Son homélie est l'une des plus vibrantes de son pontificat. « Beaucoup de nous, je m'y inclus aussi, nous sommes désorientés, nous ne sommes plus attentifs au monde dans lequel nous vivons […]. Qui est le responsable du sang de ces frères et sœurs ? Personne ! Tous nous répondons ainsi : ce n'est pas moi, moi je ne suis pas d'ici […]. Mais Dieu demande à chacun de nous : “Où est le sang de ton frère qui crie vers moi ?” […] Nous avons perdu le sens de la responsabilité fraternelle. » François décrit un monde où chacun est enfermé dans son illusoire « bulle de savon », qui alimente l'indifférence envers les autres, voire la « mondialisation de l'indifférence ». Le pape invite à pleurer sur la cruauté répandue sur la planète, « aussi en ceux qui dans l'anonymat prennent les décisions socio-économiques ouvrant la voie à des drames comme celui-ci »[1].

Les voyages vers lesquels il est instinctivement toujours plus porté le mènent sur les lieux de la souffrance. À Assise, ville qu'il n'avait jamais vue, il commence son pèlerinage tôt le matin et arrive dès sept heures et demie à l'Institut Serafico pour handicapés. Pendant plus d'une heure il caresse, embrasse et serre dans ses bras une centaine d'invalides. Des jeunes et des adultes au corps marqué, qui « ne parlent pas, n'entendent pas, ne votent pas » et sont donc oubliés par la société, déplore la présidente de l'Institut, Francesca Di Maolo.

Le pape, calotte de travers, passe et repasse parmi les malades, s'arrête devant chacun. Membres contorsionnés par les spasmes, corps enfermés dans l'autisme, yeux éteints, têtes qui se balancent obsessionnellement. Pour François, ce sont les mains qui parlent. Ses doigts saisissent des bras tendus, ils ébouriffent longuement des cheveux, caressent des joues, étreignent des épaules, tracent de minuscules signes de croix sur des fronts parcourus de frissons. Arrêté par un enfant autiste, le pape accompagne patiemment les gestes du petit garçon qui frappe mécaniquement ses paumes l'une contre l'autre. Les quarts d'heure passent, et la salle commence à résonner sans répit de hurlements, de gémissements, de grognements. François se déplace lentement d'une chaise à l'autre. Quand il ne peut pas parler, il transmet sa proximité, corps contre corps.

1. François, *Homélie à Lampedusa*, 08/07/2013.

7

Marcher avec ceux qui ne croient pas

Une basilique, un matin d'octobre, un journal par une matinée de septembre. Le parcours de deux papes qui tentent de jeter un pont vers la rive des non-croyants passe par Sainte-Marie-des-Anges, à Assise, et par la rédaction de *La Repubblica*, à Rome.

Nous sommes le 27 octobre 2011, il fait froid. Dans l'entrée de la basilique, Benoît XVI serre la main des responsables religieux venus à Assise pour participer à la « Journée de réflexion, de dialogue et de prière pour la paix et la justice dans le monde ». Après quelques hésitations, le pape Ratzinger a repris l'idée de Jean-Paul II de convoquer un sommet interreligieux dans la ville de saint François. Aux côtés des dignitaires des Églises chrétiennes se trouvent des juifs, des musulmans, des représentants des religions orientales et africaines. Il y a une nouveauté. Pour la première fois, le pontife allemand a voulu inviter des personnalités non croyantes : la professeure franco-bulgare Julia Kristeva, philologue et psychanalyste, le philosophe mexicain Guillermo Hurtado, l'économiste autrichien Walter Baier, le philosophe italien Remo Bodei.

En septembre 2009 déjà, à l'occasion de son voyage en République tchèque – l'un des pays européens où l'athéisme d'indifférence est le plus répandu –, Benoît XVI avait décidé d'ouvrir la rencontre avec les « chercheurs de vérité », des hommes et des femmes qui s'interrogent sur le sens de l'existence au-delà de la limite entre immanence et transcendance.

Le pape Ratzinger avait précisé l'idée d'une confrontation entre agnostiques et croyants dans un discours à la curie, dans lequel il avait soutenu qu'« au dialogue avec les religions doit aujourd'hui surtout s'ajouter le dialogue avec ceux pour qui la religion est une chose étrangère, pour qui Dieu est inconnu et qui, cependant, ne voudraient pas rester simplement sans Dieu, mais l'approcher au moins comme Inconnu ». Benoît XVI propose la création d'un espace de rencontre, qu'il appelle – en souvenir du lieu homonyme dans le temple de Jérusalem, ouvert aux non-juifs – « la Cour des gentils [1] ».

À Sainte-Marie-des-Anges, Julia Kristeva encourage à parier sur « le renouvellement perpétuel de la capacité des hommes et des femmes à croire et connaître ensemble ». La philologue invite à trouver une « complicité » entre l'humanisme laïc, jailli de la Renaissance et des Lumières, et l'humanisme chrétien. Son approche met en valeur les grands codes moraux de la tradition : la Bible, les Évangiles, le Coran, le Rig Véda, le Tao… L'essentiel, souligne-t-elle, c'est le critère de liberté. Elle rappelle ensuite les batailles pour la libération de la femme, le soin amoureux de l'autre, de la Terre, la sollicitude envers les jeunes, les malades, les personnes âgées, les handicapés. Il faut lutter contre le risque de destruction de la planète, que pour la pre-

1. Benoît XVI, *Discours à la curie*, 21/12/2009.

mière fois de l'Histoire l'*Homo sapiens* serait en mesure de perpétrer au nom de croyances religieuses ou idéologiques[1]. Mais pour se consacrer à l'objectif commun de sauvegarde de la planète, affirme Kristeva, il est indispensable de remettre sans cesse en question ses propres traditions, sa situation personnelle, historique et sociale. « L'Homme avec une majuscule n'existe pas [...]. L'homme ne *fait* pas l'histoire », proclame la psychanalyste. Au contraire, « nous *sommes* l'histoire ». Hommes et femmes dans leurs spécificités et leur diversité individuelles[2].

La non-croyante accepte la proposition d'un dialogue critique et adresse au pape Ratzinger un appel contre toute tentation de transformer la pensée et la foi en idéologie. Benoît XVI répond en exprimant la volonté de l'Église de se retrouver aux côtés des « pèlerins de la vérité, des pèlerins de la paix », et en réaffirmant son engagement en faveur de « la dignité de l'homme [...] contre toute sorte de violence destructrice du droit »[3].

Deux ans plus tard, le 11 septembre 2013, les lecteurs trouvent dans les kiosques l'annonce : « Le pape François écrit à *La Repubblica* : dialogue ouvert avec les non-croyants ». Au cours des deux années précédentes, le Conseil pontifical pour la Culture, dirigé par le cardinal Gianfranco Ravasi, a organisé de nombreuses rencontres entre croyants et athées dans divers pays. Ravasi évoque une Église qui reconnaît l'existence de « visions différentes de la réalité » et disposée à affronter le fait que croyants comme athées sont

1. J. Kristeva, *Asia News*, 27/10/2011.
2. *Ibid.*
3. Benoît XVI, *Intervention à la Journée d'Assise*, 27/10/2011.

porteurs d'un message existentiel dont il faut tenir compte[1].

À peine élu, François rompt de nouveau avec le protocole et envoie aussitôt un signal de profond respect vers le monde des non-croyants. Lors de sa rencontre avec les journalistes accrédités pour le conclave, il ne termine pas l'audience par la formule habituelle « Et de grand cœur je vous adresse à tous ma bénédiction », mais ajoute avec délicatesse : « Je vous avais dit que je vous aurais donné de grand cœur ma bénédiction. Étant donné que beaucoup d'entre vous n'appartiennent pas à l'Église catholique, que d'autres ne sont pas croyants, j'adresse de tout cœur cette bénédiction, en silence, à chacun de vous, respectant la conscience de chacun, mais sachant que chacun de vous est enfant de Dieu[2]. »

Le pape argentin entend faire un pas de plus : se rapprocher de ceux qui non seulement ne croient pas, ne cherchent pas Dieu et Le considèrent comme une invention consolatrice, mais surtout ont toujours critiqué ouvertement les dogmes, toutes les formes de cléricalisme et d'intervention politique de l'Église. En Italie, Eugenio Scalfari, fondateur de *La Repubblica*, fait office de pape laïc, fin observateur des faiblesses et des contradictions de la hiérarchie ecclésiastique, bien qu'il manifeste son admiration pour la personnalité et le message de Jésus-Christ.

Dans deux articles parus au cours de l'été 2013, Scalfari adresse un certain nombre de questions au pape Bergoglio. Elles vont du monothéisme rigide des religions abrahamiques – le judaïsme et l'islam – au dogme contradictoire de l'incarnation, du conflit entre

1. M. Politi, *Il Fatto Quotidiano*, 20/03/2011.
2. François, *Audience aux représentants des médias*, 16/03/2013.

la prédication du Christ et les pratiques de pouvoir de l'Église aux interrogations fondamentales sur l'au-delà et l'extinction de l'espèce humaine. Il propose à Bergoglio une véritable « dispute », comme il pouvait s'en dérouler dans les siècles passés entre un chrétien et un athée, entre un catholique et un hérétique. Un match intellectuel dans lequel on compte les points de chaque adversaire.

Scalfari ne cache pas sa sympathie pour le nouveau pape, dont il dit : « Il est bon comme Jean XXIII, il fascine comme Wojtyla, il a grandi parmi les jésuites, a choisi de s'appeler François car il veut l'Église du pauvre d'Assise. » Cependant, il ne lui épargne pas des questions insidieuses. La modernité, fait-il remarquer, a mis en question le concept de vérité absolue : le croyant croit à la vérité révélée, l'athée pense en termes de vérité subjective et relative. Dans ce cas, le non-croyant est-il dans le péché ? Ou encore : « Si une personne n'a pas la foi et ne la recherche pas mais commet ce que l'Église considère comme un péché, sera-t-elle pardonnée par le Dieu chrétien[1] ? » Scalfari conclut : « Quelle est votre réponse, révérend pape François ? » Il ajoute une apostille provocatrice. Le modèle ecclésiastique que prêche Bergoglio fait du bien au monde, le nouveau pape plaît à tous, mais « je pense qu'il n'y aura pas de François II », car l'Église catholique est forte et a traversé les siècles précisément parce qu'elle n'a jamais renoncé au pouvoir.

« Très estimé monsieur Scalfari », répond le pontife sur une lettre à en-tête. Puis il commence en balayant d'emblée l'image d'un Dieu douanier, d'une divinité bureaucrate qui scrute la pratique du non-croyant,

1. E. Scalfari, *La Repubblica*, 07/07/2013 et 07/08/2013.

évalue s'il lui donne ou non le sceau de l'absolution. François va plus loin, il ne parle même pas d'un pardon qui vient d'en haut. Il raconte le Dieu de Jésus, dont « la miséricorde n'a pas de limites », et il accentue un principe sur lequel a insisté le concile, profondément ancré dans la morale laïque : « même pour ceux qui n'ont pas la foi, il y a péché quand on va à l'encontre de sa conscience ». Car c'est dans les décisions personnelles que l'on prend face au bien ou au mal « que se joue la bonté ou la méchanceté de nos actions ».

Cette longue lettre à un non-croyant révèle la liberté intérieure à laquelle François n'entend pas renoncer. Il sait bien – et cela se vérifie ponctuellement dans les couloirs du Vatican – que son geste sera mal reçu par certains prélats qui voient dans toute critique et dans toute polémique le signe de l'Antéchrist et refusent l'idée que le pontife se mette à dialoguer avec Scalfari. Mais la stratégie chère au pape consiste à se rapprocher sans distinction des hommes et des femmes de notre temps, surtout ceux qui sentent l'Église abstraite et lointaine.

Ainsi, quand il répond avec une aimable courtoisie au « très estimé monsieur Scalfari », il outrepasse les limites d'une joute oratoire entre l'adepte des Lumières et le jésuite, entre le rationaliste et le croyant. L'opposition ne l'intéresse pas. Sa lettre est une réédition en langage moderne de la bonne nouvelle. Il parle de la nécessité de « se confronter à Jésus dans la concrétude et la rudesse de sa vie », il annonce un Christ venu donner à qui l'écoute « liberté et plénitude de la vie ». Il parle d'une foi qui ne rend pas arrogant mais humble, qui « n'est pas intransigeante mais grandit dans la cohabitation et le respect de l'autre », et exclut « la recherche de toute hégémonie ». Cette foi qui valorise l'obéissance à sa conscience doit être vécue à travers le témoignage et la confrontation avec tous. Et l'Église est la communauté de foi « dans laquelle j'ai vécu et grâce à laquelle j'ai trouvé un accès à l'intelligence des Saintes Écritures [...]. Sans l'Église, je n'aurais pas pu rencontrer Jésus »[1].

Le pape établit un lien direct avec le concile de Vatican II en proposant un dialogue sans préjugés. Puis, témoignant de sa foi face au monde des non-croyants, il affronte le nœud de la question la plus difficile : la vérité absolue. Il est fallacieux de parler de vérités « absolues », explique-t-il, car cela évoque presque l'idée d'une vérité dénuée de tout contexte. Non, réplique François, « la vérité – selon la foi chrétienne –, c'est l'amour de Dieu pour nous à travers Jésus-Christ [...]. La vérité est une relation ! ». Chacun l'accueille et l'exprime à partir de son histoire, de sa culture et de la situation dans laquelle il vit. Rien de subjectif dans tout cela, remarque François, simplement la conscience que la vérité « s'offre à nous toujours et uniquement comme un chemin et une vie » et ne fait qu'un avec l'amour. Il faut humilité et ouverture pour la chercher, l'accueillir et l'exprimer.

Dans cette perspective, François souhaite une rencontre sérieuse avec les non-croyants, dans l'intention de commencer à faire « un bout de chemin ensemble ». En admettant ouvertement qu'à travers ses représentants l'Église peut avoir commis des infidélités, des erreurs, des péchés, « et peut en commettre à nouveau »[2].

1. François, *La Repubblica*, 11/09/2013.
2. *Ibid.*

Cette lettre reçoit un écho international. Dans le monde anglo-saxon, Ian Buruma, essayiste athée, commente avec enthousiasme que reconnaître la primauté de la conscience équivaut à dire qu'« il n'est pas nécessaire que Dieu ou l'Église nous disent comment nous comporter. Notre conscience suffit. [...] Même les protestants les plus dévots n'iraient pas aussi loin. [...] Les mots du pape François laissent penser que l'élimination même de Dieu pourrait constituer une option légitime[1] ». Matthew Fox, théologien américain exclu de l'ordre des Dominicains en 1993 sur une intervention du Saint-Office menée par le cardinal Ratzinger, affirme que François apporte « une bouffée d'oxygène après trente-quatre années de papes qui paraissaient plus enclins à dicter les réponses comme les questions sans jamais donner l'impression d'avoir quelque chose à apprendre[2] ». Le théologien de la libération brésilien Leonardo Boff, lui aussi réduit au silence par Ratzinger, voit dans les paroles de François l'intention de témoigner du christianisme sans prétention de conquête. Boff écrit au pape pour lui proposer un concile de Vatican III, ouvert à tous les chrétiens ainsi qu'aux athées, afin d'affronter les « menaces qui pèsent sur la planète[3] ».

En Italie s'ouvre une discussion animée. L'ancien président de la Cour constitutionnelle, Gustavo Zagrebelsky, lit dans le texte de François la redécouverte du concile. L'essayiste catholique Mariapia Veladiano exulte de voir relégués aux archives le

1. I. Buruma, *La Repubblica*, 15/10/2013.
2. François, E. Scalfari, *Ainsi je changerai l'Église. Dialogue entre croyants et non-croyants*, Bayard Jeunesse, 2014.
3. *Ibid.*

concept d'une vérité-idole et tout le paquet des valeurs dites non négociables, « une affreuse expression mercantile ». Le moine et théologien Enzo Bianchi relève que le dialogue avec ceux qui croient en des choses différentes doit être considéré comme une richesse et non un sacrifice inévitable. Il prévient toutefois que cheminer ensemble implique d'accepter la confrontation sur certains thèmes à propos desquels les deux interlocuteurs pensent avoir des positions arrêtées[1].

La lettre à Scalfari est révélatrice de l'approche directe qui caractérise François. Au lieu de s'adresser de manière abstraite aux non-croyants, le pape préfère dialoguer avec une personne en chair et en os, accepter de discuter de ses contestations. Par la suite, il invite Scalfari à la résidence Sainte-Marthe et n'hésite pas à lui parler avec une grande liberté : « Le prosélytisme est une bêtise magistrale, ça n'a pas de sens. [...] Le cléricalisme ne devrait rien avoir à faire avec le christianisme. [...] Il n'y a pas de Dieu catholique, il y a Dieu. [...] L'Église a été très souvent dominée par les préoccupations temporelles et de nombreux représentants catholiques ont encore cette vision. » Dans le face-à-face, il revient sur le primat de la conscience : « Chacun a son idée du Bien et du Mal et doit choisir de suivre le Bien et de combattre le Mal tels qu'il les conçoit. Cela suffirait à rendre le monde meilleur[2]. »

Quand par la suite débutent les polémiques sur l'exactitude textuelle de l'entretien, et que Scalfari reconnaît avoir reconstruit et amplifié certaines expressions de Bergoglio, un nouvel aspect du pape argentin apparaît. François n'a jamais demandé à lire la version

1. *Ibid.*
2. *Ibid.*

définitive de l'entretien et a donné l'autorisation de le publier à son secrétaire personnel, don Alfred Xuereb, sans réviser le texte[1]. Pour François, c'est la rencontre en soi qui compte, le message qu'elle envoie aux catholiques et aux athées, bien plus que l'exactitude du moindre mot. Le terrain d'une convergence entre ceux qui croient à la transcendance et ceux dont les valeurs sont immanentes apparaît clairement aux deux interlocuteurs : s'opposer à l'égoïsme croissant et aux injustices dans le monde.

Depuis Paris, Julia Kristeva – parmi les participants à la première ouverture au dialogue par Benoît XVI – observe que l'humanisme laïc est remis en cause par la nouvelle approche du pape argentin. « François est un curé de campagne sur le trône pontifical : unique, surprenant, inattendu. Sa communication chaude et populaire est un acte politique. » Il s'est attiré la sympathie des laïcs les plus critiques. Il est intervenu en pacificateur en Syrie. Il affronte la crise existentielle de la planète. « Il se consacre à la misère des pauvres de manière palpable, il touche les cœurs avec le langage révolutionnaire d'un Trotski ou d'un Che Guevara. Qui pourrait parler mieux ? C'est un défi pour nous, les humanistes »[2].

Le regard laïc de Kristeva, que j'ai rencontrée chez elle à Paris, n'occulte pas la séduction et la consolation que sait mettre en œuvre l'appareil ecclésiastique. La psychanalyste voit dans les interventions du nouveau pape un grand sens du pouvoir et un don stratégique propre aux jésuites. Elle estime qu'une personnalité telle que François était nécessaire pour offrir

1. A. Beltramo Alvaréz, www.lastampa.it, 22/11/2013.
2. J. Kristeva, entretien avec l'auteur.

une nouvelle image au peuple après le pontificat de Benoît XVI dont émanait, sans doute à tort, une impression de froideur intellectuelle. « Le catholicisme est en recul dans le monde, mais il a une carte maîtresse à jouer : l'humanisme chrétien. »

La confrontation entre les deux humanismes est inéluctable. L'Europe et son rapport à la sécularisation devraient constituer un premier terrain de réflexion. Pour la psychanalyste, la crise européenne et la crise mondiale sont liées. « L'Europe est dans le chaos. Et si elle n'en sort pas, le monde entier sera précipité dans le chaos. » Bien que sa société soit fatiguée, l'Europe a de grandes ressources, son histoire l'a prouvé. La force de la civilisation européenne est de conjuguer identité, multiplicité et cohabitation entre peuples différents. « C'est une civilisation où l'identité est continuellement remise en question » à travers une critique et une autocritique permanentes. Elle peut donc encourager d'autres civilisations, comme l'islam ou la Chine, à s'interroger.

Quant à la sécularisation, elle a favorisé la libération des femmes, des opprimés, des marginaux, mais dans le même temps elle a coupé le lien avec le patrimoine historico-religieux du passé. Pourtant, « il faut savoir d'où on vient ». On ne peut pas oublier le patrimoine de la pensée grecque, de la tradition judéo-chrétienne, ni, par certains aspects, de la civilisation islamique. L'ignorance produit l'avènement de partis et de mouvements xénophobes (Le Pen en France, la Lega en Italie et d'autres ailleurs).

Voilà pourquoi un réveil des cultures et une reprise du dialogue entre humanismes laïc et religieux sont importants, soutient Julia Kristeva. « En ce qui concerne la fragilité humaine, la vie, la mort, la naissance et la vieillesse, il y a beaucoup à apprendre des religions », explique-t-elle. Certes, les sciences humaines telles que l'anthropologie ou la psychanalyse ont des réponses à apporter, mais elles restent trop souvent enfermées dans des domaines spécialisés : « Nous ne sommes pas présents aux carrefours existentiels. »

La philologue et psychanalyste indique deux terrains de dialogue immédiats, qui croisent les préoccupations du pape François : le rôle de l'économie et du progrès technique et scientifique d'une part, d'autre part le destin des jeunes générations. « La richesse de la civilisation européenne exige que la vision humaine ne s'adapte pas à la technique, mais le contraire », remarque-t-elle. Cependant, c'est surtout la question des jeunes qui intéresse Kristeva. « Aujourd'hui, l'Europe est la seule civilisation où il n'y a pas de rites d'initiation, où on a oublié le passage de l'adolescence à la maturité. Personne n'accompagne les adolescents, on ignore leur immense besoin d'idéaux, personne ne leur offre la possibilité d'accomplir un service pour les autres, dans leur pays ou à l'étranger. » Le monde des jeunes est à l'abandon. Une partie glisse vers l'indifférence, certains se tournent vers diverses spiritualités tandis que d'autres se précipitent vers le « mal radical » – Kristeva évoque les attentats racistes perpétrés en 2012 à Toulouse et à Montauban par un jeune Franco-Algérien, qui a tué trois militaires puis trois enfants et un professeur devant une école juive – ou vers la tendance à l'autodestruction exprimée par la toxicomanie, des maladies psychosomatiques ou d'autres formes de malaise.

« C'est le phénomène de la dés-errance. Refus de la famille, refus de socialiser, refus de l'école, du travail, de la formation professionnelle. À la fin, ces jeunes ne connaissent pas la différence entre le bien et le mal, entre moi et toi, entre qui je suis moi et qui est l'autre. Ils ne respectent ni les autres ni eux-mêmes et sont des proies faciles pour les extrémismes violents. » Tout cela est un défi pour l'Europe, pour les politiciens qui ne voient pas l'urgence du phénomène, pour les humanismes laïcs et religieux.

Les premiers gestes du pape François montrent qu'il a pleinement conscience que l'interaction avec l'humanisme laïc est un terrain stratégique pour l'Église catholique du XXIe siècle. Les souvenirs de Julia Kristeva sur la rencontre d'Assise en octobre 2011 laissent entrevoir à quel point le pape Ratzinger s'était avancé et comme Bergoglio est en train de briser des schémas consolidés. « Nous écoutions Benoît XVI dans la basilique de Sainte-Marie-des-Anges, raconte-t-elle, quand il a dit que l'absence de Dieu provoque la souffrance des agnostiques et “mène à la décadence de l'homme et de l'humanisme”. À ce moment-là, mes amis de la délégation des non-croyants ont commencé à me faire du coude pour me suggérer de réagir. » Cependant, Ratzinger ajoute aussitôt que les fidèles des religions ne peuvent pas considérer Dieu comme leur propriété et que l'interrogation des non-croyants est « un appel pour les croyants à purifier leur propre foi [1] ». Un événement extraordinaire, commente la psychanalyste : « Le pape reconnaissait que personne n'est propriétaire de la vérité et que les croyants doivent s'interroger comme nous [...]. C'était la première fois. »

1. Benoît XVI, *Intervention*, 27/10/2011.

Toutefois, il est un point sur lequel la pensée de François diverge radicalement de celle de son prédécesseur : l'idée que l'athéisme provoque la souffrance et mène à la décadence de l'humanité est totalement étrangère au pape argentin. Quand il était cardinal, lors d'un dialogue avec le rabbin Abraham Skorka de Buenos Aires sur les principales problématiques de la foi dans l'époque contemporaine, Bergoglio avait affirmé : « Je ne dirai jamais [à un athée] que sa vie est condamnée, car je suis convaincu de ne pas avoir le droit de juger l'honnêteté de cette personne. Encore moins si elle fait preuve de vertus humaines, celles qui grandissent une personne et me font du bien à moi aussi[1]. »

Dans sa lettre à Scalfari, François écrit que le moment est venu de dépasser la barrière d'incommunication qui s'est créée entre l'Église et la culture d'inspiration chrétienne d'une part, la culture moderne empreinte de la philosophie des Lumières d'autre part. Pour les disciples fidèles de Jésus, précise-t-il, « ce dialogue n'est pas un accessoire secondaire de l'existence du croyant : au contraire, c'en est une expression intime et indispensable ». Aux jésuites de *La Civiltà Cattolica*, il recommande de dialoguer même avec « ceux qui ne partagent pas la foi chrétienne » mais cultivent des valeurs humaines, selon les recommandations du document conciliaire *Gaudium et Spes*.

Julia Kristeva estime que la confrontation entre le génie chrétien et les autres philosophies permet de toucher un nœud essentiel dans la formation de l'individu. « Il existe un besoin fondamental de croire, qui

1. J.M. Bergoglio, A. Skorka, *Sur la terre comme au ciel*, 2013, Robert Laffont.

est préreligieux et prépolitique », dit-elle. C'est ce que Freud appelle *Besetzung*, l'investissement. « Au début, l'enfant est dans les bras de sa mère, corps contre corps. Puis apparaît le père qui "reconnaît" l'enfant, lequel à son tour "reconnaît" le père. De là, par un travail psychique, naît la parole, la communication. C'est l'investissement. » Ce n'est pas par hasard que, en sanskrit, la racine de « croire » réunit la foi et le crédit économique.

Le don réciproque est la base des rapports humains, explique la psychanalyste. « Trop concentrés sur le combat contre l'abus de la foi de la part des religions, nous, les laïcs, avons oublié la base bénéfique de la croyance, le pacte de confiance avec l'autre. Nous devrions l'enseigner à l'école pour lutter contre le "mal radical", qui est la rupture des liens. Parce qu'il est juste de critiquer la crédulité, mais il faut croire en ce que l'on fait. »

8

Les « curettes » cachées

Huit heures de train séparent le Vatican d'Effretikon, dans le canton de Zurich. Il suffirait à François de partir de la gare située dans la cité du Vatican (aujourd'hui transformée en un centre commercial exclusif) pour se retrouver dans une réalité à des années-lumière de ce qu'imaginent les prélats du palais apostolique. À Effretikon, le curé catholique est une femme. Elle ne peut pas tout faire, certes, mais c'est elle qui est en charge des âmes.

Ce village composé de maisons modernes entourées de bois compte 15 000 habitants. En descendant du train, on trouve le restaurant Stazione, le bar Aida, la pizzéria Pomodoro, la boucherie Tosoni. Une femme musulmane enceinte suit le tricycle de sa petite fille aux cheveux clairs.

Il y a deux églises : le temple protestant et la paroisse catholique Saint-Martin. Bâtie en 1982, celle-ci est ultramoderne. Des murs entièrement blancs, une petite tour avec des rayures de ciment. Le presbytère ressemble à un centre social : salle de réunion, bureaux, panneaux d'affichage, étagères, machine à café. Beaucoup de fenêtres, beaucoup de lumière, une atmosphère accueillante.

C'est là qu'officie Monika Schmid, née en 1957, jean noir, pull noir, un fil d'or au cou, un simple anneau au doigt, les cheveux châtains tirant vers le blond, coupés au bol comme tant de femmes nordiques qui semblent passer sans transition de l'adolescence à l'âge adulte. Cette femme, qui suit six mille paroissiens catholiques, est *Gemeindeleiterin*. Traduction : guide de la paroisse. Bien que communément employé dans les pays germanophones, le titre ne plaît pas à l'évêque. En réalité, il ne plaît pas au Vatican, qui au cours des dernières décennies a tenté de faire barrage à ce phénomène – qu'il a pourtant autorisé. C'est le terme « guider » qui dérange l'évêque et le Vatican. Il sera sans doute remplacé par le plus bureaucratique « chargé(e) de paroisse ».

Mais changer le mot ne change rien au fond. Monika Schmid a étudié la pédagogie religieuse et la théologie à Lucerne et à Salzbourg. À présent, elle suit un cours de théologie spirituelle interreligieuse sur les liens entre la mystique juive et l'islam. Arrivée en tant qu'assistante pastorale, elle a endossé en 2001 la direction de la paroisse par intérim, puis a obtenu un mandat canonique. Ce document lui confie officiellement la paroisse, bien que le titulaire formel reste un prêtre – sauf qu'il n'y a pas de prêtre. Dans le diocèse dont fait partie Effretikon, sur une quarantaine de paroisses les deux tiers sont gérées par des laïcs.

Malgré cela, l'évêque de l'époque, Amadeus Grab, ne voulait pas qu'une femme guide les fidèles. « Quand il est venu discuter la question, les paroissiens lui ont répété en boucle qu'ils me voulaient, moi, raconte Monika Schmid. Au bout de trois quarts d'heure, l'évêque a répondu qu'il ne désirait pas aller à l'encontre de leur souhait. De plus, historiquement, en Suisse c'est la communauté paroissiale qui engage son curé. »

De même que dans d'autres pays, ici la crise des vocations est grave. Comme en Italie, les évêques ont créé ce qu'on appelle les unités pastorales : un regroupement de paroisses est confié à une petite équipe de prêtres, de laïcs et de religieuses. Ce système consume les énergies des rares curés, qui doivent sans répit courir d'une paroisse à l'autre pour célébrer les messes et assurer les confessions. Cette solution masque la crise sans la résoudre : « Les prêtres des environs ont quatre-vingt-douze, quatre-vingt-onze et quatre-vingt-sept ans, raconte Monika Schmid. Grâce à des connaissances, certains prêtres viennent célébrer la messe deux fois par mois et pour les fêtes de Pâques et de Noël. » Les deux cent cinquante jours restants, le curé, c'est elle.

Le dimanche, vêtue de blanc et d'une étole aux couleurs liturgiques, elle mène la procession d'entrée, suivie par cinq enfants de chœur (trente pendant les fêtes) et elle va à l'autel pour célébrer la « liturgie de la parole ». La première partie de la cérémonie est comme une messe normale. Les fidèles font les lectures, Monika et l'assistante paroissiale – une femme encore – alternent pour la lecture des Évangiles et le sermon. « Je prêche aussi quand c'est le prêtre qui célèbre la messe, mais l'évêque actuel, Mgr Huonder, veut l'interdire. »

Dans la liturgie de la parole, il ne manque que la consécration. En revanche, Monika va au ciboire, prend les hosties consacrées et les distribue aux fidèles devant l'autel. La cérémonie se termine de la même manière que celles menées par les prêtres. Le Notre-Père, le signe de la paix… « Je célèbre également les baptêmes, ajoute Monika. C'est un sacrement, mais en cas d'urgence n'importe quel chrétien peut l'administrer, et nous avons l'autorisation de l'évêque. Je célèbre les enterrements, je me charge des liturgies dans les maisons de retraite, de l'heure de catéchisme et de la formation des adultes. » La confession ne peut être menée par un laïc, mais comme on ne peut pas répondre à un fidèle angoissé ou pris d'un doute de repasser d'ici quelques semaines, quand le prêtre sera là, comme dans un dispensaire, elle dirige également ce qu'on appelle les entretiens pastoraux. « Nous donnons des conseils, nous aidons les personnes en difficulté. Je donne toujours l'adresse d'un prêtre avec une date de rendez-vous. Il m'arrive de suggérer une thérapie de couple, car les crises conjugales sont un thème récurrent. Mais les gens ont besoin de parler, parfois ils disent : "C'est comme si je voulais me confesser." Alors je réponds : "Vous voulez prier ?" Nous pouvons réciter ensemble le *kyrie eleison*, je leur dis qu'ils sont acceptés par Dieu et qu'ils ont bien fait de déposer devant le Seigneur ce qu'ils avaient en eux. Cela équivaut presque à une confession, et l'évêque ne voit pas cela d'un bon œil. »

Ce qui angoisse les fidèles, ce sont les « tensions dans les rapports de couple, les mères qui se trouvent trop colériques, la difficulté à accepter la mort d'un conjoint, le sentiment d'inadéquation, la peur de ne pas réussir ». Cela me rappelle l'hôpital de campagne dont parle le pape François quand il évoque la tâche première de l'Église. Aider sans demander de prise de sang ni de carte d'identité. Il est peu courant de rencontrer le sens classique du péché chez les fidèles d'aujourd'hui.

La paroisse est principalement gérée par des femmes. Outre Monika, une assistante pastorale et une enseignante religieuse y travaillent. Sont également présentes une employée administrative et une animatrice sociale pour les projets d'été. Le seul homme investi de responsabilités est un laïc. Il y a aussi le directeur du chœur d'origine sarde, Stefano Lai. Les fidèles sont contents. Des questions que le reste de l'Église considère encore comme des problèmes épineux – par exemple le rapport avec les couples de même sexe – sont déjà résolues en silence dans bien des paroisses suisses. Monika Schmid évite le sujet, mais il est de notoriété publique que dans de nombreuses villes prêtres et laïcs chargés de guider une paroisse bénissent discrètement des couples homosexuels devant l'autel.

Rome est loin, tout comme la lenteur avec laquelle l'Église a affronté la question des femmes pendant les cinquante dernières années. En 1965, la constitution pastorale *Gaudium et Spes* du concile de Vatican II fut le premier signe d'une prise de conscience. Les pères conciliaires considérèrent comme un signe du temps la liberté des femmes à décider de leur mode de vie et l'accès à « une éducation et une culture égales à celles que l'on reconnaît aux hommes ». Les femmes, soulignait le document, « revendiquent, là où elles ne l'ont pas encore obtenue, la parité avec les hommes, non seulement de droit mais de fait ».

Pour la première fois, Paul VI admit aux débats conciliaires vingt-trois femmes « auditrices », treize laïques et dix religieuses. Depuis, on assiste à une expansion progressive de la présence féminine pour l'animation éducative et catéchistique dans les paroisses et, à l'étranger, jusqu'à la direction de commissions au niveau du diocèse. Mais dans les instances supérieures, là où se prennent les décisions, l'Église reste masculine. L'accès aux sacrements de diacre et de prêtre reste systématiquement interdit aux fidèles de sexe féminin.

Jean-Paul II était un ardent partisan du « génie féminin ». Il jugeait propre à la femme le charisme de la confiance. En effet, Dieu « lui confie l'homme [...] même dans les conditions de discrimination sociale où elle peut se trouver ». Dans la lettre apostolique *Mulieris dignitatem* de 1988, le pape Wojtyla mettait en relief le rôle actif et important qu'eurent les femmes dans l'organisation des premières communautés chrétiennes puis, au fil des siècles, dans la transmission de la foi grâce aux martyres, aux saintes, aux vierges, aux mères de famille. Il affirmait que le génie féminin devait s'exercer à travers « la sensibilité pour l'homme en toutes circonstances, parce que c'est un homme ! ».

Dans le document *Ordinatio sacerdotalis* de 1994, le pape polonais répétait cependant de manière solennelle : « Afin qu'il ne subsiste aucun doute sur une question de grande importance qui concerne la constitution divine elle-même de l'Église, je déclare, en vertu de ma mission de confirmer mes frères, que l'Église n'a en aucune manière le pouvoir de conférer l'ordination sacerdotale à des femmes. » Wojtyla était tenté de donner à son veto le sceau de l'infaillibilité papale. Le cardinal Ratzinger l'en a dissuadé, lui suggérant une formule à peine atténuée : « Je déclare que [...] cette position doit être définitivement tenue par tous les fidèles de l'Église[1]. »

1. Jean-Paul II, *Lettre apostolique* Ordinatio sacerdotalis, 22/05/1994.

Dix ans plus tard, dans une *Lettre aux évêques sur la collaboration de l'homme et de la femme dans l'Église et dans le monde*, le cardinal Ratzinger proclamait la nécessité que les femmes « aient accès à des postes de responsabilité, qui leur offrent la possibilité d'inspirer la politique des nations ». Cependant, sur le plan ecclésiastique, Ratzinger comme Wojtyla ont toujours confiné le rôle des femmes à l'image de celui tenu par Marie de Nazareth. Wojtyla affirme que le fait que Marie n'ait pas reçu la mission des apôtres ni le ministère sacerdotal prouve que la non-admission des femmes à l'ordination sacerdotale n'est pas une discrimination, mais « l'observance fidèle d'une disposition qu'il faut attribuer à la sagesse du Seigneur de l'univers [1] ». Ratzinger renchérit : « Le fait que l'ordination sacerdotale soit exclusivement réservée aux hommes n'empêche absolument pas les femmes d'accéder au cœur de la vie chrétienne [2]. »

Le refrain du Vatican a toujours été que le sacerdoce n'est pas un pouvoir, mais un service. Si tel est le cas, répliquent de nombreux théologiens et théologiennes, il ne peut qu'être ouvert à tous et à toutes. La théologienne Lilia Sebastiani remarque que, tant que les femmes seront exclues du diaconat et du sacerdoce uniquement sur la base de leur sexe, elles le seront « inévitablement de toute fonction de gouvernement et de magistère » et auront donc peu d'influence, quelle que soit leur importance par ailleurs. « Elles seront ignorables » [3].

À la curie, seules deux femmes occupent un poste de direction : sœur Nicoletta Spezzati, sous-secrétaire de

1. *Ibid.*
2. J. Ratzinger, *Lettre aux évêques de l'Église catholique*, 31/05/2004.
3. L. Sebastiani, *Rocca*, 01/11/2013.

la Congrégation pour les Religieux, et Mme Flaminia Giovanelli, sous-secrétaire du conseil Justice et Paix. Benoît XVI a révélé l'obstacle qui se dressera tant que prévaudra la vision traditionnelle : « Selon le droit canonique, le pouvoir de prendre des décisions juridiquement contraignantes est lié à l'Ordre sacré[1]. »

Le pape François a ouvert une brèche. Quelques mois après son élection, il a envoyé un signal précis : « Il est nécessaire d'agrandir les espaces pour une présence féminine plus incisive dans l'Église. [...] Le génie féminin est nécessaire là où se prennent les décisions importantes. » Il faut réfléchir, dit-il, au rôle de la femme « aussi là où s'exerce l'autorité dans les différents domaines de l'Église »[2]. Aucun pape n'avait jamais exprimé une telle idée.

Le cardinal Kasper estime que l'on peut parvenir à une plus grande participation féminine aux synodes épiscopaux et ne doute pas que, à l'avenir, les femmes puissent être amenées à diriger les conseils pontificaux pour les laïcs, la famille, la culture, les communications sociales et la nouvelle évangélisation.

L'Église qu'imagine le pape argentin est nettement féminine – un thème sur lequel il revient souvent. « Je souffre – je dis la vérité – quand je vois dans l'Église ou dans certaines organisations ecclésiales que le rôle de service – que nous avons tous et que nous devons tous avoir –, que le rôle de service de la femme glisse vers un rôle de *servidumbre* [servitude]. » Le mot est dur. Célébrant le vingt-cinquième anniversaire de la *Mulieris dignitatem* lors d'un symposium international

1. Benoît XVI, *Entretien en préparation du voyage apostolique à Munich, Altötting et Ratisbonne*, 05/08/2006.
2. François, A. Spadaro, *La Civiltà Cattolica*, 19/09/2013.

auquel participaient plus d'une centaine de femmes membres d'associations catholiques de vingt-cinq pays, François dénonce sans équivoque la situation : « Quand je vois des femmes qui font des choses de *servidumbre*, c'est que ce que doit faire une femme n'est pas bien compris[1]. » La question de la présence des femmes dans l'Église et de sa revalorisation lui tient beaucoup à cœur. Il le dit ouvertement : la femme est indispensable pour l'Église, et « l'Église ne peut pas être elle-même sans les femmes et le rôle qu'elles jouent[2] ».

Mais on ne touche pas à la question du sacerdoce féminin. « Elle est fermée, cette porte[3] », dit-il en référence à Jean-Paul II, manifestant une certaine contrariété à l'encontre de l'idéologie du pouvoir féminin, qu'il appelle « machisme en jupe ».

François s'apprête à parcourir un sentier escarpé. La nomination de femmes à des postes décisionnaires non seulement rencontrera une opposition sourde de la part des conservateurs de l'appareil ecclésiastique, mais aussi l'exposera aux critiques de théologiennes qui demandent une égalité totale et ne trouvent plus justifiable la discrimination du sacerdoce. « On ne peut comprendre une Église sans femmes [...] actives », telle est sa stratégie. Mais son affirmation selon laquelle « nous n'avons pas encore fait une profonde théologie de la femme. [...] Il faut [la] faire »[4] a provoqué des réactions mitigées.

En novembre 2013, les participantes à une rencontre internationale ont émis des doutes. « Je ne suis

1. François, *Discours au conseil pontifical pour les laïcs*, 12/10/2013.
2. François, A. Spadaro, *La Civiltà Cattolica*, 19/09/2013.
3. François, *Conférence de presse*, 28/07/2013.
4. *Ibid.*

pas sûre de la nécessité d'une théologie de la femme, encore moins écrite par des hommes », déclare Marti Jewell de l'université de Dallas, ajoutant que « personne ne parle d'une théologie des hommes ». Vicki Thorn, fondatrice du Projet Rachel, un programme de réconciliation et de guérison postavortement pour hommes et femmes, résume : « On continue à parler des femmes comme si on venait de les inventer[1]. »

Son observation est pertinente. D'un point de vue historique, l'Église catholique sort tout juste d'une structure mentale patriarcale, exclusivement masculine, dont l'appareil hiérarchique est encore profondément imprégné. Il y a quelques années, la publication d'un insert sur la question féminine dans *L'Osservatore Romano* a suscité dans certains secteurs de la curie ricanements et plaisanteries, comme s'il s'agissait d'une page contenant des conseils de cuisine et de jardinage.

En 1981 déjà, le cardinal Carlo Maria Martini soulevait à un congrès du diocèse de Milan des interrogations restées sans réponse : « Pourquoi identifier l'image de Dieu à celle qui a été transmise par une culture machiste ? se demande la femme. Quelles indications pour un langage global, y compris liturgique, qui n'exclue pas les femmes de son élaboration ? Pourquoi des réponses si peu adaptées à la question de la valorisation du corps, de l'amour physique, des problèmes de la maternité responsable ? Pourquoi la présence pourtant forte des femmes dans l'Église n'est-elle pas inscrite dans ses structures[2] ? » Giancarla Codrignani, essayiste catholique et ancienne parlemen-

1. M. Fincher, *National Catholic Reporter*, 04/11/2013.
2. G. Codrignani, www.womensnews.net, 09/10/2013.

taire, a adressé cette intervention de Martini au pape François.

Ivone Gebara, religieuse brésilienne appartenant aux Sœurs de Notre-Dame, rectrice pendant vingt ans de l'Institut théologique de Recife et longtemps active dans les favelas, représente la voix la plus vive de la théologie catholique féministe en Amérique latine. En 1995, la Congrégation pour la Doctrine de la foi lui a imposé une sanction de deux ans de silence : interdiction d'enseigner, de publier, de parler en public et d'accorder des interviews.

« Comment le pape François peut-il simplement ignorer la force du mouvement féministe et son expression à travers la théologie catholique féministe depuis plus de trente, quarante ans ? » s'interroge la sœur, aujourd'hui âgée de soixante-dix ans. Sœur Gebara rappelle que, dans les principales facultés de théologie, quantité de textes rédigés par des auteurs féminins ne figurent pas dans le corpus étudié par les futurs prêtres et ne contribuent donc pas à leur formation. « Les autorités de l'Église ne leur ont pas donné droit de cité, car la production intellectuelle des femmes est encore considérée comme inadaptée par la rationalité théologique masculine. » Ce n'est pas la seule raison. La théologie féminine « apparaît comme une menace pour le pouvoir masculin dominant dans les Églises » [1].

Encouragée par la volonté d'ouverture plusieurs fois manifestée par François, une partie du laïcat féminin tente de nouvelles voies. À l'automne 2013, un groupe de théologiennes et de théologiens européens et américains a publié un appel pour la nomination de femmes cardinaux, au motif que jusqu'à la fin du XIXe siècle la

1. www.redescristianas.net, 10/08/2013.

charge de cardinal pouvait également être confiée à des laïcs : le pape pourrait abroger l'actuelle norme canonique qui exige l'ordination sacerdotale pour faire partie du collège des cardinaux. L'idée avait déjà été proposée en 2011 par la revue des jésuites américains *America*, puis relancée après les six premiers mois de pontificat de Bergoglio par l'éditorialiste de *L'Osservatore Romano* Lucetta Scaraffia : « Ce serait une révolution capable d'ébranler la position de méfiance et de désintérêt qu'une grande partie du clergé adopte face aux femmes, religieuses ou laïques. » Cette historienne catholique, à l'origine de l'insert dans *L'Osservatore Romano* sur les problématiques de la femme, reconnaît que les encouragements de Jean-Paul II et de Benoît XVI à tenir compte de la présence des femmes dans l'Église « ont porté des fruits modestes »[1].

Il est paradoxal que dans les organismes du Vatican dédiés aux ordres religieux, aux laïcs, à la famille et à la santé – des dimensions où la présence féminine est prépondérante –, les femmes soient totalement absentes des postes de direction. C'est sans doute dans ce domaine que François se promet d'intervenir en plaçant des femmes à des rôles directeurs. En revanche, l'hypothèse de cardinaux féminins est rejetée par Maradiaga, coordinateur du conseil des cardinaux au service du pape : « Une femme cardinal ? Je ne crois pas. Il ne faut pas cléricaliser le rôle des femmes dans l'Église. Les valoriser davantage, si[2]. »

Les valoriser, mais comment ? Maria Voce, présidente du mouvement des Focolarini, suggère d'intégrer systématiquement des femmes dans les « organismes

1. L. Scaraffia, *Il Messaggero*, 24/09/2013.
2. P. Rodari, *La Repubblica*, 22/11/2013.

de consultation, de réflexion et de décision qui se développent dans la nouvelle Église ». Elle juge souhaitable qu'un conseil laïc – composé d'hommes et de femmes – épaule le conseil des huit cardinaux qui entoure le pape. À l'avenir, pense-t-elle, il serait opportun que les réunions préparatoires du conclave soient ouvertes, outre aux cardinaux, à des personnalités laïques des deux sexes qui « jouent un rôle dans l'Église et peuvent par leur expérience apporter leur contribution »[1]. La présidente des Focolarini ne juge pas « insurmontable » le problème du sacerdoce féminin et estime « possible » que, à l'avenir, les portes du conclave s'ouvrent aux supérieurs d'ordres religieux et aux présidents d'associations catholiques pour que l'élection des papes devienne « plus collégiale »[2].

Tandis que ce débat marquait la première année du pontificat de François, l'Église anglicane d'Angleterre autorisait lors du synode du 20 novembre 2013 l'accès des femmes à l'épiscopat. Pratiquement à l'unanimité : 378 votes pour, 8 contre et 25 abstentions. Vingt et un ans plus tôt, elle avait ouvert l'accès des femmes à la fonction de prêtre.

À Effretikon, Monika Schmid, la guide de la petite paroisse suisse, m'a dit que, si un jour elle demandait aux fidèles s'ils voulaient une femme prêtre, les trois quarts répondraient oui. Les jeunes en particulier ne comprennent pas cette exclusion. Si elle pouvait parler à François, elle lui dirait : « Écoutez les femmes et écartez la fable insoutenable selon laquelle des raisons théologiques empêchent le sacerdoce féminin. » Son

1. P. Loriga, *Città Nuova*, 08/11/2013.
2. P. Loriga, M. Zanzucchi, *La Scommessa di Emmaus*, Città Nuova, 2012.

rêve est que, quand elle sera à la retraite, le Vatican ouvre au moins le diaconat aux femmes. Quand François a été élu, Monika a éprouvé une grande satisfaction, « mais le fossé entre les gens et l'institution est grand. Je voudrais une audience, même publique, pour lui dire comment nous vivons à la base ».

Le point nodal est la crise du clergé. La paroisse a été la grande invention du christianisme : un territoire, un peuple de fidèles, un guide spirituel à leur contact immédiat. Cette structure, qui a soutenu pendant des siècles le tissu du catholicisme, est en train de s'effriter à cause d'un manque dramatique de vocations. Aux États-Unis et en Europe du Nord, on vend des églises. Dans tous les pays développés, les paroisses se regroupent et le lien entre prêtre et communauté se distend. Dans le tiers-monde, de nombreuses paroisses sont tellement vastes et dispersées que les ouailles ne voient pas un prêtre pendant plusieurs mois. Dans la perspective de cette crise, la question du sacerdoce féminin change de physionomie. Si dans les années 1970 elle était surtout perçue comme un problème de parité et que c'est encore partiellement le cas au XXIe siècle, du point de vue de la survie de la structure territoriale de l'institution ecclésiastique, l'approche est totalement différente. Il ne s'agit plus seulement d'une question subjective : le problème objectif concerne la manière de structurer la communauté chrétienne du futur.

Tandis que, à Rome, les deux derniers pontificats ont mis des obstacles à ce que les femmes et les laïcs jouent un rôle de guide dans les paroisses, ces mêmes ressources vont en s'amenuisant. De ce point de vue, l'Allemagne a toujours été un laboratoire d'avant-garde dans le monde catholique. Depuis quelques années, on enregistre une baisse quantitative et qualitative dans le recrutement de nouveaux « assistants pastoraux » laïcs. Les prêtres manquent toujours, et les laïcs prêts à assumer le poids des responsabilités pastorales commencent aussi à se faire plus rares. C'est également le cas parmi les femmes. En Suisse, où les paroisses font venir des diplômées en théologie d'Allemagne, « on rencontre des difficultés à trouver une assistante pastorale, il n'y a plus autant de choix qu'il y a trente ans, explique Monika Schmid. On trouve des gens avec une formation médiocre. De mon temps, à l'université de Lugano, nous étions un bon groupe de femmes passionnées de théologie féministe. [...] On lisait des livres, on discutait des textes, on faisait de la recherche biblique. Aujourd'hui, on ne voit que les bigotes ».

Un fait avéré est la désertion des ordres féminins, épine dorsale de l'organisation ecclésiastique dans le monde entier. Le nombre de bonnes sœurs et de consacrées diminue rapidement. En 2001, on comptait 792 317 professions, contre 702 529 en 2014 : une saignée que ne compense pas l'augmentation des vocations enregistrée en Afrique et en Asie[1]. Au mieux, on assiste à un déplacement de l'Occident vers le tiers-monde. Une religieuse sur trois vient d'Afrique et d'Asie, ce qui pousse de nombreux ordres religieux à faire venir des sœurs du tiers-monde pour raviver les institutions européennes. Une « traite des novices » que critique François.

S'attaquer au fond du problème du rôle des femmes dans l'Église constitue une étape fondamentale pour le pontificat de Bergoglio. La structure ecclésiastique

1. *Annuarium statisticum ecclesiae*, Lev, 2001 ; ANSA, 17/10/2014.

centrée sur la prévalence du clergé masculin s'effrite lentement. À l'aube du troisième millénaire, la question qui se pose à l'Église catholique est de savoir quelle sera la physionomie des communautés de croyants du futur. Seront-elles encore fortement institutionnalisées ? Deviendront-elles plus fluides ? Ou bien trouvera-t-on une forme d'organisation qui conjugue les liens nécessaires à l'unité et une flexibilité des expériences ?

En traversant le Tibre un dimanche, le pape François pourrait assister à une messe peu ordinaire dans une baraque de la via Ostiense. L'autel est une table couverte d'une nappe brodée, montée sur roulettes pour pouvoir être déplacée. Un bouquet de fleurs et une petite croix en bois sont posés au milieu. À côté se dresse un petit drapeau de la paix aux couleurs de l'arc-en-ciel. Deux calices de vin paillé et deux corbeilles de pain sont prêts pour la cérémonie. La lumière du jour entre par les grandes fenêtres du fond.

Un jeune barbu accorde sa guitare et entonne : « Jésus est venu pour être avec nous… Alléluia… Il nous ôtera toute peur. » Une femme vêtue d'un pull s'approche de l'autel pour lire l'acte de pénitence. Une femme en manteau fait la lecture d'un texte d'Isaïe, une autre, en veste de laine, celle de l'épître de Paul aux Corinthiens. Une femme portant un coupe-vent vient proclamer l'Évangile.

Depuis les années 1970, le 152 via Ostiense est le siège de la communauté de Saint-Paul, formée après la destitution de l'ancien abbé-évêque du vieux monastère Saint-Paul-hors-les-Murs, Giovanni Franzoni, pour avoir dénoncé la responsabilité de la hiérarchie ecclésiastique dans les spéculations immobilières à Rome.

Les murs de cet ancien hangar sont peints en blanc, sauf un où figure un trompe-l'œil représentant un vieil immeuble romain. Je vois une statue de femme qui soutient un cache-radiateur et le profil de certaines colonnes. Plus loin est affiché un manifeste de Mgr Juan José Gerardi, l'évêque guatémaltèque assassiné en 1998 par trois militaires pour avoir publié un rapport sur les violations des droits de l'homme commises par l'armée de son pays. *Mártir de la verdad y la paz*, est-il inscrit en espagnol : martyr de la vérité et de la paix.

Une femme aux cheveux blancs, d'une cinquantaine d'années, prononce l'homélie. Comme ceux des autres, ses vêtements se limitent à l'absolue banalité du quotidien. Un T-shirt bleu, une veste de laine beige, des lunettes, des boucles d'oreilles, un chapelet. Toutes les heures, rappelle-t-elle, deux mille personnes meurent de faim dans le monde. Ce sont des chiffres de la FAO, l'organisation des Nations unies chargée de l'alimentation et de l'agriculture. La messe est un banquet, l'Évangile évoque les noces de Cana. Mais personne ne doit être exclu de la fête. « Tant que des gens meurent [...], nous ne serons pas la joie de Dieu. »

Entre alors un garçon, le fou du quartier, qui déambule parmi les fidèles en demandant à haute voix : « Elle est où, maman ?... Je lui avais dit, à maman... Vous avez vu maman ? » Personne ne s'étonne, tous l'accompagnent dans son errance avec des regards affectueux, ils écoutent les réflexions sur l'Évangile et les lectures du jour. Nombreux sont ceux qui se lèvent pour prendre la parole. Quelqu'un rappelle que, dans l'Ancien Testament et au sein des premières communautés chrétiennes, le don de la prophétie était partagé entre les hommes et les femmes.

Vient le moment de la consécration. Deux femmes s'approchent de l'autel, l'une fait signe de s'agenouiller et, ensemble, elles rompent un pain qu'elles coupent en morceaux et posent dans les corbeilles. Tous se tiennent par la main et récitent le Notre-Père. On se déplace d'un bout à l'autre de la salle pour échanger le signe de la paix. Il règne une atmosphère amicale. La communion est le repas en commun des croyants. Deux files se forment devant l'autel et chacun prend son morceau de pain, le trempe dans le calice de vin et le mange. « Ton premier miracle, Jésus, est un banquet d'amour », dit la prière commune.

Je me souviens d'une mosaïque singulière que j'ai vue dans l'ancienne cathédrale Sainte-Sophie à Kiev. L'autel est une grande table sur laquelle sont représentés deux Christ, l'un tourné à droite pour offrir le pain eucharistique à Pierre, l'autre tourné à gauche pour le donner à Paul. Le Fils de l'Homme embrasse toutes les dimensions de la vie.

9

Mort devant le Vatican

Chaque semaine, François reçoit de l'institut de recherche Poliarquiá un rapport sur l'Argentine. En décembre 2013, il a suivi de près la vague de pillages qui a secoué son pays pendant la grève de la police. Les agents réclamaient une hausse de salaire. Dès la fermeture des commissariats, le chaos a régné. Les attaques ont commencé contre les supermarchés, les magasins, les habitations privées.

À Córdoba (1,2 million d'habitants), les violences ont éclaté le 3 décembre. Au bout de vingt-quatre heures, on recensait déjà un mort et cent trente blessés. En deux jours, les razzias violentes se sont étendues aux autres provinces d'Argentine : El Chaco, Tucumán, Jujuy, Entre Ríos, Santa Fe. Une folle anarchie de citoyens affamés de nourriture et de biens matériels, intensifiée par des bandes organisées qui déferlaient à moto pour attaquer les supermarchés. La mafia s'est insinuée dans le tumulte, encouragée – soupçonne-t-on – par certains éléments de la police, convaincus que les désordres intimideraient l'État et l'obligeraient à augmenter les salaires.

Le 12 décembre, le bilan se montait à onze morts, après des scènes impressionnantes d'effondrement social et de furie destructrice. Des groupes déchaînés envahissant les supermarchés pour ressortir en courant avec des caddies pleins à ras bord, des agressions à coups de barres de fer contre des petits magasins pour voler des appareils électroménagers, des articles sportifs, toutes sortes de biens de consommation. Des razzias individuelles improvisées, des agressions dans les maisons, des fusillades entres pillards et propriétaires, des voleurs en fuite tués par balles. Des rondes de commerçants armés. Mme Claudia raconte à un reporter de *La Nación* qu'elle a passé plusieurs nuits avec son mari et les employés de son épicerie dans le quartier San Miguel de Tucumán, armés de fusils et de rudimentaires cocktails Molotov. Elle avait déjà tout perdu douze ans plus tôt, lors d'une précédente vague de pillages. Un épisode parmi tant d'autres. La rage et le désespoir au cœur d'un pays développé. Jusqu'à ce que l'augmentation soit accordée.

Un événement isolé ? Sans doute pour les journaux européens qui, à part la presse espagnole, n'ont porté qu'une attention minimale à l'affaire. Ou est-ce le reflet de ce qui pourrait se produire ailleurs si le contrat social était rompu ? C'est ce que décrit le réalisateur John Carpenter dans son film de science-fiction *New York 1997*, sorti au début des années 1980 : la métropole américaine aux mains de bandes criminelles, dans une lutte impitoyable de tous contre tous.

Les sociologues argentins ont donné un nom à la situation qui menace les pays risquant de dériver vers la désagrégation de tout lien social, institutionnel et même familial. Ils parlent d'« anomie » : éclipse du droit, mépris de toute règle. Là où règne la loi du plus fort, où chacun ne vit que pour soi.

François est extrêmement sensible à la question sociale. Il ne se passe pas une semaine sans qu'il évoque l'injustice, la faim, la pauvreté, le problème des disparités sociales criantes, vouées à générer de la violence. Inutile de réclamer la sécurité pour s'en remettre à la police ou à l'intelligence, écrit-il dans l'exhortation apostolique *Evangelii Gaudium*. Le « mal cristallisé dans les structures sociales injustes » porte en soi un potentiel de violence, de mort et de désagrégation. « Tant que ne s'éliminent pas l'exclusion sociale et la disparité sociale, dans la société et entre les divers peuples, il sera impossible d'éradiquer la violence. On accuse les pauvres et les populations les plus démunies de violence mais, sans égalité de chances, les différentes formes d'agression et de guerre trouveront un terrain fertile qui tôt ou tard provoquera l'explosion. » Et cela non seulement « parce que la disparité sociale provoque la réaction violente de ceux qui sont exclus du système, mais parce que le système social et économique est injuste à sa racine »[1].

Personne ne peut se sentir exonéré du souci des pauvres, personne ne doit oublier la justice sociale, martèle François dans ce document qui représente le manifeste de son pontificat. « Personne ne peut exiger de nous que nous reléguions la religion dans la secrète intimité des personnes, sans aucune influence sur la vie sociale et nationale. [...] Tous les chrétiens, et aussi les pasteurs, sont appelés à se préoccuper de la construction d'un monde meilleur. » Car partout on entend le cri des pauvres, pour peu qu'on l'écoute. La question de fond est l'écart inacceptable entre l'économie et l'intérêt général.

Rome est pleine de touristes, mais également de pauvres, malheureux et sans travail, a-t-il rappelé lors

1. François, *Evangelii Gaudium*, 24/01/2013.

de la messe solennelle au Vatican le 31 décembre 2013. « La Rome de l'année nouvelle sera meilleure si personne ne la regarde "de loin", comme une carte postale, ne regarde sa vie uniquement "du balcon". »

Le pape a les idées très claires. On ne peut résoudre le problème de la pauvreté sans renoncer à la doctrine de « l'autonomie absolue des marchés et de la spéculation financière ». Dans l'*Evangelii Gaudium*, il émet un jugement fortement critique sur l'optimisme idéologique du néolibéralisme sauvage, contre lequel s'élevait déjà Jean-Paul II. François le dit explicitement : « Nous ne pouvons plus avoir confiance dans les forces aveugles et dans la main invisible du marché. » Affronter de manière structurelle la question de cette inégalité inique « demande des décisions, des programmes, des mécanismes »[1] précis pour intégrer les pauvres dans la société et dépasser le simple assistanat.

Rush Limbaugh, commentateur radio américain à succès, néoconservateur, a accusé le pape de tenir un discours « purement marxiste ». C'est aussi triste qu'incroyable, s'indigne-t-il. « Il ne sait pas de quoi il parle en matière de capitalisme et de socialisme. [...] J'ai été plusieurs fois au Vatican : cet endroit n'existerait pas sans des tonnes d'argent. Mais à part ça, quelqu'un lui a écrit ce discours ou quoi ? [...] Capitalisme sans limites ? [...] C'est une expression socialiste pour décrire les États-Unis. » Sur Fox News, la chaîne télévisée de la droite américaine anti-État, on a décrit le pape comme l'Obama de l'Église catholique. Jonathon Moseley, représentant du Tea Party qui à partir de septembre 2013 a bloqué pendant des mois l'approbation par le Congrès du budget de l'État, est allé plus loin.

1. *Ibid.*

Dans *World Net Daily*, il a affirmé que « Jésus pleure au paradis pour les mots du pape. [...] Jésus s'adressait à l'individu, jamais à l'État ou à la politique du gouvernement. C'était un capitaliste, pas un socialiste, il prêchait la responsabilité personnelle[1] ».

Dans son exhortation apostolique, Bergoglio n'emploie jamais les mots « capitalisme » ou « socialisme ». De ce point de vue, Jean-Paul II a tenu un langage bien plus dur. Après la chute du mur de Berlin, il s'en est violemment pris au capitalisme sauvage et à l'« idéologie capitaliste radicale », comme il la définit en 1996 lors d'une visite à Paderborn, en Allemagne. Dans son encyclique *Centesimus Annus* de 1991, Wojtyla critiquait ceux qui pensaient que les problèmes de justice sociale pouvaient se régler en se fiant « par principe [...] [au] libre développement des forces du marché ». Il établissait une distinction nette entre le phénomène positif de « l'économie libre » et la réalité négative d'un « capitalisme » entendu comme un « système où la liberté dans le domaine économique n'est pas encadrée par un contexte juridique ferme qui la met au service de la liberté humaine intégrale [...], dont l'axe est d'ordre éthique et religieux ».

Les interventions de François s'insèrent dans le cadre de la robuste doctrine sociale de l'Église, qui en l'espace d'un siècle s'est faite toujours plus incisive. De la première encyclique sociale *Rerum novarum* de Léon XIII en 1891 à *Populorum progressio* de Paul VI, dénonçant « l'injustice [qui] crie vers le ciel » des situations où « les populations entières, dépourvues du nécessaire, vivent dans une dépendance telle qu'elle leur interdit toute initiative et responsabilité,

1. P. Mastrolilli, www.lastampa.it, 04/12/2013.

toute possibilité aussi de promotion culturelle et de participation à la vie sociale et politique »[1].

Dans l'encyclique *Caritas in veritate*, Benoît XVI aussi insistait sur les devoirs éthiques du monde de l'économie et de la finance, dénonçant entre autres l'érosion croissante des « droits humains des travailleurs » tant dans le premier que dans le tiers-monde. Le pape allemand avait avancé la proposition de créer une « autorité politique mondiale » garante d'un ordre international, juridique et économique, orienté vers le développement solidaire des peuples.

En le comparant aux autres papes, à leurs publications et discours, on remarque un détail chez François : le sceau de l'expérience personnelle. Bergoglio a vécu là où les bidonvilles touchent les gratte-ciel. Il a respiré l'odeur de la misère face à l'égoïsme brutal des classes dominantes. L'expérience fait la différence. Karol Wojtyla avait côtoyé la guerre ; le bruit de ferraille des chars qui envahissent une ville, la cruauté de l'occupation, l'activité culturelle comme forme de résistance spirituelle, la terreur des rafles et de la déportation, la succession de deux dictatures. Un vécu différent de celui de Joseph Ratzinger, qui a passé une grande partie de la guerre dans son village bavarois et n'a vu le conflit de près que pendant quelques mois, alors qu'il touchait à sa fin. L'expérience directe explique la détermination de Jean-Paul II dans sa lutte active contre l'invasion de l'Irak, avec son cri dramatique du 16 mars 2003 : « Plus jamais la guerre ! » lancé à la fenêtre de son bureau, le visage gonflé et les gestes entravés par la maladie de Parkinson.

1. Paul VI, *Populorum progressio*, 26/03/1967.

Pour François, c'est la même chose. Quand il parle de pauvreté et d'exploitation, ce n'est pas parce qu'il a lu des dossiers. Il a longé les canalisations à ciel ouvert des bidonvilles, il a pris la parole place de la Constitution à Buenos Aires pour dénoncer l'esclavage dans les usines clandestines, la traite des mineures et des jeunes femmes enlevées dans les régions intérieures puis livrées à la prostitution par des groupes mafieux, dans le silence complice de certaines institutions locales. La faim, la violence, la brutalité, la rage contenue, la dignité bafouée, l'incertitude au quotidien, des gens prostrés par la drogue ou morts sur le trottoir... Tout cela, Bergoglio l'a vu de ses yeux, année après année, en se déplaçant à pied ou en transports publics dans la capitale argentine.

Voilà pourquoi il hausse le ton quand il parle des immigrés noyés en mer ou débarqués en Italie sur les bateaux des trafiquants de chair humaine. « Qui a pleuré pour la mort de ces frères et sœurs ? Qui a pleuré pour ces personnes qui étaient sur le bateau ? Pour les jeunes mamans qui portaient leurs enfants ? Pour ces hommes qui désiraient quelque chose pour soutenir leurs propres familles ? Nous sommes une société qui a oublié l'expérience des pleurs, du "souffrir avec"[1]. »

Mystérieusement, l'Église catholique parvient souvent à élire un pontife en phase avec les changements d'époque. Jean XXIII arrive au pic du dégel entre le bloc occidental et le bloc soviétique, le pontificat de Paul VI coïncide avec le mouvement planétaire de décolonisation. Jean-Paul II marque la fin du rideau de fer. François est devenu pape en période de crise mondiale. Les pays du tiers-monde ne sont plus les

1. François, *Homélie à Lampedusa*, 08/07/2013.

seuls à souffrir de graves déséquilibres économiques, de la pauvreté, de l'exclusion, de la corruption, de la violence, d'écarts intolérables entre les plus riches et ceux qui meurent de faim.

La crise qui a débuté en 2008 avec le krach financier international touche les pays développés qui se croyaient à l'abri et érode la classe moyenne qui en constitue la colonne vertébrale. Dans de nombreux pays, à commencer par les États-Unis, l'ascenseur social est en panne. L'Union européenne traverse une crise sérieuse et la chancelière allemande Angela Merkel redoute un effondrement dans lequel nous pourrions glisser tels des « somnambules », avec la même légèreté et la même inconscience qu'en 1914, quand les États européens se sont lancés dans le désastre de la Première Guerre mondiale. La Grèce est proche de la faillite, l'Espagne lutte pour se redresser. En Italie, sur soixante millions d'habitants, près de neuf millions et demi vivent sous le seuil de pauvreté, dont près de cinq dans des conditions extrêmes [1].

Aux États-Unis, de profondes failles sociales apparaissent. Au début de la décennie, les relevés du Census Bureau enregistraient plus de quarante-six millions d'Américains vivant sous le seuil de pauvreté, c'est-à-dire avec un revenu inférieur à 22 314 dollars par an pour une famille de quatre personnes. Mais près de 50 % sont considérés comme « extrêmement pauvres », car ils gagnent moins de la moitié du seuil de pauvreté et n'atteignent même pas un revenu de 11 000 dollars par an pour faire vivre quatre personnes [2].

1. www.ilsole24ore.com, 17/07/2013.
2. *Ibid.*, 13/09/2013.

La forte croissance du produit intérieur brut des États-Unis entre 2000 et 2007 n'a eu aucune retombée positive sur le revenu moyen des familles américaines et n'a profité qu'à 1 % de la population. En 2012, le revenu moyen des familles est redescendu au niveau de 1995[1]. Barack Obama lui-même a déclaré s'alarmer du fait que la moitié des revenus nationaux soient entre les mains de 10 % des Américains.

Même chez un géant économique comme la Chine, où ces trente dernières années ont vu des centaines de millions de personnes sortir d'une misère absolue, l'écart entre riches et pauvres ne cesse de se creuser. En Inde, si le nombre de milliardaires a été multiplié par dix au cours de la dernière décennie grâce à une imposition favorable, le pays figure en queue du classement mondial en matière d'accès à une nutrition saine. L'économiste Stefano Zamagni explique que « la mondialisation a certes fait diminuer la pauvreté absolue, touchant ceux qui gagnent moins de deux dollars par jour, mais elle a fait augmenter de manière inquiétante le nombre de pauvres, c'est-à-dire ceux qui gagnent moins de la moitié du revenu médian du pays ». Un chiffre apparaît particulièrement significatif : entre 1980 et 2007, « dans une bonne partie des pays du monde, la part des revenus du travail dans le PIB a baissé de plus de neuf points en moyenne, et la concentration de la richesse a atteint de nouveaux sommets[2] ». Le rapport Oxfam de janvier 2015 affirme que les revenus de 80 hyper-riches équivalent à ceux de la moitié de la population mondiale.

1. L. Campiglio, *Avvenire*, 25/01/2014.
2. S. Zamagni, *Avvenire*, 01/02/2014.

Une autre plaie érodant la cohésion sociale est la précarité qui fait tache d'huile dans les pays industrialisés. Même dans des États à la prospérité solide comme l'Allemagne, locomotive de l'Union européenne, des millions de personnes sont sous-payées, ce qui a donné naissance à la « génération 500 euros » par mois. En 2012, une enquête du magazine *Der Spiegel* a révélé que la baisse du chômage s'est accompagnée d'une augmentation anormale du nombre de précaires sous-payés, qui ne savent souvent pas comment ils s'en sortiront la semaine suivante. Le document explique que 1,4 million de personnes gagnent moins de 5 euros de l'heure et que 8 millions supplémentaires ne peuvent compter que sur un revenu inférieur à 9,15 euros de l'heure : une nette différence par rapport aux salariés fixes qui font le même travail[1]. C'est pour cette raison que, en décembre 2013, la coalition entre démocrates-chrétiens et socio-démocrates au pouvoir en Allemagne a prévu d'augmenter le salaire minimum à 8,50 euros de l'heure en 2015.

Quand le pape François évoque des inégalités intolérables, il ne tient pas un discours abstrait, mais parle la langue de millions et de millions de familles. Il entre dans la maison des gens avec la même immédiateté que quand il souhaite « bon dimanche ». L'historien anglais Eric Hobsbawm disait qu'avec sa condamnation du libéralisme sauvage on pouvait considérer Jean-Paul II comme le dernier socialiste du XXe siècle. *Neues Deutschland*, l'ancien organe du Parti communiste de l'Allemagne de l'Est, a publié une vignette dans laquelle on voit le profil de François aux côtés de celui de Marx et d'Engels.

1. *Der Spiegel*, 24/05/2012.

En réalité, les positions du pontife n'ont rien d'idéologique. Bergoglio a toujours été opposé à la théologie de la libération d'inspiration marxiste. Son regard est concrètement rivé sur le clivage qui se creuse inexorablement entre une minorité heureuse et une majorité toujours plus éloignée du bien-être. Il a expliqué un jour de manière simple et réaliste les manquements de la célèbre théorie libérale selon laquelle, si on laissait libre cours aux forces économiques sans intervention de l'État, on assisterait finalement à des retombées favorables sur le marché qui assureraient le bien-être des couches inférieures de la population : « On promettait que, quand le verre serait plein, il déborderait au bénéfice des pauvres. En fait, quand il est plein, le verre s'agrandit magiquement, et rien ne coule jamais pour les pauvres [1]. »

Bergoglio ne se vexera pas qu'on le qualifie de marxiste (en réalité, ses antécédents politiques le rapprochent plutôt du péronisme social). Il est opposé à cette idéologie, mais ne cache pas avoir fréquenté de nombreux marxistes qu'il qualifie de « bonnes » personnes, à commencer par la femme qui dirigeait le laboratoire chimique où il travaillait dans sa jeunesse : Esther Ballestrino, enlevée et assassinée en 1977 après que la police secrète de la dictature eut enlevé sa fille et ses deux gendres. Pour François, l'impératif est d'ordre religieux. Il existe un lien indissoluble entre la bonne nouvelle du christianisme et l'amour fraternel concret. Jésus a toujours exhorté à la justice et à la miséricorde envers les pauvres. Pourquoi masquer ce qui est si clair ? Une communauté religieuse qui prétend vivre tranquille, sans se préoccuper réellement de

1. A. Tornielli, *La Stampa*, 15/12/2013.

l'intégration des pauvres, finira par se perdre dans une « mondanité spirituelle, dissimulée sous des pratiques religieuses, avec des réunions infécondes ou des discours vides[1] ».

Pour le carême 2014, François a préparé un message dans lequel il met en lumière la relation étroite entre misère morale et misère matérielle, touchant « ceux qui sont privés des droits fondamentaux et des biens de première nécessité comme la nourriture, l'eau et les conditions d'hygiène, le travail, la possibilité de se développer et de croître culturellement ». La misère représente bien plus qu'un statut économique insuffisant, explique-t-il. C'est « la pauvreté sans confiance, sans solidarité, sans espérance ». La pauvreté morale qui en découle équivaut à « un début de suicide ».

Des mots très durs, accompagnés de l'exhortation à ce que le temps du carême pousse les consciences à se convertir à la justice, à l'égalité, à la sobriété et au partage. Sachant qu'aider les autres exige de payer un prix personnel : « Je me méfie de l'aumône qui ne coûte rien et qui ne fait pas mal[2] », affirme sévèrement le pape. Les idoles du pouvoir, du luxe et de l'argent s'opposent à une distribution égale des richesses, ne se lasse-t-il pas de répéter. Le pape est convaincu que la question de l'intégration des pauvres dans la société est le thème crucial du XXIe siècle. Au-delà des succès d'un impressionnant développement scientifique et technique, reste l'économie de l'exclusion. « Cette économie tue[3]. »

1. François, *Evangelii Gaudium*, 24/11/2013.
2. ANSA, 04/02/2014.
3. François, *Evangelii Gaudium*, 24/11/2013.

François n'aime pas parler de choses abstraites. Semaine après semaine, il évoque ces concepts dans la langue de tous les jours. Si un ordinateur se brise, c'est une tragédie, a-t-il dit un jour lors d'une audience générale place Saint-Pierre. « Si une nuit d'hiver, tout près d'ici, via Ottaviano, par exemple, une personne meurt, ce n'est pas une nouvelle. Si dans tant de parties du monde, il y a des enfants qui n'ont rien à manger, [...] cela semble normal. [...] Ainsi, les personnes sont mises au rebut, comme si elles étaient des déchets[1]. » Des idées que le pontife relance ensuite sur Twitter : « Nous ne pouvons pas dormir tranquilles alors que des enfants meurent de faim et que des personnes âgées n'ont pas d'assistance médicale. » Son compte en neuf langues @Pontifex a dépassé les onze millions de followers.

Le 12 décembre 2013, la réalité reflète les réflexions amères du pape. Un clochard de soixante-trois ans est retrouvé inconscient à quelques mètres de la place Saint-Pierre, près du parking du Janicule. Il est mort après son transfert à l'hôpital. Aucune trace de lui dans la presse. François l'avait répété dans son *Evangelii Gaudium* : « Il n'est pas possible que le fait qu'une personne âgée, réduite à vivre dans la rue, meure de froid ne soit pas une nouvelle, tandis que la baisse de deux points en Bourse en est une. » La nuit, un grand nombre de miséreux campent le long de la via della Conciliazione. François envoie souvent l'aumônier papal, le Polonais Konrad Krajewski, pour leur venir en aide : argent, sacs de couchage, cartes téléphoniques. Le long des murs du Vatican, à côté de la basilique Saint-Pierre, il a fait installer pour eux des

1. François, *Audience générale*, 05/06/2014.

toilettes, des douches et un salon de coiffure. Il voudrait rencontrer lui-même les déshérités comme il le faisait avec les *cartoneros* de Buenos Aires, les marginaux qui ramassent cartons et objets réutilisables parmi les détritus ; mais jusqu'à présent, les services de sécurité du Vatican l'en ont dissuadé. Conformément à la volonté du pape, Mgr Krajewski a célébré l'enterrement du clochard en présence du cardinal de curie Fernando Filoni.

Symboliquement, les colonnes du Bernin sont devenues un refuge pour le désespoir. Comme si la proximité du pape argentin donnait plus d'écho à un appel à l'aide. Quelques jours plus tard, un vendeur ambulant s'est immolé par le feu à l'entrée de la place Saint-Pierre. « Je suis fatigué et je n'ai pas de travail », disait le billet retrouvé dans la poche de sa veste avant qu'on l'emmène à l'hôpital, où il serait décédé.

Dans sa bataille contre l'« économie du rebut », François est largement isolé face aux pouvoirs économiques et politiques. Certes, en janvier 2014 le Forum économique de Davos l'a poliment invité à envoyer un message, car l'idée qu'un excès de déséquilibres sociaux représente un danger commence à faire son chemin. Même au Fonds monétaire international, des réflexions similaires émergent : Christine Lagarde, sa directrice générale, qualifie d'« intenable » le taux de chômage des jeunes atteint dans certains pays européens, évoquant le risque d'une « génération perdue ». Mais le changement de cap que demande François est trop radical pour être accepté par l'establishment économique et financier.

Sur la scène politique italienne, pas un seul des principaux partis ne propose un programme comme celui que souhaite le pape argentin. *Idem* dans d'autres pays occidentaux, même si la détérioration radicale de la classe moyenne inquiète parfois.

Pourtant l'élection du démocrate Bill De Blasio à la mairie de New York est un signe que, sur certains thèmes, le pape a capté le sentiment profond de l'opinion publique. Bien que seuls 24 % des électeurs se soient rendus aux urnes, De Blasio a gagné avec un programme qui dans la culture politique américaine a une veine radicale : taxation des revenus supérieurs à 500 000 dollars pour financer les logements sociaux et les crèches, un salaire minimum local, des congés maladie payés.

Le cri d'alarme de l'*Evangelii Gaudium* a souvent été accueilli avec hostilité. Dans les pages économiques de l'influent hebdomadaire allemand *Die Zeit*, François a fait l'objet d'une attaque frontale pour avoir dénoncé la « tyrannie invisible » de la spéculation financière et les idéologues d'une autonomie illimitée du marché. Le commentateur lui reprochait d'avoir écrit un pamphlet en retard d'un siècle et demi, et demandait sur le mode de la raillerie si, étant donné qu'il dépeint le capitalisme comme le réceptacle de tous les maux, le pape pense que Cuba, le Venezuela, l'Arabie Saoudite ou le klepto-capitalisme russe valaient mieux[1]. En Angleterre, le *Financial Times* a accusé le pontife de commettre des erreurs d'analyse. Bien que l'écart entre riches et pauvres se soit creusé et que les conditions de la classe moyenne en Occident se soient détériorées, admet le quotidien britannique, il faut reconnaître que la mondialisation et la délocalisation de la production dans le tiers-monde ont entraîné « la sortie de la pauvreté de

1. J. Joffe, *Die Zeit*, 28/11/2013.

centaines de millions de personnes en Chine et en Inde » ainsi que dans d'autres pays où les entreprises occidentales ont délocalisé.

La décision du pontife de consacrer une encyclique au thème de l'écologie a suscité surprise, approbation et polémiques. Le titre *Laudato si'* fait écho au Cantique de saint François. Cette encyclique, qui s'adresse à tous les hommes et toutes les femmes de la planète, sans distinction de foi ou de credo – une première dans l'histoire de l'Église catholique –, ne part pas des dogmes pour affirmer comment doit se comporter la science, mais détermine l'engagement éthique dans l'histoire actuelle à partir de faits scientifiques.

Des thèmes tels que la fonte des calottes polaires, l'effet de serre, la destruction des forêts tropicales, l'augmentation du niveau de la mer, la pollution de l'atmosphère et des nappes phréatiques, l'acidification des océans, l'appauvrissement de la biodiversité, les ressources non renouvelables ou l'accumulation de millions de tonnes de déchets non biodégradables ont fait leur première apparition dans un document papal.

Cette encyclique s'appuie sur des études scientifiques précises et conjugue le message évangélique du soin à apporter à la Création avec le commandement fondamental du christianisme : l'amour du prochain. Encore une fois le pape, qui a grandi dans la métropole de Buenos Aires, immergé dans la mondialisation, établit un lien entre la question des effets destructeurs de l'exploitation irresponsable de l'environnement et le drame de la pauvreté, de la faim, des migrations de milliers de personnes désespérées et du sort amer réservé à ceux que menace la culture du déchet.

Pour François, dégradation environnementale, gaspillage, corruption, augmentation de la violence et des inégalités sont liés. « Nous ne pouvons pas ne pas prendre en considération les effets de la dégradation de l'environnement, du modèle actuel de développement et de la culture du déchet, sur la vie des personnes[1] », affirme le pontife. François n'offre pas de recette miracle et n'estime pas que cela soit de son devoir, mais il encourage la recherche scientifique et les politiques à trouver des solutions techniques ainsi que des mécanismes économiques qui garantissent un « développement durable et intégral ».

La forte polémique contre le capitalisme financier, pour lequel la rentabilité prévaut sur toute autre exigence sociale, est typique de Bergoglio. François dénonce la faiblesse du leadership politique au niveau international et il met en garde : « La soumission de la politique à la technologie et aux finances se révèle dans l'échec des sommets mondiaux sur l'environnement. » Trop souvent, les intérêts particuliers prévalent sur le bien commun, parfois au prix d'une manipulation de l'information dans les médias de masse.

« Dignité humaine » est l'une des expressions qui reviennent le plus dans l'encyclique. Il n'y a pas deux crises séparées, l'une environnementale, l'autre sociale, souligne François. Une approche intégrale s'impose pour « combattre la pauvreté, pour rendre la dignité aux exclus et simultanément pour préserver la nature ».

À la différence du loup de Gubbio avec saint François, les loups de l'égoïsme n'ont pas l'intention de baiser la main du François argentin. Bergoglio ne reculera pas. Pauvreté, exclusion, esclavagisme sont pour lui des péchés sociaux face auxquels il ne faut

1. François, *Laudato si'*, 24/05/2015.

pas fermer les yeux. Les nouveaux esclaves qui connaissent le travail forcé ou illégal sont vingt millions, selon les chiffres des Nations unies, et leur nombre augmente chaque année. François voudrait que cette traite, qui n'attire pas l'attention des gouvernements, soit punie comme un « crime contre l'humanité ». Lors de la visite d'Obama au Vatican, le pape lui a demandé un engagement précis. Les nouveaux esclaves existent aussi en Italie, malgré l'effort unanime pour effacer de la mémoire collective les usines chinoises à Prato, les fabriques textiles clandestines bengalis, l'exploitation des cueilleurs de tomates de Rosarno.

Bergoglio insiste pour rappeler à la société contemporaine des vérités qui dérangent. On ne peut enfermer le message de saint François ou de Mère Teresa dans l'enceinte du temple. Une foi authentique n'est jamais ni confortable ni individualiste, rappelle le pape. Elle implique un désir de changer le monde et de « laisser quelque chose de meilleur après notre passage sur la terre ».

10

L'autocritique d'un pape

Les échecs forment les leaders ou les écartent pour toujours. Interviewé par le confrère jésuite Antonio Spadaro pour la revue *La Civiltà Cattolica*, le pape François se laisse aller à un aveu surprenant. « Au départ, ma manière de gouverner comme jésuite comportait beaucoup de défauts. C'était un temps difficile pour la Compagnie : une génération entière de jésuites avait disparu. C'est ainsi que je me suis retrouvé provincial très jeune. J'avais trente-six ans : une folie ! Il fallait affronter des situations difficiles. »

Bergoglio devient chef des jésuites d'Argentine et du Paraguay en 1973 (jusqu'en 1979). Trois ans plus tard, un coup d'État porte au pouvoir la junte militaire dirigée par le général Jorge Rafael Videla, qui instaure un régime répressif particulièrement féroce contre la guérilla d'inspiration péroniste et marxiste. À la fin de la dictature en 1983, le bilan sera de trente mille personnes assassinées, torturées ou disparues, les *desaparecidos*.

C'est l'époque où de nombreux jésuites prennent parti pour le réformisme postconciliaire, une forte implication sociale et la théologie de la libération. « Je prenais mes décisions de manière brusque et individuelle [...], raconte le pape Bergoglio. Cela étant, les gens se lassent de l'autoritarisme. Ma manière autoritaire et rapide de prendre des décisions m'a conduit à avoir de sérieux problèmes et à être accusé d'ultraconservatisme. » Spadaro prend note. Jamais un pontife moderne n'a parlé avec une franchise aussi brutale de ses propres erreurs et de ses manquements à un poste dirigeant. Devant le magnétophone, le pape poursuit : « J'ai vécu un temps de profondes crises intérieures quand j'étais à Córdoba. Voilà, non, je n'ai certes pas été une Bienheureuse Imelda, mais je n'ai jamais été conservateur. C'est ma manière autoritaire de prendre les décisions qui a créé des problèmes »[1].

Cette allusion du pape à son passé touche un nerf à vif, le rôle qu'il a joué pendant la dictature. La polémique qui avait déjà éclaté alors qu'il était archevêque est revenue sur le devant de la scène après son élection. Depuis longtemps, le journaliste argentin Horacio Verbitsky soutient que le supérieur provincial aurait laissé à la merci des militaires – voire leur aurait remis – deux de ses confrères jésuites, Orlando Yorio et Francisco Jalics, enlevés le 23 mai 1976 et torturés dans la tristement célèbre ESMA (Escuela de Mecánica de la Armada), où ils restèrent emprisonnés plus de cinq mois.

Après le retour de la démocratie en Argentine, une enquête a été menée sur les violations des droits de l'homme par les putschistes. Bergoglio a été interrogé deux fois par le tribunal en tant que témoin mais ne fut jamais jugé coupable de quoi que ce soit. « Il y a eu des évêques complices sous la dictature, mais pas Bergoglio[2] », a déclaré le Prix Nobel de la paix

1. François, A. Spadaro, *La Civiltà Cattolica*, 19/09/2013.
2. www.unità.it, 14/03/2013.

Adolfo Pérez Esquivel lors d'une interview à la BBC. Alicia Oliveira, représentante de premier plan du mouvement pour les droits humains, première femme juge pénale d'Argentine, chassée par la junte militaire, fut témoin des initiatives de Bergoglio en faveur des persécutés. Alors qu'elle était entrée dans la clandestinité, Bergoglio l'a transportée dans le coffre de son automobile pour qu'elle puisse rencontrer ses fils entre les murs du collège jésuite San Miguel.

Il est établi que Bergolio a agi en plusieurs occasions pour sauver des hommes et des femmes dans le collimateur du régime militaire[1]. Cependant, l'affaire des deux jésuites est plus complexe. Yorio et Jalics, respectivement professeur de théologie et directeur spirituel de Bergolio, avaient fondé une communauté dans le quartier de Rivadavia dans le Bajo Flores, près de l'un des bidonvilles les plus peuplés de la capitale argentine : Villa 1-11-14. Tous deux étaient très engagés socialement, proches de la théologie de la libération, et l'un de leurs collaborateurs, qui fut par la suite enlevé et torturé, faisait partie de la guérilla. En tant que supérieur des Jésuites, Bergoglio leur ordonna d'abandonner leur activité dans le bidonville. Yorio et Jalics refusèrent et furent enlevés par les forces militaires. Il est de notoriété publique que Bergoglio s'est mobilisé pour les faire libérer, allant pour cela rencontrer les plus hauts responsables de la dictature : l'amiral Emilio Massera et le général Jorge Rafael Videla. Une fois qu'ils furent libérés, il les aida à quitter le pays. Le père Yorio se rendit à Rome, tandis que Jalics partit d'abord pour la Hongrie, son pays natal, puis en Allemagne.

1. N. Scavo, *La Liste de Bergoglio*, Bayard, 2014.

Au lendemain de l'élection de François – Yorio était mort –, Jalics a publié une déclaration racontant que, des années plus tôt, il était retourné à Buenos Aires où il avait célébré la messe avec l'archevêque Bergoglio, après quoi il l'avait publiquement pris dans ses bras. Bergoglio « ne nous a pas dénoncés, Yorio et moi », a précisé Jalics. Il ajoute cependant une phrase qui laisse apparaître une ancienne blessure : « Je me suis réconcilié avec ces événements, et pour moi l'épisode est clos. [...] Je souhaite au pape François l'abondante bénédiction de Dieu. »

Il ne fait aucun doute que Bergoglio n'a jamais trahi ses deux confrères. Il s'est même proposé de les accueillir au Colegio Máximo de San Miguel de Buenos Aires pour les mettre à l'abri. La situation de la fin des années 1970 avait de multiples facettes. Bergoglio, qui ne partageait absolument pas l'analyse politique de la théologie de la libération, a rappelé formellement les deux jésuites, les a invités à s'installer ailleurs puis leur a ordonné de dissoudre la communauté qu'ils avaient créée[1].

Devant leur refus, le supérieur provincial réitéra son ordre, se souvient le jésuite argentin Ignacio Pérez del Viso, un de leurs amis qui approche des quatre-vingts ans. Yorio et Jalics firent objection de conscience et « Bergoglio s'adressa au préposé général des Jésuites à Rome, Pedro Arrupe, lequel répondit que tous deux devaient obéir[2] ». Privés de leur charge pastorale pour le compte de la Compagnie de Jésus, ils se virent refuser le mandat canonique par l'archevêque de Buenos Aires de l'époque, Juan Carlos Aramburu.

1. E. Himitian, *François, un pape surprenant*, *op. cit.*
2. I. Pérez del Viso, entretien avec l'auteur.

Sans couverture ecclésiastique, Yorio et Jalics se trouvèrent seuls face à l'appareil répressif de la dictature, qui se sentit plus libre de frapper. Il ne faut pas oublier l'attitude généralement complaisante, pendant ces années, de la hiérarchie épiscopale d'Argentine face au régime militaire, malgré l'assassinat et la « disparition » d'au moins seize prêtres. Quand, au plus fort de la répression, le président de Pax Christi, Mgr Luigi Bettazzi, proposa par l'intermédiaire du nonce Pio Laghi que l'Église organise à Buenos Aires un « vicariat de la solidarité » sur le modèle chilien pour venir en aide aux victimes du régime, l'épiscopat argentin refusa[1]. En 1976, le même groupe, le cardinal Aramburu en tête, accepta sans protester que l'assassinat de l'évêque Enrique Angelelli, principal opposant ecclésiastique au régime militaire, soit présenté comme un accident de voiture.

Quand on analyse le rapport entre Église et dictature pendant ces années-là, l'attitude de la hiérarchie ecclésiastique révèle une orientation différente. Peu d'évêques se sont élevés contre le régime, certains ne s'y sont pas ouvertement opposés mais ont activement secouru les persécutés, d'autres encore le soutenaient à divers titres ou communiquaient en secret avec la junte[2]. Il existait également une minorité d'ecclésiastiques qui collaboraient franchement avec le régime. Bergoglio, qui à l'époque n'était pas évêque mais supérieur provincial des Jésuites, a certainement fait partie de ceux qui aidaient discrètement les persécutés dès qu'ils le pouvaient.

1. F. Strazzari, *In Argentina per conoscere Bergoglio*, Edb, 2013.
2. *Ibid.*

Ce n'est que pendant le jubilé de l'an 2000 que la conférence épiscopale argentine, sous la présidence de Mgr Estanislao Karlic, a demandé pardon : « en divers moments de notre histoire, nous nous sommes montrés indulgents envers les positions totalitaires, violant ainsi les libertés démocratiques qui découlent de la dignité humaine. Car à travers nos actions ou nos omissions nous avons discriminé nombre de nos frères, sans nous engager suffisamment pour défendre leurs droits ». Un *mea culpa* public pour ceux qui ont pris part à la « violence contre la liberté, la torture et la délation, la persécution politique et l'intransigeance idéologique » [1].

En 2006, en tant que président de la conférence épiscopale argentine, Bergoglio a fait diffuser une seconde déclaration de repentir pour les « énormes erreurs commises contre la vie et la dignité humaines, et [le] mépris pour la loi et les institutions » du coup d'État de 1976.

Au-delà de la question du comportement de l'institution ecclésiastique pendant la dictature, l'Argentine a discuté d'une autre question : la gestion de la Compagnie de Jésus par Bergoglio quand il occupait la charge de supérieur provincial des Jésuites. Dans les milieux catholiques, plusieurs reconnaissent en privé que Bergoglio était « aimé et détesté » parmi les jésuites pour sa manière de diriger et pour certaines décisions qu'il a prises à cette époque.

L'une de ses premières biographes, Evangelina Himitian, rapporte de manière explicite qu'il a dû « faire face à des oppositions et à des critiques ». Archevêque, Bergoglio s'est montré très direct avec elle : « J'ai commis beaucoup d'erreurs, je ne le nie

1. L. Prezzi, *Il Regno – Attualità*, n. 16, 2000.

pas. Des erreurs et des péchés. Il serait hypocrite de ma part de demander pardon aujourd'hui pour les offenses que je pourrais avoir commises. Aujourd'hui, je demande pardon pour les péchés et les offenses que j'ai effectivement commis[1]. »

Le père Ignacio Pérez del Viso a été le professeur de Bergoglio, qu'il a suivi tout au long de son parcours. Quand je le rencontre à Buenos Aires, je lui rappelle l'interview du pape à *La Civiltà Cattolica* et lui demande en quoi l'expérience comme supérieur provincial de la Compagnie de Jésus a été un échec pour Bergoglio. « Le pape ne la considère pas comme un échec », répond-il. On pourrait effectivement se faire cette idée, car on n'a jamais vu un pape aussi critique envers lui-même.

« C'était un provincial très exigeant », explique le père Ignacio. Il décrit ce qui se passait dans la Compagnie de Jésus dans les années 1970, les phénomènes auxquels Bergoglio a été confronté et face auxquels il s'est senti en devoir d'intervenir. « On assistait à un certain désordre postconciliaire, une tendance à tenir des assemblées, parfois une subversion théologique. » Bergoglio s'y est opposé. Il a également mis fin à la « manie de vivre dans de petits appartements » qui représentait alors pour certains jésuites une manière de s'immerger davantage dans la société. Il a voulu que tous les étudiants restent au collège San Miguel, exigeant qu'ils portent de nouveau le col pour quelques occasions, « il a exclu certains professeurs trop avancés ». Il représentait une ligne d'ordre contre ce que le Vatican percevait dans la phase postconciliaire comme un abandon prématuré des règles.

1. E. Himitian, *François, un pape surprenant, op. cit.*

Pérez se souvient encore qu'à l'époque de la dictature le général Videla, furieux d'un article sur les droits de l'homme, avait fait saisir toutes les copies d'une revue des Jésuites, le journal du Centre de recherche et d'action sociales (CERAS). Bergoglio avait alors décidé que tous les articles devraient lui être envoyés avant publication. « Une censure préventive, dit le père del Viso. J'approuve certaines limitations en période d'urgence, mais il faut savoir y mettre un terme. »

La décision de Bergoglio d'abandonner l'université Salvador, fondée et gérée par les Jésuites, provoqua polémiques et incompréhension. L'établissement était criblé de dettes et Bergoglio ne voulait absolument pas que la Compagnie soit impliquée dans des désordres financiers. Il la privatisa totalement, la cédant à une association de laïcs, et alla jusqu'à interdire que des professeurs jésuites y enseignent sans son autorisation explicite. L'affaire lui valut de nombreux ennemis internes.

Le père del Viso se rappelle qu'avant sa nomination avait eu lieu une consultation entre les jésuites locaux. « Je me suis opposé à sa candidature, parce qu'il était jeune et qu'il n'avait jamais été supérieur d'une communauté, il n'avait eu affaire qu'à des novices. Cela fait une grande différence : un jeune, on le reprend une fois, deux fois, puis on le renvoie. Apprendre à vivre dans une communauté religieuse avec des personnes difficiles, c'est différent. » Un supérieur doit connaître l'art de maîtriser les difficultés. Par exemple, raconte del Viso, dans sa communauté de l'époque, il y avait trois jésuites alcooliques, qui buvaient jusqu'au vin de messe. Des situations épineuses à gérer.

En 1973, il fut tout de même décidé que Bergoglio deviendrait supérieur provincial. « Nous avons conclu qu'il n'y avait pas d'autres candidats de qualité, qu'il avait une vision claire de ce qu'il fallait faire et une spiritualité forte. » Pour beaucoup, conclut le vieux jésuite, Bergoglio a fait un bon supérieur provincial, mais pas pour une minorité. À la fin de notre entretien, après avoir évoqué de nombreuses autres affaires de l'Église en Argentine, le père del Viso me salue et ajoute : « Le fait qu'il ne considère pas cela comme un échec ne signifie pas que ç'ait été un succès. »

En effet, après avoir retrouvé la charge de supérieur général et participé à l'assemblée de l'épiscopat latino-américain de 1979 à Puebla, débute pour Jorge Mario Bergoglio une curieuse trajectoire à reculons.

De 1980 à 1986, il est recteur du Colegio Máximo de San Miguel à Buenos Aires, puis il se rend en Allemagne pour travailler sur sa thèse de doctorat et à son retour redevient simple professeur de théologie dans la capitale jusqu'à ce qu'en 1990, de but en blanc, ses supérieurs l'envoient à Córdoba en tant que confesseur des jésuites locaux et directeur spirituel de la paroisse annexe à la résidence principale de la Compagnie. C'est un véritable exil[1]. Bergoglio a alors cinquante-trois ans. Il vit la saison des « profondes crises intérieures », auxquelles il fait allusion dans ses confessions au père Spadaro de *La Civiltà Cattolica*.

La crise précède un tournant. En 1992, le cardinal Antonio Quarracino l'appelle à Buenos Aires comme évêque auxiliaire. En 1993, il devient vicaire général du diocèse, en 1997 archevêque coadjuteur avec droit de succession. Quarracino meurt et, le 28 février 1998, Bergoglio prend la chaire d'archevêque de la

1. E. Piqué, *Francesco. Vita e rivoluzione*, *op. cit.*

capitale argentine. Trois ans plus tard, Jean-Paul II le fait cardinal.

La direction du diocèse de Buenos Aires puis la présidence de la conférence épiscopale argentine (de 2005 à 2011) constituent les expériences où Bergoglio apprend que gouverner ne consiste pas à donner des ordres mais à écouter, bâtir un consensus, résoudre des problèmes en se laissant le temps de les évaluer à fond. Exercer l'autorité signifie faire grandir les personnes autour de soi, non brandir le sceptre du pouvoir. En tant qu'archevêque de Buenos Aires, il apprend à repousser la tentation des décisions brusques. Le nouveau Bergoglio le dit ouvertement aujourd'hui : « Je me méfie toujours de la première décision, c'est-à-dire de la première chose qui me vient à l'esprit [...]. En général elle est erronée. Je dois attendre, évaluer intérieurement, en prenant le temps nécessaire[1]. »

Le père del Viso résume : « En tant qu'archevêque, sa devise est le *compañerismo*, pas l'autoritarisme. » C'est-à-dire qu'il instaure un climat de proximité avec le clergé. « Si un prêtre s'inquiétait pour la santé de sa mère, il lui disait : "Va la voir, je reste dans ta paroisse pendant trois jours." »

À travers le contact étroit avec les prêtres de son diocèse, il manifeste une spiritualité intense et encourage systématiquement à porter une attention miséricordieuse aux problèmes existentiels des fidèles. Archevêque, il affine l'extrême sensibilité aux problèmes sociaux qui le caractérise depuis longtemps.

Trente ans après son expérience de supérieur provincial des Jésuites, Bergoglio est prêt à le reconnaître : « Dieu m'a tendu la main après mes chutes le long du

1. François, A. Spadaro, *La Civiltà Cattolica*, 19/09/2013.

chemin, il m'a surtout aidé pendant les étapes les plus dures [...]. Petit à petit, j'ai appris[1]. » À Buenos Aires, il développe son sens de l'autocritique. « Quand j'affronte un problème, il arrive que je me trompe, que je me comporte mal et que je doive revenir en arrière, demander pardon. [...] Cela me fait du bien, car cela m'aide à comprendre les erreurs des autres[2]. »

Dans le creuset d'une métropole de plusieurs millions d'habitants, il apprend ce que signifie travailler en équipe avec les évêques auxiliaires en participant aux réunions des prêtres de faubourg, en écoutant les enseignants des écoles catholiques qui regroupent la moitié des élèves de la ville, en se confrontant – souvent à travers des conflits avec le gouvernement, surtout ceux des deux Kirchner – à la société politique, en se mesurant au pluralisme culturel et à la rencontre avec les juifs, les musulmans, les chrétiens des mouvements évangéliques.

François ne vient pas du « bout du monde », comme il le lance aux fidèles avec une pointe d'autodérision le soir de son élection. François est le premier pape à être né, à avoir grandi et vécu dans une métropole moderne. Bien qu'il vienne d'un pays éloigné de l'Europe, le pape argentin est le seul à s'être nourri de l'expérience tumultueuse, dramatique et variée d'une ville gigantesque, totalisant avec son agglomération urbaine treize millions d'habitants. Roncalli, Luciani, Wojtyla et Ratzinger sont tous nés dans des villages de province, et même pendant leur carrière ils ont ignoré le rythme de la métropole. La Cracovie du futur Jean-Paul II ou le Milan du futur Paul VI font

1. J. Bergoglio, F. Ambrogetti, S. Rubin, *Papa Francesco*, Salani, 2013.
2. *Ibid.*

pâle figure face à la complexité et à la violence des contrastes de Buenos Aires.

Malgré la rhétorique impériale de Mussolini, la Rome de l'entre-deux-guerres où a grandi au siècle dernier le futur Pie XII a un air de province. La secrétairerie d'État du Vatican, où sont enfermés Pie XII et Paul VI, constitue un observatoire d'une grande finesse intellectuelle, mais la dimension de la métropole est autre chose.

Dès la moitié du XXe siècle, une métropole représente une anticipation de mondialisation et de gigantisme (notamment dans les problématiques à affronter), c'est un mélange pulsant d'ethnies, de cultures, de fois et de styles de vie divers. L'image est différente. Ceux qui ont vécu dans une métropole connaissent le rythme du transatlantique, pas celui de la barque.

Quand il était archevêque de Buenos Aires, Bergoglio a appris à prendre en compte une sécularisation comparable à celle des grandes zones urbaines de l'hémisphère Nord. « Dans l'ensemble du pays, 87 % de la population se déclare catholique, contre 9 % d'évangélistes, explique son ancien attaché de presse, le père Guillermo Marcó. Mais à Buenos Aires, seule 60 % de la population se déclare catholique. 12 % vont à la messe. » La dévotion populaire s'exprime à travers d'autres canaux : les millions de pèlerins qui se rendent au sanctuaire de la Vierge de Luján ou participent à la procession pour saint Gaétan, « protecteur du pain et du travail ». Mais le processus d'autodétermination dans les choix religieux et moraux est très avancé, bien qu'il existe naturellement des disparités entre les zones urbaines et rurales.

Une enquête CEIL/Conicet publiée en 2013 par le plus important centre de recherche argentin révèle que

91 % de la population croit en Dieu, mais que seuls 23 % estiment nécessaire la médiation de l'institution ecclésiastique, tandis que 61 % préfèrent entretenir une relation directe avec la divinité. L'individualisation de la vie religieuse se manifeste dans la part importante de ceux qui prient régulièrement chez eux : 73 % dans les grandes villes, 86 % dans les petites.

Parmi la population qui dispose au moins d'une instruction primaire, 60 % des personnes interrogées se prononcent en faveur du mariage des prêtres et plus de la moitié estiment qu'il faut autoriser le sacerdoce féminin. La réponse à la question de savoir si les relations sexuelles avant le mariage sont positives pour l'homme comme pour la femme est le marqueur de mutations socioculturelles radicales : le « oui » écrasant des fidèles catholiques de moins de quarante-quatre ans dépasse les 87 %. L'idée que l'homosexualité soit une maladie atteint 39 % chez les catholiques [1]. Cela explique pourquoi en 2010 l'Argentine a autorisé le mariage homosexuel, contre lequel s'était durement élevé l'archevêque Bergoglio.

Mais quand, quelques années plus tôt, une loi a été votée dans le district de Buenos Aires pour reconnaître les couples non mariés, y compris ceux de même sexe, Bergoglio ne s'y est pas opposé malgré les pressions du Vatican et de la droite catholique. Son collaborateur, le père Marcó, s'en souvient bien : « Je lui ai dit : "Jorge, nous sommes dans une société pluraliste, ce n'est pas un sacrement, pourquoi nous y opposer ?" Et il n'a fait aucune intervention [2]. »

1. F. Mallimaci, *Atlas de las creencias religiosas en la Argentina*, Editorial Biblos, 2013.
2. G. Marcó, entretien avec l'auteur.

À la même époque, la conférence épiscopale italienne, encouragée par le pape Ratzinger, mobilisait toutes les associations pour bloquer un projet du gouvernement Prodi sur les couples non mariés, avec succès.

11

Le programme de la révolution

À Buenos Aires, on reconnaît unanimement les qualités de dirigeant de Bergoglio, dans les milieux catholiques ou non. Tous affirment que c'est un homme de commandement, un « pur politique, avec une capacité de travail extraordinaire et une tendance centralisatrice, une tête bien faite qui a clairement le sens du pouvoir ».

C'est l'autre versant de sa personnalité, celui de la tendresse, qui a conquis le cœur de millions de fidèles. François a la bonté d'un pasteur d'âmes, sans être débonnaire. Il a parfaitement conscience de la résistance et de l'opposition que rencontreront les réformes qu'il envisage pour l'Église.

« Je suis un peu rusé[1] », ansi prévient-il ses adversaires. Il sait que des affrontements se dérouleront en coulisse et que d'autres auront lieu sur la scène publique, comme ce fut le cas sous Jean XXIII et sous Paul VI.

Dès les premiers mois de son pontificat, il a posé les bases d'un programme ambitieux. Son point de départ, c'est la plateforme définie avant le conclave sur la base des demandes des cardinaux, exprimées au cours des

1. François, A. Spadaro, *La Civiltà Cattolica*, 19/09/2013.

congrégations générales qui se sont déroulées du 4 au 11 mars 2013. Lors de ces réunions, trois principales propositions ont été avancées : réformer la curie pour la rendre plus simple et plus efficace, faire le ménage à la banque du Vatican et promouvoir la « collégialité » en instaurant des consultations fréquentes entre le pape, le collège des cardinaux et les conférences épiscopales afin de favoriser la participation des évêques du monde dans les décisions stratégiques du pontife.

Dans son projet et dans ses déclarations, François est allé au-delà et même, sur certains aspects, beaucoup plus loin que ce qu'imaginaient de nombreux cardinaux électeurs. Conscient de cela, il a profité de l'année 2013 pour fixer par vagues successives les jalons du renouveau qu'il envisage. Il a commencé en juillet en s'adressant au chef de l'épiscopat latino-américain, rencontré au Brésil, puis de manière plus intime après l'été, avec l'entretien à *La Civiltà Cattolica*. En décembre, il a assis et précisé son programme par un acte officiel du magistère papal : l'exhortation apostolique *Evangelii Gaudium*.

Il a annoncé ses intentions à l'Église entière à travers des canaux différents, fixant des objectifs précis afin de ne pas finir aspiré par la routine de la curie et par l'inertie des appareils, comme Ratzinger qui, par circonspection excessive et parce qu'il était étranger à la gestion du pouvoir, ne réalisa aucune des innovations qu'il avait pourtant l'intention de mener à bien.

La révolution de François a un nom : la « transformation missionnaire de l'Église ». Le mot d'ordre est d'« abandonner le confortable critère pastoral du "on a toujours fait ainsi"[1] ». Le premier pas consiste à remo-

1. François, *Evangelii Gaudium*, 24/11/2013.

tiver le clergé pour éviter qu'il se bureaucratise, qu'il abuse de solutions disciplinaires ou de « la restauration de conduites et de formes dépassées qui n'ont pas même culturellement la capacité d'être significatives ». Les prêtres ne doivent pas se contenter de fixer des « feuilles de route » limitées à des statistiques et à une analyse de résultats. François ne veut pas que le clergé tombe dans la tentation d'idéologiser le message évangélique ou de gérer la paroisse de manière autoritaire[1]. « Le phénomène du cléricalisme explique, en grande partie, le manque de maturité et de liberté chrétienne dans une part du laïcat latino-américain[2] », rappelle le pape en s'adressant au Conseil épiscopal latino-américain à Rio de Janeiro. Une critique qui ne vaut pas seulement pour son continent d'origine, mais s'applique à de nombreuses régions de l'empire catholique. En Italie, la conférence épiscopale empêche depuis des dizaines d'années la mise en place d'un organisme représentatif des associations de fidèles catholiques qui puisse s'exprimer librement et dialoguer avec la hiérarchie sans que leur discours soit fixé à l'avance. Nous, évêques et prêtres, donnons-nous la juste liberté aux fidèles, interroge François, « les soutenons-nous et les accompagnons-nous, en dépassant toute tentation de manipulation ou de soumission indue[3] » ?

Il est mauvais que, au lieu d'être missionnaire, au service des fidèles et des hommes de bonne volonté, capable de s'approcher de ceux qui sont éloignés,

1. François, *Discours aux évêques du Conseil épiscopal latino-américain (CELAM)*, 28/07/2013.
2. *Ibid.*
3. *Ibid.*

l'Église prétende être « centre » et « contrôleuse »[1]. François veut une Église ouverte, qui aille vers le monde. Il critique les structures ecclésiastiques peu accueillantes et les paroisses qui se bornent à la distribution des sacrements. Il secoue les confesseurs : « le confessionnal ne doit pas être une salle de torture mais le lieu de la miséricorde du Seigneur qui nous stimule à faire le bien qui est possible[2] ». Un petit pas vers les grandes limites humaines plaira davantage à Dieu que la vie extérieurement correcte de quelqu'un qui n'affronte jamais de sérieuses difficultés, prévient-il.

Son jugement à l'encontre de l'intégrisme est très dur. Archevêque, il mettait déjà en garde : « Ne nous rendons pas esclaves d'une défense quasi paranoïaque de *notre vérité* (si je la possède, lui ne l'a pas ; si lui peut l'avoir, je ne peux pas). La vérité est un don étendu […] qui nous grandit, nous élève[3]. » François veut moins que jamais une Église qui diabolise le présent au nom du passé : « Les lamentations qui dénoncent un monde "barbare" finissent par faire naître à l'intérieur de l'Église des désirs d'ordre entendu comme pure conservation […]. Non : Dieu se rencontre dans l'aujourd'hui[4]. »

Son exhortation à une reconversion de la hiérarchie se fait pressante. Les évêques doivent conduire, non faire la loi. Être proches des gens, tels des pères et des frères, patients et miséricordieux. Avoir un style de pauvreté intérieure et extérieure, à l'abri des ambitions,

1. *Ibid.*
2. François, *Evangelii Gaudium*, 24/11/2013.
3. J.M. Bergoglio, *Scegliere la vita*, Bompiani, 2013.
4. François, A. Spadaro, *La Civiltà Cattolica*, 19/09/2013.

pratiquer une vie simple et austère[1]. À la place de l'évêque qui commande, François évoque la figure d'un pasteur qui sait se placer devant un troupeau pour montrer le chemin, en son sein pour le garder uni ou derrière pour éviter qu'une brebis ne s'égare, mais aussi, « et fondamentalement, pour que le troupeau même ait son propre flair pour trouver de nouvelles routes[2] ». L'image d'un évêque qui apprend du flair des fidèles est inédite, d'autant plus dans la bouche d'un pape.

L'Église qu'envisage François « n'est pas obsédée par la transmission désarticulée d'une multitude de doctrines qu'on essaie d'imposer à force d'insister[3] ». Au contraire, elle est prête à courir le risque de la confrontation avec l'homme contemporain tel qu'il est, pour répondre à sa soif de Dieu. Cette Église a besoin de réformer ses structures. François indique des objectifs précis, qui concernent toute la pyramide ecclésiastique : le pape, la curie, les synodes, les conférences épiscopales, les organes consultatifs des diocèses, le rôle des fidèles et les responsabilités à confier aux femmes.

Au sommet de la liste, la réforme du pontificat. François veut qu'il soit « plus fidèle à la signification que Jésus-Christ entend lui donner », plus adapté aux nécessités actuelles de l'évangélisation. François appelle cela la « conversion de la papauté ». Le juriste uruguayen Guzmán Carriquiry, secrétaire de la commission pontificale pour l'Amérique latine, résume la refonte de la papauté par une image

1. François, *Discours aux évêques du CELAM*, 28/07/2013.
2. *Ibid.*
3. François, *Evangelii Gaudium*, 24/11/2013.

heureuse : « Bergolio est le successeur de Pierre, pas de Constantin[1]. »

Une centralisation excessive n'aide pas l'Église mais complique son existence et son dynamisme missionnaire, souligne François[2]. Le pape argentin se réfère alors à deux textes importants tombés dans l'oubli pendant le pontificat de Benoît XVI. En premier lieu, l'encyclique *Ut unum sint* de Jean-Paul II, qui proposait la recherche d'un nouveau modèle plus participatif du primat papal en vue d'une réunification œcuménique. Un modèle à élaborer en concertation avec les dirigeants des autres Églises chrétiennes. Ensuite, un texte rédigé en 2007 à Ravenne par une commission mixte orthodoxe-catholique, à laquelle participaient le cardinal Walter Kasper et le métropolite Joannis Zizioulas, du patriarcat œcuménique de Constantinople. La partie orthodoxe y reconnaît pour la première fois noir sur blanc l'évêque de Rome comme « le premier des patriarches » et le Vatican comme l'Église qui « préside dans la charité » (la même formule utilisée par François dans son discours à la foule le soir de son élection). En même temps, le texte souligne la nécessité que le rôle du pontife romain s'exerce dans le cadre d'une authentique collaboration avec les évêques de la chrétienté, en « accord » avec eux. C'est ce que les orthodoxes appellent la synodalité. François se rattache explicitement à l'expérience orthodoxe dans laquelle un patriarche, bien qu'étant chef d'une Église, ne peut la gouverner sans l'avis de son conseil, le synode. Des orthodoxes, « nous pouvons en apprendre davantage sur le sens de la collégia-

1. G. Galeazzi, www.lastampa.it, 08/10/2013.
2. François, *Evangelii Gaudium*, 24/11/2013.

lité épiscopale et sur la tradition de la synodalité[1] », dit-il.

La deuxième instance soumise à la réforme est la curie romaine, mais pas seulement dans le sens d'un défrichement de ses organismes et d'une amélioration de son efficacité. À Buenos Aires, l'un des collaborateurs de Bergoglio archevêque se rappelle que divers épiscopats réclamaient depuis longtemps une réduction du « pouvoir policier » de la curie. En effet, à des époques diverses, les épiscopats des États-Unis, de France, d'Allemagne et de certains pays latino-américains (pendant la période de la théologie de la libération) ont souffert du contrôle ou des pressions du Vatican. Depuis des siècles, la curie romaine, instrument au service de la monarchie papale, agit et se conçoit comme une sorte de commandement général de l'Église.

Dans l'exhortation apostolique *Evangelii Gaudium*, François se limite à dire que « les structures centrales de l'Église universelle ont besoin d'écouter l'appel à une conversion pastorale ». Pendant sa conversation avec Spadaro, il se montre plus explicite : « Les dicastères romains sont au service du pape et des évêques : ils doivent aider aussi bien les Églises particulières que les conférences épiscopales[2]. » Cela préfigure déjà une révolution de proportions coperniciennes, car d'instrument au service total du pontife, la curie devrait se transformer en « mécanisme d'aide » et de liaison entre la papauté et les épiscopats du monde. Dans l'entretien accordé à *La Civiltà Cattolica*, qui constitue le premier manifeste programmatique de son pontificat, François

1. François, A. Spadaro, *La Civiltà Cattolica*, 19/09/2013.
2. *Ibid.*

relance avec franchise de nombreuses critiques à l'encontre du pouvoir de la curie qui circulent depuis des années : « Quand ils ne sont pas bien compris, [les dicastères romains] courent le risque de devenir plutôt des organismes de censure. C'est impressionnant de voir les dénonciations pour manque d'orthodoxie qui arrivent à Rome ! » Bergoglio repousse très clairement l'idée d'un pouvoir curial et n'entend pas que les dicastères romains se considèrent comme les gérants de l'Église universelle. C'est du moins son projet[1].

Il est symptomatique que ni dans l'entretien ni dans son exhortation apostolique François ne cite le terme « curie », comme s'il voulait éliminer ce mot symbole de pouvoir. Le pape préfère se référer plus techniquement aux instances qu'il appelle « structures centrales » ou « dicastères romains ». Dans la tradition millénaire du langage en vigueur dans l'Église catholique, nommer ou ne pas nommer une chose a toujours un sens précis.

Le discours du 21 décembre 2013 à l'occasion des vœux de Noël aux prélats et aux fonctionnaires des dicastères romains est le seul où le pape nomme expressément la curie. Il y fait l'éloge du dévouement, du professionnalisme et de la sainteté de nombre de ses membres, mais répète son avertissement : « Quand l'attitude n'est pas celle du service des Églises particulières et de leurs évêques, alors la structure de la curie grandit comme une pesante douane bureaucratique, d'inspection et d'inquisition, et qui ne permet pas l'action du Saint-Esprit ni la croissance du peuple de Dieu[2] ». Des paroles qui ont déjà suscité du ressenti-

1. *Ibid.*

2. François, *Présentation des vœux de Noël à la curie romaine*, 21/12/2013.

ment. Modifier l'orientation des appareils centraux de l'Église sera l'une des tâches les plus difficiles du pontificat.

Le conseil des huit cardinaux a affronté activement le problème. La rédaction de nouveaux statuts du gouvernement central a été convenue avec le pape. La dernière réforme remonte à 1998, quand Jean-Paul II a mis en place la constitution apostolique *Pastor Bonus* qui réorganisait les dicastères, les bureaux de la curie, les tribunaux ecclésiastiques, les conseils pontificaux et confiait un rôle de coordination important au secrétaire d'État. Quelques réunions du conseil des cardinaux ont suffi à faire comprendre que la constitution de Jean-Paul II ne pouvait être modifiée. Après des siècles de pouvoir ultracentralisé, il faut repenser entièrement le modèle de la curie.

Dans le même temps, François veut donner davantage d'autonomie aux conférences épiscopales nationales. Renversant la position du pape Ratzinger, qui en tant que cardinal refusait déjà que celles-ci puissent prendre des décisions contraignantes pour les évêques d'un pays, le pape argentin a l'intention de les doter d'un statut précis qui les considère « comme sujet d'attributions concrètes, y compris une certaine autorité doctrinale authentique[1] ».

À l'inverse, en 1985, le cardinal Ratzinger affirmait dans son livre *Entretien sur la foi* : « Les conférences épiscopales n'ont aucune base théologique, elles n'appartiennent pas à la structure intouchable de l'Église telle que l'a voulue le Christ, elles ont simplement une fonction pratique[2]. » En 1998, Ratzinger

1. François, *Evangelii Gaudium*, 24/11/2013.
2. J. Ratzinger, V. Messori, *Entretien sur la foi*, Fayard, 1985.

répétait en tant que préfet du Saint-Office que les conférences épiscopales « ne constituent pas en soi une instance doctrinale contraignante ou supérieure à l'autorité individuelle des évêques [1] ».

Cette question n'est pas une dispute théologique abstraite. D'une part, elle met en évidence un écart d'opinion entre le pape à la retraite et le pape régnant, d'autre part, elle concerne très concrètement le modèle d'Église à adopter pour le XXIe siècle : une Église impériale rigidement centralisée comme ce fut le cas pendant des siècles, particulièrement au cours du demi-millénaire qui s'est écoulé depuis le concile de Trente, ou une Église plus communautaire, dans laquelle le primat du pape est contrebalancé par une collaboration active des évêques au gouvernement central de l'Église et par une certaine autodétermination au niveau national ?

Une structure centralisée n'est pas indispensable pour une religion mondiale. L'islam, le judaïsme et le bouddhisme ont traversé les millénaires sans posséder l'équivalent du Vatican. Le monde protestant ou celui des mouvements évangélistes existent et se développent indépendamment d'organismes centraux. Pour l'Église catholique, avec son histoire et la compréhension qu'elle a d'elle-même, la proposition de François de parvenir à un modèle plus participatif représente un véritable défi. En effet, une âpre critique s'est aussitôt fait entendre de la part de celui qui occupe l'ancien poste du cardinal Ratzinger : l'archevêque Ludwig Müller, préfet de la Congrégation pour la Doctrine de la foi. Selon lui, favoriser une tendance qui permette

1. J. Ratzinger, *Présentation du* Motu proprio Apostolos suos, 23/07/1998.

aux Églises locales de prendre leurs distances avec Rome « n'est pas possible. Comme le centralisme, le particularisme est une hérésie ». Les présidents des conférences épiscopales ne sont que des coordinateurs, insiste-t-il, et malheur à qui les considère comme des vice-papes[1].

François veut mettre un terme à la manie des dénonciations pour manquement à l'orthodoxie adressées à Rome depuis les quatre coins du monde, ces insinuations d'erreurs doctrinales qui détruisent souvent la carrière de l'accusé. « Je crois que ces cas doivent être étudiés par les conférences épiscopales locales, auxquelles Rome peut fournir une aide pertinente[2]. » Sans s'étendre sur le sujet, le pape a l'intention de modifier en profondeur le style de travail de la Congrégation pour la Doctrine de la foi, chien de garde historique contre les déviations doctrinales. Lors de sa rencontre avec les membres de celle-ci, au début de l'année 2014, le pape a insisté pour qu'ils travaillent en collaboration avec les évêques locaux et les conférences épiscopales nationales, pour qu'ils mènent avec les théologiens concernés un « dialogue constructif, respectueux et patient[3] ».

Avant toute chose, François est convaincu qu'il est indispensable que le pape ne règne pas de manière solitaire, mais qu'il gouverne avec l'assistance d'organismes consultatifs, au sein desquels il existe un réel dialogue. C'est pour cette raison qu'il a créé son propre Conseil de la Couronne, le groupe des huit cardinaux. Dans cette perspective, il entend utiliser tant le

1. G.G. Vecchi, *Corriere della Sera*, 22/12/2013.
2. François, A. Spadaro, *La Civiltà Cattolica*, 19/09/2013.
3. Kipa/apic, 31/01/2014.

collège des cardinaux que le synode des évêques pour « rendre vraie et active cette consultation[1] ». Avec un programme concret en quelques points, afin de pouvoir bien peser le pour et le contre.

François projette de confier au synode – une représentation de l'épiscopat mondial qui se réunit au Vatican au moins tous les trois ans – le débat sur les questions les plus épineuses : la communion des divorcés remariés, les problématiques liées à la sexualité et à la famille, le rôle des laïcs dans l'Église, actuellement soumis à « un cléricalisme excessif qui les maintient en marge des décisions[2] ». Ce qui implique d'affronter la question des fonctions à confier aux femmes. En effet, François s'est fixé l'objectif d'intégrer celles-ci dans les centres décisionnaires de l'Église.

Il s'agit d'un programme de réformes ambitieux. Des résistances sporadiques se font déjà sentir. Certains contestent un excès de démocratie, qui comporte le risque de diminuer le primat papal, d'autres s'opposent à l'entrée de femmes au sommet du gouvernement de l'Église. « Il y a déjà plus de femmes que d'hommes dans l'Église. Non aux quotas. » Telle est la ligne d'une partie de la hiérarchie.

Au moment de son élection, une des interrogations le concernant portait sur sa capacité à diriger la politique étrangère du Saint-Siège. Jean XXIII, Paul VI et particulièrement Jean-Paul II avaient une conception géopolitique claire. Essentiellement théologien, Benoît XVI ne paraissait pas à l'aise dans son rôle de leader politique. Qu'en serait-il de Bergoglio, qui en

1. François, A. Spadaro, *La Civiltà Cattolica*, 19/09/2013.
2. François, *Evangelii Gaudium*, 24/11/2013.

tant que cardinal avait peu parcouru le monde et dont l'anglais était faible ?

Il a suffi de quelques mois pour que François commence à se mouvoir avec aisance sur la scène internationale. Il agit avant tout poussé par des préoccupations pastorales, mais avec une vision précise des crises internationales ainsi que du rôle religieux et politique de l'Église catholique. Sa définition d'une planète confrontée à une « troisième guerre mondiale [...] par fragments » vise juste : il veut faire prendre conscience aux dirigeants des nations qu'une initiative globale et collective est nécessaire pour éteindre les foyers de crise endémiques qui tourmentent la planète depuis des années. Son intervention lors de la crise syrienne a été extrêmement efficace et a replacé le Saint-Siège sur la scène internationale après la longue éclipse de Benoît XVI. Quand, entre fin août et début septembre 2013, s'annonçait une attaque contre la Syrie menée par les États-Unis, le pape a placé son autorité dans la balance, se faisant l'interprète de l'opposition à la guerre dans l'opinion publique européenne, mais également parmi une grande partie de la population des États-Unis.

S'adressant directement au président russe Vladimir Poutine à l'occasion du G20 à Moscou, le pape a rappelé que les conflits armés créent toujours « des divisions profondes et des blessures déchirantes qui ont besoin de nombreuses années pour se refermer ». Avec un réalisme apprécié par la diplomatie à long terme du Vatican, François a clairement dit que trop d'intérêts particuliers avaient prévalu depuis le début de la guerre civile en Syrie, « empêchant de trouver une solution qui évite le massacre inutile auquel nous assistons »[1].

1. François, *Lettre au président de la Fédération russe*, 04/09/2013.

L'intervention du pape pour réclamer fermement une solution pacifique a certainement favorisé la résolution de l'ONU qui a bloqué l'invasion et ouvert la voie à un démantèlement progressif des armes chimiques en possession du régime d'Assad.

Lors de sa première sortie dans l'arène politique internationale, Bergoglio – célèbre à Buenos Aires pour sa méconnaissance des technologies – a fait un usage quotidien de Twitter, occupant la scène en permanence. *4 septembre 2013* : « Que partout sur la terre s'élève avec force le cri de la paix ! » *5 septembre* : « De toutes mes forces, je demande aux parties en conflit de ne pas s'enfermer dans leurs propres intérêts. » *6 septembre* : « La paix est un bien qui dépasse toute barrière, parce qu'elle est un bien de toute l'humanité. » Il a continué ainsi pendant des jours, lançant le hashtag #prayforpeace, organisant une veillée de prière, à laquelle ont participé cent mille personnes, pour arrêter la guerre fratricide en Syrie. Le lendemain, le pape argentin a employé comme à son habitude un langage simple et direct : « Et il reste toujours un doute : cette guerre par-ci, cette autre par-là – car il y a partout des guerres – est-elle vraiment une guerre à cause de problèmes, ou est-ce une guerre commerciale pour vendre ces armes par le commerce illégal ? » s'exclame-t-il dans l'angélus du 8 septembre.

Comme ceux de ses prédécesseurs, son voyage en Terre sainte du 24 au 26 mai 2014 s'est caractérisé par une attitude également empathique envers les raisons des Israéliens et des Palestiniens ainsi que par un appel passionné au dialogue et au refus de toute violence, non sans quelques nuances dignes de la tradition jésuite, dont chacune constituait une subtile indication politique.

Le pape a rejeté l'idée d'un sommet interreligieux avec le grand mufti de Jérusalem et deux grands rabbins d'Israël afin d'éviter de se trouver pris entre deux nationalismes opposés. Au contraire, en se faisant accompagner dans son pèlerinage par deux amis d'Argentine – le rabbin Abraham Skorka et Omar Abboud, musulman, président de l'Institut pour le dialogue interreligieux de Buenos Aires –, il a voulu démontrer que ses rapports avec l'islam et le judaïsme ont d'anciennes racines.

La photo du pape priant en silence, la tête appuyée contre le mur qui entre dans les terres palestiniennes, a fait le tour du monde, plus efficace qu'un discours. Un avertissement tacite au gouvernement israélien que ce mur, dont le tracé diffère des frontières de 1967, ne peut rester pour l'éternité.

Sur la question du Moyen-Orient, François reprend la politique affirmative de Jean-Paul II qui, le 16 novembre 2003 – à la veille d'une visite du Premier ministre israélien Ariel Sharon à Rome –, avait mis en garde : « La Terre sainte n'a pas besoin de murs, mais de ponts. » C'était l'époque de la construction de ce que le gouvernement israélien appelle une « barrière », mais que le Saint-Siège a toujours considéré comme un mur.

Plus subtil, il a invité le 8 juin 2014 le président israélien Shimon Peres, le président palestinien Mahmoud Abbas ainsi que le patriarche œcuménique de Constantinople, Bartholomée Ier, à venir prier dans les jardins du Vatican. En conviant les deux présidents à cet acte d'engagement pour la paix, le pape argentin a lancé le message implicite que ce n'est plus seulement aux Palestiniens de reconnaître Israël, mais que l'État juif doit à son tour reconnaître l'État palestinien, car il ne lui appartient plus de décider de son droit à exister. En échange, les Arabes doivent comprendre « la douleur de l'autre », comme le Pape avait dit au grand mufti de Jérusalem.

« Pour faire la paix, il faut du courage, bien plus que pour faire la guerre. Il faut du courage pour dire [...] oui au dialogue et non à la violence ; [...] oui au respect des accords et non aux provocations ; oui à la sincérité et non à la duplicité[1] », s'est exclamé le pape dans un doux coucher de soleil romain, au milieu de la verdure, tandis qu'une demi-lune montait derrière la coupole de Saint-Pierre.

Après la guerre sanglante à Gaza – plus de deux mille morts palestiniens, dont environ cinq cents enfants, soixante-quatre soldats et cinq civils israéliens tués[2] –, François est revenu au mois d'août sur ce singulier sommet au Vatican, affirmant que « la porte est – encore – ouverte ».

Comme Wojtyla, qui avait toujours soigneusement évité d'assimiler Église catholique et Occident, François rejette toute idée de croisade, malgré l'intensification des persécutions contre les chrétiens au Moyen-Orient à la suite des guerres civiles de Syrie et d'Irak, en particulier depuis la vague de violences déclenchée par les milices du prétendu « califat » djihadiste de Daech (« État islamique de Syrie et du Levant »). Il affirme qu'il faut s'inquiéter de toutes les victimes, pas uniquement de celles de son propre parti. Les hommes et les femmes des minorités religieuses

1. François, *Invocation pour la paix*, 08/06/2014.
2. ANSA, 26/08/2014.

persécutées ne sont pas toujours chrétiens, a-t-il rappelé aux journalistes au retour de sa visite en Corée le 18 août 2014. « Et tous sont égaux devant Dieu. »

Face à la cruauté des massacres commis par les terroristes de Daech, François reprend le concept d'intervention humanitaire de Jean-Paul II, selon lequel il est légitime d'arrêter un « agresseur injuste ». Cependant, en parfaite continuité avec l'opposition du pape polonais à l'invasion de l'Irak voulue par George W. Bush, François précise que souvent, sous prétexte d'arrêter un agresseur, des puissances « ont fait une vraie guerre de conquête ». C'est pour cela qu'« une seule nation ne peut juger de la façon d'arrêter un agresseur injuste »[1]. Cela appartient aux seules Nations unies. Une critique de l'unilatéralisme qu'il a également répétée dans son discours à l'ONU le 25 septembre 2015.

Après avoir adressé, à l'été 2014, une lettre personnelle à Barack Obama et Raúl Castro pour favoriser un échange de prisonniers entre les deux parties, François a accueilli au Vatican la phase finale des négociations secrètes entre Cuba et les États-Unis. Celles-ci ont abouti à la reprise des relations diplomatiques sous le patronage moral du pontife, que Raúl Castro comme Obama ont explicitement remercié.

Le pape a adressé, par des canaux privés, une autre lettre personnelle au président chinois Xi Jinping. François l'a invité au Vatican pour parler de la paix dans le monde. « J'aimerais tant me rendre en Chine. J'aime le peuple chinois », a-t-il souligné en 2015 au retour de son voyage à Cuba et aux États-Unis.

1. François, *Conférence de presse*, 18 août 2014.

12

Saint Pierre n'avait pas de banque

Avant même d'être élu Jorge Mario Bergoglio était irrité et écœuré, de même que la majorité des cardinaux étrangers, par les scandales financiers qui se succédaient au Vatican. L'affaire Vatileaks a mis au jour les malversations que dénonçait le secrétaire général du gouvernorat, Viganò, des fraudes et de fausses factures au détriment de l'administration pontificale. S'est ensuivi le limogeage du président de l'IOR, Ettore Gotti Tedeschi, par un communiqué du conseil d'administration tout à fait inhabituel dans le monde de la finance, qui visait à le détruire professionnellement en l'accusant d'« incapacité à assumer les devoirs fondamentaux [1] » de sa fonction.

Benoît XVI, qui tenait le président de l'IOR en estime et en amitié, a appris la nouvelle par la télévision. Il en a été très perturbé. D'après certains, il aurait même pleuré. Gotti était connu pour les efforts qu'il déployait afin d'améliorer la transparence de l'IOR, ainsi que pour ses conflits avec le directeur général, Paolo Cipriani, qui refusait de lui livrer des informations sur l'irrégularité des comptes courants. Les polémiques autour de la destitution de Gotti ont achevé de

1. C. Anderson, *Notice and Memorandum*, 24/05/2012.

délégitimer la banque vaticane, utilisée dans les années 1990 pour verser des pots-de-vin aux partis politiques italiens – le scandale Enimont – et, pendant des dizaines d'années, pour « des opérations massives de blanchiment » d'argent de la mafia, comme l'a affirmé la cour d'appel de Rome[1].

Pendant les réunions des cardinaux précédant le conclave, le débat sur l'IOR a été vif, particulièrement lors de la dernière séance du 11 mars qui a suivi un bref rapport présenté par le secrétaire d'État Bertone. Le cardinal nigérian John Onaiyekan a résumé ainsi l'état d'esprit de nombreux cardinaux : « L'IOR n'est pas essentiel au ministère du Saint-Père. [...] L'IOR n'est pas fondamental, il n'est ni sacramentel ni dogmatique[2]. » Une opinion très proche de celle de Bergoglio. Chez les cardinaux, le désir de faire place nette était unanime.

La nomination d'Ernst von Freyberg à la direction de la banque vaticane alors que Benoît XVI avait déjà démissionné a provoqué une certaine surprise. Son entrée en fonction le 15 février 2013 revenait à court-circuiter le futur pape. Encore une fois, les critiques ont plu sur le cardinal Bertone. Pourtant, ce choix résultait d'une sélection qui avait duré plusieurs mois, menée par les « chasseurs de têtes » de l'agence internationale Spencer Stuart. Freyberg – avocat d'affaires allemand, directeur général de la société de consulting et d'investissement Daiwa Corporate Advisory de Francfort et président de l'entreprise de construction navale Blohm + Voss de Hambourg – a été élu parmi quarante candidats.

1. Cour d'appel de Rome, *Sentenza sul caso Calvi*, 07/05/2010.
2. A. Tornielli, www.lastampa.it, 12/03/2013.

Le jour de l'annonce, on a découvert que son entreprise construisait également des frégates pour l'armée allemande. Cela ne constituait pas la meilleure carte de visite pour travailler au service du Saint-Siège, bien que Freyberg appartienne à l'ordre des Chevaliers de Malte et qu'il ait créé une fondation active dans le domaine de l'enseignement catholique. Freyberg serait un président à temps partiel, qui ne se trouverait à Rome que trois jours par semaine.

Tel est le climat quand Bergoglio monte sur le trône pontifical. Il se trouve face à une épaisse toile d'araignée d'intrigues mêlant politique, finances et religion. Peu avant, fin février 2013, la *guardia di finanza* a arrêté à l'aéroport de Ciampino un consultant de l'IOR, l'avocat Michele Briamonte. Descendu d'un avion privé en compagnie d'un proche collaborateur du cardinal Bertone, Mgr Roberto Lucchini, l'avocat refuse de laisser fouiller ses bagages et produit un passeport du Vatican. La situation se débloque après une intervention pressante de la secrétairerie d'État, qui pousse le gouvernement italien à ne pas insister.

Le porte-parole du pape, Lombardi, précise toutefois que le passeport de service du Vatican délivré à Briamonte vaut lors de ses missions à l'étranger pour le compte du Saint-Siège, mais « n'a pas de valeur en Italie pour un citoyen italien [1] ». Reste la complaisance des autorités italiennes. Briamonte minimise les faits et soutient que le contrôle d'un chien policier sur ses bagages s'est révélé négatif [2].

Pour François, c'est une avalanche de mauvaises nouvelles. Une enquête sur l'IOR pour blanchiment

1. M.E. Vincenzi, *La Repubblica*, 28/03/2013.
2. www.ilfattoquotidiano, 28/03/2013.

d'argent menée par le procureur de Rome a révélé des épisodes embarrassants. L'UIF, le bureau de la Banque d'Italie chargé de traquer les transactions suspectes, a signalé qu'une religieuse franciscaine s'était un jour présentée à un guichet de la Banca Prossima à Rome pour verser, sur le compte de l'école de son institut, 150 000 dollars en liasses de cent aux élastiques estampillés IOR. L'UIF qualifie ces sommes de « non justifiées » quant à la quantité et à l'origine [1].

En 2010, le parquet de Rome a placé sous scellés 23 millions d'euros sur les comptes de l'IOR au Credito Artigiano et à la Banca del Fucino pour non-respect des lois antiblanchiment. L'enquête judiciaire a permis de découvrir une intense activité de l'IOR dans la filiale milanaise de la banque JP Morgan de Francfort. Sur demande de l'UIF, JP Morgan a réclamé des explications à la banque vaticane, sans obtenir de réponse satisfaisante. À une requête concernant onze cas précis, l'IOR fournit de nouveau des réponses évasives [2].

L'enquête a révélé des faits étranges. En l'espace de trois semaines l'archevêque émérite d'Urbino, Mgr Francesco Marinelli, a effectué six virements pour une somme totale de 1,1 million d'euros depuis son compte IOR auprès de JP Morgan. Les bénéficiaires sont quatre membres de sa famille. La banque américaine a demandé à la banque vaticane des informations concernant « l'origine des fonds [...], la cohérence avec l'activité menée [par l'émetteur] [...], l'éventuelle provenance de sujets tiers » et a souhaité qu'on lui précise à quel titre étaient effectués ces virements.

1. M. Lillo, *Il Fatto Quotidiano*, 18/09/2013.
2. *Ibid.*

L'IOR n'a même pas daigné répondre. Sachant qu'un évêque perçoit un salaire mensuel compris entre 1 300 et 1 800 euros brut, il est difficile d'imaginer que l'un d'eux puisse disposer de plus de 1 million d'euros. Au journaliste qui lui réclame un commentaire, Mgr Marinelli répond : « Je ne sais rien de tout cela[1]. »

Les responsables de l'enquête, le procureur adjoint de Rome Nello Rossi et les magistrats Stefano Fava et Stefano Pesci, écrivent qu'une confusion totale règne dans le système de l'IOR. « Les sommes déposées sur un compte IOR peuvent être prélevées par une tout autre branche de compte courant détenu par la même institution, avec les modalités exécutives les plus disparates [...]. Il en résulte non seulement une incertitude quant à la destination des sommes – ce qui constitue en soi un motif d'inquiétude pour la lutte antiblanchiment –, mais surtout l'existence d'un mécanisme qui rend impossible le contrôle des opérations intermédiaires par les autorités compétentes[2]. » De 2009 à 2012, 1,3 miliard d'euros ont transité sur le compte IOR de JP Morgan. Cependant, pour éviter les contrôles des autorités, le compte était remis à zéro chaque soir[3]. JP Morgan décide d'interrompre ses rapports avec la banque du Vatican et ferme le compte en 2012.

Tous ces détails paraissent en cascade dans les médias alors que François gouverne déjà. Ils dressent le tableau d'un nœud d'affaires opaques, un contraste criant avec le profil d'une « Église pauvre pour les pauvres » que désire le pape.

1. *Ibid.*
2. D. Lusi, M.E. Vicenzi, *La Repubblica*, 09/10/2013.
3. M. Lillo, V. Pacelli, *Il Fatto Quotidiano*, 06/09/2013.

Dans le cadre d'une enquête sur l'entreprise italienne Finmeccanica, la presse a eu connaissance de plusieurs e-mails de Gotti Tedeschi, d'où émerge un scénario encore plus déprimant pour le pape argentin. Ces communications concernent des intrigues politico-économiques à mille lieues de la mission de l'Église. Un message de Gotti adressé à l'assistant de Bertone, don Lech Piechota, traite du renouvellement de la charge d'administrateur délégué à la Sogin, une société du groupe Finmeccanica qui opère dans le secteur nucléaire. Pour le compte d'un membre du gouvernement Berlusconi de l'époque (probablement le ministre Giulio Tremonti), Gotti veut savoir en toute confidentialité si un certain candidat est effectivement « agréable » à la secrétairerie d'État et « proche » de l'évêque de Trieste, Mgr Crepaldi. Gotti attend une « suggestion »[1].

Un autre message, toujours adressé au secrétariat de Bertone, concerne la candidature de Lorenza Lei à la direction générale de la RAI. Il y aurait des obstacles, écrit Gotti, tant à cause de l'imprudence de Lei que de la position de la Lega Nord qui veut occuper plus de place à l'antenne italienne. « Il semblerait que Mme Lei aurait à plusieurs occasions "murmuré" que "le cardinal Bertone a reçu des garanties de la part de Berlusconi quant à sa nomination" [...], des déclarations [qui] ont provoqué une certaine opposition interne et externe ». Lorenza Lei, également très liée au président de la conférence épiscopale italienne Bagnasco, réussira effectivement à devenir directrice générale de la télévision publique pendant un an[2].

1. M. Lillo, *Il Fatto Quotidiano*, 07/09/2013.
2. F. Sarzanini, *Corriere della Sera*, 05/09/2013.

Il apparaît à travers cette correspondance que les malversations dénoncées par Mgr Viganò n'étaient pas une affabulation. Gotti Tedeschi a communiqué au cardinal Bertello, président du gouvernorat du Vatican, les résultats d'une enquête confidentielle. Des contrôles statistiques avaient « mis en évidence un écart entre les prix payés par le gouvernorat et le prix du marché de l'ordre de 50 à 150 pour cent en plus ». Il existe également des conflits d'intérêts[1]. De nouveaux détails sont mis en lumière concernant les manœuvres du Vatican et du ministre Tremonti pour éviter de payer les arriérés – depuis 2005 – de la taxe sur les immeubles ecclésiastiques abritant également une activité économique.

Où qu'il porte le regard, François voit un Vatican empêtré dans des opérations et des négociations qui ont peu à voir avec la mission religieuse ou les préoccupations caritatives. Une Église trop concentrée sur l'organisation au sens mondain du terme perd son sens, prévient-il. « Il y a ceux de l'IOR, pardonnez-moi [...]. Tout est nécessaire, les bureaux sont nécessaires [...], d'accord. Mais ils ne sont nécessaires que jusqu'à un certain point [...]. Quand l'organisation occupe la première place et que la pauvre Église devient une ONG... ce n'est pas le bon chemin[2] », s'exclame-t-il quelques semaines après son intronisation, lors d'une messe matinale à laquelle assistent des employés de la banque vaticane.

Pendant deux mois, il reste sur la défensive et ne rencontre même pas officiellement le président de la banque, Freyberg, qu'il croise pourtant souvent à la

1. C. Bonini, *La Repubblica*, 06/09/2013.
2. Radio Vatican, 24/04/2013.

résidence Sainte-Marthe où loge le manager allemand quand il est à Rome. Le pape prend son temps. Quatre mois après son élection, il répète : « Saint Pierre n'avait pas de compte en banque, et quand il a dû payer ses impôts, le Seigneur l'a envoyé à la mer pêcher un poisson dans lequel il a trouvé la pièce[1]. » Inquiet, Cipriani, directeur général de l'IOR, réplique dans une interview qu'une institution financière propre au Saint-Siège est une garantie d'indépendance. Il est « nécessaire » de posséder un instrument tel que la banque vaticane[2].

François a ses projets. Vingt-quatre heures après l'interview de Cipriani – une coïncidence –, il nomme le « prélat » de l'IOR. Il s'agit de Mgr Battista Ricca, directeur de Sainte-Marthe et d'autres résidences ecclésiastiques, dont la Maison internationale du clergé via della Scrofa, où Bergoglio a fait sa connaissance. Le pape a tranché. L'IOR restera en place mais doit être réformé en profondeur et adapté une fois pour toutes aux standards internationaux en matière de transparence. Ricca sera « les yeux et les oreilles » du pape dans le conseil d'administration de l'institut.

Peu après, le 26 juin, François crée la commission d'enquête sur l'IOR. Le 10 juillet, avec les membres de cette dernière, il rencontre enfin le président de la banque vaticane. Freyberg pousse un soupir de soulagement. Le pape commence à lui envoyer des documents qu'il a personnellement annotés. « Je suis content de recevoir des observations écrites de la main du pape[3] », affirme le banquier. La machine à transfor-

1. François, *Homélie à Sainte-Marthe*, 14/06/2013.
2. F. Marchese Ragona, *Il Giornale*, 14/04/2013.
3. M. Politi, *Il Fatto Quotidiano*, 15/09/2013.

mer la banque reçoit une impulsion décisive. En période d'austérité, cinq cardinaux, membres de la commission de vigilance de l'IOR, se voient retirer leur indemnité spéciale de 25 000 euros annuels.

En réalité, François n'aurait voulu s'occuper des finances du Vatican que la deuxième année de son pontificat, mais la succession de mauvaises nouvelles l'oblige à anticiper. « L'agenda a changé [...], avoue-t-il aux journalistes lors de son retour du Brésil, utilisant une métaphore footballistique. [...] Ces choses arrivent quand au bureau du gouvernement l'un va dans un sens, mais que les autres tirent un coup dans un autre sens, et tu dois le parer. [...] Je ne saurais dire comment finira cette histoire [...]. Mais les caractéristiques de l'IOR – que ce soit une banque, un fonds d'aide, quoi que ce soit – doivent être transparence et honnêteté[1]. »

Cinquante-sept ans, discret, mentalité d'« entrepreneur moyen », Ernst von Freyberg se rappelle le moment où Bertone lui a téléphoné pour lui annoncer sa nomination : « J'ai pris une profonde inspiration et je me suis dit : Mon Dieu, aide-moi ! » Homme d'affaires, il ne croit pas aux projets de banque éthique, mais il s'est fixé un objectif précis : « Je m'engage à modifier la mauvaise réputation de l'IOR et à en faire une institution financière moderne, efficace et discrète. Transparence et totale conformité aux règles internationales. » C'est-à-dire une adhérence stricte aux normes antiblanchiment.

À la fin du pontificat de Ratzinger, l'IOR comptait 5 200 clients institutionnels (ordres religieux, fondations, etc.) et 13 700 clients particuliers[2]. Cette

1. François, *Conférence de presse*, 28/07/2013.
2. Institut pour les Œuvres de religion, *Rapport annuel 2012*.

seconde catégorie comprend 5 000 employés du Vatican, environ 8 000 prêtres, religieux et religieuses, plus 700 diplomates et « autres ». Le montant total des comptes individuels s'élève à 1,1 milliard.

Mi-mai 2013, Freyberg fait venir une équipe d'experts de l'agence internationale Promontory, vingt à vingt-cinq personnes à qui il réserve le salon présidentiel de la tour Nicolas V au Vatican pour passer au crible le profil de chaque client et de tous les comptes courants. Treize mois plus tard, les 18 900 positions ont été analysées et Freyberg a fait fermer 396 comptes appartenant à des personnes non autorisées à utiliser l'IOR. 2 600 « comptes dormants », de dangereuses boîtes vides, ont également été fermés. Dorénavant, l'ouverture de compte sera réservée « aux institutions catholiques, ecclésiastiques, aux salariés ou anciens salariés du Vatican titulaires de comptes pour le versement de leur salaire ou de leur retraite, ainsi qu'aux diplomates accrédités auprès du Saint-Siège ».

La fermeture de ces comptes courants s'accompagne de contrôles stricts. Les titulaires, assure Freyberg, « ne peuvent pas simplement disparaître avec leur argent et le placer aux îles Caïman. Pas de retrait d'espèces. Ils ne pourront effectuer de virements que vers des pays respectant les standards internationaux. Au besoin, nous signalerons les transactions suspectes à l'Autorité d'information financière [1] ». Lors de sa prise de fonctions, Freyberg s'est fait remettre la liste des « comptes externes » ouverts par le passé à des personnes qui ne remplissaient pas les conditions statutaires, et a pris l'initiative de les supprimer complètement. Parmi les politiques italiens, l'ancien président

1. M. Politi, *Il Fatto Quotidiano*, 15/09/2013.

du Conseil Giulio Andreotti en possédait un[1], ou encore Angelo Balducci, condamné pour corruption et à l'époque honoré du titre de « gentilhomme de Sa Sainteté ». Au fil des contrôles menés par Promontory sont apparus des profils de « clients qui ne nous plaisent pas », reconnaît le président de l'IOR. « Nous interrompons les rapports » avec ces indésirables qui ne remplissent pas le profil adéquat, assure-t-il. Ils semblent être moins d'une centaine, soutient Freyberg, sans préciser leur identité. Quoi qu'il en soit, un an plus tard il reste encore 359 comptes à fermer, dans des cas où il faut mener une enquête plus approfondie.

Au fil des mois se mettent en place de nouvelles procédures pour signaler les opérations suspectes à transmettre automatiquement au directeur général de la banque, Rolando Marranci, ainsi qu'à un *risk manager*, Antonio Montaresi. L'organe de contrôle du Vatican, l'Autorité d'information financière (AIF), reçoit chaque jour le relevé des dépôts en liquide supérieurs à 10 000 euros et la liste des transactions effectuées par l'IOR.

Le point faible du système IOR a toujours été les comptes externes et les comptes individuels du clergé, pour lesquels des sources internes reconnaissent un taux considérable d'irrégularités, même s'il s'agit souvent de sommes négligeables. Reste le problème des procurations. La possibilité que des prêtres servent de prête-noms pour des transactions louches est l'une des raisons pour lesquelles l'IOR est un canal de blanchiment privilégié.

Freyberg a fait rédiger un manuel détaillant les procédures à suivre pour la surveillance des clients, des

1. G. Nuzzi, *Vatican S.A.*, Hugo & Cie, 2011.

représentants, des dépôts, des dons et autres opérations.

Le 28 juin 2013, un prélat du Vatican est arrêté : le chef du service comptabilité de l'APSA. Originaire de Salerne, il s'appelle Nunzio Scarano, mais en ville on le connaît comme « monsignor 500 », en raison de son habitude de proposer un échange à ses amis entrepreneurs : des liasses de billets de 500 euros contre des chèques circulaires de 5 000 ou 10 000 euros. Le parquet de Salerne le recherche pour blanchiment d'argent. On procède à son arrestation à la suite d'un projet rocambolesque d'importation illégale de 20 millions d'euros en liquide depuis la Suisse. Les enquêteurs ont établi qu'avec l'aide de son agent financier, Giovanni Carenzio, Mgr Scarano s'était mis d'accord avec un ancien membre des services secrets italiens, Giovanni Maria Zito, dont le rôle consistait à s'envoler pour Lugano dans un avion privé, à retirer l'argent et à le rapporter en Italie. L'opération n'a pas été menée à son terme, bien que Zito se soit rendu en Suisse. L'ancien espion, qui réclame son dû à Scarano, reçoit un premier chèque de 400 000 euros, puis en réclame un second de 200 000 que le monsignore lui donne, mais bloque ensuite en le déclarant perdu. Cela entraîne un dépôt de plainte, et l'affaire éclate au grand jour. Le prélat possède des comptes à l'IOR, dont en 2009 il a fait sortir 560 000 euros en liquide[1].

Certains détails de son parcours placent le Vatican au centre de l'attention dans cet entrelacs d'affaires couvertes par la soutane de prélat. Vocation tardive (il a d'abord été banquier), décrit comme un « délinquant

1. A. Tornielli, www.lastampa.it, 28/06/2013.

notoire » par le tribunal de réexamen, à soixante et un ans Scarano reçoit chaque mois un virement d'environ 20 000 euros intitulé « bienfaisance » de la part de l'armateur Cesare D'Amico. Une écoute téléphonique révèle qu'il se vante d'avoir reçu une commission de 2,5 millions d'euros pour rapatrier les capitaux de la famille D'Amico en Italie.

En 1999, il a acheté à la congrégation des Suore Piccole Operaie dei Sacri Cuori un immeuble de deux étages en plein centre de Salerne pour à peine 300 millions de lires. Par la suite, il a acquis un box auto, un appartement de six pièces et, comme le rapporte *Il Mattino*, est devenu actionnaire de trois entreprises immobilières. Appelés par Scarano pour un vol, les carabiniers découvrent chez lui une collection d'œuvres d'art, dont des tableaux de De Chirico et de Guttuso, et un crucifix de l'autel de Saint-Pierre du Bernin[1].

Les écoutes téléphoniques permettent de prouver que Scarano est très lié à la direction de l'IOR. « Je voulais te dire que j'ai eu l'autorisation de la direction [de l'IOR], donc quand tu veux, je te tiens au courant pour… cette affaire », déclare le monsignore à son interlocuteur. À propos de demandes d'informations concernant ses transactions provenant d'autres banques, Scarano explique, toujours au téléphone : « J'ai demandé au directeur [de l'IOR, Paolo Cipriani] et il a dit : "Non, écoute Nunzio […], de ces lettres, on en a déjà reçu des centaines, on a répondu à toutes, et pour la tienne la réponse sera plus ou moins la même, c'est normal que nous ne communiquions pas le solde

1. E. Fittipaldi, *L'Espresso*, 16/08/2013.

des comptes courants" »[1]. À l'IOR, Scarano est un client de premier plan.

À la banque vaticane, l'affaire provoque un choc. « Nous étions dans un bourbier, mais nous avions une équipe pour affronter la question, reconnaît Freyberg. Lors d'une réunion de six heures, nous avons assigné à six employés la tâche de passer au crible dix ans d'opérations de Scarano. Il en est résulté un dossier de 89 pages transmis à l'Autorité d'information financière. »

Le pape apporte son soutien pour faire le ménage. Son porte-parole, Lombardi, annonce que Scarano a déjà été suspendu un mois plus tôt par l'APSA, dès que l'enquête pour blanchiment d'argent dont il faisait l'objet avait été rendue publique. Le Saint-Siège « confirme sa disponibilité pour une entière collaboration » avec les autorités judiciaires italiennes. Le net changement de cap du Vatican quant aux silences du passé vient du pape en personne. Interpellé par les journalistes, il répond : « Nous avons ce monseigneur en prison [...] ; il n'est pas allé en prison parce qu'il ressemblait à la Bienheureuse Imelda[2] ! » Cette expression argentine signifie que Scarano n'est pas un ange... François ne se retranche pas derrière des formulations édulcorées, mais annonce dans un langage imagé que le prélat est en prison parce qu'il le mérite.

François s'exprime ainsi parce qu'il a reçu immédiatement les rapports détaillés de l'IOR et de l'AIF sur les trafics de Scarano. Au cours de la dernière décennie, le prélat a été titulaire de dix comptes courants, dont cinq vides au moment de son arrestation,

1. M. Lillo, V. Pacelli, *Il Fatto Quotidiano*, 03/07/2013.
2. François, *Conférence de presse*, 28/07/2013.

deux actifs et trois de dépôt. Scarano opérait dans différentes devises étrangères. En dix ans, il a transféré 7 millions d'euros : 4,7 sont entrés, 2,3 sont sortis. L'IOR n'avait jamais opéré de contrôle comparable à celui mis en œuvre à la suite du scandale Scarano. Ses comptes ont été gelés. La justice du Vatican a également ouvert une enquête formelle sur Scarano.

Le 1er juillet, le directeur général de l'IOR, Paolo Cipriani, et son adjoint, Massimo Tulli, sont contraints de démissionner, faisant eux aussi l'objet d'une enquête du promoteur de justice (le procureur) du Vatican. L'affaire Scarano se révèle être un coup de chance pour la réforme que souhaite François : la décapitation de l'ancienne direction compromise accélère son opération de refonte de la banque vaticane.

Le 1er octobre 2013, Freyberg publie en ligne le bilan de l'IOR. Au 31 décembre 2012, le bénéfice net s'élevait à 86,6 millions d'euros, quatre fois plus que l'année précédente. Les biens confiés à la banque se montaient à 6,3 milliards d'euros. Par la suite, Freyberg se concentre sur l'élaboration d'un système informatique pour aider le personnel à repérer les risques et les abus. Des profils spécifiques de clients à risque sont créés, selon qu'il s'agit d'un garde suisse, d'un employé du Vatican, d'un prêtre, d'un évêque ou d'un cardinal. Pour chaque catégorie, on estime un volume normal de transactions, prenant en compte la durée du rapport bancaire, l'identité du titulaire, la qualité et la fréquence des opérations, leur montant et la zone géographique concernée. Dans l'IOR assaini, affirme Freyberg, « les dépôts ne devront servir qu'à des œuvres de religion au service de l'Église ».

C'est le premier résultat concret du pontificat de François. L'opération de nettoyage de la banque est réelle, même si elle n'est pas terminée. L'AIF – l'organe qui s'occupe de contrôler les mouvements d'argent de toutes les administrations du Vatican, créé en 2010 par Benoît XVI et affaibli par Bertone l'année suivante – retrouve avec François toutes ses compétences de vigilance et de prévention. Le pape dédie trois textes à la question : un décret du 8 août 2013, la loi XVIII du 8 octobre suivant et la réforme du statut de l'AIF, le 15 novembre.

L'AIF entre dans le groupe Egmont, la coordination internationale des organismes d'État de renseignement financier, et signe des accords de collaboration avec divers pays dont les États-Unis, l'Italie et l'Allemagne. Pour la première fois, le Vatican répond sérieusement aux demandes des autorités judiciaires italiennes. La mise en place de réels contrôles se traduit par une forte augmentation des signalements de transactions suspectes, de six en 2012 à cent cinq au cours des dix premiers mois de 2013.

Le pape ouvre également un autre front : il autorise l'agence internationale Ernst & Young à effectuer un audit de l'activité économique et de la gestion administrative du gouvernorat du Vatican[1]. L'objectif est d'atteindre une meilleure efficacité afin d'économiser de l'argent. Pour la première fois, les sanctuaires économiques de l'État pontifical sont soumis à des vérifications de la part d'agences étrangères. L'opération suscite un fort mécontentement dans l'appareil du Vatican. On craint que trop d'yeux extérieurs indiscrets ne viennent fureter dans les secrets du pouvoir du gouvernement central de l'Église catholique. « Il faut prendre soin de préserver la souveraineté du Saint-

1. Adnkronos, 18/11/2013.

Siège, fait remarquer un cardinal proche du dossier, car la question financière appartient à la souveraineté d'un État, qui est la base de la mission de l'Église. »

Son expérience argentine aide François. À peine nommé archevêque de Buenos Aires, il a dû faire face à un scandale financier lié au Banco Crédito Provincial, au bord de la faillite. Un prélat, proche collaborateur de son prédécesseur, le cardinal Quarracino, avait impliqué le diocèse dans une opération financière crapuleuse de 10 millions de dollars. Bergoglio avait alors appelé la société de consulting internationale Arthur Andersen, fait inspecter les comptes de l'archevêché, prouvant que pas un dollar lié à cette affaire n'était entré dans les caisses du diocèse et que, de plus, une signature de garantie du cardinal Quarracino était fausse.

Au Vatican, on considère qu'il faut surveiller de près les questions financières. Le 9 décembre 2013, le comité européen pour les mesures antiblanchiment Moneyval approuve un rapport certifiant que le Saint-Siège a adopté « une vaste gamme de mesures sur une brève période », qui ont en particulier activé et amélioré le cadre légal pour la « criminalisation du blanchiment d'argent [...] ainsi que la confiscation de ses produits »[1]. Moneyval demande cependant à procéder à des inspections aléatoires dans la banque du Vatican et à l'APSA, mais surtout que l'on veille à ce que les coupables de malversations soient effectivement punis par le Vatican, et les sommes illégales confisquées. Le rapport européen constitue une reconnaissance pour la politique déterminée du nouveau pape. En 2012, les opérations du Saint-Siège avaient tout juste obtenu

1. Moneyval, *Progress Report – The Holy See*, 09/12/2013.

une mention passable de la part de Moneyval, qui les estimait conformes aux règlements sur seulement neuf points fondamentaux sur seize.

François s'est aperçu que le nettoyage des écuries était une tâche herculéenne, qui semble ne jamais finir. En janvier 2014, il renouvelle entièrement les cardinaux qui composaient la commission de vigilance de l'IOR et appelle notamment à en faire partie le secrétaire d'État Parolin et l'évêque de Vienne Schönborn, l'une des principales personnalités réformatrices de la zone germanophone.

Le travail d'assainissement du domaine économique ne connaît pas de trêve. À l'issue de sa première année de pontificat, François a institué un conseil pour l'Économie composé de huit évêques et de sept professionnels laïcs pour soumettre à une surveillance permanente la gestion économique ainsi que l'activité administrative et financière de toutes les structures du Saint-Siège. Il a placé à sa tête le cardinal de Munich, Reinhard Marx, membre du groupe des huit cardinaux qui l'aident à gouverner. Dans le même temps est née une nouvelle fonction au Vatican, une sorte de ministère du Trésor, du Budget et des Finances, intitulé secrétairerie à l'Économie. Son préfet est le cardinal de Sydney George Pell, lui aussi membre du conseil des cardinaux, avec pour prélat-secrétaire général le secrétaire personnel du pape, Mgr Xuereb. Ce dicastère répond directement au pape et contrôlera effectivement la gestion des organismes du Vatican, particulièrement dans le secteur des acquisitions, afin de couper court aux trafics liés aux adjudications et aux approvisionnements qui ont toujours nui à la réputation du Saint-Siège. Un contrôleur général supervisera la gestion comptable de chaque organisme et un bilan annuel détaillé sera publié pour le Saint-Siège et par la cité du Vatican, comme l'annonce le *motu proprio Fidelis dispensator et prudens*. Pour la première fois, l'APSA est officiellement désignée comme « banque centrale » du Vatican, tandis que le pape réfléchit encore à la forme définitive que devra adopter l'IOR. Quoi qu'il en soit, l'intention de François est que les biens de l'Église ne servent pas seulement aux exigences de l'évangélisation, mais s'orientent également vers les besoins des pauvres. Cependant, tout ne se passe pas sans accrocs, comme le démontrera le deuxième scandale Vatileaks, qui a éclaté à l'automne 2015.

En juillet 2014, Freyberg retourne à ses affaires en Allemagne et son poste à la tête de l'IOR est repris par un financier français de cinquante et un ans, Jean-Baptiste de Franssu, ancien administrateur délégué d'Ivesco Europe et président d'Efama, l'association européenne de gestion des fonds d'investissement. Pour la première fois, une femme – l'Américaine Mary Ann Glendon – entre au conseil d'administration de l'IOR.

Après la première phase de réforme de l'IOR destinée à faire le ménage, Franssu lance la seconde, plus technique. L'Institut pour les œuvres de religion sera de moins en moins une banque et tendra à devenir un institut spécialisé dans la consultation financière et les services de paiement pour les congrégations religieuses, les diocèses et le clergé (y compris les employés laïcs du Vatican). Le nouveau président a également annoncé son objectif de créer un « Vatican Asset Management » où concentrer la gestion du patrimoine de l'IOR.

Franssu doit faire face à un effondrement inattendu de la situation économique de l'IOR. Le bilan 2013 fait état d'un bénéfice net de 2,9 millions d'euros, contre 86,6 millions en 2012. Outre la fermeture de comptes courants, l'opération de transparence de Freyberg a mis en évidence de mauvais investissements décidés par les anciens dirigeants. Cependant, le bilan 2013 assure une somme de 54 millions d'euros à la disposition du pape pour des œuvres caritatives.

De fait, en l'espace d'un an, le pouvoir italien décline dans les centres financiers du Vatican. Un Français (Franssu) dirige l'IOR, un Espagnol (Abril y Castelló) le comité de vigilance cardinalice, un Américain (Wells) le comité antiblanchiment, un Allemand (Marx) le conseil économique, un Australien (Pell) le nouveau ministère des Finances et un Suisse (Bruelhart) est directeur de l'AIF. Jamais les chambres secrètes du Vatican n'ont été ouvertes à tant d'agences étrangères : Promontory, Ernst & Young, KPMG, McKinsey (pour rationaliser les structures de la communication et des médias du Vatican).

Il reste fort à faire. L'APSA même a besoin d'un sérieux examen. Lors de ses interrogatoires au parquet de Rome, Mgr Scarano a révélé l'existence de comptes chiffrés à l'APSA, dont les titulaires seraient des « laïcs extérieurs [1] ». Un autre domaine à défricher est celui de la gestion des biens de la congrégation Propaganda Fide, qui a fait l'objet de scandales à répétition ces dernières années.

Encouragé par François, le cardinal brésilien João Braz de Aviz, préfet de la Congrégation pour les Instituts de vie consacrée, a promulgué des lignes direc-

1. www.ilfattoquotidiano.it, 02/10/2013.

trices visant à encourager les ordres religieux à la plus grande transparence financière, au soin des bilans, à la rigueur administrative, et à agir contre le gaspillage dans la gestion des biens et des œuvres de bienfaisance.

Aujourd'hui encore, dans le palais apostolique, la question de l'argent provoque toujours des conflits. L'intervention énergique du cardinal Pell, qui a commencé à examiner la situation économique des diverses administrations du Saint-Siège, a mis en lumière l'existence de fonds réservés (quoique parfaitement légaux), des « centaines de millions d'euros » placés dans des congrégations, des conseils pontificaux et à la secrétairerie d'État. De l'argent, comme l'a déclaré le cardinal australien, qui « n'apparaissait pas dans les bilans officiels du Saint-Siège »[1]. Pell, que le pape surnomme « the Ranger », projetait une gestion centralisée de leur patrimoine financier et immobilier. Celle-ci a été bloquée par l'objection que la secrétairerie pour l'Économie, qu'il dirige, ne peut être à la fois organe de gestion et de surveillance. Cette éventualité a suffi pour qu'en coulisse se déchaîne une virulente campagne contre lui. Ses adversaires l'accusent de dépenser des centaines de milliers d'euros pour le fonctionnement de sa secrétairerie, notamment des frais personnels excessifs : 2 508 euros de vêtements chez le tailleur pour ecclésiastiques Gammarelli, 1 103 euros pour un billet d'avion Rome-Londres, 1 150 euros pour se rendre à Dresde, 1 238 pour aller à Munich[2]. Sur cette question, la curie s'est à nouveau transformée en nid de vipères.

1. G. Pell, *Catholic Herald*, 03/12/2014.
2. E. Fittipaldi, *L'Espresso*, 05/03/2015.

Il existe un réseau souterrain d'intérêts, qui regarde avec méfiance et agacement les réformes du pape argentin. L'une des ombres dans les rapports entre le Saint-Siège et l'Italie tient au fait que l'Autorité d'information financière du Vatican détient les noms de ceux qui franchissent la frontière entre les deux États avec de fortes sommes en liquide mais refusent de les transmettre aux autorités italiennes. En 2012, on a enregistré 598 déclarations d'entrée de valeurs au Vatican et 1 792 déclarations de sortie vers l'Italie. Pendant la même période, le bureau des douanes de Rome 1 a reçu 13 déclarations d'entrée au Vatican et 4 de sortie. Cet écart laisse soupçonner de vastes opérations de fraude fiscale[1]. Aujourd'hui encore, le peu d'informations que fournit l'IOR maintient l'opacité du système de contrôle sur les donations, qui constituent potentiellement le canal le plus risqué pour l'argent sale. En janvier 2014, Mgr Scarano a été de nouveau arrêté sur une autre accusation de blanchiment au moyen de donations fictives pour une valeur de six millions d'euros. Une cinquantaine de personnes sont impliquées dans l'affaire, dont un notaire.

François éprouve du dégoût pour la corruption des cœurs. « Nous sommes tous des pécheurs, mais pas tous corrompus », déclare-t-il lors d'une réunion des supérieurs des ordres religieux. « Les pécheurs sont acceptés, pas les corrompus » qui, indique le pape, doivent être expulsés des séminaires et des instituts. Et les œuvres de l'Église doivent être gérées avec pauvreté de cœur, sans que le prêtre se dissipe au profit de l'entrepreneur.

1. M. Lillo, V. Pacelli, *Il Fatto Quotidiano*, 07/12/2013.

Des mots qui semblent résonner dans le désert. « François est pour moi [...] l'homme pauvre », raconte le pape argentin juste après son élection. Un style austère convient à ceux qui travaillent au service de l'Église, répète-t-il. Car une « Église riche » devient sans vie. C'est la bataille la plus complexe de François, celle où il est le plus seul. Autour de lui, il rencontre une inertie aussi forte que courtoise.

En temps de guerre, il faut s'occuper des blessés, exhorte-t-il lors d'une audience à Caritas Internationalis : « Nous devrions aller jusqu'à vendre des églises pour donner à manger aux plus pauvres. » « C'est une plaisanterie », commente le cardinal Bagnasco, président de la conférence épiscopale italienne, une « provocation très stimulante ». Fin de l'histoire. « Qui achèterait une église ? Pour quoi faire ? s'interroge Bagnasco. Hors d'Italie, c'est arrivé pour des églises abandonnées, mais je ne sais pas si les acheteurs ont fait une bonne affaire[1]. »

Au centre Astalli, une œuvre des Jésuites pour venir en aide aux immigrés, François provoque à nouveau : « Les couvents vides ne doivent pas servir à l'Église pour les transformer en hôtel et gagner de l'argent. » Son appel est explicite : « Les couvents fermés ? Ils devraient servir à la chair du Christ, or les réfugiés sont la chair du Christ »[2]. Rome est pleine de couvents et de maisons généralices transformés en hôtels, souvent vendus par des affairistes par le biais de transactions opaques. On ne constate aucune inversion de tendance. Tandis que le pape Bergoglio approche de son soixante-dix-septième anniversaire, l'ancienne

1. I. Scaramuzzi, TM News, 24/05/2013.
2. www.corriere.it, 10/09/2013.

maison généralice romaine d'un ordre religieux – devenue le luxueux Grand Hotel del Gianicolo, quatre étoiles avec piscine – est saisie dans le cadre d'une opération antimafia.

L'affaire est un classique en son genre. Dans les années 1990, un petit hôtel de la banlieue de Palmi, en Calabre, devient une société au capital de plusieurs milliards de lires qui, à la veille du jubilé de l'an 2000, acquiert la maison généralice pour 15 milliards de lires (7,7 millions d'euros). Au moment de la vente, les acheteurs mettent sur la table près de 11 milliards en liquide, bien que – pour masquer l'opération – ils demandent un prêt de 13 milliards de lires [1]. L'enquête conjointe du parquet de Reggio Calabria et de Rome mène à la saisie d'un patrimoine de 150 millions d'euros : cinquante-trois immeubles à Rome, dans la région de Bologne et en Calabre. Les enquêteurs soupçonnent que derrière les propriétaires de l'hôtel, Giuseppe et Pasquale Mattiani, se cache le clan mafieux Gallico [2].

Ce n'est pas un hasard si le document du cardinal Braz de Aviz sur la gestion des biens des ordres religieux exige « des décisions avisées jusque dans la phase d'aliénation d'immeubles ». Trop d'affaires douteuses ont été conclues dans ce domaine au cours des dernières décennies.

La première année de son pontificat laisse entrevoir à François l'abysse des problèmes de malversations et de fraudes. En Allemagne éclate le scandale de l'évêque de Limburg, Franz-Peter Tebartz-van Elst, qui a dépensé 31 millions d'euros pour la construction

1. G. Baldessarro, www.repubblica.it, 12/11/2013.
2. R. Frignani, M. Proto, www.corriere.it, 12/11/2013.

de sa nouvelle résidence : 15 000 pour la baignoire, 350 000 pour des armoires murales, ou encore 783 000 dédiés à l'aménagement d'un « jardin marial ». Le *Frankfurter Allgemeine Sonnzeitung* rapporte que, pendant l'été 2011, les devis établis – qui s'élevaient à 17 millions d'euros – ont été fractionnés en dix projets pour ne pas être soumis à l'approbation du Vatican, indispensable au-delà de 5 millions d'euros. Les fidèles du diocèse sont furieux, la conférence épiscopale allemande a créé une commission d'enquête et François a exilé l'évêque en attendant les résultats de l'enquête, avant de le démettre de ses fonctions [1].

Depuis son élection, le pape a déjà forcé à la démission les évêques slovènes de Maribor (Marjan Turnšek) et de Ljubljana (Anton Stres) pour un trou financier de 8 millions d'euros. François applique le paragraphe 2 du canon 401 du code de droit canonique, prévoyant la démission d'un évêque qui « pour maladie ou toute autre cause grave ne serait plus apte à assumer ses fonctions ». Au Cameroun, l'archevêque de Yaoundé, Simon-Victor Tonyé Bakot, a disparu de la scène après que les fidèles se sont plaints de sa mauvaise administration des biens de l'Église. Radio Vatican rapporte qu'il était impliqué dans de nombreuses opérations immobilières. Le diocèse de Yaoundé possède le premier patrimoine immobilier du pays [2].

L'Italie cause les plus grandes inquiétudes au pape en raison des ambitions affairistes de nombreux membres du clergé. François se voit entouré de loups, avides et irresponsables. Après l'arrestation de Scarano, il doit assister à celle du supérieur des Camilliens, Renato

1. M. Politi, *Il Fatto Quotidiano*, 18/10/2013.
2. A. Tornielli, www.lastampa.it, 31/07/2013.

Salvatore, en lien avec une lutte de pouvoir concernant des millions d'euros de marchés et de fonds publics dans le cadre de la gestion de deux cents hôpitaux à travers le monde.

Le jour du renouvellement des charges de l'ordre, avec l'aide du fiscaliste romain Paolo Oliverio – arrêté à son tour sur des accusations de blanchiment d'argent pour la mafia –, le père Salvatore a fait séquestrer deux confrères afin de les empêcher de voter contre sa réélection. Oliverio a demandé à deux policiers à sa solde d'emmener, sous prétexte d'un contrôle judiciaire, les révérends Rosario Messina et Antonio Puca dans les bureaux de la *guardia di finanza* à Rome où ils les ont retenus, simulant un interrogatoire. La manœuvre est découverte grâce à des écoutes téléphoniques : « Alors lundi, tu vas prendre ce putain de curé, tu l'amènes à la *guardia di finanza* [...] et on le fait attendre trois, quatre heures », dit Oliverio à l'un de ses hommes. Le juge responsable des enquêtes préliminaires révèle que le père Salvatore a été réélu avec « un écart de seulement deux voix [...] grâce à l'absence des deux prélats ». Le jour du vote, « il est constamment en contact avec Paolo Oliverio » [1].

Oliverio, le fiscaliste sur qui le supérieur des Camilliens s'est entièrement reposé, est le prototype de l'intrigant, actif dans le monde des affaires, des institutions et de l'Église. Dans ses ordinateurs, les enquêteurs ont trouvé des traces de contacts avec de hauts prélats, des fonctionnaires des services secrets, des entrepreneurs et des politiciens. C'est un véritable bourbier qui s'ouvre devant François. Le pape argentin ne s'est jamais fait d'illusions sur la fragilité des per-

1. I. Cimmarusti, www.iltempo.it, 07/11/2013.

sonnes tentées par le pouvoir, mais en fin de compte toutes ces affaires retombent sur le Vatican.

En 2013, un autre scandale éclate : l'Institut dermatologique italien (IDI), géré avec l'hôpital Saint-Charles de Nancy par la congrégation des Fils de l'Immaculée Conception, arrive au bord de la faillite. Comme toujours, l'origine de ces œuvres remonte à l'élan caritatif désintéressé de grandes personnalités catholiques : dès les premières années de l'Italie unifiée, Luigi Maria Monti avait poussé la congrégation à s'occuper de l'éducation des jeunes orphelins dans le besoin. C'est ainsi que sont nés des instituts et des hôpitaux dans diverses régions d'Italie.

Un siècle plus tard, l'entreprise vacille. En 2003, la situation financière de l'IDI s'aggrave, mais les dirigeants le dissimulent. En 2011, la faillite est officialisée. Les 1 500 employés ne perçoivent plus régulièrement leur salaire. On évoque un déficit allant de 450 à 600 millions d'euros. Le 18 février 2013, quelques jours avant la démission de Benoît XVI, le cardinal Bertone confie la gestion extraordinaire de l'organisme au cardinal Giuseppe Versaldi, responsable de la préfecture des Affaires économiques du Vatican. Le 30 mars 2013, le gouvernement nomme trois commissaires pour l'administration extraordinaire de l'IDI.

Le 4 avril 2013, le père Franco Decaminada, conseiller délégué de l'IDI jusqu'en 2011, est arrêté en même temps que le directeur administratif de l'institut, Domenico Temperini, et un consultant de la congrégation, Antonio Nicolella, ancien agent des services secrets. Niant toute responsabilité, il affirme tout ignorer de l'affaire. L'enquête fait état d'une « spoliation » du patrimoine de l'IDI à hauteur de

14 millions d'euros, dont 4 étaient à disposition du père Decaminada[1].

L'année précédente, lors d'une perquisition dans les bureaux de la congrégation via della Conciliazione, les enquêteurs avaient enregistré que les encaissements journaliers de 60 000 à 70 000 euros n'étaient plus versés sur les comptes de l'IDI et qu'à une occasion Decaminada avait effectué en une seule fois un « retrait de six millions huit cent mille euros ». En outre, il était apparu que « de nombreux individus perçoivent des salaires de la part de l'IDI bien qu'ils n'aient jamais travaillé à l'hôpital et qu'ils ignorent tout des missions menées au sein de la structure »[2].

Les anomalies sont nombreuses. Entre 2006 et 2009, Decaminada avait de fait confié la gestion économique de l'IDI à un entrepreneur de Campanie, Giovanni Rusciano. En 2003, la caisse de sécurité sociale de Rome 3 avait signalé à la Cour des comptes que l'IDI avait demandé à plusieurs reprises le remboursement des mêmes prestations médicales[3].

On découvre des sociétés-écrans, dont certaines fictives, utilisées pour drainer l'argent de l'IDI et de la province italienne de la congrégation : « Elea F.P. », « Elea spa », « GI.Esse Service » (dont Decaminada est l'unique propriétaire), « Punto immobiliare srl », gérée par Decaminada. Au Congo, le manager de l'IDI a créé la société Ibos II pour exploiter du pétrole[4]. L'émission « Report » de Milena Gabanelli rapporte même qu'une somme en liquide aurait quitté

1. www.repubblica.it, 04/04/2013.
2. www.ilmessaggero.it, 06/07/2012.
3. E. Fittipaldi, www.espressonline.it, 27/10/2013.
4. I. Sacchettoni, www.corriere.it, 05/04/2013.

les bureaux de Decaminada dans une boîte à chaussures[1].

Tous les suspects sont inculpés de crime en bande organisée, de détournement de fonds et d'émission de fausses factures. Sous les yeux du pape, ce qui avait été un joyau d'excellence hospitalière ecclésiastique à Rome dans le domaine de la dermatologie et de l'oncologie s'apprête à être vendu aux enchères. Les dettes atteignent 750 millions d'euros. Seule une intervention *in extremis* du Vatican, en accord avec le gouvernement Italien, sauve finalement l'IDI en 2015.

François s'est souvent exprimé contre le vol, les arrangements, contre ceux qui fraudent les impôts puis cherchent à se présenter comme des bienfaiteurs de l'Église. Un matin de septembre, lors d'une messe à Sainte-Marthe, son homélie contre l'idolâtrie de l'argent prend un tour particulièrement affligé. S'attacher à la richesse éloigne de Dieu, dit-il. « L'argent rend malade l'esprit, rend malade la foi. » Cela arrive également au sein de l'Église, ajoute-t-il. L'amour de l'argent fait commettre des péchés aux prêtres et aux évêques. Et si l'avidité prend le dessus, les hommes deviennent « corrompus dans l'esprit [...], [ils risquent de] considérer la religion comme une source de gain ». Que le Seigneur « nous aide tous à ne pas tomber dans le piège de l'idolâtrie de l'argent », conclut François. Le pape adresse également un avertissement sévère aux corrompus « éloignés du peuple » lors de la messe pour les parlementaires italiens.

1. I. Sacchettoni, www.corriere.it, 27/01/2013.

C'est une bataille ingrate. En Italie, et particulièrement à Rome, tout un monde ecclésiastico-affairiste prospère depuis la création de l'État de la cité du Vatican, le 11 février 1929. L'éradiquer constitue une tâche qui excède les forces d'un seul homme.

13

Les ennemis de François

Les ennemis de François parlent et agissent dans les coulisses. Ils se fondent dans le climat d'approbation générale, se montrent obséquieux envers lui et n'acceptent même pas qu'on les définisse comme ses adversaires. Ils prétendent vouloir lui éviter de commettre des erreurs. Mais en privé, ils ont la dent dure. À l'image du cardinal Siri, archevêque de Gênes de la fin de la guerre à 1987, qui considérait le pape Jean XXIII comme un incapable et qualifiait le concile de Vatican II de « désastre ».

Dans certains milieux de la curie, la mode est de railler la parole simple de François et de lui prêter une faible consistance doctrinale. « Il parle comme un curé de campagne[1] », a déclaré un cardinal à Andrea Riccardi. « Si tous les curés de campagne avaient parlé ainsi, l'histoire de l'Église aurait été différente », a répliqué le chef de la communauté de Sant'Egidio. Même à l'étranger, certains cardinaux lancent des piques sur le besoin d'« aider le pape en matière de théologie », un hommage flagrant à Benoît XVI. « Qu'est-ce qu'on en a à faire, d'une théologie à la Copacabana », commente un prélat allemand.

1. A. Riccardi, *Criterio*, décembre 2013.

Le mécontentement dans les couloirs de la curie est né dès le soir de l'élection. Au chœur enthousiaste louant la simplicité de son apparition se sont jointes des critiques insidieuses parce qu'il ne portait pas l'étole, refusait les mules rouges, évitait ostensiblement d'employer le mot « pape ». Bergoglio rompait trop de schémas. « On voulait un changement, un nouveau style, mais les cardinaux ne s'attendaient pas à un air aussi frais ! commente avec humour le cardinal octogénaire Murphy-O'Connor, ancien archevêque de Westminster. Un homme pareil a été une surprise. »

Surprise désagréable pour les nostalgiques de ratzingérisme, au sens d'une défense cérébrale de l'identité et de la tradition véhiculée par un discours théologique, philosophique et culturel raffiné. « François prête plus d'attention aux positions pastorales que doctrinales, explique le dirigeant d'un dicastère romain. C'est l'exact opposé d'avant. » Quand le pape déclare à *La Civiltà Cattolica* qu'on ne peut être continuellement obsédé par l'avortement, la contraception, le mariage gay, le mécontentement des conservateurs se fait entendre sur Internet. On presse le pontife de « clarifier » son discours. Ou bien on parle d'« égarement » parce qu'il ne s'exprime pas contre la loi sur l'homophobie discutée au Parlement italien ni contre les lignes directrices de l'ONU sur l'éducation sexuelle de la jeunesse, ces dernières sont accusées par certains d'introduire une confusion entre ce qui est naturel et ce qui est « contre nature [1] ».

Le langage de François irrite et effraie les secteurs les plus conservateurs de la curie. Il fait peur quand il évoque les « petits monstres » que crée une mauvaise

1. P. Deotto, www.riscossacristiana.it, 12/11/2013.

éducation dans les séminaires[1]. Il irrite quand il fustige les « prêtres onctueux » qui s'abandonnent à la vanité et se reconnaissent par « un comportement et un langage affectés. [...] Le prêtre-papillon, idolâtre du dieu Narcisse[2] ». Il dérange, car il ne se limite pas aux exhortations pieuses mais identifie la corruption sans mâcher ses mots.

Ce pape qui, lors d'une audience générale, s'incline pour ramasser le sac qu'a laissé tomber une femme consterne les ardents défenseurs de la sacralité du rôle pontifical. « Son style de grande simplicité ne plaît pas à ceux qui imaginent le pape perpétuellement sur son trône, sa mitre sur la tête », fait remarquer le vice-doyen du collège des cardinaux, Giovanni Battista Re.

La curie abrite des foyers de critique et de rancœur. La tendance de François à simplifier le cérémonial inquiète les gardiens zélés du protocole. Le seul fait de modifier le lieu où se célèbre le lavement des pieds le Jeudi saint – à la prison de Casal di Marmo plutôt qu'à la basilique Saint-Jean-de-Latran – a dérangé.

De nombreux cardinaux n'ont pas digéré la décision de François de ne pas s'installer dans les appartements papaux. « Un chef doit être là, dans son appartement, affirme un cardinal de curie. Ce n'est pas bien que certains puissent le rencontrer par hasard et d'autres non. » Un cardinal de longue date renchérit : « Abandonner la résidence de nombreux papes équivaut à une critique à leur égard [...]. C'est un contresens de vivre quelque part et de se rendre au palais apostolique pour les affaires officielles. » Pendant des mois s'est

1. François, *Discours aux supérieurs généraux*, www.civiltacattolica.it, 03/01/2014.

2. François, *Homélie à Sainte-Marthe*, 11/01/2014.

développée une rhétorique subtilement venimeuse sur la « lumière éteinte » dans le bureau du pape, qui n'indiquerait plus aux fidèles et aux passants de la place Saint-Pierre que le pape travaille le soir.

Ce que les cardinaux et les monsignores réticents au nouvel ordre ne peuvent pas exprimer ouvertement se répand sur la Toile dans les milieux conservateurs. En cette période de bouleversements, les sites et les blogs minoritaires ne se limitent pas à représenter leur propre groupe mais servent de mégaphone à la résistance et aux critiques courantes dans des secteurs proches de la hiérarchie et de l'appareil ecclésiastique, à Rome comme dans le reste du monde. « Je sens autour de moi une nostalgie canaille pour Ratzinger, utilisée pour dénigrer son successeur[1] », lâche un familier de la curie, le secrétaire de la commission pontificale pour l'Amérique latine, Guzmán Carriquiry.

Les critiques sont inexorablement martelées. Ce pape qui retire et remet sa calotte blanche pendant les audiences, l'offre et en reçoit une nouvelle du public joue au « vieux grand-père qui amuse son petit-fils [...], [tend] à désacraliser les symboles de la papauté pour les avilir et les abolir[2] ». Dès le début, le site Pontifex accuse François de « populisme, paupérisme et démagogie ». « Le pape séducteur », l'appelle le blog Messa in latino, dénonçant son style comme une « critique implicite du pontificat de Benoît ».

Aux États-Unis, Tradition in Action énumère les quarante-huit péchés de François contre le protocole traditionnel, sous le titre « Bergoglio et la dévastation des symboles pontificaux ». Le style du site est celui

1. G. Galeazzi, www.lastampa.it, 08/10/2013.
2. Apostatisdiventa.blogspot.it, 03/06/2013.

des campagnes électorales américaines, visant à anéantir l'adversaire. Dans la liste de ses fautes, on trouve de tout : la position des bougies sur l'autel, l'abandon de la Mercedes papale, le refus de revêtir les habits à dentelles, le fait que les diacres ne s'agenouillent pas devant le pape quand il donne sa bénédiction. Des accusations à répétition. Sa manière « incorrecte » de donner la communion, son refus de s'asseoir sur le trône ne conviennent pas. Le symbole du trône obsède les conservateurs. Tradition in Action publie des photos de François et de Benoît XVI dans la basilique de Saint-Jean-de-Latran pour montrer que le pape argentin a remisé au grenier le lourd trône doré de Ratzinger pour se contenter d'un sobre fauteuil blanc. Les auteurs appellent constamment à ne pas idolâtrer le pape François. C'est-à-dire à s'en distancier.

On l'accuse également de « ne pas vouloir endosser le manteau de l'autorité du Christ [...], de sembler croire que la doctrine catholique doit s'adapter à l'humanité et non l'inverse »[1]. Cette tempête d'attaques tourne à la moquerie. « Le monde applaudit Bergoglio le paupériste [...] parce qu'il parle au ventre des gens [...] en disant ce qu'ils veulent entendre : Dieu pardonne à tout le monde [...], vive l'amour [...] aimons-nous les uns les autres [...], solidarité, misérabilisme, tiers-mondisme, écologie et une pincée de féminisme pour ne rien gâcher.[2] »

On peut entendre des idées similaires, quoique exprimées de manière plus raffinée, prudente et allusive, dans certains salons du Vatican. François, qui va lui-même à la machine à café et parle familièrement

1. L. Verrecchio, www.traditioninaction.org, 24/09/2013.
2. M. Castagna, www.agerecontra.it, 18/04/2013.

avec les employées de la réception à la résidence Sainte-Marthe, fait enrager les adorateurs de la sacralité papale. Érafler l'icône d'une autorité proche du ciel est intolérable aux yeux d'une partie du monde ecclésiastique, pour qui une telle attitude présage de grands dommages pour l'avenir du catholicisme. Un pas désastreux vers une dérive protestante.

On peut parler à un cardinal pendant une heure entière sans qu'affleure la moindre critique envers le pape puis, presque à la porte, c'est l'avalanche : « Ce n'est pas bien qu'un pape donne des interviews aux journaux. [...] Il crée trop de commissions. [...] Il critique trop les prêtres : ils font pourtant de bonnes choses ! »

Lors d'un entretien à l'hebdomadaire allemand *Die Zeit*, Mgr Georg Gänswein a exprimé une inquiétude diffuse. Sans le citer directement, le magazine écrit que le bras droit de Benoît XVI a vécu comme un « affront » la décision de François de ne pas habiter dans les appartements papaux. Gänswein s'écrie, inconsolable : « Chaque jour, j'espère à nouveau que ce sera différent »[1]. Face à l'écho suscité par ses propos, le secrétaire a affirmé n'avoir jamais accordé d'interview à l'hebdomadaire...

Des signes nets de dissension, exprimés de manière formelle, proviennent des secteurs conservateurs de l'épiscopat américain. L'évêque de Providence (Rhode Island), Mgr Thomas Joseph Tobin, s'est déclaré dans le journal du diocèse « déçu » que le pape n'ait pas suffisamment traité de la question de l'avortement et des « enfants non nés » lors de son entretien à *La Civiltà Cattolica*. Il ajoute que le pontife devrait

1. www.zeit.de, 04/12/2013.

encourager davantage les mouvements pour la vie. À Philadelphie, Mgr Charles Chaput, premier évêque amérindien de l'Histoire, a publié sur le site de son diocèse un avertissement selon lequel « toutes les attaques directes contre une vie humaine innocente, comme l'avortement ou l'euthanasie, touchent aux fondations de la maison de Dieu ». Le cardinal Francis George, ancien archevêque de Chicago, a déclaré publiquement peu avant sa mort : « Je voudrais demander au pape s'il se rend compte des effets qu'a eus la phrase : "Si une personne est gay… qui suis-je pour la juger ?" »

En Italie, les milieux opposés au changement – et en particulier au modèle d'Église participative vers lequel tend François – ont trouvé dans *Il Foglio* de Giuliano Ferrara un canal privilégié. Ce que les nostalgiques de Ruini et de Ratzinger ne peuvent dire eux-mêmes se déverse à travers les signatures laïques du journal.

L'historien Roberto De Mattei, tenant du créationnisme et farouche opposant au concile de Vatican II, a contesté dans les pages du *Foglio* l'hypothèse d'une réforme de la monarchie papale. Soutenu en silence par une partie de la hiérarchie ecclésiastique, Mattei n'admet pas qu'on parle du primat d'honneur ou d'amour de l'évêque de Rome, formule employée par François le soir de son élection. La caractéristique du pontife romain est son pouvoir de juridiction suprême, « plein et absolu », qui le distingue des autres évêques, insiste l'historien. Tout changement « ne toucherait pas la forme historique mais l'essence divine de la papauté [1] », met-il en garde.

1. R. De Mattei, *Il Foglio*, 28/03/2013.

Ces signaux sont adressés au pape pour le compte de tiers afin de tuer dans l'œuf son projet de promouvoir la « collégialité » dans les structures de l'Église catholique.

Des avertissements provenant des mêmes milieux prennent pied dans les chroniques d'un observateur attentif et minutieux des affaires ecclésiastiques : Sandro Magister. Dès les premiers pas du pontificat, il a remarqué que certains gestes de François « ont donné lieu à de mauvaises tentations dans l'opinion publique, tant au sein du catholicisme qu'en dehors : la liquidation du gouvernement central de l'Église, la disparition du titre de pape, l'avent d'une "nouvelle Église" spirituelle, l'humiliation [...] de la symbolique des rites, des habits, du mobilier, des édifices sacrés [1] ».

Au fil du temps, l'opposition à la ligne de Bergoglio s'est faite plus nette. Toujours dans *Il Foglio*, deux représentants des milieux traditionalistes, le journaliste Alessandro Gnocchi et le canoniste et professeur de bioéthique Mario Palmaro, tous deux collaborateurs de Radio Maria, ont cosigné un article aux accents de manifeste : « Ce pape ne nous plaît pas ». Il constitue une critique virulente de l'« exhibition de pauvreté » de François, une condamnation de son refus d'encourager le prosélytisme, une accusation contre sa subjectivité morale – pour avoir déclaré à Scalfari que « chacun a son idée du Bien et du Mal et doit choisir de suivre le Bien et de combattre le Mal tels qu'il les conçoit » –, une contestation globale de la conception de l'Église comme « hôpital de campagne ».

L'aspect le plus inquiétant de la pensée de Bergoglio, concluent Gnocchi et Palmaro, forts de

1. S. Magister, www.espressonline.it, 21/03/2013.

l'approbation discrète des opposants au pape, tient à « l'idée d'une opposition irrémédiable entre rigueur doctrinale et miséricorde : sans l'un on ne peut avoir l'autre. [...] On assiste au phénomène d'un leader qui dit à la foule exactement ce qu'elle a envie d'entendre ». Les deux auteurs défient Bergoglio. Il existe « des lois immuables, même pour le vicaire du Christ, affirment-ils. Le Christ ne peut être une option parmi tant d'autres. Du moins pour son vicaire »[1]. Au lendemain de la publication de l'article, Radio Maria a licencié les deux collaborateurs mais François a téléphoné à Palmaro, pour ne pas laisser planer l'ombre de la censure.

Même en Amérique, des représentants catholiques laïcs ont pris sur eux d'ouvrir les hostilités contre le pape. Michael Novak, essayiste conservateur, jette la première pierre : « Un ami m'a demandé si le pape se rendait compte des dégâts qu'il provoque avec ses commentaires intempestifs. Employer le mot "obsession" pour parler de ceux qui travaillent au service de la vie, c'est une chose qui blesse. » En accord avec la faction catholique traditionaliste, Novak – soutien de Jean-Paul II et de Ratzinger – affirme qu'à travers ses interventions François « encourage les critiques à l'encontre de l'Église de la part de ses adversaires déclarés, qui n'attendaient que ça »[2].

Comme le rappelle l'historien du christianisme Massimo Faggioli, il existe aux États-Unis un solide réseau d'universités, de collèges et de *lobbies* catholiques qui, à l'instar des milieux conservateurs protestants, considèrent une vision traditionaliste de la foi

1. A. Gnocchi, M. Palmaro, *Il Foglio*, 09/10/2013.
2. P. Mastrolilli, www.lastampa.it, 21/09/2013.

comme essentielle à la santé morale de l'Amérique. Ce bloc regarde avec suspicion, voire avec une franche hostilité, les innovations pastorales de François.

Le signe de reconnaissance entre les opposants de tous bords consiste à affirmer ne pas vouloir se joindre au chœur des applaudissements. Une autre tendance est celle de déguiser les critiques en conseils. Le « manque de contrôle de la part de personnes de confiance, sages, cultivées et italiennes sur les textes [du pape] destinés à circuler » n'est pas une bonne chose, écrit le philosophe et sociologue de la religion Pietro De Marco. François ferait preuve d'un « certain penchant autoritaire [...] typique des "révolutionnaires" démocratiques, au risque d'une imprudente collision avec les traditions millénaires ». Le philosophe réserve à Bergoglio un jugement très dur : François se raccrocherait à la dimension médiatique comme s'il « craignait de ne savoir quoi faire une fois resté seul, en tant que pape dans l'appartement des papes »[1].

La résistance passive est un moyen séculaire d'exprimer des critiques sans s'exposer. « Laissons-le parler » est la réaction de l'opposition silencieuse, qui se fait plus insistante, confiante dans le fait que les papes passent, et que la curie reste.

La curie est un monde complexe, creuset de nationalités, mosaïque de personnes de grande et de petite stature, essentiellement animées par un sens aigu de leur mission et par un fort attachement à l'institution. Des gens souvent – mais pas toujours – motivés par la fierté de travailler dans un centre de pouvoir à dimension internationale. La mentalité de ces hauts digni-

1. P. De Marco, www.espressonline.it, 02/10/2013.

taires est complexe, impossible à ranger dans des cases. On peut rencontrer des prélats prêts à donner la communion aux divorcés remariés mais opposés à l'accès des femmes aux postes directeurs. Certains ne condamnent pas les homosexuels mais sont intransigeants sur le devoir du pape à respecter le protocole. D'autres sont ouverts sur le plan social mais résistent à la perspective de la démocratisation de l'institution ecclésiastique. Le camp des traditionalistes et des réformistes a de nombreuses subtilités, chacun a ses raisons et il existe des zones de convergence.

« Nous sommes influents en raison de notre diversité », soutiennent les conservateurs illuminés, rappelant les nombreuses fois où de hautes autorités étatiques ont été impressionnées par l'antique solidité de l'institution romaine. « Nous sommes influents parce que nous avançons avec le temps » est la position des réformateurs modérés, qui exaltent la flexibilité du Saint-Siège au cours de son histoire millénaire. La surprenante rapidité des derniers conclaves révèle une capacité de dialogue et d'entente entre points de vue divergents au sein du corps des cardinaux : pour la plus grande gloire de l'Église de Rome.

Le Vatican n'est pas monolithique. Il existe un noyau d'évêques satisfaits de la nouvelle orientation et qui remercient le conclave pour son choix. D'ailleurs, avant même le conclave, la curie était divisée entre plusieurs courants. Il y avait les soutiens de Scola, ceux du cardinal brésilien Scherer, il y avait et il y a encore des adeptes du pape argentin.

Le Vatican n'a jamais particulièrement plu à Bergoglio. Au temps où il était cardinal de Buenos Aires, il n'était pas en bons termes avec le nonce Adriano Bernardini, très lié au secrétaire d'État de l'époque, Sodano. Les évêques conservateurs argentins recouraient à Rome pour l'accuser de ne pas se montrer assez intransigeant sur les thèmes éthiques. En tant que président de la conférence épiscopale argentine, Bergoglio était en désaccord avec un certain nombre de nominations épiscopales imposées par le Vatican. Et Rome lui rendait bien son antipathie.

En 2009, le cardinal Bergoglio avait nommé recteur de l'Université catholique de Buenos Aires le bibliste et écrivain Victor Manuel Fernández, ancien président de la Société argentine de théologie. Il avait dû assister à des manœuvres dilatoires de la part du Vatican, qui prétendait mener une enquête sur l'orthodoxie du théologien. Ce n'est qu'en mai 2011, après de déplaisantes antichambres dans les bureaux du Vatican, que Fernández a pu prêter serment comme recteur de l'université.

Bergoglio a toujours éprouvé un certain malaise face aux délations adressées au Vatican concernant de supposées déviations doctrinales. De même qu'il n'a jamais partagé l'insistance obsessionnelle sur les prétendus principes non négociables. À Rome, on veut « enfermer le monde dans un préservatif », telle est l'expression qu'on lui prête du temps où il était cardinal.

À Buenos Aires, il se montrait surtout de plus en plus inquiet de la détérioration de la situation dans le domaine ecclésiastique. Il avait confié à un prêtre de ses amis : « Si ma mère et la tienne ressuscitaient aujourd'hui, elles imploreraient le Seigneur de les renvoyer sous terre pour ne pas assister à la dégradation de cette Église[1]. » Gianni Valente, l'ami journaliste

1. C. Martini, *Ero Bergoglio, sono Francesco*, *op. cit.*

romain chez qui Bergoglio allait souvent dîner, se souvient qu'il se rendait le moins possible au Vatican. « Il n'aimait pas l'esprit de cour et le manque d'attention aux exigences des Églises locales[1]. » L'agitation des évêques qui passent d'un diocèse à l'autre, toujours à la recherche du plus grand comme s'il s'agissait des étapes d'une course au succès, l'a toujours agacé. François ne s'est jamais senti à l'aise avec l'autoréférentialité de la curie ni avec la frénésie carriériste qui l'entourait.

Les méandres de la curie regorgent de pièges pour François. En juillet 2013, quand il crée la commission pour la réforme économique de l'administration du Vatican (COSEA), les observateurs notent avec intérêt que parmi les huit membres – tous laïcs à l'exception de Mgr Vallejo Balda, secrétaire de l'APSA – figure une femme : Francesca Immacolata Chaouqui, italo-égyptienne. Ce fait semble constituer une preuve supplémentaire de la volonté de François d'impliquer des femmes dans son projet de renouvellement, comme il l'avait démontré quelques semaines plus tôt avec la nomination de la professeure Mary Ann Glendon à la commission d'enquête sur l'IOR.

Il s'agit en réalité d'une boulette empoisonnée. Chaouqui, trente et un ans, ancienne d'Ernst & Young, se déclare fidèle de saint Escrivá, fondateur de l'Opus Dei, et fervente admiratrice du pape François. Active dans le domaine des relations publiques, c'est une twitteuse invétérée. Ses publications sont parfois téméraires. « Le pape [Benoît XVI] a une leucémie depuis plus d'un an », écrit-elle en février 2012. Elle va crescendo : « Je crois en l'Église unie, sainte, catholique et

1. G. Valente, entretien avec l'auteur.

apostolique. Peut-être quelqu'un devrait-il rappeler cette phrase à Bertone » ; « Bertone corrompu. Les archives secrètes et une entreprise vénitienne seraient impliquées » ; « [Benoît XVI] a abandonné. En tant que croyante, je suis tout simplement déçue ». Elle n'épargne pas l'ancien ministre de l'Économie du gouvernement Berlusconi : « Tremonti avait un compte à l'IOR. Une fois rendu public qu'il était gay, ils le lui ont fermé[1]. »

Poursuivie par le scandale, menacée par les querelles, Chaouqui ferme son compte et déclare qu'il a été piraté, que les tweets ne sont pas de sa plume. La jeune attachée de presse est très habile en matière d'ascension sociale. Dans son carnet d'adresses figure l'ancien président du Conseil Giulio Andreotti, la comtesse Marisa Pinto Olori del Poggio, l'avocat Patrizio Messina, avec qui elle travaille à l'étude Orrick, Stefano Lucchini de la compagnie pétrolière ENI, Gianluca Comin d'Enel (société nationale d'électricité italienne)[2]. Mais le plus étrange est qu'elle ne possède aucune des compétences requises pour faire partie d'une commission aussi importante.

Face aux autres membres – le président, Joseph Zahra, ancien directeur de la banque centrale de Malte, le Français Jean-Baptiste de Franssu, ancien administrateur délégué de la société d'investissement Invesco Europe, l'Espagnol Enrique Llano, financier qui a travaillé avec les sociétés d'audit internationales Deloitte et KPMG, l'Allemand Jochen Messemer, président de la société d'investissement Ergo International, l'homme d'affaires français Jean Videlain-

1. F. Marchese Ragona, www.ilgiornale.it, 10/08/2013.
2. G. Laudadio, www.formiche.net, 20/07/2013.

Sevestre et l'ancien ministre des Affaires étrangères de Singapour, George Yeo –, Francesca Immacolata Chaouqui semble arrivée là par hasard.

Au lendemain de sa nomination, on se demande au Vatican qui a glissé son nom sur la liste soumise au pape. Certains indices mènent au secrétaire de la commission, le membre de l'Opus Dei espagnol Vallejo Balda, qui lui a préparé un CV avantageux[1]. Avoir donné accès à des documents ultrasensibles du secteur financier du Saint-Siège à une personne considérée comme une informatrice du journaliste Gianluigi Nuzzi et du site à scandale Dagospia fait enrager François, qui ignorait tout de son véritable profil. « C'est un choix malheureux, a commenté au plus fort des polémiques un prélat proche de Bergoglio. La personne qui l'a recommandée devra s'en expliquer. » Cependant, le pape sait attendre. Huit mois plus tard, quand sera créé le nouveau conseil pour l'Économie, Vallejo Balda n'en fera pas partie en tant que nouveau secrétaire. Une fois terminée l'activité de la commission, Francesca Immacolata Chaouqui ne recevra pas d'autre charge. Cependant, ces deux personnages reviendront bientôt sur le devant de la scène médiatique.

Le 2 novembre 2015, Vallejo Balda et Francesca Chaouqui sont subitement arrêtés par la gendarmerie du Vatican pour « soustraction et divulgation d'informations et de documents confidentiels ». Chaouqui est libérée quelques heures plus tard car elle décide de collaborer avec les autorités judiciaires du Vatican. Le prélat de l'Opus Dei, lui, reste incarcéré pendant trois semaines jusqu'au début du procès. C'est le deuxième

1. S. Magister, www.espressonline.it, 28/08/2013.

scandale Vatileaks, après la première affaire qui avait fait vaciller le pontificat de Benoît XVI. Deux livres écrits par les journalistes Gianluigi Nuzzi (*Via Crucis*) et Emiliano Fittipaldi (*Avarizia*) divulguent des informations et des documents fournis par le duo Vallejo-Chaouqui. Ceux-ci mettent en lumière les « trous noirs » du système économico-financier, qui perdurent pendant le pontificat réformateur de François. L'opinion publique découvre que deux ans après l'élection de Bergoglio comme pape, il existe toujours une centaine de comptes courants suspects à l'IOR – bloqués, selon les déclarations de l'Autorité d'information financière vaticane – appartenant à des personnes qui n'y ont pas droit. On découvre également que l'IOR abrite un fonds de bienfaisance à disposition de la Commission de vigilance des cardinaux, qui affiche un actif de 425 000 euros pour les années 2013-2014, mais n'a alloué aucune somme aux plus démunis. Toujours à l'IOR, le fonds spécial de 2,7 millions d'euros pour les « saintes messes » n'a dépensé que 35 000 euros pour les célébrations religieuses en 2014[1]. Gianluigi Nuzzi étudie par ailleurs comment est utilisée l'obole de Saint-Pierre, et révèle l'existence de quatre cents comptes courants auprès de l'IOR, « nuitamment bloqués », servant à faciliter les procédures de béatification et de sanctification. Nuzzi rapporte les paroles sévères de François lors d'une réunion de la commission pour la COSEA : « Les dépenses sont incontrôlables [...]. Si quelque chose a été fait sans devis, sans autorisation, on ne paie pas[2]. » Le scandale s'étend. On découvre que la fondation caritative

1. E. Fittipaldi, *Avarizia*, Feltrinelli, 2015.
2. G. Nuzzi, *Via Crucis*, Chiarelettere, 2015.

de l'hôpital du Vatican « Enfant Jésus » a versé 200 000 euros pour les travaux de rénovation de l'appartement du cardinal Bertone à la retraite : 300 mètres carrés, contre les 70 dans lesquels vit le pape. (L'ancien secrétaire d'État a payé de sa poche 300 000 euros supplémentaires pour les rénovations.) D'autres nouvelles provoquent le tumulte parmi les fidèles catholiques. Le patrimoine immobilier du Vatican s'élèverait à 4 milliards d'euros, tandis que les diverses institutions vaticanes géreraient des biens (propres et de tiers) pour une valeur déclarée de 9 à 10 milliards d'euros.

Une grande partie de ces révélations provient des documents réservés de la commission d'enquête voulue par le pape François (COSEA), ce qui ne laisse pas augurer, de la part de l'auteur de cette fuite, d'une volonté d'aider le pape argentin, mais plutôt d'une intention de le déstabiliser et de jeter une ombre sur son pontificat. Fait particulièrement grave, une intervention de François lors de la réunion de la commission est enregistrée en cachette, puis transmise à l'extérieur : une trahison sans précédent dans le rapport entre un fonctionnaire du Vatican et le chef suprême de l'Église catholique. Après les premiers interrogatoires au Vatican, Francesca Chaouqui accuse : « C'est Mgr Balda qui a enregistré le pape Bergoglio[1]. » Les enquêteurs du Vatican accusent en outre Balda d'avoir fourni à Nuzzi les mots de passe nécessaires pour copier les documents de la COSEA.

Scandale dans le scandale, l'agence Reuters révèle qu'un financier italien, Giampietro Nattino, possède – en toute illégalité – quatre comptes courants auprès

1. F. Tonacci, *La Repubblica*, 04/11/2015.

de l'APSA, que la banque, la Finnati, aurait utilisés pour des opérations sur le marché italien ainsi que pour transférer 2 millions d'euros en Suisse. Au niveau international, l'APSA est considérée comme la banque d'État du Vatican (au même titre que la Federal Reserve ou la Banque de France), et l'existence de comptes privés chiffrés y est interdite. Dans ce cas, grâce aux réformes de François, l'Autorité d'information financière du Vatican est intervenue, ouvrant une enquête pour blanchiment d'argent, délit d'initié, manipulation du marché, et en alertant les autorités suisses et italiennes.

Le pape François intervient d'une main de fer. Les coupables seront jugés. Il garde Vallejo Balda incarcéré, et annonce aux fidèles rassemblés place Saint-Pierre pour l'angélus dominical que cette nouvelle affaire Vatileaks « ne me détourne assurément pas du travail de réforme que nous menons de l'avant avec mes collaborateurs et avec le soutien de vous tous ». Modifiant le texte de son discours, il souligne: « Voler ces documents est un délit. C'est un acte déplorable qui n'aide pas. J'avais moi-même demandé de faire cette étude, et mes collaborateurs et moi connaissions déjà bien ces documents » [1].

Le 24 novembre, Vallejo Balda, Francesca Chaouqui et le secrétaire particulier de Balda, Nicola Maio, se présentent à la première audience de leur procès devant le tribunal du Vatican, accusés d'« association de malfaiteurs ». Les deux journalistes italiens Fittipaldi et Nuzzi comparaissent pour avoir exercé des pressions afin d'obtenir des documents réservés. Il s'agit d'une violation de la liberté de la presse, immédiatement dénoncée par l'Organisation pour la sécurité

1. François, *Angélus*, 08/11/2015.

et la coopération en Europe (OSCE) et par le syndicat des journalistes italiens.

Premier résultat du scandale provoqué par la publication des documents : l'ancien secrétaire d'État, le cardinal Bertone, se voit contraint de rembourser 150 000 euros à l'hôpital de l'Enfant-Jésus sous la forme d'un « don » volontaire.

Le pape François a également été laissé dans l'ignorance quand il a décidé de nommer Mgr Battista Ricca prélat de l'IOR. Des accusations circonstanciées circulent dans le palais apostolique contre Ricca, qui a un passé au service diplomatique du Saint-Siège. Pendant son séjour à Montevideo, où il est arrivé en 1999, on lui a reproché son amitié avec un capitaine de l'armée suisse, Patrick Haari. À la suite d'incidents répétés, le nonce Janusz Bolonek est parvenu à obtenir de la secrétairerie d'État l'éloignement de Ricca[1].

Au moment de sa nomination, la secrétairerie d'État, encore dirigée par le cardinal Bertone, transmet au pape un dossier blanc comme neige. Le scandale n'éclate que plus tard. François le maîtrise, expliquant aux journalistes : « En ce qui concerne Mgr Ricca, j'ai fait ce que le droit canonique demande de faire : une *investigatio previa* (enquête préliminaire). De cette *investigatio*, il n'y a rien de ce dont on l'accuse ; nous n'avons rien trouvé[2]. »

Cette affaire confirme que le pape argentin ne disposait pas d'un tableau complet de la situation. Il donne cependant une petite leçon d'élégance aux médias et au personnel du Vatican, qui utilisent de manière sélective les informations compromettantes : « Je vois que souvent dans l'Église, au-delà de ce cas et aussi

1. *Ibid.*
2. François, *Conférence de presse*, 28/07/2013.

dans ce cas, on va chercher les “péchés de jeunesse”, par exemple, et on les publie. Pas les délits, eh ? Les délits c'est autre chose : l'abus sur mineur est un délit. Non, les péchés. Mais si une personne, laïque ou prêtre ou sœur, a fait un péché, et ensuite s'est convertie, le Seigneur pardonne, et quand le Seigneur pardonne, le Seigneur oublie […] ; et nous, nous n'avons pas le droit de ne pas oublier[1]. »

Par rapport à l'époque de Buenos Aires, François a un désavantage. Dans son pays, il connaissait personnellement les huit cents prêtres de son diocèse. À Rome, il ne possède pas la même connaissance de l'appareil du Vatican et, tant qu'il n'aura pas mis sur pied une équipe suffisamment ramifiée, il restera exposé à ce genre d'incidents.

Le monde de la curie aussi vit dans une atmosphère incertaine, ne sachant pas bien quelle inflexion prendra la révolution de François. « Les anciens schémas ont disparu », remarque le cardinal Renato Martino, fort de sa longue expérience diplomatique.

Adversaires et partisans partagent cette sensation de ne pas savoir exactement où mènera cette nouvelle saison. « Je prie pour le pape, car un jour, quand la lune de miel sera terminée et que le temps viendra de prendre des décisions, ils l'attendront au pied du mur », soupire le cardinal octogénaire Roger Etchegaray, ambassadeur volant de Jean-Paul II dans les zones en crise et adepte du virage de Bergoglio. « Il est facile de changer les gens de poste, la difficulté est de changer la mentalité et les habitudes des chrétiens qui ont une vision passéiste », conclut-il.

Un pape qui introduit chaque jour une nouveauté désoriente. L'ennemi le plus insidieux de la politique

1. *Ibid.*

de réforme du pape réside dans la population du Vatican, parmi ceux qui ont l'habitude d'intriguer avec toutes sortes d'individus. Économiquement, le Vatican satisfait un certain besoin de confort chez ceux qui, comme aime le rappeler François, se sont éloignés du Christ pour se vouer à l'esprit mondain. Un directeur de bureau qui gagne 2 800 euros peut en ajouter 2 000 à son salaire avec la charge de cérémoniaire pontifical. S'il se positionne pour bénéficier du chapitre de Saint-Pierre, ce sont 1 500 euros en plus. Les membres de la moindre commission gagnent entre 600 et 800 euros. Le tout exempté d'impôts, sans compter les appartements à des tarifs préférentiels [1].

Et puis il y a ceux qui en veulent encore plus. Il s'agit d'une minorité, mais ce sont de véritables rapaces. Les scandales qui éclatent périodiquement dans les médias causent des dommages incommensurables au Saint-Siège. « Depuis les dernières années de Jean-Paul II, l'absence d'un pape gouvernant a donné lieu à de mauvaises pratiques, raconte un diplomate qui a suivi de près le Vatican. Il s'est formé un système de pouvoir malsain qu'il faut démanteler. » Un réseau de relations personnelles et d'intérêts entre des individus sans scrupules de part et d'autre du Tibre. La révélation cyclique de scandales financiers en est une preuve. La loi du silence pèse lourdement. Un cardinal d'Europe du Nord confie avoir été contacté par un évêque qui avait eu vent d'opérations louches dans un dicastère du Vatican. Il s'agissait d'une affaire de plusieurs millions d'euros. Le cardinal a adressé une lettre au secrétaire d'État, invoquant un « cas de conscience ». Il n'a jamais reçu de réponse et n'a pas osé rendre la question publique.

1. F. Di Giacomo, *Il Venerdì di Repubblica*, 10/01/2014.

Il existe un monde affairiste qu'un pape qui « vise à faire le grand ménage » dérange beaucoup. L'accusation vient du procureur adjoint de Reggio Calabria, Nicola Gratteri, selon qui « un pape qui s'attaque au luxe de manière cohérente et crédible » perturbe les trafics de la mafia financière. Gratteri explique que François a immédiatement envoyé des signaux importants et que « ceux qui jusqu'à présent se sont nourris du pouvoir et de la richesse qui dérivent directement de l'Église sont nerveux, inquiets. Le pape Bergoglio est en train de démanteler des centres de pouvoir économique au Vatican. Si les boss pouvaient lui faire un petit croc-en-jambe, ils n'hésiteraient pas ». À la question de savoir si le pape court un risque, le magistrat répond : « J'ignore si le crime organisé est en mesure d'agir, mais il est certain qu'ils y réfléchissent. Cela peut devenir dangereux »[1].

François a agi avec une grande détermination contre la mafia. Le 21 juin 2014, tandis qu'il célébrait une messe au cœur de la Calabre, à Sibari, il a lancé une excommunication contre la mafia et la 'Ndrangheta, le crime organisé d'origine calabraise. D'après lui, la 'Ndrangheta est « adoration du mal » : « Ce mal doit être combattu, il doit être éloigné ! Il faut lui dire non ! [...] Ceux qui dans leur vie suivent cette route du mal, comme le font les mafieux, ne sont pas en communion avec Dieu : ils sont excommuniés ! »[2].

Jamais un dirigeant de l'Église n'avait prononcé un mot aussi définitif. Vingt et un ans plus tôt, dans la vallée des Temples d'Agrigente, Jean-Paul II avait lancé aux assassins de la mafia : « Convertissez-vous !

1. B. Borromeo, *Il Fatto Quotidiano*, 13/11/2013.
2. François, *Homélie dans la plaine de Sibari*, 21/06/2014.

Un jour viendra le jugement de Dieu ! » Lors d'une visite à Naples, Benoît XVI aussi avait condamné les crimes de la Camorra. Mais seul Bergoglio a lancé l'anathème solennel de l'Église contre le crime organisé, quel que soit son nom : mafia, 'Ndrangheta, Camorra. Lui seul annonce qu'ils resteront privés des sacrements tant qu'ils ne se seront pas repentis de leurs crimes.

En excommuniant les mafieux, François oblige les évêques, le clergé, les ordres religieux et les fidèles pratiquants à couper les ponts avec la pègre. En effet, le pape sait que tous les milieux ecclésiastiques ne sont pas prêts à s'engager pour défendre la légalité. Tous ne sont pas des héros comme ce prêtre de Palerme, Pino Puglisi, assassiné devant chez lui par la mafia en 1993 et béatifié par François.

Le pape est bien conscient qu'il existe une vaste zone grise de clergé peureux, qui détourne le regard. Un clergé qui glisse sur des comportements mafieux sous prétexte de ne pas être en position de juger. Cette frange demande des faveurs ou en accepte, ferme les yeux sur de subtiles intimidations, confond soin pastoral des âmes égarées et silence complice.

La réaction des patrons mafieux ne s'est pas fait attendre. Au sud de l'Italie, la tradition veut que pendant les processions religieuses la statue de la Vierge ou du saint patron s'arrête devant la maison des citoyens puissants, souvent des chefs mafieux. C'est ce qu'on appelle « la révérence ». Le 2 juillet 2014, dans la ville d'Oppido Mamertina, en Calabre, où le pape venait de s'exprimer, la procession de la Vierge des Grâces s'est arrêtée devant la maison de Giuseppe Mazzagatti, quatre-vingt-deux ans, condamné à la prison à vie pour homicide et association de malfaiteurs, considéré comme l'un des principaux responsables de la vague de violences entre clans qui a embrasé la région dans les années 1990. Le commandant des carabiniers locaux a quitté la procession, écœuré, tandis que le prêtre et le maire faisaient comme si de rien n'était.

Deux ans plus tôt, dans la même zone, un autre chef de la 'Ndrangheta, Francesco Raccosta, ennemi du groupe formé par les familles de la pègre Polimeni, Mazzagatti et Bonarrigo, avait été agressé à coups de barre de fer puis jeté vivant en pâture aux cochons. L'assassin, mis sur écoute par les carabiniers, raconte ainsi l'affaire à un ami : « Il criait… il criait… J'ai dit… qu'est-ce qu'il mange, ce porc[1] ! »

La réponse de l'évêque est immédiate : toutes les processions du diocèse sont suspendues. Le président de l'épiscopat de Calabre, Salvatore Nunnari, explique que le clergé aussi aurait dû immédiatement quitter une telle cérémonie. Le secrétaire de la conférence épiscopale italienne, Mgr Nunzio Galantino, appelle à « extirper les racines culturelles » d'un comportement déplorable des responsables politiques et religieux : « Ce n'est pas une révérence [de la statue], mais une soumission », affirme-t-il, indigné.

Cependant, la mafia poursuit ses pressions pour affaiblir l'efficacité de l'excommunication de François. Quelques jours après le scandale d'Oppido Mamertina, au quartier de haute sécurité de la prison de Larino, dans le Molise, deux cents détenus condamnés pour des crimes liés à la mafia menacent de faire la grève de la messe. Une délégation d'une trentaine de prisonniers se rend auprès de l'aumônier Marco Colonna pour

1. *Il Fatto Quotidiano*, 26/11/2013.

demander des « éclaircissements », selon la tournure mafieuse consacrée. « S'ils n'avaient plus accès aux sacrements, ils cesseraient d'aller à la messe », voilà les termes de leur chantage. L'aumônier cède. « Après des jours de réflexion, je leur ai garanti qu'ils recevraient tout de même les sacrements [1]. »

Fin juillet 2014, la mafia adresse un troisième signal à François. À Palerme, pendant la procession de la Vierge de Carmine, dans le vieux quartier de Ballarò, un homme d'âge moyen, portant la casaque d'une fraternité religieuse, commande à voix haute : « Arrêtez-vous. » Les porteurs de la statue de la Vierge obéissent et s'immobilisent devant une agence de pompes funèbres, où le chef mafieux Alessandro D'Ambrogio organisait ses réunions secrètes. D'Ambrogio a été condamné à une peine de prison ferme à Novara, mais l'agence appartient à sa famille et représente son pouvoir. Deux enfants sortent du bâtiment et sont autorisés à grimper sur la statue pour l'embrasser.

Il s'agit là d'un défi public lancé à l'Église de François. La manifestation de la prison de Larino est une attaque directe contre lui. Les mafieux « prétendent continuer à tuer, voler et trafiquer de la drogue sans être condamnés en tant que pécheurs. Ils désignent le pape François comme ennemi et le défient », commente l'ancien procureur de Palerme Gian Carlo Caselli, qui a remporté d'importants succès dans la lutte contre le crime organisé entre 1993 et 1999.

La curie est un nœud de vies parallèles. C'est un lieu de réflexions raffinées et un bourbier mortel. Au-delà des tensions, des contrastes et des conflits, le ciment

1. G. Caporale, www.repubblica.it, 07/07/2014.

qui a tenu l'ensemble a toujours été l'idée d'une papauté comme pouvoir absolu. Celui-ci se résume en quelques images : la colonnade du Bernin embrassant le monde, la coupole de Michel-Ange, reflet de la structure parfaite de l'Église, avec au sommet la croix qui rappelle le Christ et son vicaire, au-dessus des rois et des présidents de la planète.

C'est dans ce cadre que François crée la division. D'un côté, ceux qui ne veulent pas se détacher de l'ancienne image et de l'ancien exercice du pouvoir ; de l'autre, ceux qui sont prêts à se lancer dans l'aventure de remodeler l'Église pour la rendre capable de s'adresser aux hommes et aux femmes du troisième millénaire.

La curie est également un microcosme, creuset de jalousies, d'abnégation, de ragots assassins, de carriérisme et de dévouement. « Il y a des saints à la curie », a déclaré à plusieurs reprises le pape, évoquant les monsignores modèles, qui accomplissent leurs tâches avec professionnalisme tout en étant des hommes de prière et en consacrant leur temps libre à des œuvres de charité. Mais François n'ignore pas les problèmes. « Je crois que la curie a un peu perdu le niveau qu'elle avait autrefois », a-t-il déclaré quelques mois après son arrivée, regrettant « le profil du vieux curialiste, fidèle, qui faisait son travail »[1]. La baisse qualitative de la curie a une explication sociologique : la diminution des vocations. Par le passé, face à un afflux de vocations, un évêque envoyait les meilleurs prêtres au Vatican et disposait encore d'un excellent personnel pour son diocèse. En période de pénurie, quand un évêque

1. François, *Conférence de presse*, 28/07/2013.

trouve un bon élément parmi les jeunes prêtres il tend à le garder près de lui comme collaborateur.

Ce n'est pas un hasard si, lors de son premier discours de Noël à la curie, François a insisté sur le professionnalisme : « Compétence, étude, mise à jour… C'est une qualité fondamentale. » Comme deuxième exigence, il a indiqué la lutte contre le mal des commérages : « Parce que les bavardages abîment la qualité des personnes, abîment la qualité du travail et de l'environnement »[1]. Le mot « bavardage » est un euphémisme.

L'historien de l'Église Alberto Melloni emploie des termes bien plus sévères pour décrire le décor où a débarqué François. Une curie dont le personnel « a hérité de l'idée d'être à la fois un centre et un tout ». Un milieu où prospère un carriérisme teinté d'adulation et de médisance, rendu possible par « une survalorisation de l'ego et un mépris pour la dimension institutionnelle dont il se sert »[2]. La dégradation s'est accentuée au cours du tiers de siècle courant de l'élection de Wojtyla à la démission de Ratzinger, explique Melloni.

François sait qu'il est encore assez isolé dans la structure curiale et qu'à Rome comme ailleurs de nombreux cadres ecclésiastiques l'applaudissent mais sont réticents à suivre ses traces. « Il risque d'être peu imité », observe l'évêque Giancarlo Bregantini. De plus, « le risque est que, bien que tous le disent "saint, bon et brave", le pape finisse par rester seul »[3]. Mais ses amis argentins rappellent que François a la tête dure.

1. François, *Discours à la curie romaine*, 22/12/2013.
2. A. Melloni, *Quel che resta di Dio*, Einaudi, 2013.
3. M. Tulli, ANSA, 18/12/2013.

14

La guerre des cardinaux

Le pape Bergoglio a besoin d'une opposition ouverte. Il a également besoin d'une faction réformatrice qui fasse entendre sa voix. La stratégie du pontife argentin veut que les changements nécessaires ne soient pas adoptés dans la solitude puis annoncés depuis la fenêtre du bureau papal.

Il est convaincu que les décisions fondamentales de son programme ne peuvent être prises que dans le cadre d'une participation collégiale de l'Église. Ce qui signifie en premier lieu impliquer l'épiscopat mondial dans les décisions importantes tout en stimulant les fidèles, le peuple de Dieu. Car le troupeau est parfois plus en avance que le pasteur, soutient-il. Le virage qu'il a esquissé en l'espace d'un an, au fil de ses interventions, exige que se crée à nouveau un climat conciliaire dans l'Église.

Vatican II a été une véritable école de la liberté pour le catholicisme : les évêques ont pu se mettre à parler librement, sans attendre des directives venues d'en haut. Ce fut également une école de participation : les évêques ont appris à se confronter, à s'opposer, à rédiger un texte, à voter, à amender, à trouver un compromis pour rédiger un texte approuvé par une vaste majorité et à fixer la direction de l'Église dans la société moderne. Les résultats atteints pendant le concile étaient le fruit d'un consensus activement recherché. Pour la hiérarchie ecclésiastique, ce fut un temps de progression extraordinaire.

Pendant les années 1990, à mesure que les participants au concile de Vatican II ont disparu, la qualité du débat public au sein de l'Église catholique s'est appauvrie. Au conclave de 2005, seuls deux cardinaux avaient été témoins directs de l'événement : Joseph Ratzinger et l'Américain William Wakefield Baum, qui y avaient participé en qualité d'experts.

L'époque conciliaire fut également un grand moment de maturation pour les théologiens qui l'ont accompagnée par leurs recherches, ainsi que pour le laïcat catholique impliqué dans la discussion des grands thèmes et dans la mise en œuvre des directives issues des textes conciliaires.

Bergoglio appartient à la génération des évêques postconciliaires pour qui Vatican II est un fait acquis et pour qui la question – chère à Ratzinger – de savoir si le concile a apporté plus d'éléments de rupture ou de continuité est peu pertinente. L'opinion du pape sur le sujet est lapidaire : Vatican II a produit des « fruits [...] considérables [...] [et] la manière de lire l'Évangile en l'actualisant, qui fut propre au concile, est absolument irréversible[1] ». Le 16 avril 2013, jour de l'anniversaire de Benoît XVI, François l'a souligné tandis qu'il célébrait la messe à Sainte-Marthe : « [Le concile] a été une œuvre belle de l'Esprit saint. [...] Jean XXIII [...] a été obéissant à l'Esprit saint. Certaines voix veulent revenir en arrière. Cela s'appelle "être des nuques

1. François, A. Spadaro, *La Civiltà Cattolica*, 19/09/2013.

raides", cela s'appelle vouloir "domestiquer l'Esprit saint", cela s'appelle être "des cœurs lents et sans intelligence"[1]. »

À l'époque de Benoît XVI, une approche radicalement différente prévalait. En octobre 2012, en ouverture de l'Année de la foi et du synode des évêques sur la nouvelle évangélisation, le discours du cardinal Donald Wuerl dépeignait les effets négatifs du concile, les « aberrations dans la pratique liturgique » et l'abandon des méthodes traditionnelles de transmission de la foi. Le cardinal américain expliquait sur un ton apocalyptique que c'était comme si un « tsunami d'influence séculière avait dévasté tout le paysage culturel, emportant sur son passage les marqueurs sociaux tels que le mariage, la famille, le concept d'intérêt commun et la distinction entre le bien et le mal »[2].

Quelques jours avant d'abandonner son trône, s'adressant au clergé romain, Benoît XVI avait parlé spontanément des dégâts causés par ce qu'il appelait un « concile des médias » qui venait se superposer au concile réel en cours dans la basilique du Vatican. D'après Ratzinger, les journalistes avaient raconté le concile d'un point de vue extérieur à la foi, ce qui avait provoqué des calamités, dont les « séminaires et les couvents fermés[3] ». Une intervention pessimiste, parmi les plus tristes de Ratzinger pape en raison de son incompréhension profonde du lien inévitable entre action de l'Église – comme de tout autre sujet social – et communication de masse.

1. François, *Homélie à Sainte-Marthe*, 16/04/2013.
2. D. Wuerl, *Relatio*, 08/10/2012.
3. Benoît XVI, *Rencontre avec le clergé de Rome*, 14/02/2013.

François ne veut pas rester entravé par les diatribes du passé, il veut aller de l'avant. Et si, comme le dit l'ancienne maxime, « *Ecclesia semper reformanda* » (l'Église est toujours à réformer), alors il est indispensable que l'ensemble du corps ecclésiastique se mobilise pour avancer. Marcher et construire sont les deux idées qui guident le pape, qu'il a exprimées dès sa messe inaugurale avec les cardinaux dans la chapelle Sixtine.

Au cours de la première année de son pontificat, les épiscopats nationaux se sont montrés plutôt silencieux et passifs face à la révolution en cours. C'est pour cette raison que François a mis à l'agenda de sa deuxième année de pontificat un sujet concret, controversé, sur lequel les fidèles réclament une décision, en choisissant la famille comme thème du synode extraordinaire des évêques à l'automne 2014. En pratique, l'opinion publique catholique a traduit : on décidera de la communion aux divorcés remariés.

Il n'en fallait pas plus pour mettre le feu aux poudres. Le successeur de Ratzinger à la Congrégation pour la Doctrine de la foi, Gerhard Ludwig Müller, a diffusé en sept langues et publié dans *L'Osservatore Romano* un document confirmant l'interdiction. Il y répète fermement qu'entre un homme et une femme baptisés règne l'« indissolubilité inconditionnelle » du mariage. Il s'agit de la doctrine de l'Église fondée sur les paroles de Jésus, confirmée par Jean-Paul II et Benoît XVI dans deux documents distincts. Ceux qui se remarient ne peuvent plus communier. Ils ne peuvent même pas s'approcher de l'eucharistie « sur la base du jugement de leur conscience [1] », le Saint-Office l'a refusé en 1994.

1. G.L. Müller, *Sur l'indissolubilité du mariage*, 23/10/2013.

Le préfet de la Congrégation pour la Doctrine de la foi ne s'est pas borné à une reconstruction historique de la question. Il a touché de manière polémique à un principe clé du pontificat de François : la miséricorde. L'invoquer pour les divorcés remariés sous prétexte que Jésus s'est solidarisé avec ceux qui souffrent « est un argument insuffisant en matière théologico-sacramentaire, parce que tout l'ordre sacramentel est une œuvre de la divine miséricorde[1] ». L'interdit ne peut donc être révoqué.

François n'a pas battu un cil. « C'est son opinion personnelle », a-t-il commenté en privé. En février 2014, il a élevé Müller au rang de cardinal, confirmant ainsi sa stratégie d'inclure toutes les positions dans le mouvement de réforme qu'il promeut. Cependant, le cardinal Marx, archevêque de Munich et compatriote de Müller, est intervenu : « Le préfet de la Congrégation pour la Doctrine de la foi ne peut mettre fin à la discussion[2] » sur le sujet, qui sera abordé lors du synode, a-t-il répliqué. Marx fait partie du conseil des huit cardinaux créé par le pape comme organe consultatif permanent. Quelques jours plus tard, Müller rétorquait que l'enseignement du Christ et de l'Église ne pouvait faire l'objet de discussions, car la foi n'est pas « le programme d'un parti, que l'on peut modifier en fonction des désirs des inscrits ».

C'est alors qu'entre en jeu le coordinateur du Conseil de la Couronne papale, le cardinal Maradiaga. Avec une touche d'humour, le cardinal du Honduras a déclaré : Müller « est allemand, et surtout un professeur de théologie allemand, pour qui il n'existe que ce

1. *Ibid.*
2. A. Tornielli, www.lastampa.it, 11/11/2013.

qui est juste et ce qui est faux. Mais moi je dis, mon frère, que le monde n'est pas ainsi, et que tu devrais te montrer un peu plus flexible quand tu entends des voix différentes. Pour éviter d'écouter et de dire seulement non, ici il y a un mur[1] ».

Maradiaga ajoute qu'il a demandé directement au pape pourquoi il a voulu organiser un nouveau synode sur la famille alors qu'il y en avait déjà eu un en 1980. « Il remonte à trente ans, lui a-t-il répondu. Pour la plupart des gens, la famille de cette époque n'existe plus… Il y a les divorces, les familles arc-en-ciel, les familles monoparentales, le phénomène de la gestation pour autrui, les couples sans enfant, les unions de même sexe… La doctrine traditionnelle restera certainement, mais les défis pastoraux exigent des réponses contemporaines, qui ne peuvent plus venir de l'autoritarisme ni du moralisme[2]. »

François posait ainsi les bases pour un synode mouvementé. Exactement ce qu'il voulait. Pendant ce temps-là, un autre cardinal de curie important était descendu dans l'arène, l'Américain Raymond Leo Burke, préfet du tribunal de la Signature apostolique. « Diffuser l'idée qu'il y aura un changement radical et que l'Église cessera de respecter l'indissolubilité du mariage est aussi faux que dommageable[3] », déclare-t-il. L'inverse de ce que propose le cardinal Walter Kasper, ancien responsable du Conseil pour l'Union des chrétiens, qui envisage la possibilité de faire des exceptions. Il souligne que pour ceux qui ont connu l'échec d'un mariage, reconnaissent leurs erreurs et se

1. O.R. Maradiaga, *Kölner Stadt-Anzeiger*, 20/01/2014.
2. *Ibid.*
3. M. Matzuzzi, *Il Foglio*, 14/12/2014.

repentent, « il devrait exister un moyen de participer à nouveau pleinement à la vie ecclésiastique ». Communion comprise[1]. Le cardinal Bagnasco, président de la conférence épiscopale italienne, émet une opinion frileuse : « Repenser les problèmes de la famille ne revient pas à changer mais plutôt à penser à la lumière de la situation historique que nous vivons[2]. »

Il existe à la curie un noyau dur qui se reconnaît dans les barrières érigées par Jean-Paul II et Benoît XVI sur un certain nombre de problèmes nés du rapport entre l'Église et la culture contemporaine autour de la manière de concevoir les relations, le rôle des femmes, la fonction du prêtre.

Appelé à la curie par le pape Ratzinger en 2008, Raymond Burke en fait partie. En tant qu'archevêque de Saint Louis, il affirmait le devoir de refuser la communion au candidat démocrate à la présidentielle, John Kerry, qui soutenait la loi sur l'avortement. Il avait également critiqué le cardinal de Boston O'Malley pour avoir célébré l'enterrement de Ted Kennedy à l'église. « Il ne faudrait accorder ni communion ni funérailles aux politiciens pro-avortement », affirmait-il. En contradiction radicale avec le cardinal O'Malley, qui déclarait : « Nous ne changerons pas les cœurs en abandonnant les personnes en situation de besoin et de deuil[3]. »

En mai 2013, Burke a voulu participer personnellement à la marche pour la vie organisée à Rome par les groupes catholiques les plus intégristes. Le cardinal américain s'oppose à ce qu'il appelle le « *lobby*

1. E. Finger, *Die Zeit*, n. 51, 2013.
2. M. Politi, *Il Fatto Quotidiano*, 21/12/2013.
3. P. Valentino, www.corriere.it, 11/11/2009.

multimilliardaire », supposément engagé à diffuser la culture de la contraception, l'avortement, la dénaturation de la famille. « L'agenda homosexuel », déclare-t-il, est le fruit de « mensonges qui viennent de Satan ». (D'ailleurs, Bergoglio cardinal faisait lui aussi référence au diable quand il combattait la loi sur le mariage homosexuel à Buenos Aires.)

En décembre 2013, Burke défie ouvertement François. Le pape vient d'affirmer dans son entretien à *La Civiltà Cattolica* que l'Église ne peut « pas insister seulement sur les questions liées à l'avortement, au mariage homosexuel et à l'utilisation de méthodes contraceptives ». Interviewé par la chaîne de télévision catholique américaine EWTN, Burke répète qu'il n'y a rien de « plus essentiel » que la loi morale naturelle. « Nous ne parlerons jamais assez tant que dans notre société une vie humaine innocente et sans défense est attaquée de la manière la plus sauvage qui soit[1]. »

Un deuxième élément de ce noyau arc-bouté dans la défense de la doctrine de Ratzinger est le cardinal Mauro Piacenza, à qui le pape a retiré la direction de la Congrégation pour le Clergé pour le muter à la Pénitencerie apostolique. Piacenza est un intransigeant, formé par le cardinal Siri, opposant tenace au réformisme conciliaire. Piacenza désigne comme exemple pour le clergé le curé d'Ars, Jean-Marie Vianney, qui a vécu au début du XVIIe siècle dans un petit village français, complètement déconnecté des problématiques contemporaines. Il refuse tout net la révision du célibat des prêtres et le sacerdoce des femmes, bien qu'avant même l'élection de François il n'excluât pas qu'une « grande économiste » puisse

1. J.H. Westen, www.lifesitenews.com, 13/12/2013.

devenir « chef de l'Administration du siège apostolique ou porte-parole du Vatican ». Sur la question de la collégialité de l'Église, Piacenza reste dans le domaine de l'abstraction. La hiérarchie de l'Église est « d'institution divine directe » et la substance de la collégialité n'est pas d'ordre sociopolitique, mais consiste à « se nourrir du seul pain [eucharistique] et de vivre la seule foi »[1].

Le cardinal Müller aussi appartient au groupe des défenseurs de la doctrine. Connu pour son autoritarisme en tant qu'évêque de Ratisbonne, il est arrivé au Vatican en 2007 sur invitation de Benoît XVI pour diriger le Saint-Office. En décembre 2013, il a tenu une conférence pour confirmer les principes de bioéthique formulés au temps de Wojtyla et de Ratzinger, ignorant les impulsions données par près d'un an de pontificat de François. Sa position s'aligne sur celle, autoritaire, exprimée à plusieurs reprises par Benoît XVI : « La bioéthique formule et vérifie des règles morales pour le comportement technique et scientifique face à la vie en général et la vie humaine en particulier. » L'enseignement de l'Église ne défend pas les intérêts particuliers des catholiques mais prend sous sa tutelle la dignité de toutes les personnes et les « conditions de vie et de coexistence humaines »[2].

Pour souligner les multiples aspects des personnalités de la curie, précisons que Müller se montre plus ouvert sur d'autres plans. Élève du théologien de la libération Gustavo Gutiérrez, il a écrit avec lui un livre pour relancer une théologie qui se situe « du côté des pauvres ». En tant que théologien, Müller a affirmé

1. A. Gaspari, www.zenit.org, 18/09/2011.
2. E. Pavesi, www.vanthuanobservatory.org, 12/12/2013.

dans un volume dogmatique que la virginité de Marie jusque « dans l'enfantement » (c'est ce qu'affirme le dogme proclamé au second concile de Constantinople en 553) ne doit pas être comprise « comme une anomalie physiologique dans le processus naturel de la naissance », comme si l'hymen ne s'était pas rompu, mais dans le contexte de l'influx salvateur du Rédempteur[1]. Dans un ouvrage sur la messe, il se positionne contre toute conception matérialiste du sang et du corps du Christ dans l'eucharistie[2]. Et, ce qui achève de démontrer à quel point les frontières de la curie peuvent être fluctuantes, le pape François lui-même a rédigé la préface du dernier essai de Müller sur la pauvreté et la mission de l'Église.

Au sein de cette faction fortement liée aux raidissements théologiques qui ont eu lieu ces trente dernières années, Rino Fisichella – président de l'Académie pour la vie de 2008 à 2010, puis nommé président du conseil pour la Nouvelle Évangélisation par Benoît XVI – apparaît comme l'un des tenants les plus durs des principes non négociables affirmés par Joseph Ratzinger. Des principes qu'il a défendus non seulement d'un point de vue théologique, mais à travers une intense activité de *lobbying* politique essentiellement dirigée vers le centre-droit berlusconien.

Pendant les années où le cardinal Ruini était président de la conférence épiscopale italienne, Fisichella s'est montré très actif dans l'organisation de la campagne pour l'abstention visant à faire échouer le référendum de 2005 sur la procréation assistée, dans la promotion d'une Journée de la famille pour empêcher

1. G.L. Müller, *Katholische Dogmatik*, Herder, 2003.
2. G.L. Müller, *Die Messe*, Saint Ulrich, 2002.

le Parlement d'adopter la loi sur la reconnaissance des couples non mariés proposée par le gouvernement Prodi en 2007, et dans la lutte contre le testament de fin de vie. Cependant, au nom de sa politique inclusive, François nommera Fisichella responsable pour l'année jubilaire.

Ce qui caractérise ces hommes est leur âge relativement jeune en termes ecclésiastiques – Burke a soixante-six ans, Piacenza soixante-dix, Müller soixante-sept, Fisichella soixante-trois – et le fait d'avoir été appelés à faire partie de la curie sous Ratzinger. Bien que certains aient la possibilité d'accéder à une carrière d'archevêque, ils restent un point de référence pour une faction aux opinions traditionalistes, à la curie comme ailleurs, car les épiscopats nationaux sont tout aussi divisés que la curie romaine.

L'ancien secrétaire d'État Tarcisio Bertone, déjà proche collaborateur de Ratzinger à la Congrégation pour la Doctrine de la foi de 1995 à 2001, se situe dans la même optique, bien que le fait d'approcher les quatre-vingts ans réduise progressivement son influence.

Le pape François n'a pas choisi la question de la famille au hasard. La contraception, le divorce et l'interruption de grossesse constituent un terrain sur lequel le ressenti et le comportement des fidèles montrent un net écart avec les impératifs de la hiérarchie ecclésiastique depuis près d'un demi-siècle. François n'entend pas modifier la doctrine, mais il estime indispensable de changer radicalement l'approche pastorale. La question de refuser la communion aux divorcés remariés en particulier fait l'objet de tentatives de révision depuis des dizaines d'années. En 1993, du temps où ils étaient encore évêques, Karl

Lehmann et Walter Kasper avaient demandé – en vain – au cardinal Ratzinger, alors directeur du Saint-Office, d'accepter une clause de conscience qui permette au moins au conjoint abandonné sans avoir commis de faute d'accéder à la communion s'il s'était remarié. Le chancelier allemand Helmut Kohl avait – lui aussi en vain – soulevé le problème dans une lettre personnelle adressée à Jean-Paul II. Lors de la visite à Berlin de Benoît XVI, le président fédéral Christian Wulff avait ressenti l'urgence d'évoquer la question au moment de lui souhaiter la bienvenue en Allemagne.

Confier de nouveau le thème de la famille à un synode épiscopal a un goût de revanche historique. En effet, lors de celui de 1980, l'immense majorité des évêques avait voté une motion pour que l'on étudie le système en vigueur dans les Églises orthodoxes, où il est possible de se remarier – bien qu'avec des rites plus sobres, en signe de pénitence – tout en continuant à recevoir la communion. On réclamait une solution. Jean-Paul II ignora l'avis de l'épiscopat mondial en publiant un an plus tard un document qui affirmait l'inverse : « L'admission à l'eucharistie […] ne peut leur être accordée. » Il avertit en outre le clergé : « Il est expressément interdit […] de célébrer "quelque cérémonie que ce soit" en faveur des divorcés qui se remarient civilement. »

Plus de trente ans après, François redonne à l'épiscopat la possibilité d'élaborer une solution pastorale concrète. Il prépare à sa manière le terrain à la nouveauté, à travers de petites entorses sémantiques. « Je pense à cette femme qui avait subi l'échec de son mariage durant lequel elle avait avorté ; elle s'est ensuite remariée et elle vit à présent sereine avec cinq enfants. L'avortement lui pèse énormément et elle s'est sincèrement repentie. Elle aimerait aller plus loin dans la vie chrétienne : que fait le confesseur[1] ? » ; « Si une personne est gay et cherche le Seigneur, fait preuve de bonne volonté, qui suis-je pour la juger[2] ? » ; « Je me rappelle le cas d'une enfant très triste, qui a fini par confier à sa maîtresse le motif de son état d'âme : la fiancée de ma mère ne m'aime pas[3] ». À chaque fois, les questions restent apparemment ouvertes pour faire comprendre que la vieille position doctrinaire de l'Église n'est plus tenable. « François ouvre des fenêtres et s'en éloigne sans donner de réponse immédiate », fait remarquer le père Spadaro de *La Civiltà Cattolica*. Ce sera aux évêques d'apporter des réponses, sous le signe de la collégialité.

Cependant, François sait qu'il faut réveiller l'appareil ecclésiastique. C'est pour cette raison que, sans préavis, sans même consulter le Conseil pontifical pour la Famille, il a lancé un sondage pour savoir ce que pensent les fidèles de toutes ces questions qui les concernent en premier lieu dans leur vie quotidienne. Un événement inédit. La révolution est déjà dans les trente-neuf questions, dans le fait que le pape veuille qu'elles soient posées. Il s'agit d'interrogations que les pontificats précédents n'ont jamais voulu mettre clairement sur la table, car on avait toujours considéré que l'opinion des fidèles n'était pas pertinente – ni leur approbation nécessaire. Au mieux, il fallait leur apprendre à obéir.

1. François, A. Spadaro, *La Civiltà Cattolica*, 19/09/2013.
2. François, *Conférence de presse*, 28/07/2013.
3. François, *La Civiltà Cattolica*, 04/01/2014.

Le questionnaire préparatoire au synode a levé le voile sur de nombreux problèmes. « La notion de loi naturelle à propos de l'union entre un homme et une femme est-elle couramment acceptée en tant que telle par les baptisés en général ? […] Le concubinage *ad experimentum* est-il une réalité pastorale importante dans votre Église particulière ? À quel pourcentage pourrait-on l'estimer numériquement ? […] Les séparés et les divorcés remariés sont-ils une réalité pastorale importante dans votre Église particulière ? À quel pourcentage pourrait-on l'estimer numériquement ? […] Comment les baptisés vivent-ils leur situation irrégulière ? Ils en sont conscients ? […] Se sentent-ils écartés et vivent-ils avec souffrance l'impossibilité de recevoir les sacrements ? […] Quelle attention pastorale est-il possible d'avoir envers des personnes qui ont choisi de vivre selon ce type d'unions [de même sexe] ? En cas d'unions entre personnes du même sexe qui aient adopté des enfants, quel comportement pastoral tenir en vue de la transmission de la foi ? » Enfin, la question qui traîne depuis un demi-siècle, quand Paul VI a interdit l'usage de la contraception avec l'encyclique *Humanae Vitae* : « Quels sont les aspects les plus problématiques qui […] rendent difficile l'acceptation [de cette doctrine] par la plupart des couples ? »[1].

Ce document a été adressé aux conférences épiscopales en octobre 2013, assorti d'une invitation à fournir les réponses au plus tard en janvier 2014. Si François voulait tâter la réactivité des épiscopats, l'effet s'est aussitôt fait sentir. La conférence épisco-

1. Synode des évêques, IIIe assemblée générale extraordinaire, *Document de préparation*, octobre 2013.

pale d'Angleterre a mis le questionnaire en ligne, pas celle d'Italie. Les évêques anglais ont demandé aux fidèles de répondre individuellement, tandis que la conférence épiscopale italienne a adressé le questionnaire aux évêques en vue d'une consultation dans les mouvements et dans les paroisses, dont on a finalement peu parlé. Les autres épiscopats du monde se situent entre ces deux extrêmes. De nombreux diocèses ont traité la question verticalement, à travers le lien entre évêques et représentations pastorales ou associatives. Une partie a mis le questionnaire sur Internet, sollicitant explicitement l'avis des fidèles. À Vienne, à Lyon, à Malte, à Baltimore et à Chicago, pour ne citer que quelques exemples, les évêques ont privilégié le lien individuel avec les catholiques. Il en est allé de même dans plusieurs diocèses allemands, français et américains.

En Italie, le journal des évêques *Avvenire* n'a pas publié le questionnaire sur son site, pas même en janvier, date butoir pour répondre, bien que le secrétaire général du synode des évêques, Mgr Lorenzo Baldisseri, ait déclaré lors d'une conférence de presse le 5 novembre 2013 que chaque fidèle pouvait adresser ses réponses au Vatican. Le mouvement « Nous sommes l'Église » a accusé la hiérarchie ecclésiastique italienne d'agir avec d'« évidentes réticences ».

L'idée du questionnaire est devenue un multiplicateur d'initiatives. Des journaux catholiques ont reproduit et relayé le document, des groupes de base ont mobilisé les fidèles pour qu'ils adressent leurs propositions aux évêques. En Suisse, la conférence épiscopale a reformulé les questions du sondage pour les rendre plus accessibles au public, recueillant près de

25 000 réponses. En Allemagne, un groupe de dix-sept enseignants de théologie a diffusé un appel pour que l'Église « abandonne une tradition de théologie morale obsédée par l'acte sexuel et le désir de vouloir réglementer toute la thématique sexuelle [1] ». Une enquête de l'association de jeunesse catholique allemande (BDKJ) a révélé que 90 % des jeunes catholiques ne se soucient pas de la doctrine sexuelle de l'Église. Des résultats qui se répètent, à quelques variations près, dans tout l'Occident.

L'initiative du questionnaire enthousiasme de nombreux fidèles. « L'Église descend dans la rue », déclare le mouvement espagnol Redes Cristianas. « De nombreuses personnes se disent agréablement surprises de voir que le pape s'intéresse à leur situation particulière », commente Arnd Bünker, directeur de l'institut socio-pastoral de Saint-Gall, en Suisse. La BBC de Londres a recueilli de nombreuses réactions. « Je suis très catholique et très gay, écrit Clare. Le pape François a le pouvoir de changer le monde, en tout cas le mien, et je suis fière de participer à un mouvement d'acceptation et de compréhension au sein de l'Église catholique. » « C'est le genre d'action que j'espérais en tant que jeune catholique », commente Sam. « L'Église catholique n'a pas besoin d'être réformée », soutient Arthur Croker. « C'est une excellente idée », réplique au contraire Paula Thomson.

L'Église catholique emprunte un chemin nouveau. En témoigne la variété des réactions parmi les cardinaux : « Ce n'est ni un référendum ni l'application de principes démocratiques à la vie interne de l'Église. Il s'agit d'une enquête qui doit donner des réponses réflé-

1. « Begegnungunddialog », décembre 2013.

chies, force de proposition[1] », déclare prudemment le secrétaire général du synode, le cardinal Baldisseri. « Il faut travailler sur ces thèmes en artisans de la paix, sans craindre la vérité, qui nous rend libres[2] », affirme aux fidèles le cardinal français Philippe Barbarin.

« Nous voyons une multitude de situations où nous pouvons trouver des solutions concrètes qui vont dans le sens de la doctrine et du message de Jésus-Christ [...]. Il n'est pas question d'opinion publique », affirme le cardinal hongrois Péter Erdő, rapporteur au synode. L'évêque italien Bruno Forte, appelé par le pape à jouer le rôle de secrétaire spécial lors du synode, a ajouté qu'il ne s'agissait pas de prendre des décisions sur la base des humeurs de la société, mais qu'on ne pouvait « ignorer ce que pense la majorité et y réfléchir[3] ». L'archevêque de Westminster, Vincent Nichols, président de la conférence épiscopale d'Angleterre et du pays de Galles, a résumé par une phrase qui plairait à Bergoglio : « Dieu nous a donné une bouche et deux oreilles. Écouter des choses qui dérangent fait du bien[4]. »

Les premiers résultats parvenus à certains diocèses allemands confirmaient l'immense écart entre la doctrine de l'Église et l'expérience vécue par les gens. Le diocèse de Mayence – siège du cardinal Lehmann, quatre fois président de la conférence épiscopale allemande – évoquait dans un communiqué un « profond fossé ». C'est une situation fatale, « et nous le savions depuis longtemps, reconnaît honnêtement Lehmann.

1. S. Falasca, *Avvenire*, 17/12/2013.
2. www.saintpothin.fr, 04/12/2013.
3. www.ilmondo.it, 05/11/2013
4. www.bbc.co.uk, 14/11/2013.

Beaucoup de choses ont été refoulées. Le pape François nous offre l'occasion d'agir clairement[1] ».

Arrivé au terme de son mandat à l'âge de soixante-seize ans, son successeur à la présidence de la conférence épiscopale allemande, Robert Zollitsch, a eu une initiative sensationnelle : l'office pastoral de son diocèse de Fribourg a pris de l'avance en publiant un guide pour accorder la communion aux divorcés au terme d'un certain nombre d'entretiens avec le prêtre, d'un examen de conscience approfondi et d'un sincère repentir. Un avertissement du préfet de la Congrégation pour la Doctrine de la foi, Müller, est aussitôt arrivé de Rome.

Face aux résultats de ce sondage voulu par le pape François, on a cependant l'impression que l'époque des veto est sur le déclin. L'épiscopat suisse a été le premier à présenter ses conclusions, qui constituent un instantané valable au moins pour une grande partie de l'Occident. Les fidèles suisses repoussent en grande majorité la doctrine qui interdit aux divorcés remariés de recevoir l'eucharistie. Près de 60 % des réponses demandent la reconnaissance et une bénédiction des couples homosexuels (sans parler de mariage). L'interdiction de la pilule est totalement ignorée. Le communiqué officiel rédigé par l'institut socio-pastoral de Saint-Gall, auquel les évêques suisses ont confié l'élaboration des réponses, indique que « l'interdiction des méthodes de contraception artificielles est très éloignée de la pratique et des idées d'une grande majorité des catholiques ».

Le commentaire de l'institut de Saint-Gall fut lapidaire, destiné à résonner extraordinairement au synode,

1. www.bistummainz.de, 18/12/2013.

d'une manière ou d'une autre. « L'Église doit cesser d'attribuer une valeur absolue à certaines normes et directives face aux expériences et aux situations de vie concrètes des gens. Quand elle exige que les catholiques suivent de manière inconditionnelle et acritique des normes et des directives de comportement données, l'Église nuit à son aspiration à leur transmettre les aspects les plus centraux et les plus essentiels de son message[1]. »

Une enquête mondiale promue par une télévision américaine en langue espagnole et menée par la société de sondage Bendixen & Amandi International parmi les catholiques des États-Unis, d'Argentine, du Brésil, de Colombie, du Mexique, de France, d'Italie, de Pologne, d'Espagne, de la République démocratique du Congo, d'Ouganda et des Philippines révèle que 58 % des personnes interrogées rejettent la norme qui refuse la communion aux divorcés remariés. 57 % admettent l'avortement dans certains cas ; 78 % sont favorables à la contraception – toutefois avec une frontière géographique qui voit les catholiques d'Afrique et d'Asie campés sur l'observance de la doctrine traditionnelle. Une frontière qui sépare également les différents épiscopats, comme l'a démontré le déroulement du synode.

En fin politique et conscient des difficultés, François avait prévu une stratégie en deux étapes : au synode d'octobre 2014, il s'agissait simplement d'évaluer la situation ; un an plus tard, au synode de l'automne 2015, les évêques délégués par les conférences épiscopales voteraient pour les propositions définitives. Le

1. G. Rusconi, www.rossoporpora.org, 03/02/2014.

pape pressentait une âpre bataille. Les faits lui ont donné raison.

Le synode d'octobre 2014 a constitué le premier test du pontificat pour tenter de tenir la ligne qui propose l'Église comme « hôpital de campagne » destiné à soigner les blessures existentielles des hommes et des femmes de l'époque actuelle. L'inverse d'une Église qui condamne au nom d'une doctrine abstraite.

Dans la période qui a immédiatement précédé ce synode, il régnait une atmosphère plutôt optimiste. Le pape avait rappelé que « tant de gens blessés nous demandent ce qu'ils demandaient à Jésus : la proximité », une chose que scribes, docteurs de la loi et pharisiens étaient incapables de donner. François avait marié et béni solennellement vingt couples devant Saint-Pierre – dont certains vivaient en concubinage ou avaient un enfant d'une précédente relation – et le secrétaire général du synode, le cardinal Lorenzo Baldisseri, avait souligné : « Une porte est restée fermée jusqu'à présent, et le pape veut l'ouvrir. » *Avvenire*, le journal des évêques italiens, prophétisait que le questionnaire mondial de préparation au synode (qui abordait des sujets tabous par le passé tels que la communion pour les divorcés remariés, les unions entre personnes de même sexe, les enfants au sein des couples homosexuels) confortait l'hypothèse de « pouvoir revoir certaines pratiques pastorales ».

En réalité, dès le consistoire de février 2014 où le cardinal Kasper avait présenté la thèse d'un cheminement de pénitence pour accorder l'eucharistie aux fidèles remariés, l'opposition à la stratégie de miséricorde du pape argentin a commencé à s'organiser. Selon l'ancien président de la conférence épiscopale italienne, Camillo Ruini, 85 % des cardinaux auraient exprimé une position négative lors de cette assemblée[1].

À la veille du synode, l'opposition est sortie à découvert. Cinq cardinaux, dont quatre de la curie romaine, ont publiquement exprimé leur refus dans un livre-manifeste intitulé *Demeurer dans la vérité du Christ* et affirmé être « unis pour soutenir fermement que le Nouveau Testament nous montre le Christ, qui interdit sans ambiguïté le divorce et le remariage ».

Un geste aussi éclatant ne s'était pas vu depuis le temps du concile de Vatican II, notamment en raison du rôle que jouent les cinq auteurs : Gerhard Ludwig Müller, préfet de la Congrégation pour la Doctrine de la foi, Raymond Burke, préfet du tribunal de la Signature apostolique (sorte de Cour de cassation vaticane), Carlo Caffarra, archevêque de Bologne, Velasio De Paolis, ancien président de la préfecture aux Affaires économiques, et Walter Brandmüller, ancien président du comité Sciences historiques du Vatican. George Pell, un Australien membre du conseil des cardinaux de François, se place immédiatement sur la même ligne. Les cardinaux Angelo Scola de Milan, Thomas Collins de Toronto et Marc Ouellet, préfet de la Congrégation pour les Évêques, entrent également dans l'opposition.

Deux importants électeurs de Bergoglio au conclave de 2013, le cardinal américain Timothy Dolan et le cardinal Sean O'Malley, adoptent une position plus douce mais fondamentalement négative. « Je ne vois pas comment il pourrait y avoir une mutation radicale [au sujet des divorcés remariés] sans aller à l'encontre de l'enseignement de l'Église », a déclaré Dolan. Dès

1. M. Tosatti, www.lastampa.it, 24/03/2014.

l'issue du consistoire, O'Malley avait expliqué qu'il ne trouvait « aucune justification théologique » à un changement. Par la suite, le secrétaire de Ratzinger, Mgr Georg Gänswein, rappellera à son tour que les fidèles remariés contredisent par leur choix ce qu'a « indiqué le Seigneur ».

En ouvrant le synode, François envoie deux signaux. À la messe inaugurale du 5 octobre, il parle des « mauvais pasteurs [qui] font peser sur les épaules des gens un poids insupportable, qu'ils ne bougent pas un doigt pour alléger ». Le lendemain, en ouvrant les travaux dans l'intention de transformer le synode en instrument de collégialité, il encourage à s'exprimer clairement, avec la plus grande liberté. « Sans crainte » et sans se taire par peur que le pape puisse « penser différemment ».

Cependant, la liberté des pères synodaux s'accompagne d'un blocage inattendu de l'information sur leurs interventions. Pendant plus de quarante ans, lors des synodes, on fournissait à la presse une synthèse des discours des évêques, ce qui permettait de comprendre au jour le jour dans quelle direction allait l'assemblée. Cependant, par décision du secrétariat du synode, ce type de communiqué a été suspendu, remplacé par un briefing qui n'indiquait pas le nom des orateurs. Le résultat paradoxal fut que Müller, responsable du Saint-Office, s'est vu métamorphosé en paladin de la liberté d'information en affirmant que « tous les chrétiens ont le droit d'être informés sur les interventions des évêques ».

Au terme de la première semaine de débats généraux, le document *Relatio post disceptationem*, élaboré sous la responsabilité du rapporteur général, le cardinal hongrois Péter Erdő, mais essentiellement rédigé par l'évêque Bruno Forte, secrétaire spécial du synode, fait crier au miracle. Le style, le contenu et la terminologie du rapport semblent indiquer qu'une page totalement nouvelle est en train de s'ouvrir dans l'attitude de l'Église face aux relations de couples et sur le thème de l'orientation sexuelle.

Jamais on n'avait lu dans un document issu de la hiérarchie ecclésiastique une telle phrase : « Les homosexuels ont des dons et des qualités à offrir à la communauté chrétienne » ; elle est suivie par une question adressée à tous les diocèses du monde : « Sommes-nous en mesure d'accueillir ces personnes, de leur garantir un espace de fraternité dans nos communautés ? » Jamais on n'avait vu une reconnaissance directe des couples homosexuels comme dans ce passage : « Sans nier les problématiques morales liées aux unions homosexuelles, on prend acte qu'il existe des cas où le soutien réciproque jusqu'au sacrifice constitue une aide précieuse pour la vie des partenaires. »

Lors d'une conférence de presse, le cardinal philippin Luis Antonio Tagle (que certains considèrent comme le prochain successeur de François sur le trône de Pierre) raconte que, pendant les débats, plus d'un père conciliaire a senti flotter l'« esprit du concile » et de la constitution pastorale *Gaudium et Spes*. « On a évoqué à nouveau une Église qui ne soit pas absorbée par elle-même, mais en position d'écoute et de dialogue avec le monde contemporain », commente Tagle.

La *Relatio post disceptationem* contient des accents nouveaux. Bien qu'il prenne acte de la position de ceux qui n'acceptent pas le changement, le document présenté le 13 octobre 2014 ouvre la possibilité d'un « chemin pénitentiel » au terme duquel les divorcés remariés peuvent recevoir la communion. Le texte exprime en outre un appel à reconnaître les « éléments constructifs » inhérents aux mariages civils et au concubinage. Même dans ces unions, « on peut voir des valeurs familiales authentiques ». Enfin, il est accordé une attention particulière aux enfants vivant avec des couples de même sexe – des couples que le document ne diabolise à aucun moment. C'est un adieu à la ligne des papes Wojtyla et Ratzinger, dont les « principes non négociables » ne sont plus évoqués.

Il n'est pas davantage question du concept de « loi naturelle ». Au contraire, le texte invite l'Église à affronter le thème de la sexualité de manière globale, comme le réclamait un quart de siècle plus tôt le cardinal Carlo Maria Martini. Le rapport emploie des termes précis : « La question homosexuelle nous appelle à une réflexion sérieuse sur la manière d'élaborer des chemins réalistes de croissance affective et de maturité humaine et évangélique en intégrant la dimension sexuelle. »

Vingt-quatre heures plus tard, ce texte fait figure de mirage.

La réaction des conservateurs est extrêmement dure. Le cardinal Müller repousse toute ouverture à travers un communiqué de presse glacial : « Je ne participe plus au spectacle. » Le président de la conférence épiscopale polonaise, l'archevêque Stanislaw Gadecki, affirme : « On s'éloigne de l'enseignement de Jean-Paul II. On retrouve dans ce texte des traces de l'idéologie antimariage. » Le cardinal Burke proteste, arguant qu'au service de presse du Vatican « l'information est manipulée de manière à favoriser une seule thèse au lieu de rapporter fidèlement les diverses positions. Un nombre important d'évêques n'accepte pas les idées d'ouverture, mais peu le savent». Le cardinal sud-africain Fox Napier se montre également critique et réclame un amendement du texte. Toute velléité de revaloriser l'homosexualité rencontre une opposition particulièrement forte parmi les évêques africains. Ceux-ci se plaignent en outre que les pays occidentaux conditionnent souvent l'aide économique à l'adoption d'une législation pro-gay.

Le cardinal de curie Robert Sarah, originaire de Guinée et président du conseil *Cor Unum*, estime que les unions homosexuelles constituent « une grave déviance de la sexualité » et dénonce la tentative d'infléchir la doctrine de l'Église.

Dans le même temps, le cardinal Ruini fait diffuser un texte dans lequel il rappelle l'exhortation apostolique de Jean-Paul II, *Familiaris Consortio*, qui « réaffirme sa discipline, fondée sur l'Écriture sainte, selon laquelle elle ne peut admettre à la communion eucharistique les divorcés remariés ». Pour recevoir l'eucharistie, ceux-ci doivent promettre de « vivre en complète continence ». C'est une tentative de jouer la carte de Jean-Paul II contre la ligne de François.

Face à la tourmente, le service de presse du Vatican est contraint de déclarer que le rapport sur le débat général ne constitue qu'un document de travail. Une nouvelle version du paragraphe relatif à l'accueil des homosexuels est diffusée en anglais. Là où l'italien (la langue officielle du synode) parlait d'« accueil », l'anglais parle de « prendre soin » des homosexuels.

Parmi ceux qui résistent publiquement à cette attaque on compte le cardinal Christoph Schönborn, qui vante la manière « merveilleuse, humainement et chrétiennement », dont deux homosexuels qu'il connaît à Vienne sont restés proches pendant la grave maladie de l'un d'eux ; et le président de la conférence épiscopale allemande, le cardinal Reinhard Marx, selon qui on ne peut dire à quelqu'un : « Vous êtes homosexuel, vous ne pouvez pas vivre l'Évangile. Pour moi, c'est impensable. » Avant même l'ouverture du synode, le cardinal Kasper avait déclaré dans une interview que, bien qu'elles ne soient absolument pas comparables au mariage, les « unions homosexuelles, si elles sont vécues de manière stable et responsable, sont respectables ».

Au cours de la deuxième semaine du synode, les dix groupes linguistiques de travail rejettent les formulations les plus avancées de la *Relatio*, qui avaient suscité un tel intérêt dans l'opinion. Le texte final du synode – aussitôt rendu public par le pape avec le décompte des votes pour chaque paragraphe – est ambivalent.

François a ouvert une brèche en permettant une discussion libre sur des thèmes autrefois tabous. Le synode reconnaît « des éléments valables » dans les liens autres que les noces chrétiennes. Les évêques affirment que l'Église s'adresse avec amour à ceux qui « ont contracté un mariage civil, qui sont divorcés et remariés ou vivent simplement en concubinage », car – précision importante d'un point de vue théologique – « la grâce de Dieu opère également dans leurs vies », quand les partenaires prennent soin l'un de l'autre avec amour et s'occupent de leurs enfants avec affection et sens des responsabilités. En outre, les évêques invitent à un grand respect envers les divorcés remariés, qui doivent être impliqués dans la vie paroissiale « en évitant tout langage ou attitude qui les fasse sentir discriminés ». En parallèle, on ouvre la voie à une réforme pour rendre plus rapides et possiblement gratuites les causes de nullité des mariages religieux. Une réforme que François met aussitôt en chantier en créant une commission dédiée avant le synode.

Lors de l'assemblée, les paragraphes du document final ont tous été approuvés à une majorité des deux tiers. Seuls trois – relatifs à la communion des divorcés remariés et à l'homosexualité – n'atteignent pas le quorum requis. Celui qui a recueilli la plus faible participation, avec 104 suffrages exprimés sur 183 votants, concerne le chemin pénitentiel pour accorder la communion aux fidèles remariés. Le consensus pour un « approfondissement » du problème est à peine plus large. Par rapport à la *Relatio*, l'assemblée des évêques fait marche arrière sur la reconnaissance des valeurs existant dans un couple homosexuel. Les conservateurs ont imposé une formule limitée à ce qu'affirmait le cardinal Ratzinger à l'époque où il dirigeait le Saint-Office : respect et non-discrimination pour les individus, aucune reconnaissance des couples de même sexe vivant en concubinage et diabolisation implicite de l'homosexualité (considérée comme un « désordre moral » par la déclaration de la Congrégation pour la Doctrine de la foi en 1992). Beaucoup d'évêques réformateurs comptent parmi les 62 votants opposés à un texte aussi restrictif sur la question de l'homosexualité – qui n'a recueilli que 118 voix.

L'expérience du concile de Vatican II, semé d'affrontements et de polémiques, sert à rappeler qu'au sein de l'Église la maturation d'un changement demande du temps. Le concile a duré trois ans, et le tissage patient de Paul VI a été nécessaire pour mener à l'approbation finale de ses textes à une très large majorité, y compris l'évêque Marcel Lefebvre, schismatique par la suite.

Le synode a également mis en lumière tout un éventail d'approches. Sur le thème de la famille, la préoccupation des évêques d'Afrique et d'Asie concerne moins le choix individuel de divorcer et de se remarier que la persistance de la polygamie et des mariages arrangés, les violences familiales et les situations irrégulières causées par une pauvreté extrême. La crainte chez une part importante de la hiérarchie ecclésiastique de renverser soudainement l'autorité de positions doctrinales réaffirmées depuis des siècles a beaucoup contribué à freiner l'ouverture. En témoigne une confidence de Paul VI au philosophe français Jean Guitton au sujet de la doctrine sur la contraception : « Une atténuation de la loi aurait pour effet de remettre en question la morale, mais surtout de démontrer la faillibilité de l'Église. »

Pendant toute la durée de l'assemblée, le pape a fait preuve de calme malgré les tensions qui ont éclaté au grand jour. Quotidiennement, il s'est présenté aux assemblées sans pompe, il a suivi les débats avec attention, est allé prendre le café avec les évêques à la cafétéria, a discuté avec tout le monde, même si on l'a souvent vu adresser des billets au secrétaire général du synode, le cardinal Lorenzo Baldisseri.

François est convaincu de la nécessité de faire progresser la discussion à tous les niveaux de l'Église. Pour lui, il est essentiel de roder le processus de participation des évêques aux décisions stratégiques du pontificat. Au début du synode, dans une interview accordée au quotidien argentin *La Nación*, il annonce : « Ce sera un long synode, qui durera sans doute un an. Je ne fais que donner l'impulsion initiale. Quand j'ai été rapporteur au synode de 2001, un cardinal nous disait ce dont nous devions débattre ou non. Cette fois-ci, cela ne se produira pas. »

La position de neutralité absolue de Joseph Ratzinger a contribué à la sérénité de François, malgré les rumeurs selon lesquelles les conservateurs les plus agressifs auraient tenté d'impliquer le pape émérite dans l'opposition à la ligne de son successeur. Personnellement, François se projette déjà plus loin. Selon un témoignage qui n'a pas été démenti, il aurait en avril 2014 conseillé par téléphone à une femme de Buenos Aires, mariée civilement à un divorcé, d'« aller recevoir la communion dans une autre paroisse si son prêtre ne la lui donnait pas ». En tant qu'archevêque, il encourageait les curés de son diocèse à donner la communion aux personnes remariées ou vivant en concubinage[1].

Rétrospectivement, le bilan du premier synode sur la famille, auquel ont participé les présidents de 193 conférences épiscopales, 23 représentants des Églises orientales et 25 dirigeants des dicastères de la curie romaine, a montré un pape en minorité dans la structure du pouvoir au Vatican et avec une base de soutien encore insuffisante dans les épiscopats nationaux. Le synode de 1980 – composé d'évêques choisis par Paul VI, encore imprégnés de l'esprit postconciliaire – avait été plus courageux sur le thème des divorcés remariés en demandant à Jean-Paul II, à une grande majorité, d'étudier le système pratiqué par les Églises orthodoxes (qui admettent le second mariage).

Par certains aspects, François est apparu plus isolé que prévu au sein de la hiérarchie ecclésiastique. Une phrase du cardinal Müller reflète l'irréductibilité de

1. S. Magister, espressonline.it, 08/09/2014.

l'affrontement interne des dirigeants catholiques : l'image de l'hôpital de campagne est très belle, dit le cardinal, mais « l'Église en soi n'est pas un sanatorium, c'est la maison du Père »[1] avec ses lois divines.

Peut-être est-ce pour cela qu'à la clôture du synode, alors qu'il célébrait la messe de béatification de Paul VI, le pape a évoqué un Dieu qui « n'a pas peur de la nouveauté [...], nous surprend continuellement [...] nous conduisant par des chemins imprévus ».

Entre-temps, le pape a compris la nécessité de rajeunir la hiérarchie ecclésiastique dans les diocèses et surtout dans la curie romaine pour laisser place à des personnalités plus ouvertes. Comme l'avait fait Paul VI quand, pour remplacer progressivement l'épiscopat choisi par Pie XII, il avait fixé pour la première fois dans l'histoire de l'Église la démission des évêques diocésains à soixante-quinze ans.

La nouvelle réglementation introduite par François en novembre 2014 renouvelle l'invitation aux évêques à se retirer à leur soixante-quinzième anniversaire et rend obligatoire la démission des cardinaux au même âge, qu'ils dirigent un dicastère à la curie ou exercent une fonction sur nomination pontificale. Dans certains cas, le pape se réserve la possibilité de demander le retrait anticipé d'un évêque après avoir « écouté attentivement ses raisons, dans un dialogue fraternel »[2]. De fait, ces nouvelles règles mettent fin aux fonctions exercées par l'ancien secrétaire d'État de Benoît XVI, Tarcisio Bertone, titulaire de la charge de camerlingue de la sainte Église romaine, c'est-à-dire responsable de l'administration pendant l'interrègne entre deux

1. Gerhard L. Müller, *La Speranza della famiglia*, Ares, 2014.
2. P. Parolin, *Rescriptum ex audientia Ss.mi*, 05/11/2014.

papes. Le nouveau camerlingue est le cardinal français Tauran.

Mais le premier cardinal à avoir été éloigné de la curie après le synode de 2014 est Raymond Burke, soixante-seize ans, figure de proue du bloc conservateur. François lui retire la direction du tribunal de la Signature apostolique et le nomme patron de l'Ordre souverain de Malte. Quelques jours après la conclusion du synode, Burke avait commenté : « [C'est] un moment critique, où l'on a l'impression que l'Église est comme un navire sans gouvernail ».

Au cours des mois suivants, François semble replié sur des positions plus prudentes. « Ce n'est pas une solution de donner la communion [aux divorcés remariés] », déclare-t-il au journal argentin *La Nación*. Cependant, début 2015, il envoie un autre signal fort en recevant au Vatican un transsexuel espagnol, Diego Neria Lejárraga, une femme devenue homme qui avait écrit au pape pour se plaindre d'avoir été mise à l'écart par l'Église. Le pape l'accueille avec sa fiancée[1]. C'est une manière de rappeler aux évêques du monde que l'Église doit s'ouvrir.

Moins d'un an plus tard, le synode d'octobre 2015 ne mène pas à une victoire nette du front réformateur. Le pape argentin se trouve face à une Église divisée, où prévalent les évêques conservateurs et ceux qui ont peur d'un véritable renouveau. Si, comme l'a affirmé avec franchise le cardinal Pell, le synode a été le terrain d'une « bataille théologique symbolique [...] entre deux visions, celle de Kasper et celle de Ratzinger[2] » – c'est-à-dire entre une attitude miséricordieuse face

1. *La Repubblica*, 26/01/2015.
2. J.-M. Guenois, www.lefigaro.fr

aux divorcés remariés et aux homosexuels d'une part, et le maintien obstiné de la doctrine traditionnelle de l'autre –, son issue a démontré que la proposition du cardinal Kasper, notoirement soutenu par le pontife, a été bloquée par une masse d'évêques réfractaires à une nouvelle approche pastorale.

Les résistances à une révision des conceptions traditionnelles sur la sexualité s'expliquent par la méthode de sélection des évêques mise en place ces dernières années par Jean-Paul II et Benoît XVI, principalement caractérisée par une exigence de fidélité à la doctrine du Vatican, au détriment de personnes animées d'esprit critique et créatif. Le rapport de force qui a émergé au sein du synode, favorable aux plus réticents, risque également de peser sur le futur conclave. Depuis les mois précédant le synode, le bloc conservateur a agi de manière très agressive. Une pétition demandant au pape de ne pas modifier la doctrine a recueilli quatre cent mille signatures (dont celles de plus de cent évêques). Onze cardinaux du monde entier ont publié un livre en défense de la doctrine traditionnelle. À la veille du synode, les conservateurs ont organisé à Rome un rassemblement international animé par les cardinaux Burke et Caffarra dans le but de s'opposer – selon les termes de l'archevêque de Bologne – à « l'assombrissement de la nature sacrée du mariage ».

Ultime moyen de pression sur le pontife, le jour même de l'ouverture du synode, un groupe de cardinaux a adressé une lettre à François critiquant une procédure synodale peu démocratique et (selon certaines sources) mettant en garde contre le « libéralisme » protestant. En première ligne de cette initiative : les cardinaux Pell, Müller et Dolan. Un geste sans précédent dans l'histoire des synodes.

Pendant trois semaines, particulièrement au sein des groupes de travail linguistiques, a eu lieu une difficile recherche de convergence entre des positions souvent éloignées. Face à la mobilisation des conservateurs, l'aile réformatrice menée par les cardinaux germanophones Reinhard Marx et Christoph Schönborn a fait profil bas, œuvrant intensément pour aboutir à un document final de compromis, qui obtiendrait la majorité nécessaire des deux tiers sans provoquer de rupture bruyante. Le prix à payer est de renoncer à déclarer ouvertement que les divorcés remariés peuvent accéder à la communion (mot que le document n'emploie pas), ainsi que d'éviter toute reconnaissance de la vie de couple homosexuelle. Le *coming out* fracassant du monsignore polonais Krzysztof Charamsa, secrétaire adjoint de la commission théologique internationale de la Congrégation pour la Doctrine de la foi, n'a rien fait pour aider en ce sens : la veille du synode, il avait présenté son compagnon, qualifiant d'inhumaine la position de l'Église qui exige des gays une abstinence sexuelle totale.

Sur la question des divorcés remariés, la résolution finale du synode invite les personnes concernées à effectuer un chemin de « discernement », de réflexion et de pénitence sous l'égide des prêtres afin de prendre « conscience de leur situation face à Dieu » et d'arriver à un « jugement correct sur ce qui fait obstacle à une pleine participation à la vie de l'Église et sur ce qui pourrait la favoriser et la faire grandir »[1]. Un langage tortueux, éloigné de la simplicité de François, qui met

1. *Rapport final du synode des évêques*, 24/10/2015.

en évidence la difficulté de rédiger un texte qui ne soit pas rejeté par les conservateurs. Malgré cela, le paragraphe crucial (n° 85), qui souligne que l'imputabilité et la responsabilité d'une action (la rupture du mariage) peuvent être atténuées voire annulées par certaines circonstances, et que dans certaines situations les « personnes rencontrent des difficultés à agir différemment », a failli être sabordé par les conservateurs les plus irréductibles lors du vote décisif du 24 octobre 2015. Le consensus sur ce paragraphe a dépassé le quota des deux tiers (soit 177 suffrages) d'une seule voix : 178 « oui » contre 80 « non ».

Pourtant, l'attention que le document porte au concubinage, aux couples mariés seulement civilement, aux mariages traditionnels, au respect de la dignité des personnes homosexuelles fait entendre un ton nouveau. La délicatesse exprimée envers les mariages rompus, qui dépasse tout jugement diabolisant, ainsi que l'invitation à intégrer les divorcés remariés dans la vie de l'Église, ouvre une brèche et encourage de fait les nombreux prêtres qui donnent d'ores et déjà la communion aux divorcés remariés à continuer dans cette voie. En dernière analyse, le rapport final du synode laisse au pape les mains libres pour prendre des décisions plus concrètes.

François n'a pas paru heureux de ces résistances. Dans son discours de conclusion du 24 octobre 2015, il a évoqué les « cœurs fermés » qui se cachent derrière les enseignements de l'Église et jugent avec superficialité des cas difficiles et des familles blessées. Le lendemain matin, lors de la messe solennelle, il a critiqué ceux qui restent sourds au malheur d'autrui.

Comme le lui a expressément demandé le synode, le pape devra publier un document personnel sur la famille. Il n'est pas exclu que celui-ci résolve la question des divorcés remariés en confiant la décision finale aux évêques locaux, à qui il a attribué pour la première fois le pouvoir de juger personnellement de l'inexistence d'un lien matrimonial à travers son document sur la réforme des déclarations de nullité des mariages religieux [1].

1. François, *Mitis Iudex*, 15/08/2015.

15

La question italienne

L'épiscopat italien a été happé par la révolution du pape argentin. La vision suggérée par François d'une Église pauvre, peu doctrinale, qui ne pratique pas l'ingérence spirituelle dans la vie des personnes ni dans la politique, qui donne de la place aux femmes, écoute les laïcs et renonce à la tentation de les manipuler a ébranlé le cadre dans lequel la conférence épiscopale italienne (CEI) opère depuis des décennies.

Bien que caractérisée dans ses diverses articulations par un fort engagement social, l'Église italienne a toujours eu l'habitude de se considérer avant tout comme une institution de commandement, tant sur le plan doctrinal que dans la dimension sociopolitique.

Née dans un climat de faible autonomie – contrairement aux autres, elle n'avait pas le droit d'élire son président –, la CEI n'en a pas laissé non plus aux laïcs. Elle a toujours étouffé les tentatives de créer un espace où un représentant des fidèles puisse s'exprimer librement sur des thèmes ecclésiastiques ainsi que sur le rapport entre la foi et les problèmes socio-économiques du pays.

Si en Allemagne, patrie de Benoît XVI, le Comité central des catholiques allemands (ZDK) a périodiquement donné voix à la vitalité des fidèles en intervenant sur les thèmes brûlants de la vie ecclésiastique, en Italie le Conseil national des associations laïques (ancien Conseil pour l'apostolat des laïcs) révèle dans le tortueux article 1er de ses statuts la crainte des évêques de se trouver face à une organisation autonome. Le document affirme que le Conseil est le lieu où les associations et les mouvements catholiques italiens « vivent de manière unitaire leur rapport avec l'épiscopat italien, lui offrant la richesse de leurs possibilités apostoliques et en recevant efficacement les programmes et les indications pastorales ».

Au cours des dernières décennies, aux moments cruciaux pour le rapport entre la foi et la société italienne – depuis les référendums sur le divorce, l'avortement, la procréation assistée, jusqu'à l'idée de lois sur le concubinage ou le testament de fin de vie –, jamais le Conseil n'est entré concrètement dans le débat public ni n'a rempli sa fonction statutaire de fournir « des propositions en vue de l'élaboration des orientations et des lignes pastorales de la conférence épiscopale italienne[1] ».

À l'inverse, la hiérarchie a systématiquement donné les mots d'ordre et les directives pour les initiatives publiques, auxquels les fidèles catholiques étaient appelés à adhérer. Lors du dernier congrès national de l'Église italienne, qui a eu lieu à Vérone en 2006, la crainte de voir émerger des voix même modérément détonnantes a poussé la présidence de la conférence épiscopale à interdire que les groupes de travail votent des textes.

1. *Statuts du Conseil national des associations laïques*, www.chiesacattolica.it, mars 2009.

La liberté des évêques a elle-même été limitée d'en haut. La pratique de soumettre au pape le rapport introductif du président de la conférence épiscopale la veille de l'assemblée annuelle du mois de mai a constamment contribué à freiner le débat général. Qu'y a-t-il à discuter si le rapport est approuvé à l'avance par le pape, parfois avec d'importantes corrections de dernière minute ? La verticalité absolue est l'une des caractéristiques de la conférence épiscopale italienne. « Pendant le discours inaugural, tout le monde intervient pour dire "ça va bien, ça va mal", et à la fin le président répond selon sa manière de voir les choses », remarquait il y a des années Mgr Plotti, vice-président de la CEI de 2000 à 2005. Opération légitime, ajoutait-il, « mais il s'agit d'une opinion personnelle, non filtrée par une consultation. On croit qu'il s'agit de la parole des évêques italiens, alors que ceux-ci ont été mis de côté »[1].

L'autonomie d'un épiscopat sur lequel prévalent les indications du pape et de ses hommes de confiance a été particulièrement faible en 2007, alors que le cardinal Bagnasco occupait la charge de président de la CEI, quand Bertone, alors secrétaire d'État, lui envoya une lettre officielle se réservant la compétence de traiter avec les institutions politiques : « J'assure dorénavant à Votre Excellence la cordiale collaboration et la respectueuse direction du Saint-Siège, ainsi que la mienne[2]. »

On a alors assisté à la création d'un lien systématique entre le Vatican, la CEI et le système politique. À l'aube du nouveau millénaire, l'ancien parallélisme

1. M. Politi, *La Chiesa del no*, *op. cit.*
2. T. Bertone, *Lettre au nouveau président de la CIE*, 25/03/2007.

qui avait existé avec la Démocratie chrétienne depuis l'après-guerre jusqu'au déclin du parti en 1994 s'est transformé en un rapport plus masqué de liens préférentiels avec le centre-droit de Berlusconi. D'abord sous la présidence du cardinal Ruini à la CEI, puis sous la régence du cardinal Bertone. La raison invoquée était la défense des principes dits non négociables relatifs aux thématiques de la vie, du mariage et de la liberté d'instruction. La substance politique en était le commun accord pour garantir le financement des écoles catholiques et l'opposition aux innovations législatives sur le concubinage, les unions homosexuelles, le testament de fin de vie, le divorce rapide, la fécondation artificielle.

Marquée par de salutaires moments de tension, notamment lors de l'affaire Boffo, l'alliance objective entre la conférence épiscopale et la faction berlusconienne de centre-droit ne s'est dissoute qu'en 2011, avec l'arrivée au pouvoir du gouvernement Monti. Dino Boffo, directeur du journal *Avvenire*, avait dénoncé le style de vie de Berlusconi et avait été contraint à la démission pendant l'été 2009 après une campagne de diffamation menée par *Il Giornale*, appartenant à la famille Berlusconi, fondée sur un faux document faisant état de rapports homosexuels présumés.

Entre 2011 et 2012, lors de deux conventions successives à Todi, la tentative d'associations et de mouvements catholiques pour créer une dynamique politique échoue. Les secteurs du Vatican proches du secrétaire d'État Bertone défendent la fin de « l'idéologie de la diaspora » et proposent un « protagonisme » du laïcat catholique, qui devrait être soutenu par une convergence entre « évêques, politiques, économistes, juristes, mouvements et société civile » pour donner vie à un programme d'action inspiré de la doctrine sociale de l'Église : une organisation très proche de celle d'un mouvement politique[1]. Président de la CEI, Bagnasco se montre nettement plus prudent en se bornant à souhaiter une discussion « culturelle et sociale ». Cependant, aucun de ces projets ne se réalisera et après l'échec électoral de la liste de Monti aux élections de 2013 le monde catholique italien se retrouve à la dérive, coupé du monde politique.

L'éclipse sociopolitique s'accompagne d'une inexplicable aphasie de l'intelligentsia catholique, à de rares exceptions près. L'impression d'un manque de pertinence de la pensée catholique se diffuse dans la société italienne, malgré des analyses et des propositions fortes présentées à l'occasion des Semaines sociales.

Quelques mois avant l'abdication de Benoît XVI, une voix s'élève dans l'Église italienne pour demander un changement de cap radical. « L'Église est en retard de deux cents ans. Pourquoi ne se secoue-t-elle pas ? Avons-nous peur au lieu de prendre courage ? » déclare, à l'article de la mort, le cardinal jésuite Carlo Maria Martini, ancien archevêque de Milan. Dans une interview-testament publiée le 1er septembre 2012, au lendemain de sa disparition, le cardinal regrette l'existence d'une « Église fatiguée » en Europe et en Amérique. « Notre culture a vieilli, nos églises sont grandes, nos maisons religieuses sont vides, l'appareil bureaucratique de l'Église lévite, nos rites et nos vêtements sont pompeux. » Carlo Maria Martini souhaite une Église qui sache se libérer du poids du bien-être et

1. G.G. Vecchi, *Corriere della Sera*, 15/07/2011

attirer des hommes proches des plus pauvres ainsi que des jeunes capables de nouvelles expériences. « Je conseille au pape et aux évêques de chercher douze personnes hors cadre pour des postes de direction », dit-il.

Martini se révèle être un précurseur de François. Sa première suggestion est une conversion de l'Église, qui « doit reconnaître ses erreurs et emprunter la voie d'un changement radical, à commencer par le pape et les évêques ». Le cardinal rappelle la nécessité d'affronter les questions de la sexualité et du corps, évoquant les interrogations que François soulèvera un an après sa mort avec le questionnaire préparatoire au synode d'octobre 2014. « Nous devons nous demander si les gens écoutent encore les conseils de l'Église en matière de sexualité. Dans ce domaine, l'Église est-elle encore une autorité de référence ou une simple caricature dans les médias ? »

Martini a été bien plus qu'une grande personnalité du catholicisme italien. Il représentait un point de référence dans l'Église au niveau mondial, également très écouté des protestants et des orthodoxes. Ce n'est pas un hasard si lors du conclave de 2005, qui a élu Ratzinger, l'ancien archevêque de Milan fut considéré comme l'antagoniste symbolique du préfet de la Congrégation pour la Doctrine de la foi. Certaines de ses paraboles font parfaitement écho à des réflexions du pape François. « Une femme a été abandonnée par son mari et trouve un nouveau compagnon qui s'occupe d'elle et de ses trois enfants. Ce deuxième amour réussit. Si cette famille est discriminée, non seulement la mère est exclue, mais aussi ses enfants. » Les sacrements, insistait-il, ne sont pas « un instrument disciplinaire, mais une aide pour les hommes face aux faiblesses de la vie »[1].

Pendant la période où il était archevêque de Milan, Martini avait lancé la « chaire des non-croyants », une initiative qui confrontait les raisons des croyants et des non-croyants sur les thèmes les plus variés. Le motif profond de ce dialogue est à chercher dans l'intimité de chacun, avait-il expliqué : « J'estime que chacun de nous a en soi un croyant et un non-croyant qui se parlent, qui s'interrogent mutuellement [...]. Le non-croyant en moi inquiète le croyant et *vice versa*[2]. » Selon lui, le monde ne se divise pas entre croyants et non-croyants, mais entre pensants et non-pensants.

La parabole de Martini est représentative de ce que les hautes sphères de l'Église italienne ont considéré comme acceptable ou non acceptable ces trente dernières années. Découvert par le pape Wojtyla – qui en 1979 voulut faire de lui le chercheur de la Compagnie de Jésus, alors qu'il ne s'était distingué que comme recteur de l'Institut biblique pontifical puis de l'Université grégorienne –, Martini fut progressivement écarté quand il commença à exprimer des opinions divergentes de l'interventionnisme politique de la CEI (dirigée par le cardinal Ruini) et à formuler des propositions incompatibles avec le dessein de Jean-Paul II sur la réévangélisation de la société contemporaine. Président du Conseil des conférences épiscopales européennes de 1986 à 1993, connu pour son prestige et son attitude de dialogue avec l'islam et le judaïsme ainsi qu'avec les autres Églises chrétiennes, Martini fut

1. G. Sporschill, F. Radice Fossati Confalonieri, www.corriere.it, 01/09/2012.
2. C.M. Martini, *La Cattedra dei non credenti*, Rusconi, 1992.

éloigné de sa position par décision de Wojtyla, qui modifia les statuts de l'organisation en exigeant que seuls les présidents des conférences épiscopales nationales puissent être élus à la présidence européenne.

En 1999, pendant le synode des évêques consacré par Jean-Paul II à la situation européenne après la chute du mur de Berlin, l'archevêque de Milan surprit ses confrères en évoquant un « rêve ». La vision d'un nouveau concile qui ait le courage de discuter des problèmes les plus épineux : la collégialité du gouvernement de l'Église, le manque dramatique de prêtres, la place de la femme dans la communauté ecclésiastique, la participation des laïcs, le thème de la sexualité, la discipline catholique du mariage, l'œcuménisme. Un silence irrité de la haute hiérarchie accueillit sa proposition. Ni Jean-Paul II ni Benoît XVI ne voulurent affronter ces questions.

En 2002, sur le coup de ses soixante-quinze ans, Martini fut mis à la retraite (pour raisons de santé, mais avec un certain soulagement de la part du Vatican). Il se retira quelques années à Jérusalem avant de revenir en Lombardie, à Gallarate. Ce fut pour lui une saison active. Il a saisi l'occasion de ses longues conversations avec son confrère jésuite Georg Sporschill, ensuite publiées sous forme de livre, pour envoyer des signaux.

Les Églises occidentales, expliquait-il, ne peuvent continuer à importer des prêtres de l'étranger. Il faut ouvrir le dialogue à propos de ceux qu'on appelle dans le jargon ecclésiastique les *viri probati*, c'est-à-dire envisager l'éventualité d'ordonner prêtres des hommes mariés, à la foi et aux mœurs éprouvées. Martini considérait également qu'il fallait réfléchir à la question du sacerdoce féminin. Il racontait une rencontre avec l'archevêque de Canterbury, George Carey, primat anglican de 1991 à 2002, pendant la période où l'Église anglicane connaissait des tensions liées aux premières ordinations de femmes prêtres, auxquelles s'opposait fermement le Vatican : « Pour l'encourager, je lui dis que cette audace pouvait nous aider à valoriser davantage les femmes et à comprendre comment aller de l'avant[1]. »

À son retour de Jérusalem, Martini commença à tenir une rubrique dans le *Corriere della Sera*, où il se confrontait chaque semaine avec l'opinion publique sur les thèmes les plus délicats que la conférence épiscopale italienne éludait ou résolvait par des condamnations : le testament de fin de vie, les rapports homosexuels, le concubinage, les problématiques liées à la fécondation artificielle. Le Vatican considérait ses interventions avec suspicion. La rubrique « a déplu à Rome », rapporte le directeur du journal Ferruccio De Bortoli dans un éditorial commémorant sa disparition. « Un prophète est mort. Je remarque avec regret la froideur de certains milieux ecclésiastiques [...]. Pourquoi le cardinal Martini fut-il considéré comme une figure excentrique, presque hérétique, plus proche du protestantisme ? » De Bortoli exprimait le souhait que Benoît XVI vienne à Milan célébrer les funérailles. Sa proposition ne fut pas acceptée[2].

Lors des obsèques du cardinal jésuite, marquées le 3 septembre par l'intervention de trois de ses pairs – l'archevêque Scola, Angelo Comastri avec un message de Benoît XVI et l'archevêque émérite de Milan,

1. C.M. Martini, *Le Rêve de Jérusalem : conversation avec George Sporschill sur la foi, les jeunes et l'Église*, Desclée de Brouwer, 2009.
2. F. De Bortoli, *Corriere della Sera*, 01/09/2012.

Tettamanzi –, seules les paroles de ce dernier furent applaudies à tout rompre lorsqu'il reconnut : « Nous t'avons aimé pour ton regard capable de voir loin[1]. »

Sept mois plus tard, le premier pape jésuite de l'Histoire montait sur le trône de Pierre. Bien qu'il n'ait pas été son disciple au sens strict du terme, après son élection Bergoglio a remis en circulation de nombreux éléments de la pensée de Martini.

À son avènement, le pape François trouve une Église italienne désorientée où la seule étoile polaire des dirigeants de la CEI sont les principes non négociables, et un épiscopat fragmenté, dont une partie paraît encore liée avec de petits potentats locaux, tandis qu'une autre s'efforce de bâtir une communauté ecclésiastique libre de compromissions politiques, capable de s'adresser à toute la société. Il s'agit d'une Église peu habituée à la transparence en matière économique, où le compte rendu de l'impôt religieux est public tandis que le bilan des diocèses est tenu secret, surtout en matière de propriétés foncières. D'après *Il Sole 24 Ore*, près de 20 % du patrimoine immobilier italien appartient à l'Église, pour une valeur approximative de mille milliards d'euros. Une valeur à ne pas confondre avec les propriétés du Vatican. Le seul dicastère de Propaganda Fide possède à Rome des biens équivalant à neuf milliards d'euros[2].

Habitué en tant qu'archevêque de Buenos Aires et président de l'épiscopat argentin à une liberté de critique envers les dirigeants politiques nationaux qu'ignorent les évêques italiens, le nouveau pape n'a jamais caché sa volonté de remettre la CEI sur une

1. M. Politi, *Il Fatto Quotidiano*, 04/09/2012.
2. M. Bartolini, www.ilsole24ore.com, 15/02/2013.

nouvelle voie. Il a confirmé le cardinal Bagnasco à la présidence et a immédiatement précisé que le temps où le Vatican s'immisçait dans la vie politique italienne était révolu. « Le dialogue avec les institutions culturelles, sociales, politiques [...] est votre tâche. [...] C'est quelque chose qui vous appartient[1] », a-t-il répété à deux reprises lors d'une brève allocution aux évêques italiens deux mois après son élection.

Lors de sa première rencontre au Vatican avec le président de la République Giorgio Napolitano, le pape a ignoré les principes non négociables, préférant insister pour que « les croyants et les non-croyants collaborent ensemble dans la promotion d'une société où les injustices puissent être surmontées, et où chaque personne soit accueillie et puisse contribuer au bien commun[2] ». Lors d'une visite au palais présidentiel du Quirinal en novembre 2013, le pape a définitivement enterré la proclamation des principes non négociables, renonçant à invoquer de manière insistante les racines chrétiennes. Il a souhaité que l'Italie sache puiser « à son riche patrimoine de valeurs civiles et spirituelles ». La tâche première de l'Église, précise-t-il, est de « témoigner de la miséricorde de Dieu et d'encourager des réponses généreuses de solidarité pour ouvrir à un avenir d'espérance »[3]. (Bergoglio déclarera par la suite au directeur du *Corriere della Sera*, Ferruccio De Bortoli : « Je n'ai jamais compris l'expression "valeurs non négociables". Les valeurs sont des valeurs, c'est tout. »)

1. François, *Profession de foi avec les évêques de la conférence épiscopale italienne*, 23/05/2013.
2. François, *Discours*, 08/06/2013.
3. François, *Discours*, 14/11/2013.

L'attitude du président Napolitano est significative de ce nouveau climat : il affirme avoir trouvé dans le pontificat de François « l'absence de tout dogmatisme, la prise de distance par rapport à des "positions que n'effleure pas la moindre incertitude", un appel à "laisser place au doute" propre aux grands guides du peuple de Dieu ». Le chef d'État souligne la volonté du pape d'instaurer « un dialogue avec tous, même les plus éloignés et ses adversaires » [1].

Dans le même temps, le pape pousse à la rédaction de nouveaux statuts de la CEI, demandant un important redimensionnement de son appareil et de ses frais de gestion, un renforcement du rôle des conférences épiscopales régionales, une réduction du nombre de diocèses et une révision des modalités d'élection de son président afin de s'aligner sur les autres conférences épiscopales du monde.

Chez les fidèles, l'attente que l'Église italienne parvienne à prendre une nouvelle physionomie est très forte depuis de nombreuses années. En témoignent certains livres parus comme des cris de douleur au cours de la dernière année de règne de Ratzinger. Dans *Manca il respiro*, l'historien Giorgio Campanini et le prêtre Saverio Xeres, professeur à la faculté de théologie d'Italie du Nord, signalent le profond malaise que sèment chez de nombreux fidèles une hiérarchie autoréférentielle, l'affaiblissement des textes conciliaires et ce que le théologien Enzo Bianchi définit comme une « prélecture d'événements et de circonstances imposée par le haut dans les réalités régionales ou diocésaines [2] ».

1. G. Napolitano, *Discours*, 14/11/2013.
2. E. Bianchi, www.lastampa.it, 16/04/2011.

L'ancien vice-directeur de *L'Osservatore Romano* Gian Franco Svidercoschi, chroniqueur au concile de Vatican II et collaborateur de Jean-Paul II pour la rédaction de son livre *Ma vocation : don et mystère*, émet un jugement encore plus dur : « Le nombre de baptêmes, de vocations, de mariages religieux diminue, les abjurations se multiplient, on assiste à une décadence de la vie morale et à l'incapacité des chrétiens à être présents dans le monde. Et on réagit en se retirant dans ses propres structures, en s'agrippant aux privilèges cléricaux, en se réfugiant dans le corporatisme, le carriérisme, le centralisme romain. » Svidercoschi, auteur de *Mal di Chiesa* (« Mal d'Église ») et de l'essai *Le Retour des clercs*[1], accusait l'Église, quelques semaines avant l'élection du pape François, d'élever dans sa lutte contre la modernité la barrière de l'identité et d'être incapable d'affronter la liberté de la société contemporaine. Avec un clergé en partie inspiré par une excessive sacralisation de sa fonction, mais également « beaucoup de jeunes prêtres [qui] rencontrent une grande fragilité et de grandes difficultés ». Dans un contexte extrêmement conformiste, « le prêtre ne parle pas parce qu'il veut devenir évêque, l'évêque rêve d'un plus grand diocèse, le cardinal se tait par ambition. Naturellement, pas tous ». Selon lui, il s'agit d'une époque marquée par la peur du conflit, où « les fidèles regardent en spectateurs un système autoréférentiel où il n'y a pas de place pour les contradicteurs »[2].

On comprend pourquoi, dans sa première rencontre au palais du Quirinal avec le président de la

1. Mediaspaul, 2014.
2. M. Politi, *Il Fatto Quotidiano*, 11/01/2013.

République Giorgio Napolitano, François a rapidement placé l'une de ses brèves précisions qui semblent écrites au stylo rouge : « L'Église continue de promouvoir l'engagement de tous. » C'est-à-dire que l'Église ne désigne pas seulement la hiérarchie ecclésiastique, mais l'ensemble du peuple de Dieu[1].

Même le thème de la pauvreté, cher à François, a été reproposé pendant des années dans les secteurs ecclésiastiques les plus proches de la population. « L'Église n'est pas pour les pauvres, elle est avec les pauvres, avait l'habitude de dire le prêtre de rue Andrea Gallo, mort à peine deux mois après l'élection du pape Bergoglio. L'Église est pauvre et elle est avec tous ceux qui souffrent. C'est une porte ouverte. »

Le pape argentin avance progressivement et avec détermination. Le 19 novembre 2013, il a remplacé le secrétaire général de la CEI, Mgr Mariano Crociata. Quand, début octobre, *Avvenire* avait présenté la confirmation par intérim de Crociata comme une confirmation à part entière, le pape s'était mis en colère et avait obligé la direction du journal à republier la nouvelle, en précisant cette fois que la charge n'avait été prolongée que provisoirement.

Crociata n'a pas reçu de siège de cardinal comme les anciens secrétaires de la CEI Betori (à Florence) et Tettamanzi (à Gênes puis à Milan). Il a simplement été nommé évêque de Latina, dans la périphérie de Rome. À sa place, François a appelé un évêque du fin fond de l'Italie, Cassano allo Ionio, le plus petit diocèse de Calabre : Mgr Nunzio Galantino, une personnalité simple et cultivée, proche de don Luigi Ciotti, et qui a enseigné l'anthropologie à la faculté de théo-

1. François, *Discours*, 14/11/2013.

logie d'Italie du Sud puis, devenu évêque, a refusé de s'installer dans le palais de l'archevêché et a choisi le séminaire local pour mieux être en contact avec les prêtres et les séminaristes.

Galantino était le dernier des trois noms transmis à François par le cardinal Bagnasco pour la charge de secrétaire. Quand l'évêque a demandé au pape de continuer à s'occuper de son diocèse, François a pris la plume pour demander directement aux fidèles de Cassano allo Ionio la permission de leur retirer leur évêque à temps partiel : « Je sais combien vous aimez votre évêque et je sais que cela ne vous fera pas plaisir qu'on vous le retire, et je vous comprends [...]. [Je lui] demanderai qu'au moins pendant un temps, bien qu'il soit à Rome, il voyage régulièrement quelques jours pour continuer à vous accompagner sur le chemin de la foi. Je vous demande, s'il vous plaît, de me comprendre et de me pardonner[1]. »

En décembre 2013, lors du remaniement de la Congrégation pour les Évêques, François a exclu le cardinal Bagnasco de la séance plénière pour faire entrer le vice-président de la CEI, Gualtiero Bassetti, évêque de Pérouse. Deux mois plus tard, il a fait ce dernier cardinal, le plaçant ainsi sur le devant de la scène. Au point que de nombreux observateurs le considèrent comme un futur candidat à la présidence de la CEI. Dans le cadre de la réforme structurelle de l'Église italienne, le directeur de la chaîne télévisée de la CEI, TV 2000, a également été éloigné : Dino Boffo était l'un des derniers représentants de l'ère Ruini.

1. François, *Aux prêtres, consacrés et fidèles du diocèse de Cassano allo Ionio*, 28/12/2013.

Le rapport entre François et la conférence épiscopale italienne s'est développé sous le signe du paradoxe. Le pape était prêt à donner à la CEI le pouvoir d'élire son président, mais un groupe important d'évêques a refusé d'assumer la responsabilité d'un affrontement transparent sur la direction de l'épiscopat et d'une élection en fonction du programme des candidats qui en découle. En janvier 2014, la résistance des conservateurs s'est manifestée à travers une proposition pour le moins alambiquée : l'ensemble des évêques indiquerait le nom de ses candidats préférés, après quoi « l'assemblée générale serait appelée à exprimer sa préférence sur une quinzaine de noms correspondant aux candidats les plus remarquables [1] ».

Finalement, lors de l'assemblée générale du mois de mai, au terme d'une division qui n'avait vu aucune position atteindre le quorum nécessaire des deux tiers des voix – 104 évêques pour l'élection directe, 102 pour une sélection à adresser au pape –, il a été décidé de voter pour trois noms et de laisser au pape le soin de choisir le président. Ceux qui refusent de transférer le choix des dirigeants directement à la base épiscopale évoquent la motivation du « rapport particulier » entre l'Église italienne et le pape, dans le sens que « la nomination du président de la CEI doit continuer à être réservée au pape, sur la base d'une liste de noms [2] » sélectionnés par les évêques.

Ce n'est pas le seul problème à résoudre à la CEI. En matière de lutte contre la pédophilie, la conférence épiscopale italienne est en retard par rapport à d'autres conférences épiscopales d'Europe et d'Amérique, qui

1. *Communiqué final du conseil permanent de la CEI*, 31/01/2014.
2. *Ibid.*

ont mis sur pied des structures nationales de surveillance, d'intervention et d'indemnisation des victimes. La présidence de Bagnasco a résolument refusé de prendre des responsabilités au niveau national. Le cardinal s'est toujours retranché derrière la position selon laquelle « la CEI n'a pas l'autorité pour constituer quoi que ce soit [...]. Ce n'est pas à nous de créer des structures, chaque évêque agira en fonction de son appréciation[1] ». L'épiscopat refuse en outre d'assumer l'obligation de dénoncer les prêtres coupables à la police ou à la justice, au motif que l'évêque n'est pas un fonctionnaire. En mars 2014, les Lignes directrices de la CEI reprennent cette position après que le document élaboré en 2012 pour faire face au phénomène des abus sexuels du clergé contre des mineurs avait été jugé insuffisant par le Saint-Siège.

La CEI rejette toute supervision nationale et toute création de structures d'écoute ou de dénonciation destinées aux victimes, déclarant explicitement : « Aucune responsabilité, directe ou indirecte, pour les éventuels abus ne revient [...] à la conférence épiscopale italienne[2]. » Seule nouveauté notable par rapport au document publié deux ans plus tôt, cet ajout : « Dans l'ordonnance italienne, l'évêque, ne revêtant pas la qualité de fonctionnaire ni de chargé de service public, n'a pas l'obligation juridique – *outre le devoir moral de contribuer au bien commun* – de communiquer aux autorités judiciaires de l'État les informations qu'il aurait reçues relatives aux actes illégaux dont font l'objet les présentes Lignes directrices. » La CEI ne

1. M. Politi, *Il Fatto Quotidiano*, 21/12/2014.
2. CEI, *Lignes directrices pour les cas d'abus sexuels contre des mineurs de la part du clergé*, 2014.

fournit aucune précision quant à ce « devoir moral », qu'il laisse à l'appréciation des prélats.

Pourtant c'est d'une victime, Marie Collins, une catholique irlandaise violée à treize ans et appelée par le pape François à faire partie de la commission internationale anti-abus créée au Vatican, que vient une demande indiscutable : « Si les cas d'abus sont avérés et que la victime y consent, il faut arriver à la dénonciation aux autorités civiles. » « C'est un pas décisif »[1], ajoute Mme Collins.

Le texte de la CEI avertit les prélats italiens que, sur la base de la réforme du Concordat de 1984 et du code de procédure pénale, « les évêques sont exonérés de l'obligation de déposer ou de présenter des documents relatifs à ce qu'ils savent ou détiennent en vertu de leur ministère ». Cette précision vise à éviter que – comme ce fut le cas aux États-Unis – les autorités judiciaires puissent réquisitionner les preuves d'éventuelles manœuvres d'enfouissement ou de silences coupables.

Les Lignes directrices affirment par ailleurs que, si une enquête ou une procédure judiciaire est menée par les autorités, « la coopération de l'évêque avec les autorités civiles sera importante ». Cependant, l'absence d'une surveillance nationale de la CEI retire de la force à cette exhortation à participer à la découverte du crime et à collaborer avec les organes de l'État. Même l'obligation canonique de l'évêque à qui l'on aurait signalé un abus de mener une enquête préliminaire et d'éloigner le suspect de toute charge pastorale a souvent été violée en Italie.

1. P. Rodari, *La Repubblica*, 23/03/2014.

L'exemple le plus retentissant de non-intervention épiscopale au niveau du diocèse et de désintérêt total de la part de la hiérarchie nationale est le cas de don Ruggero Conti, condamné en appel à quatorze années et deux mois de réclusion pour avoir abusé de plusieurs mineurs entre 1998 et 2008 : bien qu'il ait été averti, l'évêque compétent, Mgr Gino Reali (du diocèse suburbicaire de Porto Santa Rufina), n'a pas ouvert d'enquête canonique. Ce n'est qu'en 2015, après la confirmation de la condamnation par la Cour de cassation, que les autorités ecclésiastiques ont déclaré que s'était achevée la première phase d'un procès canonique, dont le verdict a été tenu secret.

Cependant, le principal défi que doit relever l'Église italienne réside dans l'effritement rapide de l'adhésion des jeunes au catholicisme institutionnel. L'image de l'Église italienne comme d'une « Église du peuple » est destinée à s'épuiser. Une enquête menée au début des années 2000 dans le diocèse de Venise a enregistré la participation des jeunes à la messe pendant un week-end de novembre. « Les jeunes de dix-huit à vingt-neuf ans représentaient moins de 6 % des présences à l'église », affirme Alessandro Castegnaro, directeur de l'observatoire socioreligieux du Triveneto. Pendant la tranche horaire la plus fréquentée par les jeunes, le dimanche soir, ils ne dépassaient pas les 10 % [1].

Traditionnellement très catholique, la Vénétie est un bon indicateur national. La comparaison entre la génération des parents (entre quarante-huit et cinquante-six ans) et celle des enfants (de seize à vingt-six ans) révèle

1. A. Castegnaro, G. Dal Piaz, E. Biemmi, *Fuori dal recinto*, Ancora, 2013.

des écarts notables. Seuls 27 % des jeunes déclarent appartenir à l'Église sans ou avec peu de réserves. Si 51 % des parents sentent l'Église « lointaine », leurs enfants atteignent les 73 %.

Un autre aspect intéressant concerne l'uniformité des comportements entre les jeunes garçons et les jeunes filles. Le temps où les femmes étaient automatiquement plus pratiquantes est révolu. « Aujourd'hui, 14 % des filles nées vers 1990 accordent une grande importance à la religion, contre 12 % chez les garçons. » Parmi les femmes qui ont suivi des études supérieures, cet éloignement est encore plus palpable : 58 % des femmes diplômées expriment leur désapprobation au regard de l'Église, tandis que seules 10 % émettent une opinion clairement positive.

Si l'on considère que la transmission de la religion a toujours été l'apanage des femmes, Castegnaro prévoit que le changement d'attitude des jeunes femmes aura des effets extrêmement négatifs sur le lien des générations à venir avec l'Église. On assiste à une fuite croissante du christianisme de tradition, à une plus forte liberté de choix au sein de la religion professée, à une importante subjectivité dans l'établissement des valeurs, des règles et même de la physionomie de la divinité, souvent décrite avec des caractéristiques très incertaines. Cela bien qu'un nombre limité de jeunes (moins d'un sur quatre) affirme ne pas être croyant.

En partant pour le conclave à Rome, Jorge Mario Bergoglio avait rappelé à un groupe de religieux que l'Église devait cesser de commettre l'erreur de croire qu'« il y a quatre-vingt-dix-neuf moutons dans le troupeau et une seule brebis égarée. C'est exactement le contraire : il reste un seul mouton dans le troupeau et quatre-vingt-dix-neuf se sont perdus [1] ».

L'exode de l'Église traditionnelle – non seulement en Italie, mais dans tout l'Occident – est un phénomène de grande ampleur et le défi pour le pontificat de Bergoglio est immense. Après l'avènement du pape argentin, il a été dit que les parvis étaient pleins de gens enthousiastes, mais les églises ne se remplissent pas par enchantement. Dans la tranche d'âge des quadragénaires, qui s'est un peu éloignée de la pratique religieuse, on constate un certain rapprochement. Parmi les pratiquants proches des périodiques de l'ordre des Paulins *Credere* et *Famiglia cristiana*, un sondage de mars 2014 remarque un net renforcement de la foi, une plus grande fréquence des sacrements, une plus grande disponibilité à la prière. Il s'agit de secteurs limités. La Caritas de Rome signale un afflux de volontaires. Mais plus généralement, on ne constate pas une tendance de « retour » de la jeunesse dans les églises.

François recommande aux évêques italiens une pauvreté évangélique « créative », les exhortant à n'être que des pasteurs. « Que Dieu protège l'Église italienne de tout ersatz de pouvoir, d'image, d'argent », a-t-il lancé à l'épiscopat réuni dans la cathédrale de Florence à l'automne 2015 [2].

Inverser la tendance en convertissant l'appareil ecclésiastique à une nouvelle manière d'être Église, tel est le pari du pontife argentin.

1. E. Himitian, *François, un pape surprenant, op. cit.*
2. François, *Discours au Ve rassemblement de l'Église italienne*, 10/11/2015.

16

Un pontificat à durée déterminée

Deux papes au Vatican. Et à l'horizon se profile un pontificat à durée déterminée. L'année 2013 a mis en marche un bouleversement imprévisible du catholicisme. Le modèle de la papauté est en pleine mutation et François transforme le modèle de l'Église. Son successeur reviendra probablement vivre dans les appartements papaux, mais il ne pourra plus se présenter avec le paludamentum du passé. Surtout, il ne pourra plus exercer un pouvoir autoritaire sans limites. François s'est présenté au monde comme un disciple de Jésus : il serait difficile que son successeur monte sur le trône en prétendant être le plénipotentiaire du Christ.

Le pape n'a pas beaucoup de temps pour mener sa révolution. En Argentine, où beaucoup le tutoyaient et où le respect inspire moins de crainte, de nombreux responsables religieux estiment que ses années sont comptées. L'Église est un corps qui se meut lentement et se transforme encore plus lentement. Bergoglio dispose d'un temps limité pour mettre en œuvre son programme.

Le père Ignacio Pérez del Viso, son ancien professeur, affirme que le pape « se rend compte qu'il n'a pas un pontificat de vingt ans devant lui. Il sent l'urgence des réformes, qu'il doit réaliser en trois ou quatre ans ».

Il ne peut se laisser ralentir, mais « doit agir tant qu'il sent l'appui des gens »[1]. Cette opinion est assez répandue dans les milieux catholiques de Buenos Aires. L'ancien porte-parole de Bergoglio, le père Marcó, l'a dit ouvertement à la radio : « Après le geste de Benoît, il ne serait pas étrange que François renonce après avoir accompli ce qu'il pense devoir faire s'il sentait que ses forces l'abandonnaient[2]. »

L'abdication de Ratzinger a radicalement changé la physionomie du pontificat. On n'est plus pape à vie. Un pape ne règne que tant qu'il est sûr de maîtriser la machine du gouvernement. L'été précédant la démission de Benoît XVI, son biographe, Seewald, lui a demandé ce que les fidèles pouvaient encore attendre de son pontificat. La réponse fut : « Pas grand-chose. Je suis un vieil homme, mes forces diminuent[3]. »

Au lendemain de sa renonciation, l'ancien ministre des Affaires étrangères du Vatican, le cardinal Giovanni Lajolo, faisait remarquer : « La décision de Benoît XVI créera un précédent pour ses successeurs. » Le cardinal nigérian John Olorunfemi Onaiyekan juge problématique le fait qu'un pape reste sur le trône à plus de quatre-vingt-dix ans et n'exclut pas qu'un futur pontife puisse « fixer une limite d'âge[4] » pour les papes. Benoît XVI a démissionné à la veille de ses quatre-vingt-six ans et le peuple a accepté avec une rapidité extraordinaire la fin du pontificat à vie.

Le bruit court au Vatican que le pape François aurait confié à un évêque qu'il serait prêt à se démettre. Il est

1. I. Pérez del Viso, entretien avec l'auteur.
2. www.liberoquotidiano.it, 02/12/2013.
3. G. Galeazzi, *La Stampa*, 17/02/2013.
4. G. O'Connell, www.lastampa.it, 13/03/2013.

difficile en effet de l'imaginer vouloir rester en place sans avoir le plein contrôle de ses facultés. Végéter sur le trône à un âge avancé ne fait pas partie du tempérament intellectuel d'un pape jésuite, attentif à « discerner » les situations. Sa volonté affichée de conserver et de renouveler le passeport et la carte d'identité de son pays natal laisse entrevoir une existence future qui ne se déroulera pas nécessairement dans les murs du Vatican. Il est probable que le choix de la retraite vaille aussi pour lui, comme en témoigne l'insistance avec laquelle, interviewé par le directeur du *Corriere della Sera*, il a souligné le besoin de s'habituer à la présence d'un pape émérite qui doit devenir une « institution » permanente comparable à l'évêque retraité après la réforme conciliaire. « Le pape émérite n'est pas une statue de musée », il ne doit pas se retirer dans une abbaye loin du Vatican, il est bon qu'il reste parmi les gens et participe à la vie de l'Église.

Lors d'une rencontre avec la presse, François a affronté le problème avec franchise. Prévenant la question d'une journaliste, il s'est exclamé : « Vous me direz : "Et si vous, vous ne sentiez plus la force, un jour, de continuer ?" Je ferais de même, je ferais de même[1] ! »

Bergoglio fait tout pour habituer les catholiques à la réalité d'un pape à la retraite et pour suggérer à l'opinion publique qu'il faudra accepter la cohabitation de deux papes – l'émérite et le régnant. Même visuellement.

Le samedi 22 février 2014, les fidèles rassemblés à Saint-Pierre pour la création de nouveaux cardinaux ont assisté à un spectacle impensable. Au pied de

1. François, *Conférence de presse*, 18/08/2014.

l'autel de la Confession, entourés par la masse pourpre du collège des cardinaux, le pape François et Joseph Ratzinger se sont rencontrés et pris dans les bras. Le pape argentin a expressément demandé que son prédécesseur participe à la cérémonie solennelle dans la basilique symbole du catholicisme et que le monde voie le pape régnant – vêtu de ses parements, avec sa mitre et sa crosse – face à un autre homme vêtu de blanc, la tête découverte. Quand, après son élection, François avait rendu visite à Ratzinger à Castel Gandolfo, il l'avait attiré à lui pour s'agenouiller ensemble dans la chapelle de la résidence papale. L'image d'une proximité fraternelle, sans conflits.

Afin de prévenir toute opposition, François a décidé avec une grande finesse politique de publier l'encyclique inachevée de Benoît XVI *Lumen fidei*. Embrassant symboliquement le texte, qu'il présente comme écrit à quatre mains, le pape argentin a neutralisé l'apparition d'une légende qui évoquerait un magistère divisé : les réflexions de l'ancien pape opposées à la pensée du pape régnant. On estime que, sur quatre-vingts pages, seules huit sont de la main de Bergoglio [1]. Ses rares insertions acquièrent cependant un sens programmatique, notamment l'affirmation que « le croyant n'est pas arrogant [...] [mais en] dialogue avec tous [2] ».

Benoît XVI a facilité cette situation inédite pour l'Église catholique. Le jour de ses adieux, en saluant pour la dernière fois le collège des cardinaux, il avait promis « une révérence et une obéissance inconditionnelles [3] » à son successeur. Il s'est ensuite retiré dans

1. L. Accattoli, *Corriere della Sera*, 06/07/2013.
2. François, *Lumen fidei*, 29/06/2013.
3. Benoît XVI, *Salut de congé aux cardinaux*, 28/02/2013.

son ermitage du Vatican, sortant peu – pour retourner à Castel Gandolfo ou rendre visite à son frère à la polyclinique Gemelli – et recevant ses amis dans une totale discrétion. Une lettre de critique polie adressée au scientifique Odifreddi pour ses jugements sur Jésus a été sa première manifestation publique. Le « maître de culture », le cardinal Ravasi, vient souvent voir l'ancien pape Ratzinger.

Bergoglio le considère comme un « vieux fantastique ». Il confie à un ami argentin : « Tu n'imagines pas l'humilité et la sagesse de cet homme[1]. » Il raconte aux journalistes : « C'est comme avoir son grand-père sage à la maison. » Benoît XVI lui rend la pareille : « Je suis reconnaissant d'être lié par une grande identité de vues et par une amitié cordiale avec le pape François », confie-t-il dans une lettre au théologien Hans Küng. « Aujourd'hui, je considère comme mon unique et dernière tâche de soutenir son pontificat dans la prière[2]. »

Tous deux se parlent, se téléphonent, se rencontrent, déjeunent ensemble avec un naturel absolu. François, qui s'adresse à son prédécesseur par son titre papal traditionnel, a même envoyé à Ratzinger la première copie de son entretien avec *La Civiltà Cattolica* pour lui demander des suggestions (il en a reçu quatre pages). Le pape argentin a encouragé son prédécesseur à de nombreuses reprises : « Sainteté, accueillez, faites votre vie[3]. »

L'horloge du pontificat de François tourne. Les cardinaux qui le soutiennent le savent bien : « Au fond,

1. S. Izzo, AGI, 11/07/2013.
2. A. Tarquini, *La Repubblica*, 10/02/2014.
3. François, *Conférence de presse*, 28/07/2013.

cinq années ont suffi à Jean XXIII pour rendre irréversible le changement de l'Église», explique l'un d'eux. L'exemple fait réfléchir sur les conditions nécessaires pour qu'une réforme commence à porter ses fruits. Le projet de Jean XXIII – le concile de Vatican II – a été sauvé car après lui sont venues les quinze années du pontificat de Paul VI, au cours desquelles celui-ci est parvenu à enraciner le message conciliaire dans l'Église catholique. Cependant, il était entouré d'une majorité d'évêques qui avaient voté les documents conciliaires par conviction et il existait un solide mouvement de théologiens réformateurs, de même qu'une mobilisation passionnée dans les milieux laïcs.

À trois ans de son élection, le pape François reste encore relativement seul au sein de la structure ecclésiastique. Cela explique son extraordinaire détermination. Il jouit d'un immense consensus parmi les fidèles et dans l'opinion publique agnostique et non croyante, mais pour le moment il n'existe pas de parti pro-Bergoglio fort à la curie. Au contraire, certains espèrent que le pape argentin est une exception transitoire.

Au sein de l'Église universelle, aucune organisation de partisans ne soutient sa révolution. Bien qu'il soit partout applaudi à tout rompre, on note une grande inertie dans les structures ecclésiastiques. Jusqu'à présent, le monde associatif catholique est resté immobile – comme sous le choc de la nouveauté, occupé à se relever – tandis qu'à l'époque de Jean-Paul II des mouvements tels que l'Opus Dei ou Communion et Libération soutenaient activement le programme du pape polonais. Pour des raisons compréhensibles, les Jésuites soutiennent le pape avec discrétion, sans le style batailleur avec lequel la Compagnie de Jésus avait combattu pour promouvoir le dogme de l'infaillibilité et l'absolutisme de Pie IX puis, par la suite, pour s'opposer à la théologie moderniste.

Le génie satirique devine souvent le sens caché d'une situation. Le comique italien Maurizio Crozza a fait un malheur sur YouTube avec son imitation de François, qui à sept heures du matin avance lentement sur la via Salaria, portant sur son dos un réfrigérateur qu'il veut offrir à une veuve. « Nous avons bien fait de nous réveiller à l'aube, c'est beau. [...] C'est quelle porte pour la livraison ? demande le pape, ployant sous les soixante-dix kilos. – Le 1321, Sainteté, répond l'un des deux secrétaires tirés à quatre épingles qui ne lèvent pas le petit doigt. – Et où sommes-nous ? – Au 23, Sainteté. » Il se voit demander des photos et une bénédiction par une prostituée, des membres de Communion et Libération, des supporters de foot, deux cardinaux. Personne ne l'aide. La veuve refuse le cadeau parce que la couleur ne lui plaît pas. « Ça aurait pu être pire », murmure François sur le chemin du retour.

Se mouvoir dans une structure aussi stratifiée et imposante que l'Église catholique est extrêmement compliqué. Un pape obtient une obéissance quasi absolue quand il agit dans le cadre de la tradition. Si au contraire il veut changer, réformer, il existe une infinité de manières pour lui opposer de grands ou petits obstacles. Jean XXIII a rencontré des résistances aussi bien ouvertes que souterraines à son projet réformateur. Le moine théologien Enzo Bianchi considère le pontificat de François comme un « deuxième printemps », mais il ne cache pas sa crainte que la dynamique puisse être interrompue : « Le Seigneur me préserve de la vision d'un gel précoce »[1].

Les milieux conservateurs misent sur l'usure du pape argentin, sur la fatigue que peut produire la répétition de ses exhortations. Ils diffusent la crainte que François soit en train de construire une « autre Église » en sortant des rails de la tradition, de la doctrine et de la bonne interprétation de la parole de Dieu. « Tu nous déconcertes et nous ne savons plus où sont nos quartiers ni les lignes ennemies », lui a écrit Lucrecia Rego de Planas, ancien directeur de l'édition espagnole de Catholic.net au Mexique. « Je ne veux pas de pasteurs qui sentent le mouton, poursuit-elle, dégainant l'agressivité des traditionalistes, mais des moutons qui ne puent pas les excréments, car leur berger prend soin d'eux et les garde toujours propres. »

Au sein de l'appareil de la curie, les critiques reprochent à François de créer trop de commissions, de comités, d'agir de manière solitaire, de ne pas se concentrer sur un nombre limité d'objectifs, de ne pas exprimer une vision théologique structurée, de trop parler, de trop suivre les goûts de la foule en se laissant filmer avec un perroquet dressé ou un enfant déguisé en pape pour le carnaval. Certains se rebellent à l'idée que François amoindrit « la sacralité de la personne papale », confie un cardinal de curie. C'est une pluie de piques continue, et quand François fustige les bavardages et la circulation de calomnies au sein des appareils il pense aux saboteurs qui parlent à voix basse, à ceux qui souhaitent que le pontificat passe vite. « Je voudrais mourir catholique et j'espère que Bergoglio laissera à son successeur la possibilité d'être pape ! »

1. E. Bianchi, *Jesus*, mai 2013.

lâche, exaspéré, un monsignore hostile aux réformes, sous couvert d'anonymat. Certains cardinaux profitent d'une rencontre avec Benoît XVI pour se plaindre de « la confusion qui règne maintenant au Vatican ».

La convocation inattendue d'un jubilé du 8 décembre 2015 au 20 novembre 2016 constitue un appel d'urgence de la part de François envers le peuple des fidèles pour lutter contre les résistances conservatrices à sa ligne. À ceux qui brandissent la doctrine tel un couperet, François oppose l'Année de la miséricorde, proclamant une église aux « portes ouvertes » pour les pécheurs. Il le répète sans relâche: « La voie de l'Église est celle de ne condamner éternellement personne[1]. »

Il ne faut pas non plus sous-estimer l'opposition par inertie des membres de la curie incertains de leur avenir, de leur rôle et qui sentent vaciller la stabilité des préceptes traditionnels. Les poches de résistance silencieuse sont nombreuses. Au-delà des prêtres et des prélats qui admirent François, certains rejettent avec désenchantement ses paroles, en particulier sur le thème de la pauvreté. « En temps de crise économique, nous sommes de fait devenus une classe privilégiée, et cela pose une question précise au clergé : jusqu'à quel point chaque prêtre est-il prêt à être cohérent, à prendre modèle sur la pauvreté, à se rendre dans les périphéries ? » reconnaît un prêtre romain qui travaille pour la conférence épiscopale italienne.

Cette interrogation peut également s'adresser aux évêques du monde : jusqu'à quel point sont-ils prêts à changer de profil au moment où la physionomie du pontife romain se modifie ? Le Vatican est le premier

1. François, *Audience à Communion et Libération*, 07/03/2015.

milieu à subir ces secousses. Refaçonner et alléger la curie signifie la perspective d'une perte de pouvoir, d'influence, de carrière et même d'argent pour une classe bureaucratico-ecclésiastique qui vit ainsi depuis des siècles. Ce n'est pas un hasard si la réforme complète de la curie demande tant de temps. Même les cardinaux réformateurs craignent une déstabilisation de la machine « étatique » créée par Paul VI puis mise à jour par Jean-Paul II.

Les conservateurs tendent à éluder le fait que le virage du conclave de 2013 est né de la profonde crise de crédibilité que connaissait l'Église catholique. Crise de communication avec la société, crise durable des vocations sacerdotales et, ces dernières années, également dans les ordres féminins, crise de relation avec le monde des femmes et des jeunes. Une impasse. François est apparu après une période tendue qui a vu – comme le décrit froidement l'analyste géopolitique Lucio Caracciolo – une Église fermée, « très romano-curiale et peu universelle [...] dirigée par une hiérarchie introvertie, réfractaire à l'air du temps[1] ». Cela explique ce que le professeur Guzmán Carriquiry, secrétaire de la commission pontificale pour l'Amérique latine, définit comme l'« explosion d'expectatives, de joie, d'espérance » qu'a déclenchée le pontificat de Bergoglio.

François a conscience qu'autour de lui le terrain est miné. « À la curie, la résistance s'intensifie », reconnaît l'un de ses membres. L'hostilité contre sa vision de l'Église aussi. « On sent parfois un véritable mépris à l'égard de ses interventions et des idées exprimées dans l'exhortation apostolique *Evangelii Gaudium* »,

1. L. Caracciolo, *La Repubblica*, 12/03/2014.

déclare un théologien bien introduit au Vatican. Avec le temps, les faucons traditionalistes se font toujours plus agressifs et distillent leur venin contre les discours du pape qu'ils qualifient d'« incompréhensibles, inopportuns, aberrants ». Selon eux, ses interventions ont « retiré sacralité, autorité et révérence » à la fonction du Vicaire du Christ, aujourd'hui réduite à celle de « président d'une multinationale religieuse ». La réaction du pape argentin est tantôt teintée d'humour, tantôt préoccupée. « On m'a marqué un but du milieu de terrain », commente-t-il quand on lui organise une nomination peu convaincante. Face aux tensions souterraines, il reste serein : « Le démon s'agite [...], nous sommes sur la bonne voie. »

Le pape ne ferme pas les yeux sur le fait que, parmi ceux qui l'applaudissent, certains ne partagent absolument pas une partie, voire beaucoup de ses positions et n'ont opéré qu'une conversion de façade, des thèses de Ratzinger aux siennes. Lors de la messe avec les nouveaux cardinaux, créés lors du consistoire de février 2014, il avertissait que le Vatican n'était pas une cour : « Entraidons-nous pour éviter des habitudes et des comportements de cour : intrigues, bavardages, cercles, favoritismes, préférences. » Contre l'obséquiosité, le pape invite à adopter le langage de l'Évangile, « oui, oui ; non, non [1] ». Après la cérémonie, s'adressant à la foule place Saint-Pierre, il a appelé à travailler pour l'« unité » de l'Église, répétant quatre fois le mot. C'est un signal d'alarme.

La complexité de son caractère contribue à une certaine « solitude ». En privé, François qui encourage la participation dans l'Église, François si *compañero*

1. François, *Homélie*, 23/02/2014.

avec ses prêtres à Buenos Aires, aimable avec les fidèles, défend son espace intime. Une personnalité du Vatican qui le connaît depuis de longues années dit de lui : « On a écrit de saint Ignace qu'il maintenait une "distance cordiale" avec les autres. À sa manière, Jorge Mario Bergoglio est ainsi. Et cela rend difficile la construction d'une équipe autour de lui. »

Dans le vaste univers catholique, il existe pourtant un gisement de ressources humaines favorables à la grande réforme de Bergoglio : les évêques qui pendant la phase finale du pontificat de Ratzinger attendaient avec impatience un changement de cap. Quelques signaux s'étaient fait sentir pendant les débats au synode d'octobre 2012 sur la nouvelle évangélisation. Lors de cette séance, des voix courageuses avaient réclamé que l'Église procède « en toute honnêteté à un examen de conscience sur la manière de vivre la foi », comme le président de l'épiscopat latino-américain, Carlos Aguiar Retes. Le prélat philippin Palma avait invité à faire la lumière sur « les ombres et les échecs », tandis que son compatriote Villegas avait demandé que la hiérarchie évite « arrogance, hypocrisie, sectarisme » en cessant de dissimuler ses erreurs et en punissant ceux qui fautaient.

Dans toutes les zones géographiques et culturelles se manifestait un besoin de changer de cap. L'évêque de Dublin, Diarmuid Martin, avait recommandé que l'Église ne s'adresse pas à la société contemporaine en termes d'« agression idéologique » et le cardinal Ravasi, ministre de la Culture du Vatican, avait souhaité un « dialogue sans arrogance » avec la science. L'évêque français Dominique Rey avait appelé à une évangélisation qui ne soit pas « étouffée par l'immobilisme, la bureaucratie ou le cléricalisme ». L'archevêque de Manille, Luis Antonio Tagle, avait affirmé qu'il fallait témoigner du visage de Jésus à ses contemporains par « l'humilité, le respect et le silence de l'Église ». D'autres avaient insisté sur un regain de crédibilité[1].

Sous le pontificat de Ratzinger, une partie de l'épiscopat anticipait donc l'approche qui deviendrait caractéristique du nouveau pape. À commencer par un style de vie plus « pastoral » pour les prêtres et les évêques et par un nouveau mode de communication. Le monde d'aujourd'hui, en particulier la jeunesse, n'accepte plus la communication unilatérale et il appartient à l'Église de dépasser « l'ancien modèle maître-disciple ou orateur-auditeur[2] », remarquait l'évêque nigérian Badejo.

Des interventions énergiques sur le thème de la justice avaient désigné comme première mission de l'Église la lutte pour la dignité humaine et l'engagement à s'opposer « aux inégalités sociales, à la violence, aux injustices ». Lors du synode de 2012, des précurseurs s'étaient fait entendre sur le rôle des femmes dans l'Église. Un évêque canadien avait revendiqué « l'implication délibérée et systématique des femmes à des postes de direction à tous les niveaux de la vie ecclésiastique », tandis que le prélat allemand Bode avait franchi un pas supplémentaire en proposant l'accès des femmes au diaconat[3].

Tels sont les alliés du pape, éparpillés dans les diocèses de l'Église universelle. L'entreprise à laquelle il se consacre exige le réveil et la mobilisation de toutes

1. M. Politi, *Il Fatto Quotidiano*, 01/11/2012.
2. *Ibid.*
3. *Ibld.*

ces énergies. Entré dans la deuxième année de son pontificat, François a commencé à bâtir une équipe de gouvernement. À la curie, il s'appuie principalement sur la diplomatie du Vatican. Parolin, secrétaire d'État, Stella, préfet de la Congrégation pour le Clergé, Baldisseri, secrétaire général du synode (tous trois faits cardinaux), le cardinal Abril y Castelló, entré à la commission de vigilance cardinalice de l'IOR, et le cardinal Tauran, ancien ministre des Affaires étrangères, membre du même organisme et de la commission d'enquête sur l'IOR, sont tous diplomates.

Il s'agit de personnalités formées à l'école de Paul VI et de son ministre des Affaires étrangères, Agostino Casaroli, par la suite devenu cardinal et secrétaire d'État de Jean-Paul II. Ce groupe est porteur d'une religiosité non sectaire, ferme sur les principes essentiels, souple dans sa manière d'affronter les problèmes car conscient du pluralisme de la société contemporaine. François l'a identifié comme le plus à même de soutenir son projet réformateur à la curie.

Avant la fin de l'année 2013, le pape a renouvelé la composition d'une congrégation clé, celle des évêques, chargée de sélectionner les nouveaux prélats, de suivre les activités des conférences épiscopales et, en dernière instance, de contrôler les cadres dirigeants de l'Église catholique dans le monde entier[1]. Certaines exclusions ont fait du bruit. Ne font plus partie de cette importante congrégation le cardinal Bagnasco, président de la conférence épiscopale italienne (CEI), ainsi que trois cardinaux fortement conservateurs : Piacenza, ancien préfet de la Congrégation pour le Clergé, l'Américain Burke et l'Espagnol Rouco Varela, ancien président de

1. Congrégation des évêques, www.vatican.va

la conférence épiscopale espagnole, promoteur de manifestations de masses contre la législation sur la famille du Premier ministre socialiste de l'époque, José Luis Zapatero. Pour la première fois, le préfet du Saint-Office est exclu de la séance plénière de la Congrégation pour les Évêques.

En revanche, le pape a notamment introduit le trio de nouveaux nominés à la curie (Parolin, Stella, Baldisseri) de même que des personnalités ouvertes aux réformes comme le cardinal brésilien João Braz de Aviz, l'un des critiques les plus énergiques de la curie lors des réunions préconclave, Bassetti, vice-président de la CEI, ainsi que l'Anglais Nichols et le Colombien Salazar Gómez, connus pour leurs déclarations en faveur de la reconnaissance des unions civiles homosexuelles[1].

François mise sur une nouvelle génération d'évêques, choisis non plus uniquement pour leur obséquiosité ou en fonction de l'équilibre des tendances, mais sur le critère de leur liberté de parole et de leur capacité à s'adresser à une humanité « à la dérive ». Il demande que la Congrégation les choisisse avec autorité et « largeur de vues ». L'Église, a-t-il affirmé lors de la séance plénière de la Congrégation en février 2014, « n'a pas besoin d'apologues de ses causes ni de croisés pour ses batailles, mais de semeurs humbles et confiants de la vérité ».

Ainsi, progressivement, le pape François place ses pions sur l'échiquier.

En créant seize nouveaux cardinaux en février 2014 (outre trois personnalités âgées de plus de quatre-vingts ans, dont Loris Capovilla, secrétaire de Jean XXIII),

1. Communiqué de presse du Saint-Siège, 18/12/2013.

François a intensifié le processus de mondialisation de l'Église. Un est originaire de Haïti, quatre d'Amérique latine, deux d'Afrique, deux d'Asie et un du Canada. En 2015, les nominations de cardinaux vont dans le même sens. On estime que, d'ici cinq ou six ans, François aura renouvelé plus de la moitié du conclave et laissera un collège électoral plus mondialisé, où le poids de l'Europe et de l'Italie aura diminué. Désormais, l'avenir du catholicisme n'est plus sur le vieux continent, mais parmi les masses du tiers-monde. Le pape a particulièrement renforcé la position de l'Amérique latine, où vivent près de la moitié des catholiques de la planète. Les archevêques de Buenos Aires, Rio de Janeiro, Santiago du Chili et de Managua sont devenus cardinaux.

Les nominations qui n'ont pas eu lieu sont tout aussi révélatrices. Ainsi, Mgr Rino Fisichella, président du Conseil pontifical pour la Nouvelle Évangélisation institué par Benoît XVI, n'a pas reçu la pourpre. L'exclusion frappe la ligne doctrinaire et idéologique ratzingérienne, à l'opposé de l'horizon de François et de sa conception de l'Église comme « hôpital de campagne », qui accueille les blessés de l'ère contemporaine. Dans le cadre de la réforme de la curie, l'avenir du Conseil dirigé par Fischella est incertain. La Nouvelle Évangélisation, François s'en charge maintenant personnellement à travers ses interventions quotidiennes. Par exemple en baptisant dans la chapelle Sixtine – cœur de la symbolique papale – l'enfant d'un couple catholique marié seulement civilement.

Le fait que l'archevêque de Turin, Cesare Nosiglia, et le patriarche de Venise, Francesco Moraglia, soutenus respectivement par Ruini et par Bertone, ne soient pas devenus cardinaux a surpris. C'est l'indication d'un changement de direction. Turin et Venise sont des sièges cardinalices notoires, mais pour le pape François certains diocèses prestigieux n'assurent plus automatiquement un avancement de carrière. Bergoglio « vise à démonter les groupes de pouvoir, qui placent leurs représentants [1] » dans les diocèses importants pour s'assurer un cardinal, observe Luigi Accattoli, fin connaisseur du monde ecclésiastique.

Le pape a adressé une lettre aux nouveaux cardinaux pour leur rappeler que leur fonction n'est ni une promotion, ni un honneur, ni une décoration, simplement un service, et les inviter donc à s'abstenir « de toute célébration étrangère à l'esprit évangélique d'austérité, de sobriété et de pauvreté [2] ». Les admirateurs bavarois du nouveau cardinal Müller ont pris le pape au mot. Dans l'austère et vénérable cour du Saint-Office, ils ont fait venir des fûts de bière de Ratisbonne et ont organisé un repas de fête simple et populaire, chassant les fantômes de l'Inquisition avec le parfum des saucisses grillées.

En février 2014, le pape a reçu un avertissement inattendu du comité des Nations unies pour les droits de l'enfant. Après une audition avec la délégation vaticane, le comité a diffusé un rapport demandant au Vatican de faire la lumière totale sur les crimes du passé et sur la mutation d'une paroisse à l'autre des prêtres coupables. Le document propose également de créer à tous les niveaux des institutions catholiques des structures pour la protection des mineurs et la collecte des plaintes afin d'écarter tous les responsables d'abus

1. L. Accattoli, *Corriere della Sera*, 13/01/2014.

2. François, *Lettre aux cardinaux qui seront créés lors du consistoire du 22 février*, 12/01/2014.

sans exception. L'organisme des Nations unies préconise l'obligation de dénoncer les crimes et, pour la première fois, l'ouverture d'une enquête sur les enfants de prêtres, qui ignorent presque toujours l'identité de leur père[1].

Le Saint-Siège a protesté car le rapport évoquait également la question de l'avortement, de la contraception, de la décriminalisation de l'homosexualité et ne tenait pas suffisamment compte du *mea culpa* de Benoît XVI en 2010, des mesures prises par la hiérarchie ecclésiastique dans certains pays ni du renforcement des peines canoniques voulues par Benoît XVI et François. Le Vatican regrette également que le document ait été rédigé sous la pression d'ONG hostiles à l'Église et dénonce le fait que le comité ait outrepassé ses compétences en interférant avec les « positions doctrinales et morales de l'Église catholique[2] ».

Cependant, au-delà des déclarations polémiques, Lombardi, porte-parole du Vatican, a assuré que le Saint-Siège ne se soustraira pas à la rencontre avec l'ONU et restera « ouvert aux critiques justifiées »[3]. Plus tard, le comité de l'ONU sur la torture a prévenu le Vatican qu'il fallait garantir une indemnisation à toutes les victimes de violences sexuelles. François sait que la question des abus sexuels, qui a tourmenté le règne de Benoît XVI, ne doit pas exploser à nouveau sous son pontificat. C'est pour cela que, dès décembre 2013, le conseil des huit cardinaux avait prévu la création d'une commission spéciale pour la

1. UN Committee Rights of the Child, *Concluding Observations on the Second Report of the Holy See*, Genève, 2014.
2. F. Lombardi, *Nota*, Radio Vatican, 07/02/2014.
3. *Ibid.*

protection des mineurs, l'aide aux victimes et la coopération avec les autorités étatiques.

À la veille du carême 2014, la rédaction du *National Catholic Reporter* – un journal catholique qui depuis 1985 suit avec précision et honnêteté les scandales de pédophilie dans le clergé aux États-Unis – a adressé une lettre ouverte au pape, le priant de laver les pieds à « ceux dont les vies ont été bouleversées par des prêtres agresseurs » lors du Jeudi saint à venir. L'Église, rappelle la lettre ouverte, s'est peut-être engagée plus que n'importe quelle autre institution dans la promulgation de normes et de procédures pour prévenir des abus, mais aucun des dignitaires ecclésiastiques qui ont « nié et menti » par le passé et se sont battus pour éviter que le phénomène ne soit exposé « n'a été appelé à répondre » de ses actions. En guise de réponse, on l'a vu, le pape a créé le 22 mars 2014 une commission vaticane anti-abus, présidée par le cardinal O'Malley de Boston et composée de quatre hommes et quatre femmes, parmi lesquelles l'une des victimes les plus célèbres et les plus combatives : l'Irlandaise Marie Collins, violée par un prêtre à treize ans.

Au mois de juillet, François a reçu au Vatican six victimes originaires d'Allemagne, d'Irlande et d'Angleterre, avec qui il s'est entretenu individuellement pendant une demi-heure. Lors de la messe qu'il a célébrée pour eux à Sainte-Marthe, il a martelé un principe jusqu'alors ignoré au Vatican, ce que les pays anglo-saxons appellent *accountability*. En promettant la tolérance zéro, le pape a rappelé que les évêques ont le devoir de garantir la protection des mineurs et « rendront compte de cette responsabilité ». Il existe aujourd'hui au Vatican un tribunal spécial pour juger les évêques qui omettent de signaler les abus.

Pendant de longs mois, l'épée de Damoclès de l'affaire du nonce Józef Wesolowski, mis en cause pour avoir abusé de mineurs dans les bidonvilles de la capitale de République dominicaine, a pendu au-dessus du Vatican. Les accusations étaient circonstanciées, à tel point qu'en août 2013, peu après son élection, le pape avait rappelé le nonce. Beaucoup ont cru qu'il s'agissait d'une forme de sauvetage, mais François a fait preuve d'une poigne de fer.

En juin 2014, au terme d'un procès mené par la Congrégation pour la Doctrine de la foi, Wesolowski a été démis de ses fonctions et réduit au statut de laïc. Mais François ne s'est pas limité à une dégradation ecclésiastique. Deux mois plus tard, le 23 septembre, le nonce polonais de soixante-six ans, qui vivait dans un couvent romain et se déplaçait librement dans la ville, a été convoqué au Vatican et arrêté par la gendarmerie pontificale. Le procureur de l'État papal (le Promoteur de justice) l'a placé en résidence surveillée dans le palais du Vatican qui abrite le tribunal et la gendarmerie, lui a assigné un avocat commis d'office et lui a notifié l'ouverture d'un procès pénal pour abus sexuels et possession de matériel pédopornographique (cent mille vidéos et photos de mineurs avaient été retrouvées sur l'ordinateur de Wesolowski).

Le porte-parole du Vatican, le père Lombardi, a annoncé que cette arrestation avait été menée « par la volonté expresse du pape, afin qu'une affaire aussi grave et délicate soit traitée sans délai avec la rigueur juste et nécessaire, et que les institutions dirigeantes du Saint-Siège prennent leur entière responsabilité ».

Au Vatican, le choc a été énorme. Jamais un archevêque n'avait été arrêté au sein de l'État pontifical ni n'avait subi de procès pénal pour abus sexuels.

Ratzinger, qui pendant son pontificat avait réduit au statut laïc 884 prêtres pour des crimes contre des mineurs, avait toujours préféré la voie discrète de la démission pour les évêques. Même face aux crimes du fondateur des Légionnaires du Christ, Marcial Maciel, qui avait abusé de plusieurs séminaristes et de son propre fils, Benoît XVI avait décidé de ne pas le soumettre à un procès canonique, « compte tenu de l'âge avancé du révérend Maciel et de sa santé fragile », comme l'annonçait un communiqué de presse du Vatican du 19 mai 2006. Sa seule punition, contestée par les victimes : une vie consacrée à la prière et le renoncement à toute activité publique. Ce n'est qu'après sa mort que Benoît XVI autorisera la publication d'un communiqué reconnaissant les crimes de Maciel, son immoralité et sa « vie dénuée de scrupules et de tout sentiment religieux authentique ».

Pour sa part, en 2004, Jean-Paul II avait rappelé à Rome l'ancien archevêque de Boston, le cardinal Bernard Law – contraint à la démission pour ne pas avoir dénoncé publiquement les prêtres pédophiles de son diocèse –, et l'avait nommé archiprêtre de la basilique de Sainte-Marie-Majeure afin de lui éviter d'être jugé par la justice américaine.

La décision de François d'ouvrir un procès pénal au Vatican contre un nonce archevêque marque une rupture évidente avec le passé. En 2013, il avait déjà réduit au statut laïc et destitué de toutes ses charges l'évêque auxiliaire d'Ayacucho, le Péruvien Gabino Miranda Melgarejo. Un prêtre qui abuse d'un enfant, c'est comme célébrer une messe noire, a déclaré le pape à son retour de Terre sainte en mai 2014. À cette occasion, il avait annoncé aux journalistes que « trois évêques [faisaient] l'objet d'une enquête ».

Le procès de Wesolowski, prévu le 11 juillet 2015, a été repoussé pour cause de maladie. L'accusé est mort d'un infarctus le 27 août. L'affaire a suscité un profond malaise à la curie romaine et dans la hiérarchie catholique, habituées depuis des siècles à faire front pour défendre à tout prix l'institution ecclésiastique. Le sociologue Mauro Magatti, professeur à l'Université catholique de Milan et directeur du Centre for the Anthropology of Religion and Cultural Change, exprime ses craintes quant à l'isolement de François, affirmant « espérer que le clergé et la hiérarchie soient à ses côtés » dans cette opération de tolérance zéro.

*

Au fond, la sphère intime de l'homme qui révolutionne l'Église est peu connue. Médiatiquement, il s'impose chaque jour comme une figure puissante, que même les non-croyants perçoivent instinctivement comme un signe d'espérance et d'humanité. Ses phrases les plus célèbres sont connues de tous. Son visage souriant et déterminé, sa main droite levée en signe de salut occupent les écrans de télévision. À Borgo Pio, près du Vatican, un mural (ensuite effacé) le représentait sous les traits de Superman, en vol avec la mallette des « valeurs ». Même le journal gay américain *The Advocate* l'a promu personnage de l'année, et la célèbre revue de musique et culture pop *Rolling Stone* lui a consacré sa couverture, faisant écho à une chanson de Bob Dylan, « The Times they are a-changin' » – les temps changent. Toujours aux États-Unis, le magazine *Fortune* a placé François en tête des cinquante personnalités les plus influentes de la planète. On lui a consacré un album d'images, un hebdomadaire, *Il mio Papa*, ainsi que des livres pour enfants intitulés *Le Pape François raconté aux enfants* et *Il nostro amico Jorge* – notre ami Jorge. Une religieuse du Salvador, qui a mis au monde un enfant à Rieti, l'a fièrement prénommé François.

Mais la dimension intérieure du pape échappe à beaucoup. « Mario Bergoglio, prêtre » est la définition qui lui plaisait le plus avant de monter sur le trône de Pierre. François est capable de passer une nuit entière à confesser et regrette de ne plus pouvoir le faire. C'est un grand homme de prière. Il se lève vers quatre heures et demie du matin et se concentre sur la méditation des Écritures avant de célébrer la messe. L'après-midi, il récite le rosaire et consacre une heure à l'adoration eucharistique le soir. Sa prière absorbe ses rencontres, ses discours, les signes de sa vie quotidienne. « Elle est pleine de visages et de noms[1] », explique son ami Victor Manuel Fernández, recteur de l'Université catholique de Buenos Aires. Il avoue à ses amis intimes trouver souvent dans la prière la solution à des décisions qu'il doit prendre. À la résidence Sainte-Marthe se trouve une petite pièce où François se retire pour prier devant une statue de saint Joseph endormi, sous laquelle il glisse des petits mots où figurent les demandes que lui adressent les fidèles.

Les messes matinales à Sainte-Marthe devant des groupes de pratiquants – et non d'invités sélectionnés, comme c'était le cas sous Jean-Paul II – naissent du besoin de ne pas perdre le contact direct du prêtre avec le peuple de Dieu autour de l'eucharistie. Quand il entre dans la chapelle vêtu des parements, uniquement

1. P. Rodari, *La Repubblica*, 21/10/2013.

reconnaissable à sa calotte blanche, on voit physiquement que François réinterprète son rôle de pape comme prêtre et témoin de l'Évangile tourné vers l'humanité. Depuis son élection, il ne s'adresse pas à une seule catégorie – les fidèles catholiques –, mais à tous les hommes et les femmes de notre temps.

La cérémonie à Sainte-Marthe se déroule avec une extrême simplicité, marquée par de longs moments de recueillement. Après l'homélie, François s'assied en silence sur son siège, où il reste longtemps. Pendant la distribution de l'eucharistie, il médite en silence. Après la communion, il continue à observer ce silence. À la fin de la messe, il vient s'asseoir sur les bancs des fidèles pour un nouveau recueillement.

Dans le petit environnement de la chapelle, la forte spiritualité de Bergoglio se détache, même si son visage est moins visible au public. Pendant la consécration, alors qu'il élève l'hostie, François la regarde fixement, avec une intensité extraordinaire. Plus rien n'existe autour de lui que le cercle clair sur lequel il semble totalement concentré. Les fidèles sont contaminés par le sentiment absolu qui envahit l'espace. Pendant ce temps de concentration brute, qui se répète quand il lève le calice, le pape pourrait être n'importe où : en train de célébrer l'eucharistie dans le désert comme Teilhard de Chardin ou dans un camp de concentration totalitaire du XXe siècle.

Bergoglio a une dimension grave et sérieuse que peu connaissent, mais qui se lit sur son visage quand, lors des grandes cérémonies de masse, il abandonne un instant son rôle public et que son regard prend un tour pensif, voilé d'inquiétude. C'est comme si son œil intérieur voyait ce qu'il y a de tragique dans le monde. Friedrich Hölderlin, le poète allemand qui lui est le plus cher, décrit les humains dolents « Comme l'eau de rocher / En rocher rejetée / Par les années dans le gouffre incertain[1] ».Ce n'est pas un hasard si à trente-trois ans, à la veille de son ordination sacerdotale, Bergoglio avait écrit dans une de ses prières : « Je *veux* croire à Dieu le père, qui m'aime comme un fils… »

Dans l'intimité, son modèle semble être le jésuite Pierre Favre, l'un des premiers compagnons d'Ignace de Loyola, d'origine paysanne, que François a fait saint dès les premiers mois de son pontificat. Le pape le décrit ainsi : « Le dialogue avec tous, même avec les plus lointains et les adversaires […] ; la piété simple, une certaine ingénuité peut-être, la disponibilité immédiate, son discernement intérieur attentif, le fait d'être un homme de grandes et fortes décisions, capable en même temps d'être si doux[2] »…

François n'est pas débonnaire, il n'a pas un optimisme de surface. Il a une conscience aiguë des maux et des péchés du monde, des manques, des erreurs qui le tourmentent comme tout autre chrétien. Dès le début de son pontificat, il a nommé le diable. Pour lui, le Mal n'est pas un concept abstrait, mais un principe actif qui ronge les dispositions positives des personnes. Quand Jésus libère le possédé, s'écric-t-il un matin à la messe à Sainte-Marthe, il ne suffit pas de dire comme certains prêtres qu'il s'agissait de problèmes psychiques. « Nous n'avons pas le droit de rendre la chose si simple. » Ce passage de l'Évangile le pousse à suggérer aux fidèles un sérieux examen de

1. F. Hölderlin, *Chant du destin d'Hypérion*, traduction de Philippe Jaccottet.

2. François, A. Spadaro, *La Civiltà Cattolica*, 19/09/2013.

conscience. « Est-ce que je veille sur moi ? Sur mon cœur ? Sur mes sentiments ? Sur mes pensées ? Est-ce que je protège la présence du Saint-Esprit en moi[1] ? » Le diable, soulignait-il lors de sa première rencontre avec les cardinaux après son élection, sème « le pessimisme, l'amertume, le découragement ». Il menace les mafieux de l'enfer : « C'est ce qui vous attend, si vous persistez sur cette voie. »

Au cours des dernières décennies, François n'a jamais exhibé son statut de jésuite, même si l'évocation de la tristesse émanant du démon est typique de la tradition d'Ignace de Loyola. L'aspect le plus caractéristique de la spiritualité jésuite est le « discernement » : l'attention à repérer et à soupeser « le grand et le petit » pour reconnaître dans la réalité les signes du Seigneur et suivre ses traces.

Bien qu'il ait un programme, François ignore où celui-ci le mènera. Tandis qu'il fournit d'immenses efforts pour refaçonner l'Église catholique, il ne prétend pas fixer la forme définitive que prendra cette grande entreprise. « Faire les petites choses de tous les jours avec un cœur grand ouvert à Dieu et aux autres [...] à l'intérieur de grands horizons[2] », tel est son cap.

À ceux qui sont persuadés que les évolutions et les réformes peuvent survenir rapidement, François oppose l'idée qu'il faut du temps pour préparer un véritable changement. C'est la dimension nécessaire pour lire les « signes des temps », auraient dit les pères du concile de Vatican II. « En étant attentif à

1. François, *Homélie à Sainte-Marthe*, 11/10/2013.
2. François, A. Spadaro, *La Civiltà Cattolica*, 19/09/2013.

ce qui arrive, au ressenti des personnes, spécialement des pauvres[1] », soutient Bergoglio.

C'est de là que provient le sentiment de calme qui l'accompagne tandis qu'il travaille sans relâche – pas de vacances, pas d'escapades dans la nature comme Wojtyla ou de promenades dans les jardins du Vatican comme Ratzinger – à jeter les bases d'une Église renouvelée. François est arrivé au terme de sa première année de pontificat le visage marqué par la fatigue. Il lui arrive d'avoir les yeux bouffis de sommeil, d'être pris de moments de faiblesse. « Il y a beaucoup de travail, mais je suis concentré », a-t-il confié à une connaissance argentine venue le saluer. « Souvenez-vous de moi », a-t-il ajouté. Pour se préserver, il a réduit les messes matinales à Sainte-Marthe avec les fidèles. Il ne les célèbre plus le mardi, le samedi ni le dimanche. Déjà, à Buenos Aires, quand les évêques auxiliaires insistaient pour lui faire prendre quinze jours de repos, il écoutait d'un air maussade avant de répondre dans un langage fleuri : « Maintenant, pourquoi n'allez-vous pas au diable ? »

François n'ignore pas le sablier invisible posé à côté de son trône papal. À l'occasion du deuxième anniversaire de son élection, il a confié: « J'ai la sensation que mon pontificat sera bref. Quatre ou cinq ans… je ne sais pas[2]… » Malgré tout, il travaille sans l'obsession de résultats immédiats. L'Église du troisième millénaire qu'il a en tête, s'éloignant d'une structure monarchique, s'inspire d'un modèle participatif. Une « harmonie dans la différence ». Le principe n'est plus celui d'une pyramide, ni d'une sphère, où

1. *Ibid.*
2. V. Alazraki, *L'Osservatore Romano*, 14/03/2015.

tout est uniforme, sans diversité entre un point et un autre. Son exemple, a-t-il expliqué, est « le polyèdre, qui reflète la confluence de tous les éléments partiels qui, en lui, conservent leur originalité ». Une configuration qui préserve l'individualité de chacun et dans laquelle, comme il aime le souligner, « même les personnes qui peuvent être critiquées pour leurs erreurs ont quelque chose à apporter qui ne doit pas être perdu »[1].

On ne peut modifier l'Église seul. En termes de consensus, François n'est pas isolé : l'enthousiasme des fidèles pour lui est énorme – au niveau mondial, il atteint 87 % d'opinions favorables, 90 en Europe, et 99 en Italie[2] –, mais le grand corps de l'institution ecclésiastique l'a pour l'instant abandonné tel un général qui a avancé trop loin au-delà des lignes, tandis que l'armée reste immobile dans son dos.

*

Aucune révolution n'est indolore, chacune rencontre une opposition dans ses propres rangs. François connaît chaque jour fatigue et contrariétés refoulées. Mais il continue comme un « torrent que rien n'arrête », fait remarquer le cardinal Sandri, qui s'étonne de son élan accru depuis son temps à Buenos Aires. L'entente extraordinaire qui s'est créée entre le pape argentin et les fidèles constitue son bouclier contre les critiques et les sabotages tacites à l'œuvre dans les appareils ecclésiastiques. « Ce pontificat nous réserve de nombreuses surprises », prévoit le cardinal Tauran, qui annonça le

1. François, *Evangelii Gaudium*, 24/11/2013.
2. Sondage Bendixen & Amandi pour Univision TV, février 2014.

résultat de l'élection ce fameux soir du 13 mars. « François a beaucoup de courage et un grand bagage spirituel. »

Les menaces terroristes du « califat » de Daech, qui affirme vouloir « conquérir Rome et briser les croix », ne l'effraient pas. Pour l'ambassadeur irakien auprès du Saint-Siège, Habib al-Sadr, « le pape est une cible ». Malgré les mesures de sécurité renforcées au Vatican à la suite de l'attentat à *Charlie Hebdo* et de l'Hyper Cacher début 2015, et encore plus après les attentats du 13 novembre à Paris, François ne semble pas craindre le danger, d'où qu'il vienne. Pour la première fois, des policiers italiens, mitrailleuse en bandoulière, ont commencé à monter la garde place Saint-Pierre. « Le danger existe », reconnaît le commandant de la gendarmerie du Vatican, Domenico Giani (un ancien des services secrets italiens), même si cela n'implique pas automatiquement un plan d'action concret. Selon Giani, le plus grand risque est celui de « loups solitaires » imprévisibles[1]. Juan Carlos Molina, un prêtre argentin engagé dans la lutte contre les narcotrafiquants qui a rendu visite à Bergoglio à Sainte-Marthe en 2014, lui a confié : « Tu vis dans un endroit dangereux. Attention, ils peuvent te tuer. » François a répondu : « C'est la meilleure chose qui puisse m'arriver, et à toi aussi[2]. »

François sait que l'Église ne peut rester immobile, ni se renfermer sur elle-même. Autrement, comme il le répète, elle « tombe malade ». Il existe dans l'Église des structures « antiques et caduques »[3] à réformer,

1. S. Brusadelli, *Polizia Moderna*, mars 2015.
2. *La Nacion*, 11/12/2014.
3. François, *Homélie à Sainte-Marthe*, 06/07/2013.

affirme-t-il ouvertement. C'est pour cette raison qu'il entend réveiller dans le catholicisme l'esprit de modernisation propre au concile. Certains veulent brider le vent divin qui a inspiré Vatican II et qui continue de souffler, avertit-il. François invoque souvent l'assistance du souffle céleste dans son entreprise. L'Esprit saint pousse l'Église à aller de l'avant, mais « cela agace[1] », dit-il.

Venu du bout du monde, le pape est décidé à aller de l'avant, transformant le synode des évêques en une assemblée ouverte aux propositions, valorisant la collégialité entre le pape et l'épiscopat.

Dans une église de la banlieue de Rome, il évoquait la manière de gouverner dans un esprit communautaire. Ce qu'il disait en référence au prêtre vaut aussi pour le souverain pontife. Le curé, a-t-il souligné, a le pouvoir de décider, mais il décide dans l'écoute, « il se fait conseiller, il entend, il dialogue[2] ». François continue à considérer l'autoréférentialité cléricale comme un péché mortel, car cette attitude est celle de quelqu'un qui « regarde de haut et de loin, il refuse la prophétie des frères, il élimine celui qui lui fait une demande, il fait ressortir continuellement les erreurs des autres et est obsédé par l'apparence[3] ». À la veille de Noël 2014, il critiquait sévèrement les « péchés » de la curie : soif de pouvoir, carriérisme, narcissisme, « alzheimer spirituel »…

Le défi de la révolution lancée par François se jouera au cours des prochaines années. Ses adversaires

1. François, *Homélie à Sainte-Marthe*, 16/04/2013.
2. S. Falasca, *Avvenire*, 20/02/2014.
3. François, *Evangelii Gaudium*, 24/11/2013.

sont tenaces. Ils résistent en créant autour de lui un mur de caoutchouc et en répandant en coulisse des commentaires acerbes. Pour exemple citons cette opinion confiée par un vieux cardinal au dirigeant de Sant'Egidio, Andrea Riccardi : « François a rempli les places et les églises, il a joué son rôle. Maintenant, il peut s'en aller avant de détruire l'Église[1]. » Le pape argentin est conscient de la campagne de délégitimation à son encontre. Malgré les vents contraires, a-t-il affirmé à ses confrères jésuites, il faut « ramer tous ensemble[2] » au service de l'Église. François va de l'avant.

Le résultat pour l'Église pourrait être un New Deal comme celui du président Roosevelt aux États-Unis ou un tremblement de terre comparable à la perestroïka de Gorbatchev. Le pape argentin est parfaitement conscient qu'il mène un changement radical. « Commençons une nouvelle étape pour l'Église », telle est sa propre formule, révélée par son ami le théologien Victor Manuel Fernández. François ne se fait pas d'illusions. Une Église qui ne se rapproche pas davantage des personnes et ne montre pas le visage de Jésus avec amour et salut court « le risque de mourir[3] ».

S'il réussit à transformer les synodes épiscopaux en un instrument permanent de participation au gouvernement papal, à en faire de petits conciles où l'on décide du cap de l'Église dans la mer de la modernité – en impliquant à l'avenir le peuple des fidèles, hommes et

1. A. Riccardi, *Discours à l'ambassade d'Allemagne auprès du Saint-Siège*, 24/09/2014.
2. François, *Homélie à l'église del Gesù*, 28/09/2014.
3. G. Fazzini, *Credere*, 06/03/2014.

surtout femmes –, la révolution de Bergoglio deviendra irréversible.

En une période de fortes tensions avant la dernière assemblée du synode, le pape a confié son inquiétude à un prélat de curie: « La seule chose que je demande au Seigneur, c'est que ce changement que je porte pour l'Église au prix d'un grand sacrifice ait une continuité et ne soit pas une lumière qui s'éteigne d'un moment à l'autre. »

François a sa vision. Il l'avait évoquée dans les mots adressés aux cardinaux quelques jours avant le conclave : « J'ai l'impression que Jésus est enfermé à l'intérieur de l'Église et frappe pour sortir. »

Remerciements

Je remercie particulièrement les collègues qui m'ont permis de mieux pénétrer dans la réalité argentine d'où a émergé Jorge Mario Bergoglio : E. Piqué, M. De Vedia, M. Varela, J.M. Poirier, G. Valente, P. Loriga. C. Martini Grimaldi m'a bien orienté.

L'aide de M. Rust m'a été précieuse.

H. Fitzwilliam m'a signalé des contributions éclairantes. À Rome, j'ai toujours pu compter sur l'amitié de S. Izzo et de I. Scaramuzzi, le seul à avoir senti une journée à l'avance l'élection du nouveau pape.

A. Szula, S. Garpol et P. Trico m'ont fourni une aide constante.

Au moment de l'élection de François, des polémiques ont éclaté sur le rôle du nouveau pape pendant la répression en Argentine : la lecture de *La Liste de Bergoglio,* de Nello Scavo, est indispensable.

Index des noms

RÉALISATION : IGS-CP À L'ISLE-D'ESPAGNAC
IMPRESSION : CPI FRANCE
DÉPÔT LÉGAL : FÉVRIER 2016. N° 128810 (3014648)
IMPRIMÉ EN FRANCE

Éditions Points

Le catalogue complet de nos collections est sur Le Cercle Points, ainsi que des interviews de vos auteurs préférés, des jeux-concours, des conseils de lecture, des extraits en avant-première…

www.lecerclepoints.com

DERNIERS TITRES PARUS

P3361. Le Voyage de G. Mastorna, *Federico Fellini*
P3362. 5e avenue, 5 heures du matin, *Sam Wasson*
P3363. Manhattan Folk Story, *Dave Van Ronk, Elijah Wald*
P3364. Sorti de rien, *Irène Frain*
P3365. Idiopathie. Un roman d'amour, de narcissisme et de vaches en souffrance, *Sam Byers*
P3366. Le Bois du rossignol, *Stella Gibbons*
P3367. Les Femmes de ses fils, *Joanna Trollope*
P3368. Bruce, *Peter Ames Carlin*
P3369. Oxymore, mon amour ! Dictionnaire inattendu de la langue française, *Jean-Loup Chiflet*
P3371. Coquelicot, et autres mots que j'aime, *Anne Sylvestre*
P3372. Les Proverbes de nos grands-mères *(illustrations de Virginie Berthemet)*, *Daniel Lacotte*
P3373. La Tête ailleurs, *Nicolas Bedos*
P3374. Mon parrain de Brooklyn, *Hesh Kestin*
P3375. Le Livre rouge de Jack l'éventreur, *Stéphane Bourgoin*
P3376. Disparition d'une femme. L'affaire Viguier *Stéphane Durand-Souffland*
P3377. Affaire Dils-Heaulme. La contre-enquête *Emmanuel Charlot, avec Vincent Rothenburger*
P3378. Faire la paix avec soi. 365 méditations quotidiennes *Etty Hillesum*
P3379. L'amour sauvera le monde, *Michael Lonsdale*
P3380. Le Jardinier de Tibhirine *Jean-Marie Lassausse, avec Christophe Henning*
P3381. Petite philosophie des mandalas. Méditation sur la beauté du monde, *Fabrice Midal*
P3382. Le bonheur est en vous, *Marcelle Auclair*
P3383. Divine Blessure. Faut-il guérir de tout ? *Jacqueline Kelen*

P3384. La Persécution. Un anthologie (1954-1970)
Pier Paolo Pasolini
P3385. Dans le sillage du météore désinvolte.
Lettres de guerre (1914-1919), *Jacques Vaché*
P3386. Les Immortelles, *Makenzy Orcel*
P3387. La Cravate, *Milena Michiko Flašar*
P3388. Le Livre du roi, *Arnaldur Indridason*
P3389. Piégés dans le Yellowstone, *C.J. Box*
P3390. On the Brinks, *Sam Millar*
P3391. Qu'est-ce que vous voulez voir ?, *Raymond Carver*
P3392. La Confiture d'abricots. Et autres récits
Alexandre Soljénitsyne
P3393. La Condition numérique
Bruno Patino, Jean-François Fogel
P3394. Le Sourire de Mandela, *John Carlin*
P3395. Au pied du mur, *Elisabeth Sanxay Holding*
P3396. Nous cheminons entourés de fantômes aux fronts troués
Jean-François Vilar
P3397. Fun Home, *Alison Bechdel*
P3398. L'homme qui aimait les chiens, *Leonardo Padura*
P3399. Deux veuves pour un testament, *Donna Leon*
P4000. Sans faille, *Valentin Musso*
P4001. Dexter fait son cinéma, *Jeff Lindsay*
P4002. Incision, *Marc Raabe*
P4003. Mon ami Dahmer, *Derf Backderf*
P4004. Terminus Belz, *Emmanuel Grand*
P4005. Les Anges aquatiques, *Mons Kallentoft*
P4006. Strad, *Dominique Sylvain*
P4007. Les Chiens de Belfast, *Sam Millar*
P4008. Marée d'équinoxe, *Cilla et Rolf Börjlind*
P4009. L'Étrange Destin de Katherine Carr, *Thomas H. Cook*
P4010. Les Secrets de Bent Road, *Lori Roy*
P4011. Journal d'une fille de Harlem, *Julius Horwitz*
P4012. Pietra viva, *Léonor de Récondo*
P4013. L'Égaré de Lisbonne, *Bruno d'Halluin*
P4014. Le Héron de Guernica, *Antoine Choplin*
P4015. Les Vies parallèles de Greta Wells, *Andrew Sean Greer*
P4016. Tant que battra mon cœur, *Charles Aznavour*
P4017. J'ai osé Dieu, *Michel Delpech*
P4018. La Ballade de Rikers Island, *Régis Jauffret*
P4019. Le Pays du lieutenant Schreiber, *Andreï Makine*
P4020. Infidèles, *Abdellah Taïa*
P4021. Les Fidélités, *Diane Brasseur*
P4022. Le Défilé des vanités, *Cécile Sepulchre*
P4023. Tomates, *Nathalie Quintane*

P4024. Songes de Mevlido, *Antoine Volodine*
P4025. Une terre d'ombre, *Ron Rash*
P4026. Bison, *Patrick Grainville*
P4027. Dire non, *Edwy Plenel*
P4028. Le Jardin de l'aveugle, *Nadeem Aslam*
P4029. Chers voisins, *John Lanchester*
P4030. Le Piéton de Hollywood, *Will Self*
P4031. Dictionnaire d'anti-citations. Pour vivre très con et très heureux, *Franz-Olivier Giesbert*
P4032. 99 Mots et Expressions à foutre à la poubelle *Jean-Loup Chiflet*
P4033. Jésus, un regard d'amour, *Guy Gilbert*
P4034. Anna et mister God, *Fynn*
P4035. Le Point de rupture, *Marie Lise Labonté*
P4036. La Maison des feuilles, *Mark Z. Danielewski*
P4038. Le Mal napoléonien, *Lionel Jospin*
P4039. Trois vies de saints, *Eduardo Mendoza*
P4040. Le Bruit de tes pas, *Valentina D'Urbano*
P4041. Clipperton. L'atoll du bout du monde *Jean-Louis Étienne*
P4042. Banquise, *Paul-Émile Victor*
P4043. La Lettre à Helga, *Bergsveinn Birgisson*
P4044. La Passion, *Jeanette Winterson*
P4045. L'Eau à la bouche, *José Manuel Fajardo*
P4046. Première Personne du singulier, *Patrice Franceschi*
P4047. Ma mauvaise réputation, *Mourad Boudjellal*
P4048. La Clandestine du voyage de Bougainville *Michèle Kahn*
P4049. L'Italienne, *Adriana Trigiani*
P4050. L'Inconnue du bar, *Jonathan Kellerman*
P4051. Une disparition inquiétante, *Dror Mishani*
P4052. M. Pénombre, libraire ouvert jour et nuit, *Robin Sloan*
P4053. Harmonium, *Wallace Stevens*
P4054. Belém *suivi de* Moscow, *Edyr Augusto*
P4055. Solo. Une nouvelle aventure de James Bond *William Boyd*
P4056. Le cintre était sur la banquette arrière, *Alain Rémond*
P4057. The Kid, *Sapphire*
P4058. Brigitte Bardot. La femme la plus belle et la plus scandaleuse au monde, *Yves Bigot*
P4059. Al-Qaïda en France, *Samuel Laurent*
P4060. Dans le Pavillon rouge, *Pauline Chen*
P4061. La Petite Copiste de Diderot, *Danielle Digne*
P4062. L'Effrayant Docteur Petiot. Fou ou coupable ? *Claude Quétel*

P4063. Le Couteau jaune. L'affaire Dany Leprince
Franck Johannès
P4064. Thèse sur un homicide, *Diego Paszkowski*
P4065. Thé vert et arsenic, *Frédéric Lenormand*
P4066. Étouffements, *Joyce Carol Oates*
P4067. Rien dans les poches, *Dan Fante*
P4068. Pain, éducation, liberté, *Petros Markaris*
P4069. No Bank, *Hugues Le Bret*
P4070. Elle marchait sur un fil, *Philippe Delerm*
P4071. Maudite Éducation, *Gary Victor*
P4072. L'Autre, *Sylvie Le Bihan*
P4073. Fille de Burger, *Nadine Gordimer*
P4074. Une vie de passions formidables, *Luis Sepúlveda*
P4075. Le Mystère Goldman. Portrait d'un homme très discret
Éric Le Bourhis
P4076. Eux, *Claire Castillon*
P4077. La Plus Belle Histoire de la philosophie
Luc Ferry et Claude Capelier
P4078. Les Apparitions, *Florence Seyvos*
P4079. Entre les jours, *Andrew Porter*
P4080. L'Humour au féminin en 700 citations
Macha Méril et Christian Moncelet
P4081. L'assassin court toujours. Et autres expressions insoutenables, *Frédéric Pommier*
P4082. Devance tous les adieux, *Ivy Edelstein*
P4083. Contre vents et marées, *Denis Ledogar*
P4084. Cœur pur. Journal zen et lettres de Maura « Soshin » O'Halloran, *Maura O' Halloran*
P4085. Dans l'abîme du temps, *Howard Phillips Lovecraft*
P4086. L'Appel de Cthulhu, *Howard Phillips Lovecraft*
P4087. La Couleur tombée du ciel *suivi de* La Chose sur le seuil
Howard Phillips Lovecraft
P4088. Meurtre à Tombouctou, *Moussa Konaté*
P4089. L'Empreinte massaï, *Richard Crompton*
P4090. Pianotrip. Tribulations d'un piano à travers l'Europe
Lou Nils et Christophe Clavet
P4091. Don Fernando. Le seigneur de l'Amazone
Fernand Fournier-Aubry
P4092. En finir avec Eddy Bellegueule, *Édouard Louis*
P4093. Le Duel, *Arnaldur Indridason*
P4094. Demain à Santa Cecilia, *María Dueñas*
P4095. La Joie, *Mo Yan*
P4096. Les Convalescentes, *Michèle Gazier*
P4097. La Lettre oubliée, *Nina George*
P4098. Ce qui n'est pas écrit, *Rafael Reig*

P4099. L'Enfance des dictateurs, *Véronique Chalmet*
P4100. Hexagone. Sur les routes de l'histoire de France *Lorànt Deutsch*
P4101. Dark Horse, *Craig Johnson*
P4102. Dragon bleu, tigre blanc, *Qiu Xiaolong*
P4103. Le Dernier Message de Sandrine Madison *Thomas H. Cook*
P4104. L'Empereur aux mille conquêtes, *Javier Moro*
P4105. Mélancolique anonyme, *Soprano*
P4106. Les Mots croisés du journal *Le Monde* n° 2. 80 grilles *Philippe Dupuis*
P4107. Une imposture, *Juan Manuel de Prada*
P4108. Ce qui est arrivé aux Kempinski, *Agnès Desarthe*
P4109. Les Rouges, *Pascale Fautrier*
P4110. Le Témoin invisible, *Carmen Posadas*
P4111. Qu'il est bon d'être mauvais, *L'Odieux Connard*
P4112. Désirable, *Yann Queffélec*
P4113. Allmen et les dahlias, *Martin Suter*
P4114. Le garçon qui ne pleurait plus, *Ninni Schulman*
P4115. Trottoirs du crépuscule, *Karen Campbell*
P4116. Retour à Niceville, *Carsten Stroud*
P4117. Dawa, *Julien Suaudeau*
P4118. Sept années de bonheur, *Etgar Keret*
P4119. L'Invité du soir, *Fiona McFarlane*
P4120. 1 001 secrets de grands-mères, *Sylvie Dumon-Josset*
P4121. Une journée, une vie. Fragments de sagesse dans un monde fou, *Marc de Smedt*
P4122. Tout ce qui compte en cet instant. Journal de mon jardin zen, *Joshin Luce Bachoux*
P4123. Guide spirituel des lieux de retraite dans toutes les traditions, *Anne Ducrocq*
P4124. Une histoire personnelle de la Ve République *Alain Duhamel*
P4125. Ce pays qu'on abat, *Natacha Polony*
P4126. Le Livre des secrets, *Fiona Kidman*
P4127. Vent froid, *C.J. Box*
P4128. Jeu d'ombres, *Ivan Zinberg*
P4129. Petits moments de bonheur volés, *Francesco Piccolo*
P4130. La Reine, le Moine et le Glouton, *Shafique Keshavjee*
P4131. Crime, *Irvine Welsh*
P4132. À la recherche de mon fils. Toute une vie sur les traces d'un explorateur disparu, *Edgar Maufrais*
P4133. Un long printemps d'exil. De Petrograd à Saigon. 1917-1946, *Olga Ilyina-Laylle, Michel Jan*
P4134. Le Printemps des enfants perdus, *Béatrice Égémar*

P4135. Les Enfants du duc, *Anthony Trollope*
P4136. Portrait d'une femme sous influence, *Louise Doughty*
P4137. Le Pyromane adolescent *suivi du* Sang visible du vitrier *James Noël*
P4138. Lamb, *Bonnie Nadzam*
P4139. Le Coq rouge, *Miodrag Bulatovic*
P4140. Terminus radieux, *Antoine Volodine*
P4141. Le Rire du grand blessé, *Cécile Coulon*
P4142. Retour à Little Wing, *Nickolas Butler*
P4143. Pas pleurer, *Lydie Salvayre*
P4144. Bain de lune, *Yanick Lahens*
P4145. Dans les yeux des autres, *Geneviève Brisac*
P4146. Viva, *Patrick Deville*
P4147. Fonds perdus, *Thomas Pynchon*
P4148. Incident voyageurs, *Dalibor Frioux*
P4149. L'Évangélisation des profondeurs, *Simone Pacot*
P4150. Apprivoiser son ombre. Le côté mal aimé de soi *Jean Monbourquette*
P4151. La Pratique du bonheur, *Marcelle Auclair*
P4152. 101 conseils pour ne pas atterrir aux urgences *Gérald Kierzek*
P4153. L'État islamique, *Samuel Laurent*
P4154. Le Diable au creux de la main, *Pascal Manoukian*
P4155. Les Indomptées, *Nathalie Bauer*
P4156. Nos disparus, *Tim Gautreaux*
P4157. Sarah Thornhill, *Kate Grenville*
P4158. Ne meurs pas sans moi, *Suzanne Stock*
P4159. Une main encombrante, *Henning Mankell*
P4160. Un été avec Kim Novak, *Håkan Nesser*
P4161. Le Sourire de l'ange, *Émilie Frèche*
P4162. Cher époux, *Joyce Carol Oates*
P4163. Minus, lapsus et mordicus. Nous parlons tous latin sans le savoir, *Henriette Walter*
P4164. Brèves de bulletins scolaires
P4165. Et rien d'autre, *James Salter*
P4166. Cassada, *James Salter*
P4167. Un truc très beau qui contient tout, *Neal Cassady*
P4168. D'un monde à l'autre. Autisme, le combat d'une mère *Olivia Cattan*
P4169. Je n'ai plus peur, *Jean-Claude Guillebaud*
P4170. Poèmes épars, *Rainer Maria Rilke*
P4171. Le Détroit du Loup, *Olivier Truc*
P4172. Dandy, *Richard Krawiec*
P4173. Jacob, Jacob, *Valérie Zenatti*
P4174. La Vie amoureuse de Nathaniel P., *Adelle Waldman*

P4175. Suzon, *Louise Bachellerie*
P4176. La Maîtresse du commandant Castro
Eduardo Manet
P4177. Johnny : l'incroyable histoire, *Éric Le Bourhis*
P4178. Le Voleur de morphine, *Mario Cuenca Sandoval*
P4179. Les Réputations, *Juan Gabriel Vásquez*
P4180. La Vie volée de Jun Do, *Adam Johnson*
P4181. Rien que la vie, *Alice Munro*
P4182. Tout est en vous. Paroles d'Amma
Mata Amritanandamayi
P4183. Quatre actes de présence. Vivre ici et maintenant
Sylvie Germain
P4184. Petit manuel climatique pour ceux qui ne veulent pas finir grillés comme des sardines, *Philippe J. Dubois*
P4185. Mystères polaires, *Nicolas Dubreuil, Ismaël Khelifa*
P4186. Romans, *Katherine Pancol*
P4187. En France. Chroniques, *Florence Aubenas*
P4188. L'Ombre des chats, *Arni Thorarinsson*
P4189. Le Gâteau mexicain, *Antonin Varenne*
P4190. Passent les heures, *Justin Gakuto Go*
P4191. Le Météorologue, *Olivier Rolin*
P4192. Manuel d'écriture et de survie, *Martin Page*
P4193. À la recherche de Livingstone
Henry Morton Stanley
P4194. Eiger, la dernière course, *Joe Simpson*
P4195. Mes contes de Perrault, *Tahar Ben Jelloun*
P4196. Le Soleil, *Jean-Hubert Gailliot*
P4197. La Maison Zeidawi, *Olga Lossky*
P4198. L'Imposteur, *Olivier Truc*
P4199. Cent récitations d'hier pour aujourd'hui
P4200. Sky my boss ! Guide insolite de l'anglais des affaires, *Jean-Loup Chiflet*
P4201. La Patience du franc-tireur, *Arturo Pérez-Reverte*
P4202. Derniers Instants, *Steve Mosby*
P4203. Le Festin de John Saturnal, *Lawrence Norfolk*
P4204. Aimons-nous les uns les autres
Catherine Clément
P4205. Crimes de femmes. 25 histoires vraies
Anne-Sophie Martin, Brigitte Vital-Durand
P4206. Les Deux Affaires Grégory, *Étienne Sesmat*
P4207. Dans la tête des tueurs. Portrait de profilers
Véronique Chalmet
P4208. Soigner autrement. Ces mains qui guérissent
Jean-Paul Moureau
P4209. Mankell par Mankell, *Kristen Jacobsen*

P4210. La Lionne blanche & L'homme qui souriait
Henning Mankell
P4211. Kobra, *Deon Meyer*
P4212. Point Dume, *Dan Fante*
P4213. La rage est mon énergie. Mémoires, *Johnny Rotten*
P4214. Comme si c'était moi, *Philippe Torreton*
P4215. Les Feux, *Raymond Carver*
P4216. La Main de Joseph Castorp, *João Ricardo Pedro*
P4217. Anthologie de poésie haïtienne contemporaine
(sous la direction de James Noël)
P4218. Les Étourneaux, *Fanny Salmeron*
P4219. Désaccords mineurs, *Joanna Trollope*
P4220. No Hero, *Mark Owen, Kevin Maurer*
P4221. L'Appel du mal, *Lisa Unger*
P4222. La Conjuration florentine, *Gérard Delteil*
P4223. Le Ciel pour mémoire, *Thomas B. Reverdy*
P4224. Les Nuits de Reykjavik, *Arnaldur Indridason*
P4225. L'Inconnu du Grand Canal, *Donna Leon*
P4226. Little Bird, *Craig Johnson*
P4227. Une si jolie petite fille. Les crimes de Mary Bell
Gitta Sereny
P4228. La Madone de Notre-Dame, *Alexis Ragougneau*
P4229. Midnight Alley, *Miles Corwin*
P4230. La Ville des morts, *Sara Gran*
P4231. Un Chinois ne ment jamais & Diplomatie en kimono
Frédéric Lenormand
P4232. Le Passager d'Istanbul, *Joseph Kanon*
P4233. Retour à Watersbridge, *James Scott*
P4234. Petits meurtres à l'étouffée, *Noël Balen et Vanessa Barrot*
P4235. La Vérité sur Anna Klein, *Thomas H. Cook*
P4236. Les Rêves de guerre, *François Médéline*
P4237. Lola à l'envers, *Monika Fagerholm*
P4238. Il est minuit, monsieur K, *Patrice Franceschi*
P4239. Un pays pour mourir, *Abdellah Taïa*
P4240. Les Trophées & Poésies complètes
José-Maria de Heredia
P4241. Abattoir 5, *Kurt Vonnegut*
P4242. Westwood, *Stella Gibbons*
P4243. Hérétiques, *Leonardo Padura*
P4244. Antimanuel de littérature, *François Bégaudeau*
P4245. Les Petits Blancs. Un voyage dans la France d'en bas
Aymeric Patricot
P4246. Qu'ont-ils fait de nos espoirs ? Faits et gestes
de la présidence Hollande, *La rédaction de Mediapart, sous la direction d'Edwy Plenel*

P4247. Georges, si tu savais…, *Maryse Wolinski*
P4248. Métamorphoses, *François Vallejo*
P4249. Au bord du monde, *Brian Hart*
P4250. Grand Chasseur blanc, *Denis Parent*
P4251. Quand nous serons heureux, *Carole Fives*
P4252. Scipion, *Pablo Casacuberta*
P4253. Juliette dans son bain, *Metin Arditi*
P4254. Un yakuza chez le psy, *Hideo Okuda*
P4255. Bienvenue à Big Stone Gap, *Adriana Trigiani*
P4256. Le Brigand bien-aimé, *Eudora Welty*
P4257. La Coupe d'or, *Henry James*
P4258. Au commencement était le verbe... Ensuite vint l'orthographe !, *Bernard Fripiat*
P4259. Billets du Figaro. L'actualité au fil des mots *Étienne de Montéty*
P4260. L'Exception, *Audur Ava Olafsdóttir*
P4261. Menus Souvenirs, *José Saramago*
P4262. L'Ange rouge, *Nedim Gürsel*
P4263. Ce sera ma vie parfaite, *Camille de Villeneuve*
P4264. Le Clan du sorgho rouge, *Mo Yan*
P4265. Bernadette et Jacques, *Candice Nedelec*
P4266. Le rap est la musique préférée des Français *Laurent Bouneau, Fif Tobossi & Tonie Behar*
P4267. Il fait Dieu, *Didier Decoin*
P4268. De la mélancolie, *Romano Guardini*
P4269. L'Ancêtre en Solitude, *Simone et André Schwarz-Bart*
P4270. François parmi les loups, *Marco Politi*
P4271. Cataract City, *Craig Davidson*
P4272. Les coqs cubains chantent à minuit *Tierno Monénembo*
P4273. L'Inspecteur Ali à Trinity College, *Driss Chraïbi*
P4274. Les Silences de la guerre, *Claire Fourier*
P4275. Louise, *Louise Bachellerie*
P4276. Sans domicile fixe, *Hubert Prolongeau*
P4277. Croquis de voyage, *Joseph Roth*
P4278. Aller voir ailleurs. Dans les pas d'un voyageur aveugle *Jean-Pierre Brouillaud*
P4279. Bienvenue ! 34 auteurs pour les réfugiés
P4280. La Passion suspendue. Entretiens avec Leopoldina Pallotta della Torre, *Marguerite Duras*
P4281. Requiem pour une révolution, *Robert Littell*
P4282. Les Buveurs de lune, *Pierre Chazal*
P4283. Dans son propre rôle, *Fanny Chiarello*
P4285. La Revanche du petit juge, *Mimmo Gangemi*
P4286. Les Écailles d'or, *Parker Bilal*

P4287. Les Loups blessés, *Christophe Molmy*
P4288. Les Premiers de leur siècle, *Christophe Bigot*
P4289. Mary Barton, *Elizabeth Gaskell*
P4290. Damnés, *Chuck Palahniuk*
P4291. Éloge du désir, *Blanche de Richemont*
P4292. Toi et moi, j'y crois, *Philippe Pozzo di Borgo*
P4293. Les Sept Dernières paroles du Christ
Timothy Radcliffe
P4294. Plus de peurs que de mal, *André Charbonnier*
P4295. La Cabane des pendus, *Gordon Ferris*
P4296. La Nébuleuse de l'insomnie, *Antonio Lobo Antunes*
P4297. Limousines blanches et blondes platine, *Dan Fante*
P4298. Monsieur Sapiro, *Benny Barbash*
P4299. Je vous écris de Téhéran, *Delphine Minoui*
P4300. L'Institutrice d'Izieu, *Dominique Missika*
P4301. Les Bandits, *Jorge Volpi*
P4302. Le Sommeil de Grâce, *François Emmanuel*
P4303. Des hommes tourmentés. L'âge d'or des séries
Brett Martin
P4304. Une brève histoire du roman noir, *Jean-Bernard Pouy*
P4305. Un type bien. Correspondance 1921-1960
Dashiell Hammett
P4306. Daisy Sisters, *Henning Mankell*
P4307. Les Gens de mon pays, *Philippe Meyer*
P4308. Montagnes de la folie, *H. P. Lovecraft*
P4309. Dagon. Et autres récits d'horreur, *H. P. Lovecraft*
P4310. L'Ouzbek muet. Et autres histoires clandestines
Luis Sepúlveda
P4311. Incandescences, *Ron Rash*
P4312. Les petits vieux d'Helsinki mènent l'enquête
Minna Lindgren
P4313. Le Cannibale de Crumlin Road, *Sam Millar*
P4314. La Cour des secrets, *Tana French*
P4315. Academy Street, *Mary Costello*
P4316. On est foutus, on pense trop ! Comment se libérer
de Pensouillard le hamster, *Serge Marquis*
P4317. Ciel d'acier, *Michel Moutot*
P4318. Lucky Jim, *Kingsley Amis*
P4319. L'Homme aux yeux gris, *Petru Dumitriu*
P4320. Mémoires d'un bon à rien, *Gary Shteyngart*
P4321. Première personne du singulier, *Patrice Franceschi*
P4322. L'Esclavage raconté à ma fille, *Christiane Taubira*
P4323. Martin Luther King. Une biographie, *Sylvie Laurent*
P4324. Franz Fanon. Portrait, *Alice Cherki*
P4325. Maudits, *Joyce Carol Oates*